MORGANE MONCOMBLE
Still With You

MORGANE MONCOMBLE

STILL WITH YOU

ROMAN

*Ins Deutsche übertragen von
Eliane Hagedorn und Barbara Reitz*

LYX in der Bastei Lübbe AG
Dieser Titel ist auch als E-Book und als Hörbuch erschienen.

Die Originalausgabe erschien 2021 unter dem Titel »En équilibre«
bei Hugo New Way.

© Morgane Moncomble, Hugo Publishing 2021
This edition is published by arrangement with
Hugo Publishing in conjunction with its duly appointed agent
Books And More, Paris, France.
All rights reserved.

Für die deutschsprachige Ausgabe:
Copyright © 2021 by Bastei Lübbe AG, Köln
Redaktion: Silvana Schmidt
Covergestaltung: © Zero Werbeagentur, München,
unter Verwendung eines Motivs von
© momo sama/Shutterstock.com
Satz: Greiner & Reichel, Köln
Gesetzt aus der Adobe Caslon
Druck und Einband: GGP Media GmbH, Pößneck
Printed in Germany
ISBN 978-3-7363-1552-5

1 3 5 7 6 4 2

Sie finden uns im Internet unter lyx-verlag.de
Bitte beachten Sie auch: luebbe.de und lesejury.de

Liebe Leser:innen,

dieses Buch enthält potenziell triggernde Inhalte.
Deshalb findet ihr auf der letzten Seite eine Triggerwarnung.

Achtung: Diese enthält Spoiler für das gesamte Buch!

Wir wünschen uns für euch alle
das bestmögliche Leseerlebnis.

Euer LYX-Verlag

*An alle Künstler:innen und Fürsprecher:innen,
an die etwas Durchgedrehten, die von einer
gerechteren Welt träumen: Habt keine Angst
zu schreien, um gehört zu werden.*

Playlist

Lauv – *Lonely Eyes*
SHINee – *Who Waits For Love*
Billie Eilish & Khalid – *Lovely*
BTS – *My Time*
Ava Mara – *So Am I (feat. NCT 127)*
Christina Aguilera – *Show Me How You Burlesque*
Jeremy Zucker – *always, i'll care*
Eric Nam – *How'm I Doing*
Bazzi – *I. F. L. Y.*
BTS – *Save Me*
Ariana Grande – *fake smile*
GOT7 – *Just Right*
Jeremy Zucker – *You were good to me*
Halsey – *Graveyard*
José Feliciano – *El Tango de Roxanne*
Charlie Puth & blackbear – *Hard On Yourself*
Zac Efron & Zendaya – *Rewrite the Stars*
BTS – *Epiphany*

Prolog

Als ich elf bin, tritt Nana in mein Leben.

Es ist mein erster Zirkusauftritt als Nachwuchsakrobatin. Die tiefblaue Kuppel des Zelts ragt hoch in den Himmel hinauf, bedeckt mit Sternen, zu denen unverhoffte Wünsche aufsteigen. In dem gedämpften Licht kann ich das Publikum jenseits der Manege nicht sehen, doch die beeindruckten Stoßseufzer verraten mir, dass es da ist.

Und das hat seinen Grund: Alle Augen sind auf mich gerichtet.

Konzentriert lasse ich den Reif um mich kreisen wie ein leuchtendes Lasso. Einmal, zweimal, jedes Mal kraftvoller. Dann schwinge ich mich – ein Bein angewinkelt, den Kopf nach hinten geneigt – plötzlich in die Lüfte wie ein Engel, der gen Himmel steigt. Mein ganzer Körper ist angespannt. Die leise Begleitmusik gibt den Rhythmus meiner Bewegungen und meines Herzschlags vor, der in meinen Ohren widerhallt.

Meine nackten Beine in den glitzernden, paillettenbesetzten Leggings gleiten wie Seide über den Stahl. Jetzt springt auch meine Zwillingsschwester und steigt neben mir in den Luftring. Amelia ist mein perfektes Ebenbild: angefangen bei ihrem langen kastanienbraunen Haar bis zu den haselnussbraunen Augen.

Mein Herzschlag beschleunigt sich, während ich, nur von meinen Oberschenkeln gehalten, den Kopf im Nichts wiege.

Frei und stolz öffne ich die Arme weit, und die Zuschauenden klatschen mir verzückt Beifall.

Sie applaudieren mir, Lara Bailey.

Amelia streckt mir den Arm zu unserer ersten Zweierfigur entgegen. Bei den Proben habe ich das schon tausendmal gemacht. Ich bin bereit. Doch an diesem Abend ist es anders.

Zum ersten Mal taucht Nana auf. Ich sehe sie nicht. Es ist eine kaum wahrnehmbare Stimme, die ich erst später in Erinnerung an das Kuscheltier, das ich als Baby so sehr liebte, Nana nennen werde.

Huh ... das sieht aber echt gefährlich aus. Weißt du wirklich, was du da tust?, fragt sie.

Ich verstehe nicht auf Anhieb, was los ist. Meine Hände beginnen zu zittern. Mein Herz zerspringt fast. Ein Schweißtropfen läuft mir über die Schläfe. Ich werfe einen Blick hinab ins Nichts unter uns und plötzlich fürchte ich mich. Es gibt zwar ein Netz für den Notfall, aber das ändert nichts.

Je größer meine Angst wird, desto lauter wird die Stimme.

Du fällst bestimmt. Wir fallen. Du reißt uns in den Tod!

Es gibt ja ein Sicherheitsnetz. Alles wird gut gehen. Ich falle nicht. Und selbst wenn. Selbst wenn das passiert, würde ich nicht sterben ... stimmt's?

Hmm. Denk an Tante Bertha, alles war gut, und dann mit einem Mal von heute auf morgen, zack! Geh lieber auf Nummer sicher.

Bei der Erinnerung an meine Tante erstarrt mein Körper. Meine Tante ist gestorben. Was mache ich hier eigentlich? Was, wenn ich nun vor aller Augen abstürzen und zwischen den Netzen hindurchfallen würde?

Schlimmer noch: Was, wenn du Amelia fallen lassen würdest?

Was? Nein, nein, nein ...

Ich an deiner Stelle würde bis sechzig zählen und dabei die ungeraden Zahlen überspringen. Man weiß ja nie.

Was? Und wozu soll das gut sein? Alle Blicke sind auf mich gerichtet, ich muss mich bewegen, etwas tun.

Vertrau mir.

Ich gerate in Panik. Was ist hier los? Wie immer scheint meine Schwester meine Gedanken zu lesen und schenkt mir ein beruhigendes Lächeln, während sie auf meine nächste Bewegung wartet. Ich bin nicht sicher, ob ich sie ausführen kann. Soll ich wirklich bis sechzig zählen? Ich bin nervös und habe das Bedürfnis, es doch zu tun.

Mein Herzschlag hallt zu laut in meinen Ohren wider, ich kann kaum atmen, bekomme keine Luft mehr, gerate in Panik …

»Lara«, flüstert Amelia, »sieh mich an.«

Ich gehorche. Dann wirft sie mir einen Blick zu, den ich sofort verstehe. »Du kannst das. Ich vertraue dir. Wir beide zusammen.«

Pah, Unsinn. Tu, was ich dir gesagt habe, das ist besser.

Voller Angst versuche ich, die Stimme zum Schweigen zu bringen.

Dann reiche ich Amelia entschlossen die Hand, und wie durch einen Zauber verstummt die Stimme. Wir führen unsere Performance reibungslos durch. Als meine Füße erneut den Boden berühren, fällt die Anspannung von mir ab. Ich kann nur mit Mühe verhindern, mich auf den Sand zu übergeben.

Ich habe es geschafft. Ich war phänomenal. Ich bin nicht gestürzt, und das alles habe ich Amelia zu verdanken.

In dieser Nacht entschied ich mich, ihr zu vertrauen.

Solange sie an meiner Seite ist, kann ich alles schaffen. Weil sie meine bessere Hälfte ist.

Und ich? Ich bin auch noch da. Ich bin auch ein Teil von dir. Also, sind wir Freundinnen?

Ich verlasse das Big Top, das große Zirkuszelt, und gehe in das benachbarte, in dem die Logen untergebracht sind. Amelia hüpft vor Freude, freut sich über unseren Erfolg, während in der Manege die Jongliernummer beginnt.

Ich versuche, die Stimme in meinem Kopf zu ignorieren, doch sie will nicht schweigen.

Hallo? Bist du da? Du kannst mich nicht ignorieren, weißt du. Ich bin du.

Ich bin nicht sicher, ob …

Looos, deinen Erfolg heute Abend hast du mir zu verdanken! Glaubst du, ich hätte nicht gehört, dass du gezählt hast, wie ich es dir geraten habe?

Ich spüre die Hitze in meine Wangen steigen, meine Hände zittern. Stimmt. Ich habe tatsächlich gezählt. Nur einmal, für alle Fälle. Das ist nicht schlimm. Das tut meinem Vertrauen zu Amelia keinen Abbruch.

Die Welt da draußen ist gefährlich für ein kleines Mädchen wie dich. Wenn wir Freundinnen werden, beschütze ich dich.

Ich schlucke, fühle mich plötzlich unwohl in meinem roten Trikot. Schließlich gehe ich kein Risiko ein, oder? Im Gegenteil.

»Gut … einverstanden.«

Super! Alles wird gut, du wirst schon sehen. Solange du machst, was ich dir sage, wird alles gut.

Alles wird gut.

1

Sechs Jahre später

Lara

Ihr findet euer Leben traurig? Vor einer Woche dachte ich noch, ich wäre in meinen besten Freund verliebt.

In meinen besten *schwulen* Freund.

Der jetzt mit meinem anderen besten Freund zusammen ist.

Ja, ich weiß, in diesem Moment fragt man sich wirklich, wie ich so naiv sein konnte, das nicht zu ahnen. Die Blicke, die sie einander in aller Öffentlichkeit zuwerfen, sind wirklich schamlos. Echt, manchmal habe ich den Eindruck, sie vergessen, dass ich auch im Raum bin.

Ehrlich gesagt habe ich mich schneller davon erholt als erwartet … Ich freue mich für sie, auch wenn sie in meiner Gegenwart noch zurückhaltend sind.

Ambrose will es zwar nicht zeigen, aber er hat noch immer Schuldgefühle, weil er mich hat abblitzen lassen. Aber eigentlich habe ich superschnell damit abgeschlossen. Als ich gesehen habe, wie sehr Matthew und Ambrose sich lieben, habe ich schnell kapiert, dass meine Gefühle für Letzteren mit ihren überhaupt nicht vergleichbar sind.

Sie sind wie füreinander geschaffen, das ist ganz offensichtlich, und wer auch immer das Gegenteil behauptet, wird mit Mary und Curie, das heißt mit meinen beiden Fäusten, Bekanntschaft machen.

Und außerdem passt das eigentlich alles recht gut, ich habe ohnehin keine Zeit für einen Freund. Viel zu viel zu tun.

Wenn man vom Teufel spricht … Während ich Dehnübungen an meinem Luftring mache, bekomme ich eine Textnachricht von Matthew. Ich unterbreche mein Aufwärmtraining, blase mir eine rebellische Haarsträhne, die sich aus meinem Knoten gelöst hat, aus dem Gesicht und werfe einen Blick auf die Nachricht.

Ich vermisse dich jetzt schon.

Wie süüüüüß! Aber ich glaube, du hast dich in der Nummer geirrt.

Oh Scheiße. SORRY.

Ich lache belustigt auf, mein Hals ist schweißverklebt, aber ich schicke einen Screenshot der Nachricht an unsere Dreiergruppe. Ambrose antwortet mit einem vor Lachen weinenden Emoji, dann mit dem Affen, der sich die Augen zuhält.

Matthew: Du hättest mich ja nicht gleich verpfeifen müssen, Bailey.

Lara: Ich dachte, ich würde dir wirklich fehlen … Bin zugegebenermaßen etwas enttäuscht.

Ambrose: Du fehlst uns! Sag es ihr, Matthew.

Matthew: Na klar, du fehlst uns schon jetzt. Was sind Athos und Aramis schon ohne D'Artagnan? Zwei arme Musketiere, an die sich niemand erinnert.

Ich weiß, dass es stimmt, aber ich ziehe sie gerne etwas auf. Obwohl ich im Grunde fürchte, die Dinge könnten sich verändern. Trotz unserer Freundschaft waren Matthew und Ambrose immer ein eigenständiges Duo. Schon als wir noch klein waren, erzählten sie sich Witze, die ich nicht verstand. Und nie konnte ich mich durch einen einzigen Blick mit den beiden verständigen, so wie sie es untereinander tun.

Und ich dachte damals, das läge daran, dass ich ein Mädchen bin. Wie sehr ich mich doch getäuscht habe!

»Lara Bailey! Deine Schwester ist da«, ruft meine Mutter von der Haustür aus.

Mein Herz überschlägt sich. Schnell tippe ich eine Antwort »AMELIA IST DA, BYE« und renne, noch immer in Leggings und Bandeau-Top, auf den Flur.

Amelia ist zurück. Meine Zwillingsschwester, mein Ein und Alles, mein Lieblingsmensch, die andere Hälfte meiner selbst ist endlich nach drei Wochen wieder zu Hause.

»Pack deine schmutzige Wäsche in die Maschine«, sagt unsere Mutter, während sie Amelia den Schal abnimmt.

Als ich mich gerade in ihre Arme werfen will, bemerke ich ihre gefärbten Haare. Ich zucke leicht zurück, so als wäre ich nicht sicher, dass sie es wirklich ist.

Aber ja. Ich erkenne alles an ihr, es ist meine Schwester. Und ihre Haare sind … wow … blau! Eigentlich dürfte ich nicht erstaunt sein, denn ich wusste es ja, seit sie mir vor ein paar Tagen ein Foto geschickt hat. Und doch hatte ich gehofft, dass es nicht stimmt. Ich mag es nicht, wenn ich sie nicht erkenne.

»*Hallo*«, sagt sie mit strahlendem Lächeln. »Das heißt auf Norwegisch ›guten Tag‹. Es ist das Einzige, was ich außer den Worten ›ich habe Hunger‹ gelernt habe. Wetten, dass du das nicht wusstest, du Nerd?«

Typisch Amelia. Nach der ersten Überraschung nehme ich sie in die Arme und drücke sie, so fest ich kann. Es ist, als wäre ich wieder komplett. Ich atme wieder. Ich werde nie verstehen, warum ich es einen ganzen Sommer lang gut ohne meine Eltern aushalte, während mir drei Wochen ohne meine Schwester unerträglich erscheinen.

»Du hast mir gefehlt«, flüstere ich und füge dann hinzu: »Klar wusste ich das.«

Ich höre förmlich, wie sie die Augen verdreht.

»Natürlich.«

Während unseres siebzehnjährigen Lebens waren wir nie länger als achtundvierzig Stunden voneinander getrennt. Mein Vater erzählt gerne, am Tag unserer Geburt sei ich als Erste zur Welt gekommen und hätte laut gebrüllt. Als dann sechs Minuten später Amelia geholt wurde, hätte ich mich sofort beruhigt. Ich konnte es eben noch nie ertragen, von ihr getrennt zu sein.

Seither haben wir eine enge Verbindung.

Es ist das erste Mal, dass sie für einen so langen Zeitraum so weit weggefahren ist – ohne mich. Natürlich war ich nicht gerade begeistert von dieser winterlichen Sprachreise nach Oslo. Als ich meine Bedenken äußerte, antwortete sie nur: »Du musst ja nicht mitkommen, kein Problem.«

In dem Moment begriff ich, dass sie mich nicht wirklich in ihre Pläne einbezogen hatte. Ohne dramatisieren zu wollen, muss ich doch sagen, dass es sich anfühlte, als würde man mir das Herz herausreißen. Gott sei Dank hatte ich während der Weihnachtsferien Ambrose und Matthew. Ich hätte es auf keinen Fall ausgehalten, die Ferien nur mit meiner Mutter zu verbringen.

»Und wie war es? Ist es wirklich so kalt? Hast du viel Wurst gegessen? Hast du den Drehort von *Skam* besucht? Hast du die Nordlichter gesehen?«

Meine Mutter unterbricht mich, während sie sich den Mantel auszieht: »Jetzt lass sie doch erst mal ankommen, verflixt noch mal.«

Das überhöre ich, trete einen Schritt zurück und greife nach einer von Amelias Haarsträhnen.

»Und, Mom, sagst du gar nichts dazu? Ich weiß, du hast keine Brille auf, aber sie sind blau.«

»Danke, ich bin noch nicht farbenblind«, gibt sie zurück. »Und soweit ich weiß, hast auch du schon sehr zweifelhafte Entscheidungen bezüglich deiner Haare getroffen, ohne dass jemand das kommentiert hätte.«

Ich verziehe das Gesicht, und meine Schwester grinst.

»Dafür habt ihr euch hinter meinem Rücken über mich lustig gemacht!«

Ich ziehe es vor, meine »rothaarige« Phase vom letzten Sommer, den wir in Charleston, South Carolina verbracht haben, zu vergessen. Bedauerlicherweise verfügt meine Familie über Fotobeweise. Ich versuche sie nach und nach zu vernichten.

»Das habe ich aus einer Laune heraus gemacht«, erklärt Amelia schulterzuckend.

Ich runzele die Stirn, und ein seltsames Lächeln huscht über mein Gesicht.

Das ist neu.

»Wir kennen das Wort ›Laune‹ nicht.«

Ein weiteres lässiges Schulterzucken. Auch das ist neu. Wir sind nicht der Typ Mädchen, der so was macht.

Dass wir sehr unterschiedlich sind, weiß ich, seit wir sprechen können. Lara ist die kleine Intellektuelle der Familie, der eine brillante Zukunft bevorsteht, vielleicht etwas zu direkt und rebellisch, was ihr nicht immer guttut, eine Organisationsfanatikerin, auch ein bisschen durchgeknallt – im Allgemeinen bezeichnet man sie als »die Dickere von den beiden«.

Amelia ist der lustige, umgängliche Zwilling, sie ist die Hübsche, die alle Vorteile hat und jedem Konflikt aus dem Weg geht. Sie will nur den Augenblick genießen, die Dinge nehmen, wie sie kommen, und immer positiv bleiben (pah).

Aber zwei Dinge verbinden uns dennoch: 1. Unsere Liebe füreinander. 2. Unsere Leidenschaft für den Zirkus.

»*Du* kennst das Wort Laune nicht«, berichtigt sie mich. »Ich erzähle dir alles heute Abend. Jetzt lege ich mich erst mal hin, ich bin echt k.o. …«

Ich bin etwas enttäuscht, sage aber nichts. Ich rolle ihren Koffer in ihr Zimmer, während meine Mutter ihr übers Haar streicht und sie zu ihrer reinen, sanften Haut beglückwünscht. Ich höre auch, wie sie ihr sagt, sie hätte abgenommen.

Schon geht's los. Mir hat sie während der ganzen Ferien erzählt, ich soll mit dem Essen aufpassen. Jedes Mal, wenn ich nach einem Stückchen Schokolade griff, das auf dem Tisch lag, spürte ich ihren missbilligenden Blick. So als wollte sie sagen: »Bist du sicher?« Zur Strafe habe ich mit einem strahlenden Lächeln die ganze Tafel verdrückt.

Ja, ich bin eine Rebellin. Sobald man mir etwas verbietet, tue ich es erst recht.

Das ist einer der Gründe, warum Amelia das Lieblingskind der Familie ist und nicht ich.

Amelia schläft fast vierundzwanzig Stunden. Am Abend nach ihrer Rückkehr gehe ich nach dem Essen in ihr Zimmer, damit sie mir – wie versprochen – von ihren Ferien erzählt und ich ihr von meinen.

Aber als ich mit einer Tüte Chips an ihrer Tür stehe, telefoniert sie mit jemandem. Sie lacht laut, dann scheint sie mich endlich zu bemerken. Ihr Lächeln erstarrt, und sie murmelt

»Rachel, warte mal kurz …«, um mir dann einen fragenden Blick zuzuwerfen.

»Brauchst du irgendwas?«

»Wer ist Rachel?«, frage ich und versuche nicht einmal, leise zu reden.

»Eine Freundin … Ich erzähle es dir später, versprochen.«

Am liebsten hätte ich geantwortet: *Das hast du schon gestern gesagt*. Aber der zögerliche Ton bei dem Wort »Freundin« verschlägt mir förmlich die Sprache. Ist sie etwa mit ihr zusammen? Mit fünfzehn hatte Amelia ihr Coming-out. Seither hatte sie nur eine kurze Beziehung.

Aber den Namen Rachel höre ich an diesem Abend zum ersten Mal. Sie hätte es mir gesagt, wenn sie eine feste Freundin hätte. Ich bin immer die Erste, die so was erfährt.

Ach ja?, fragt Nana. Ich ignoriere sie verärgert.

Also gehe ich in mein Zimmer und sehe noch einmal meine Hausaufgaben durch, bevor ich mich ins Bett lege. Matthew und Ambrose erkundigen sich, wie Amelias Ferien waren, und ich wage nicht, ihnen zu gestehen, dass ich nicht die geringste Ahnung habe.

Ehrlich gesagt, hatte ich mir ihre Rückkehr anders vorgestellt. Ich dachte, ich hätte ihr ebenso gefehlt wie sie mir, aber offensichtlich ist das nicht der Fall.

Beim Einschlafen denke ich an den Schulanfang, aber vor allem an die Fortsetzung der Zirkuskurse, die mir so sehr gefehlt haben. Ich habe während der gesamten Ferien fast nicht mit meinem Ring geübt, aber dafür gibt es einen Grund: Ich war vollauf damit beschäftigt, mein Dossier für die Unieinschreibung auszuarbeiten und dann abzuschicken; meine erste Wahl ist die Columbia University.

Ich frage mich, ob Amelia ihre Unterlagen bereits abgeschickt hat. Momentan erzählt sie mir rein gar nichts. Aber ich weiß sowieso schon, dass wir uns trennen werden müssen. Mit ihrem Notendurchschnitt wird sie nie an der Columbia angenommen. Ich versuche, das zu akzeptieren, selbst wenn es mir schon jetzt Angst macht.

»Gehen wir zusammen zur Schule?«, frage ich sie am nächsten Morgen.

Ich hasse mich für die Unsicherheit in meiner Stimme. Amelia wirft mir über die Müslipackung hinweg einen Blick zu – das erste Mal, dass sie ihn von ihrem Handy hebt, seit sie aus dem Bad gekommen ist. Sie wirkt erstaunt, fast belustigt.

»Na klar, wie immer.«

»Okay, cool.«

Dann widmet sie sich wieder ihrem Handy. Während ich frühstücke, beobachte ich sie und versuche ihr geheimnisvolles Lächeln zu deuten. Schreibt sie mit der mysteriösen Rachel? Meine Mutter, die das Zimmer betritt und skeptisch mein Outfit beäugt, reißt mich aus meinen Gedanken.

Ich warte auf einen Kommentar, doch sie zieht es vor, nichts zu sagen. Genau wie Amelia trage ich meine Winter-Schuluniform – weiße Bluse unter marineblauem Pullover, Faltenrock und Strumpfhose.

Aber natürlich erinnert Amelias Körper nicht an eine Pornoschauspielerin in einer schlechten Parodie von *Oops! I Did It Again*.

»Euer Dad hat angerufen, ihr könnt dieses Wochenende nicht zu ihm«, erklärt Mom und schenkt sich eine Tasse Kaffee ein. »Ach, und ich habe heute Abend meinen Pilates-Kurs und komme spät heim. Ich habe Geld fürs Abendessen auf die Küchentheke gelegt.«

Gerade möchte ich ihr sagen, dass wir selbst kochen können, als sie an mich gerichtet hinzufügt: »Lara, im Kühlschrank sind noch grüne Bohnen, die kannst du dünsten und dir dazu Eier machen.«

Ich ziehe eine Augenbraue hoch. Ah, Amelia darf sich also was zu essen bestellen, und ich soll mir die wässrigen Bohnen reinziehen? Nein danke!

Meine Schwester versteht, dass es Zeit wird einzugreifen und schiebt das Handy in ihre Tasche.

»Wenn wir nicht zu spät kommen wollen, müssen wir *jetzt* los.«

Ich nicke und folge ihr, meinen Rucksack geschultert, nach draußen. Ich schließe die Tür und gehe die Treppe des Vorbaus hinab. Die Lärmkulisse der New Yorker Straßen empfängt mich. Auf den Bürgersteigen gibt es noch Reste von Schnee und Eis – ein unbedeutendes Detail, das mir aber ein Lächeln entlockt. Ich liebe den Winter.

»Hör ihr gar nicht zu«, beruhigt mich Amelia und schiebt ihren Arm unter meinen. »Hättest du heute Abend Lust auf Burger?«

»Na klar!«

Auf dem Schulweg reden wir über dies und das. Ich nutze die Gelegenheit, um sie endlich zu fragen, wie ihre Ferien waren. Sie erzählt mir, wie toll es war, und auch von all den Leuten, die sie kennengelernt hat und möglichst bald wiedertreffen will.

Ich hingegen berichte ihr, dass Matthew und Ambrose miteinander gehen. Sie verschluckt sich fast und sieht mich mit großen Augen an.

»Wie bitte? Ich bin fünf Minuten mal nicht da, und schon bricht das Chaos aus!«

»Ich weiß«, antworte ich und kann ein Kichern nicht unterdrücken. »Ich war auch total baff, aber wenn man es recht bedenkt …«

»Ja, es ergibt Sinn«, meint sie dann und nickt. »Und wie ist das für dich?«

Amelia war die erste und einzige Person, die wusste, dass ich in Ambrose verknallt war. Wir haben uns alle vier im Alter von sechs Jahren bei unserem ersten Weihnachtsfest in Gettysburg getroffen. Amelia kennt die Jungs zwar auch, hat aber nie zu unserem Trio gehört. Sie blieb meist bei Mom und Dad, als sie noch nicht geschieden waren, während ich lieber draußen mit meinen Freunden spielte.

»Na, mir ist klar geworden, dass ich Ambrose zwar liebe, aber nicht auf diese Weise.«

Tröstend legt sie ihren Kopf an meinen. Ihre Miene verrät, dass sie Mitleid mit mir hat. Ich stelle mir die Worte vor, die auf meiner Stirn stehen: *Lara Bailey, siebzehn Jahre, hat noch nie einen Jungen geküsst, geschweige denn mit einem geschlafen oder auch nur seine Hand gehalten.*

»Das kommt sicher bald, mach dir nichts draus.«

Ich runzle die Stirn. Auch wenn ich weiß, dass ihre Worte aufmerksam und beruhigend klingen sollen, verärgern sie mich. Es macht mich nicht traurig, Single zu sein. Nein, es gefällt mir. Allein schon bei dem Gedanken an Jungs und einen Freund bekomme ich Kopfschmerzen – eine viel zu große psychische und emotionale Investition. Dafür habe ich weder die Zeit noch die Kraft.

Ich weiß nicht, was daran schlecht sein soll. Habe ich etwas verpasst? Ist die Liebe, vor allem in der Jugend, eine zwingend erforderliche Phase und damit lebensnotwendig?

Das werde ich heute Abend mal googeln.

Als wir die Straße überqueren, frage ich: »Essen wir heute zusammen Mittag?«

»Oh, eigentlich wollte ich …«

»Wir könnten in die Turnhalle gehen und uns etwas warm

machen. Während du weg warst, musste ich allein trainieren, das war die Hölle. Wir müssen im Übrigen unsere Performance für die Jahresabschlussfeier besprechen …«

»Apropos«, unterbricht sie mich mit fester Stimme und verlegener Miene. »Genau darüber wollte ich mit dir reden.«

Ich ziehe eine Augenbraue hoch und warte. Sie ringt die Hände und zögert, bis ich schließlich gegenüber der Schule stehen bleibe. Eine Gruppe Schüler und Schülerinnen geht an uns vorbei, einige andere begrüßen sich nach zwei Wochen Ferien lautstark.

»Ich habe beschlossen, mit dem Zirkuskurs aufzuhören.«

Mein Kopf ist plötzlich leer. Die Stille ist so intensiv, dass sie fast an den Wänden meines Gehirns widerhallt. Ich bin außerstande, mich zu bewegen oder zu reagieren.

Das dauert nur eine Sekunde, so lange bis ich begreife, was das bedeutet.

Dann verfliegt mein Lächeln, und ich gerate fast in einen Zustand panischer Angst.

»W… was?«, frage ich mit bebender Stimme.

Sie beißt sich auf die Lippe, rechnet offensichtlich damit, dass ich jeden Moment zusammenbreche, und fährt dann fort: »Ich habe es mir genau überlegt, das Training kostet viel Zeit, und ich möchte mein letztes Schuljahr nutzen, um neue Sachen auszuprobieren, neue Leute kennenzulernen. Es tut mir leid, bitte sei mir nicht böse. Ich bin sicher, dass du bei der Abschlussveranstaltung supertoll sein wirst. Es tut mir leid.«

Ich horche nur halb hin. Amelia hört mit dem Zirkus auf. Das kann nicht sein. Das kann sie mir nicht antun. Dazu hat sie kein Recht. Der Zirkus, das sind wir. Das ist unser Ding. Wir haben schon damit angefangen, als wir klein waren, jede Vorstellung, jede Darbietung habe ich mit ihr gemeinsam bewältigt. Nur selten allein. Nie mit jemand anderem.

Ohne sie bringe ich nichts zustande.

Und da ein Unglück selten allein kommt, mischt sich jetzt nach langem Schweigen auch noch Nana ein.

Heeey ... Und wer hält dich fest, wenn sie nicht mehr da ist?

Stimmt, wer wird verhindern, dass ich mit dem Kopf voran abstürze? Und was noch wichtiger ist, wir hatten uns versprochen, eine Zirkusschule zu besuchen, Akrobatinnen zu werden und dann zum Cirque du Soleil zu gehen. Was wird jetzt aus unseren Träumen?

Ich flüstere: »Aber ... das ist doch unsere Passion.«

Ich bin den Tränen nahe. Ich halte sie mit aller Kraft und trotz gebrochenem Herzen zurück. Ich hasse mich dafür, dass ich Amelia hier und jetzt egoistisch finde. Sie hat das Recht, ihre Meinung zu ändern. Es wäre egoistisch von *mir*, sie zu zwingen, weil ich weitermachen möchte. Und dennoch ... dennoch empfinde ich genau das.

»Es ist *deine* Passion, Lara«, sagt sie traurig. »Nicht meine.«

2

Lara

Soweit ich mich erinnern kann, wollte ich immer Akrobatin werden. Ich weiß sogar noch den Tag, an dem unsere Eltern Amelia und mich zum ersten Mal mit in den Zirkus genommen haben. Es ist vielleicht meine früheste Erinnerung. Ich war erst vier Jahre alt, und dennoch sehe ich ganz klar die Clowns, die Dressurpferde, den Feuerreifen und die Jongleure und Jongleurinnen vor mir.

Vor allem aber war ich von der eleganten Frau beeindruckt, die fünf Meter über dem Boden in der Luft schwebte, die Gliedmaßen in ein rotes Tuch verwickelt.

Alle Blicke waren auf sie gerichtet.

Zwei Jahre später haben meine Eltern mich in einen Zirkuskurs für Kinder eingeschrieben. Das war der Startschuss für mich. Seither habe ich nie mehr damit aufgehört. Dort wurden verschiedene Kurse angeboten: Clownskunst, Foot Freestyle, Parkour, Jonglieren, Tanz, Seiltanz … Ich habe alles ausprobiert.

Im Laufe der Zeit habe ich mich auf Luftakrobatik spezialisiert, vor allem auf den Luftring. Heute kann ich nicht mehr ohne leben. Ich kann mir ganz einfach nicht mehr vorstellen, etwas anderes zu machen.

Ich bin dafür geboren.

Ich weiß, dass für mich die Columbia University vorgesehen

ist, um die Architektentradition der Familie fortzuführen – so wünscht es sich zumindest mein Vater. Gerne wiederholt er unermüdlich: »Sein intellektuelles Potenzial nicht vollständig auszuschöpfen, wäre eine ungeheuerliche Verschwendung.« Aber niemand hat mich je gefragt, was *ich* eigentlich machen will.

Und die Wahrheit ist, dass ich von einer Welt träume, in der ich meine Darbietungen unter einer riesigen, sternenübersäten Kuppel präsentiere und die Kinder begeistern kann.

Dann werden alle Augen auf *mich* gerichtet sein.

Amelia ist mir ganz selbstverständlich auf diesem Weg gefolgt. Ich dachte immer, sie würde den Zirkus genauso lieben wie ich. Aber anscheinend stimmt das nicht. Für sie war es nur ein Hobby, ein Zeitvertreib … Schlimmer noch, sie wollte mir nur eine Freude machen.

»Wusste ich doch, dass ich dich hier finde«, sagt plötzlich eine Stimme in der großen Sporthalle.

Ich wende den Kopf zu Chhavi, meiner einzigen wirklichen Schulfreundin. Obwohl ich eher eine Einzelgängerin bin, war ich in der Klasse immer beliebt, wahrscheinlich, weil ich zu allen nett bin. Aber dennoch sind das keine Freundschaften. Außer das mit Chhavi. Ich hätte nie gedacht, dass ich mich mit einer sarkastischen Gothic-Rebellin anfreunden würde, die nichts ernst nimmt, etwas zu viel flirtet und düstere Zeichnungen auf Tumblr postet.

Aber alles ist möglich! Wir haben zum ersten Mal miteinander gesprochen, als ich sie dabei überraschte, wie sie im Unterricht ein Porträt von mir skizzierte.

Ich habe sie gefragt, warum sie mich gemalt hätte, und sie sagte nur: »Weil ich dich ungewöhnlich finde. Und ist es nicht die Aufgabe einer jeden Künstlerin, die schönen Dinge zu verewigen?« Diese Art des Denkens hat mir sofort gefallen, selbst wenn dieses Porträt Albträume bei mir ausgelöst hat.

Aber die Schönste ist sie selbst. Auf Hindi bedeutet ihr Name »Schönheit« und »Herrlichkeit« – das hat sie wörtlich so in ihrer Bio auf Twitter geschrieben –, und dieser Name passt weiß Gott zu ihr. Ihre braune Haut ist klar und makellos, darum beneide ich sie wirklich, und die schokobraunen Augen sind riesig. Ein Mädchen, das aus einem Disney-Film stammen könnte ... und das Prinzessinnengewand gegen einen plissierten Minirock, Netzstrümpfe, eine Lederjacke und dunkelroten Lippenstift eingetauscht hat.

Wenn man es recht bedenkt, hat ihre Mutter gut daran getan, sie auf eine Privatschule zu schicken, in der eine Schuluniform vorgeschrieben ist.

»Wie waren die Ferien?«, fragt sie und setzt sich, ihr Skizzenbuch in der Hand, neben mich auf einen der Ränge. »He, ist dein Hund gestorben, oder was ist los?«

Ich werfe einen Blick auf meine Uhr, massiere meine Finger und rechne. In zehn Minuten fängt die nächste Stunde an, und ich habe in der Pause noch nichts gegessen. Ich habe Amelia gesagt, ich müsse üben, und sie hat mir erleichtert zugelächelt und erklärt, sie würde sowieso »ihre Freundinnen treffen«.

»Amelia hört mit dem Luftring auf.«

Chhavi reagiert nicht sofort, sie gibt nur ein ungerührtes »Oh« von sich. Also wende ich mich zu ihr um und sehe die Antwort auf ihrem Gesicht geschrieben. Dennoch frage ich: »Wusstest du das?«

»Woher sollte ich es wissen? Ich bin nicht mit deiner Schwester befreundet. Aber ... ehrlich gesagt, war es vorhersehbar. Sie liebt den Zirkus offensichtlich nicht so sehr.«

Ich verziehe den Mund zu einem gequälten Lächeln. Ich bin also die Einzige, der das nicht aufgefallen ist. Wie egoistisch ich doch bin. Dabei sagt mein Vater es mir oft genug: Ich höre und sehe nur das, was ich sehen will.

»Was soll ich jetzt machen?«

»Wie meinst du das? Ich verstehe nicht, inwiefern das dein Problem ist.«

»Für die Jahresabschlussfeier. Es werden Scouts von Circadio da sein, und jeder weiß, was das bedeutet. Das ist eine Art Vorturnen, nichts anderes. Und meine Performance war mit Amelia geplant …«

Chhavi zuckt mit den Schultern. Ich hasse diese Angewohnheit, die alle Leute haben. Was genau soll das eigentlich ausdrücken?

»Lara, du bist sehr begabt«, sagt sie mit einem Seufzer. »Das wissen wir alle und du am besten. Mach doch eine Solonummer.«

Ja, aber das mag ich nicht. Es macht mir Angst. Das verstehen die anderen nicht. Amelia ist mein Talisman, meine Retterin. Und wenn bei einer Einzeldarbietung die ganze Magie nicht mehr da ist? Und wenn … und wenn ich abstürzen und sterben würde?

Das habe ich doch von Anfang an gesagt!, mischt sich Nana ein. *Aber du willst ja nie auf mich hören.*

Als ich mir kurz die Szene vorstelle, schlägt mein Herz schneller. Ich fröstele vor Entsetzen. Vielleicht ist das ein Zeichen von oben … Vielleicht ist es keine gute Idee, hinter dem Rücken meiner Eltern zu versuchen bei Circadio aufgenommen zu werden … Ich sollte mich mit der Columbia zufriedengeben, und fertig. Dem ursprünglichen Plan folgen. Mit den unmöglichen Träumereien aufhören. Das ist zu gefährlich.

Ja. Ganz genau. Gut so. Ach, und bist du sicher, dass du das essen willst?

Ich werfe einen fragenden Blick auf mein Thunfisch-Sandwich. Warum, wo liegt das Problem?

Hm … Was, wenn du allergisch wärst?

Ich bin nicht allergisch, ich liebe Thunfisch.

Das glaubst du.

Ich habe ja schon Thunfisch gegessen und bin nicht dran gestorben. Nerv nicht.

Und wenn du inzwischen eine Thunfischallergie entwickelt hast? Man kann nie wissen! So viele Dinge verändern sich von heute auf morgen. Willst du das Risiko wirklich eingehen?

…

Das habe ich mir auch gedacht.

Die Pausenglocke reißt mich aus meinen Ängsten. Ich knurre verärgert und packe das Sandwich genervt in meine Tasche.

»Mach dir nicht zu viele Gedanken«, beruhigt mich Chhavi, als sie aufsteht. »Los, komm.«

Während wir zu unserem Klassenraum gehen, versuche ich, ihren Rat zu befolgen. Wie immer dramatisiere ich alles. Wenn ich wieder zu Hause bin, mache ich Listen, und alles wird gut. Ich kann …

Grunz, grunz. Reflexartig drehe ich mich nach dem Geräusch um und bereue es sofort. Cody und Tyler – die beiden einzigen Arschlöcher, die mich dauernd belästigen – gehen neben mir her und geben weiterhin Grunzlaute von sich. Mein Blick wandert zu ihnen. Offensichtlich finden sie sich selbst urkomisch.

Ich verdrehe überheblich die Augen. Sehr reif. Ihre Witze haben sich wohl seit dem ersten Schuljahr nicht weiterentwickelt.

»Bravo, Tyler, das ist der Laut, den das Schwein von sich gibt«, kommentiere ich applaudierend und mit einem milden Lächeln. »Du bekommst ein Fleißkärtchen mit Stern.«

Tyler verliert seine Selbstsicherheit und läuft vor Scham rot an. Meine Trigonometrie-Bücher an die Brust gedrückt ignoriere ich ihn einfach. Solche Bemerkungen trafen mich sehr, als ich zwölf war und schon einen deutlich entwickelten Busenansatz hatte, doch dann habe ich begriffen, dass ich viel zu intelligent bin, als dass sie mir etwas anhaben könnten.

Seither prallt so was förmlich an mir ab.

»Hey, ist ja nicht unsere Schuld, wenn du dich angesprochen fühlst.«

Ich will ihn gerade darauf hinweisen, dass sein Hosenstall offen ist, als ich plötzlich gegen etwas stoße, das mir förmlich die Sprache verschlägt. Erneut höre ich Tyler und Cody lachen. Ich entschuldige mich, hebe den Kopf und blicke in vertraute Augen.

Eines flaschengrün. Das andere zimtbraun.

Und dazu gehört eine Person.

Casey Thomas.

Besser bekannt als mein Nachbar und seit Kurzem auch mein *Frenemy*. Casey ist ein Jahr älter als wir. Ich kenne ihn, weil er seit jeher gegenüber von uns wohnt, aber ich habe vorher nie mit ihm gesprochen. Aus für mich noch immer dubiosen Gründen ist er letztes Jahr sitzen geblieben. Darum ist er jetzt in unserer Klasse und hat meinem Ruf als Intellektuelle geschadet. Es ist ganz einfach, die Highschool funktioniert wie eine Mini-Gesellschaft: Jeder hat eine Rolle. Meine ist es, Klassenbeste zu sein. Klassensprecherin, Miss-ich-weiß-alles, Bücherwurm, kurz – das Mädchen, das alle insgeheim verabscheuen. Und das passt mir gut.

Doch dann kommt plötzlich Casey daher und macht mir *meinen* Platz streitig. Bei der ersten Klassenarbeit des Jahres war er um drei Punkte besser als ich. Eine persönliche Kampfansage an mich. Ihr werdet euch fragen, warum ich so ein Drama daraus mache, wo ich doch lieber bei Circadio aufgenommen werden als zur Columbia gehen will.

Es ist eine Frage der Ehre, okay?

Casey hat mein Spiel durchschaut, und ich bin sicher, dass

er sich darauf eingelassen hat, trotz seiner zur Schau gestellten Gleichgültigkeit, die sagen will: »Ich bin etwas Besseres.«

Dennoch unterhalten wir nach außen hin eine freundliche Beziehung … wir sind ja schließlich keine Tiere.

»Entschuldigung«, murmele ich. »Ich war mit den Gedanken woanders.«

Er antwortet nicht, bedenkt aber Tyler und Cody mit einem eiskalten Blick und hebt mein Buch auf, das mir bei dem Zusammenstoß heruntergefallen ist. Es ist *Tess von den d'Urbervilles*. Er überfliegt den Titel. Ich strecke die Hand aus, um es wieder an mich zu nehmen, doch er sieht mir in die Augen und sagt: »Ich habe es letztes Jahr gelesen. Am Ende stirbt sie.«

Empört öffne ich den Mund, aber er lässt mir keine Zeit für eine bissige Antwort, sondern geht, den Rucksack lässig über der Schulter, ins Klassenzimmer. Chhavi, die die Szene beobachtet hat, blickt ihm hinterher und lässt dann ihre Kaugummiblase platzen.

»Bin ich die Einzige, die das supersexy fand?«

Ich halte mich zurück, ihr zu sagen, dass sie sehr wohl die Einzige ist. Der Typ hat mir allen Ernstes das Ende des Romans versaut. Das tut man nicht, und das weiß er ganz genau.

»Wenn ich ihn mir jetzt genauer ansehe, muss ich sagen, dass Casey wirklich supercool aussieht«, fügt Chhavi hinzu. »Sein Freund hat echt Glück.«

Ich sage es nur ungern, aber ich persönlich fand Casey immer schon süß. Wahrscheinlich, weil ich ein Faible für intelligente, unverstandene Einzelgänger habe. Seine ungewöhnlichen Augen dürften auch dazu beigetragen haben.

»Wenn du mit ›cool‹ arrogant meinst, bin ich ganz deiner Meinung.«

Ich werfe ihm einen vernichtenden Blick zu und gehe zu meinem Platz in der ersten Reihe. Ungerührt stellt er seinen

Rucksack auf den Boden. Sein kupferfarbenes Haar fällt ihm perfekt in die Stirn und verdeckt die Augen mit den langen Wimpern und die Sommersprossen, die seine Wangen übersäen wie Sternenstaub. Seine Schuluniform ist makellos und sein Körperbau schlank und groß.

Er ist … zu perfekt.

Dass er das Jahr wiederholen musste, ist für mich ein größeres Mysterium als alles andere. Es fällt mir schwer, es zuzugeben, aber er ist der Intelligenteste in dieser Klasse – nach mir natürlich. Er ist kultiviert, denkt logisch und hat ein beeindruckendes Gedächtnis. Ein Roboter – und das sage ich mit aller Bewunderung, die ich für diese Spezies hege.

»Er ist wegen seiner vielen Fehlstunden durchgefallen«, hieß es letztes Jahr. »Er schwänzte tagelang, und wenn er da war, schlief er an seinem Tisch ein. Er selbst wollte das Jahr wiederholen.«

Ich habe Mühe zu glauben, dass es sich um dieselbe Person handelt. Ich erinnere mich an die Gerüchte, die es über ihn gab. Sie fingen an, als jemand erfahren hat, dass er mit einem Jungen von einer anderen Highschool ging.

Unzählige Male habe ich das Wort »Homo« auf seinem Spind gesehen. Er hat nie etwas unternommen oder gesagt. Nach und nach schwand das Interesse, und man wandte sich anderen Dingen zu: Er war doch nicht interessant genug.

Und das einfach nur, weil er sie nicht beachtete. Es war ihm egal. Er lebte einfach sein Leben weiter, ohne etwas beweisen zu wollen. Ich habe lange seine Fähigkeit bewundert, die Blicke der anderen zu ignorieren. Ich bin dazu nicht in der Lage.

Die Wahrheit ist: Casey Thomas ist ein einziges Rätsel für mich.

Und es gibt nichts, was ich so sehr hasse, wie etwas nicht zu begreifen.

3

Casey

Die Schule hat mir gefehlt.

Oder besser gesagt, die unablässigen Sticheleien und vernichtenden Blicke von Lara Bailey. Mein kleiner Bruder Chris glaubt, ich hätte ein Problem. Vielleicht bin ich ja wirklich sadomasochistisch veranlagt. Aber ich muss sagen, dass dieser stille Wettbewerb seit September das einzig Erfreuliche in meinem Leben ist.

Okay, das ist zum Heulen traurig.

Weihnachten war eine Katastrophe. Das erste seit Chris' Genesung. Ich habe alles getan, damit es perfekte Feiertage werden. Den ganzen Sommer über habe ich gearbeitet, um ihm das schenken zu können, was er sich wünschte. Meine Eltern meinten, ich täte zu viel, aber ich habe eher das Gefühl, dass es nicht genug ist.

Wie hätte es auch anders sein können, nachdem ich nichts tun konnte, als mein kleiner Bruder um sein Leben kämpfte?

Zwölf Jahre alt und Speiseröhrenkrebs.

Darauf waren wir nicht vorbereitet. Aber das ist man nie.

»Casey, mein Liebling«, sagt meine Mutter zu mir, als ich am Wohnzimmertisch meine Hausaufgaben mache.

Ich nehme einen meiner Kopfhörer heraus und blicke zu ihr auf.

»Du musst auch dienstags und freitags aushelfen«, erklärt sie, ohne mich auch nur anzusehen.

Ich versuche meinen Ärger zu verbergen, damit sie ihn nicht als Egoismus oder Undankbarkeit deutet. Ich arbeite immer gerne im *Amnesia*, es ist mein zweites Zuhause, aber manchmal brauche ich etwas frische Luft.

»Ich helfe doch schon samstags. Ich habe viele Hausaufgaben, und ich habe Chris versprochen, ihn beim Lernen zu unterstützen ...«

»Er kommt schon klar«, unterbricht sie mich mit einem bedauernden und zugleich beruhigenden Lächeln. »Wir haben keine andere Wahl, Casey. Du musst deine Hausaufgaben eben an einem anderen Tag machen. Du schaffst das alles, ich glaub an dich.«

Ich würde ihr gerne sagen, dass ich an den anderen Tagen in der Schule bin. Dass ich keine Zeit habe. Dass ich mich auch gerne mal mit Freunden verabreden würde. Dass ich nicht immer alles schaffen will. Aber das ist unmöglich. Denn die Familie geht vor.

Oder besser gesagt, das Familiengeschäft.

Sie wirft mir einen fragenden Blick zu, und ich antworte mit einem ermutigenden Lächeln.

»Geht klar, Mom. Ich werde schon die Zeit finden.«

Sie geht um den Tisch herum, legt die Arme um mich und drückt mir einen Kuss auf das zerzauste Haar. Ich genieße die Umarmung und bin froh, dass ich ihr eine Freude machen kann.

»Mein Sohn, mein Retter.«

»Das ist doch selbstverständlich«, sage ich, ehe sie geht.

Und das ist es auch. Glaube ich. Manchmal nervt es mich, aber dann habe ich immer ein schlechtes Gewissen, weil ich so egoistisch bin. Ich werfe mir vor, ein schlechter Sohn zu sein, und beschließe zu tun, was sie von mir erwartet.

Das bin ich ihnen schließlich schuldig.

Meine Eltern haben mit nichts angefangen. Sie haben allen mahnenden Worten getrotzt, um, nachdem sie Chris und mich bekommen hatten, ihr eigenes Geschäft zu eröffnen: ein kleines Varieté mitten in New York. Ihrer beider Traum, auch wenn ihre Eltern sie sehr unterstützt haben.

So wie meine Großmutter – die lange und ereignisreiche Jahre im *Crazy Horse* in Paris verbracht hatte –, war meine Mutter Tänzerin, als sie meinen Vater, einen sehr jungen Trapezkünstler, kennenlernte. Zwischen den beiden hat es sofort gefunkt. Kurz darauf wurde ich geboren. Das Varieté ist ihr Leben. Und schnell wurde es auch meins. Wie hätte es auch anders sein können? Schließlich bin ich dort groß geworden.

Schon mit sieben Jahren lief ich hinter den Kulissen herum und brachte den Tänzerinnen ihre Kostüme. Es stimmt, dass mich das beeindruckte, aber ich hatte nie Lust auf diesen Beruf. Darum habe ich meine Eltern vor einigen Jahren gebeten, mich vom Zirkuskurs abzumelden.

Das Thema ist noch immer tabu. Ich habe ihnen gesagt, dass ich kein Akrobat werden und auch das Varieté nicht übernehmen will. Ich will lange studieren, eine Doktorarbeit schreiben, reisen und mir unnütze Fragen über die menschliche Existenz stellen, auf die es keine Antwort gibt.

Das ist gar nicht gut angekommen. Sie versuchen noch, mich umzustimmen, und das bedrückt mich. Sie glauben zu wissen, was das Beste für mich ist, und manchmal … manchmal bringen sie mich dazu, es wie sie zu sehen.

»Weißt du, sie hat recht.«

Ich drehe mich zu Chris um, der aus seinem Zimmer kommt und sich vor dem Kamin die Hände reibt.

»Ich komme auch allein klar. Du musst mir nicht immer helfen. Du tust schon genug für mich.«

Ich ziehe eine Augenbraue hoch und drehe mich lässig auf meinem Hocker um.

»Glaubst du, ich wäre nie zwölf gewesen? Du suchst nur einen Vorwand, um deine Hausaufgaben nicht machen zu müssen.«

»Überhaupt nicht«, ruft er empört aus.

Angesichts seiner geröteten Wangen muss ich lachen. Er ist wirklich süß. Noch ein Kind und doch schon fast ein Jugendlicher. Mein Blick fällt auf sein rotes Haar und die Sommersprossen, die – so wie bei mir auch – die Nase sprenkeln. Wir sehen uns sehr ähnlich. Keiner von uns könnte die Verwandtschaft leugnen.

»Ich mache mir schon Vorwürfe«, brummt er. »Du hast überhaupt keine Zeit mehr für dich. Nach der Chemo und der Geschichte mit Dean … Ich wünsche mir, dass es in diesem Jahr anders für dich läuft.«

»Kümmer dich nicht um solche Sachen«, sage ich und zerzause sein Haar. »Es *ist* schon anders. Ich bin jung, attraktiv und Single … Siehst du, alles gut in der besten aller Welten.«

Er bedenkt mich mit einem ungläubigen Blick, offenbar hat er nicht angebissen. Ich verziehe das Gesicht. Zumindest habe ich es versucht.

»Stimmt es?«, flüstert er plötzlich, so als würde er befürchten, jemand könne uns hören.

»Was denn?«

Sein Blick wird ernst, dann beunruhigt. Dann murmelt er leise: »Dass das Varieté pleite ist.«

Ich fröstele. Er sieht mich aus großen, besorgten Augen an. Sie sind voller Fragen, die ich leider nicht beantworten kann, wenn ich ihn nicht noch mehr beunruhigen will. Ich musste schnell erwachsen werden, um meine Eltern zu unterstützen, aber es ist mir wichtig, dass Chris noch lange ein Kind bleiben darf.

»Natürlich nicht«, lüge ich. »Ich muss ihnen helfen, weil das Geschäft so gut läuft, mach dir keine Sorgen.«

Er atmet erleichtert auf und nickt. Chris hatte das Glück, dem elterlichen Druck zu entgehen. Er hat, genau wie ich, als kleines Kind mit dem Zirkus angefangen, aber es stellte sich heraus, dass er völlig untalentiert ist.

Ich hätte mir auch gewünscht, nicht begabt zu sein. Dann hätte ich ohne Bedauern und Gewissensbisse das machen können, was ich will.

»Ich lasse dich arbeiten«, sagt Chris und wendet sich ab. »Yale wartet auf dich!«

Yale braucht mich weiß Gott nicht. Ich hingegen brauche diese Uni. Nachdenklich senke ich den Blick auf mein Yale-Sweatshirt. Yale ist mein Traum, aber auch mein einziger Ausweg.

Dann könnte ich nicht nur machen, was ich möchte, sondern später auch meine Eltern finanziell unterstützen, und so das Varieté retten. Das wäre für alle ein Gewinn.

Aber Mom und Dad müssen mich lassen …

4

Lara

Am Donnerstag bin ich zum ersten Mal in meinem Leben allein im Luftakrobatik-Kurs. Ich fühle mich nicht wohl ohne Amelia. Ich bleibe still im Hintergrund, wie ein angeheiratetes Familienmitglied. Zu Beginn der Stunde, als alle sich aufwärmen, tritt Mrs Zhang an mich heran, um mir zuzuflüstern:

»Kommt deine Schwester nicht mehr?«

Mürrisch verziehe ich das Gesicht, während ich einen Spagat mache.

»Nein.«

Sie runzelt die Stirn, verkneift sich wohl die Fragen, die ihr auf der Zunge brennen. Ich mag Mrs Zhang sehr. Sie ist exzentrisch und ein bisschen crazy, vor allem aber äußerst talentiert. Ich war immer schon ihr Liebling, hauptsächlich wohl, weil ich sie als kleines Mädchen so bewundert habe. Aber auch weil ich schon am längsten dabei bin.

»Du wirst schon allein zurechtkommen«, beruhigt sie mich und tätschelt meine Schulter.

Hoffen wir's. Abseits von den anderen, dehne ich schweigend Arme und Beine. Der Kurs zieht sich ewig in die Länge. Meine Gedanken sind woanders. Ich kann mich nicht konzentrieren, mache Anfängerfehler an meinem Luftring, setze die Füße an der falschen Stelle ein, biege den Rücken im falschen

Winkel, rutsche zu oft mit den Händen ab. Ich schäme mich derart, dass meine Wangen zu glühen beginnen.

So als hätte ich durch den Verlust von Amelia auch mein ganzes Talent verloren. Wie ist das nur möglich?

Die anderen beäugen mich heimlich – neugierig, aber sichtlich aufgeregt darüber, mich scheitern zu sehen. Endlich mal.

»Denkt ab jetzt über die Performance nach, die ihr zur Jahresabschlussfeier auf der Bühne präsentieren wollt«, ermahnt uns Mrs Zhang am Ende der Stunde. »Jede dauert drei Minuten, egal ob es eine Solonummer oder eine Gruppendarbietung ist.«

Ich raffe schnell meine Sachen zusammen und ergreife die Flucht – aus Angst, sie könnte mich zurückhalten, um mit mir zu diskutieren.

Ich trage noch den Gymnastikanzug unter meiner Daunenjacke und meiner Jogginghose, sodass die Kälte mich mit voller Wucht erwischt, als ich nach draußen trete. Ich laufe schnell, die Kopfhörer übergestülpt, meine Gedanken ein großes Durcheinander. Der Kurs heute Morgen war eine einzige Katastrophe.

Amelia kann nicht einfach aufhören. Nicht so – von heute auf morgen. Uns bleibt nur noch ein Jahr! Sie kann mich nicht im wichtigsten Augenblick meines Lebens einfach hängen lassen. Meine Zukunft steht auf dem Spiel. Sie hat nicht das Recht, mir das anzutun, wo sie doch nur noch ein paar Monate durchhalten muss. Das kann ich nicht akzeptieren.

Ich werde sie mir noch mal vorknöpfen. Es kommt einfach nicht infrage, dass ich allein auftrete.

Zu Hause empfängt mich meine Mutter im Wickelkleid mit vorgebundener Schürze.

»Wir essen gleich«, sagt sie und umarmt mich. »Geh schnell duschen.«

Ich ziehe meinen Mantel aus, sodass sie mein leichtes Outfit sehen kann.

»Willst du dir den Tod holen, oder was?«, schimpft sie. »Und warum trägst du noch immer diese Kluft?«

Um einen neutralen Tonfall bemüht, antworte ich: »Das ist meine Sportkleidung.«

Kopfschüttelnd nimmt sie mir den Mantel ab. Und dieselbe alte Leier beginnt.

»Sie dürfen euch nicht zwingen, so was Hautenges zu tragen, das alles enthüllt. Sie denken nicht an die armen Mädchen, die sich unwohl in ihrer Haut fühlen. Du könntest vielleicht versuchen, einen kleinen Samtrock darüber zu tragen ... du weißt schon, wie beim Eiskunstlauf ... um deine Schenkel zu kaschieren?«

Ich schaue ihr geradewegs in die Augen. Ich bin diese Art von Bemerkungen gewohnt, und normalerweise begnüge ich mich damit, ganz einfach brav zu nicken, aber heute hat sie den falschen Moment erwischt.

»Warum sollte ich meine Schenkel verbergen?«, frage ich gereizt und etwas angriffslustig.

»Ich sage das nur in deinem Interesse! Ich will nicht, dass du dich auf der Bühne neben all diesen hübschen Mädchen unwohl fühlst ...«

Das ist typisch für meine Mutter. Hübsch ist gleichbedeutend mit schlank. Nur weil ich dick bin, fühle ich mich zwangsläufig unwohl in meiner Haut. Nur weil ich mehr Kilos auf den Rippen habe, will ich sie natürlich verbergen. Das ist sicher der Grund, weshalb sie, seit ich mich mit dreizehn geweigert habe, all diese abgedrehten Diäten zu machen, nie mehr zu meinen Vorstellungen gekommen ist.

Weil es für sie zu schwer zu ertragen war, zuzusehen, wie ich mich bei meinem Auftritt demütige.

»Ich fühle mich sehr wohl so, wie ich bin«, sage ich mit einem breiten Lächeln. »Danke für deine Anteilnahme.«

Daraufhin verschwinde ich im Flur. Mein Herz klopft zum Zerspringen, ich kann nichts dafür. Amelia hätte mich verteidigt, wenn sie da gewesen wäre.

Aber sie ist seit einiger Zeit nie mehr zur Stelle.

Nachdem ich sie nirgendwo gefunden habe, muss ich daraus schließen, dass sie noch nicht zu Hause ist. Frustriert stelle ich meine Sachen auf dem Stuhl vor meinem Schreibtisch ab. Ich betrachte mich im Spiegel gegenüber und versuche mich so zu sehen, wie meine Mutter mich sieht, was mir für einen kurzen Augenblick sogar gelingt.

Dann fasse ich mich wieder. Die Fettpolster, die ich immer schon gehabt habe. Unmöglich sie zu übersehen. Ich weiß nicht, warum ich sie unsichtbar machen sollte. Sie sind da, an meinen Armen, an meinen Hüften, meinen Schenkeln, meinem Bauch …

Ich empfinde sie nicht als abstoßend. Sie sind ein Teil von mir. Mir geht es gut. Ich treibe Sport. Ich bin dick, ja. Und ich finde mich schön, was seltsamerweise das Schlimmste all meiner Vergehen zu sein scheint. Warum nervt es die Leute, dass Menschen wie ich sich, im Gegensatz zu ihnen, nichts daraus machen?

Als müsste man sich verstecken und elend fühlen, um es ihnen recht zu machen. Das wäre ihrer Meinung nach wohl das normalste Verhalten.

Sie können mich alle mal kreuzweise. Ich stecke voller Vitalität, bin schön, sexy, ein wahres Energiebündel. Ich kann alles machen, alles in Angriff nehmen, und mein Gewicht wird mich nicht daran hindern. Weder daran, Akrobatin zu werden, noch einen Freund zu haben oder glücklich zu sein.

Ich greife nach meinem Pyjama, will duschen gehen, als

mein Blick aus dem Fenster schweift. Ein blauer Punkt erregt meine Aufmerksamkeit. Ich sehe Amelia am Ende einer Reihe von Brownstone-Häusern, halb verdeckt von einem Baum.

Ich will sie schon rufen, als sich neben ihr eine zweite Silhouette abzeichnet. Ohne ihr jemals begegnet zu sein, weiß ich sofort, um wen es sich handelt.

Ohne Vorwarnung beugt sich Rachel zu meiner Schwester und küsst sie auf den Mund. Sehr lange. Ich bin wie erstarrt. Mit hochroten Wangen wende ich den Blick ab.

Ich hatte von Anfang an recht.

Amelia und Rachel sind ein Paar. Wie lange schon? Keine Ahnung. Ich weiß es nicht, denn anders als ich früher glaubte, bin ich nicht die Erste, die solche Dinge erfährt.

Ich dachte immer, sie würde mir alles erzählen, so wie ich auch, aber das stimmt nicht. Ich bin die Einzige, die sich mitteilt. Amelia begnügt sich damit, mir zuzuhören, ohne die Aufmerksamkeit jemals auf sich zu lenken. Um so ihre Geheimnisse für sich zu behalten.

Mein ganzes Leben lang zählte nur Amelia.

Was umgekehrt nicht der Fall war.

Ich bin nie schlank gewesen. Ich weiß nicht, wie es ist, einen flachen Bauch zu haben. Meiner ist ganz rund, weich und seidig. Ich war ein pausbäckiges Baby. Wie alle Babys, nehme ich mal an.

Nur dass sich beim Größerwerden nichts daran geändert hat.

Meine Mutter hat mit allen Mitteln versucht, mich zum Abnehmen zu bringen; ich habe alle Sportarten der Welt und alle Diäten ausprobiert. Einmal war ich bei einem uralten Ernährungswissenschaftler, der wollte, dass ich nur Grünzeug esse. Das habe ich natürlich nicht durchgehalten. Als ich beim nächsten Besuch dreihundert Gramm mehr auf die Waage brachte, fragte er mich, was passiert sei. Ich habe ihm geantwortet, ich sei farbenblind.

Als sie sah, dass ich einfach nicht abnahm, glaubte meine Mutter, ich müsste gesundheitliche Probleme haben. Schlechte Nachricht für sie: Ich strotze vor Gesundheit. Ich bin einfach so. Damit musste sie sich abfinden – das versucht sie bis heute.

Auch ich habe mich nicht immer wohl in meinem Körper gefühlt. Als ich klein war, zeigten die Kinder mit dem Finger auf mich und sagten, ich sei schwanger. Ich wagte mich kaum mehr aus dem Haus. Ich verbarg meinen Körper in schwarzen weiten Kleidern, die meine Mutter mir kaufte, um »das Elend zu verhüllen«.

Das hätte mich fast um den Luftring gebracht. Aus Angst, meine Beine und meine Kurven zu zeigen, wollte ich nicht mehr auftreten. Eines Tages fand mich Mrs Zhang tränenüberströmt in der Garderobe. In meinem Kummer sagte ich ihr, dass ich nicht mehr weitermachen wolle.

»Ich komme zurück, wenn ich dünn bin«, erklärte ich ihr schluchzend.

Sie strich mir zärtlich über die Wange, und was sie mir dann antwortete, war wie eine Ohrfeige: »Denkst du nicht, du solltest aufhören, dein Leben auf später zu verschieben? ›Eines Tages, wenn ich dünn bin‹, sagst du. Vergiss nicht, dass dein Leben jetzt stattfindet. Wir haben nur eins, Lara. Dir bleibt keine Zeit zu warten.«

Mir wurde klar, dass es mein Leben, meine Wahl, mein Körper ist. Und dass ich, sollte ich eines Tages schlank sein, deshalb nicht glücklicher wäre als jetzt.

Dieses Umdenken hat bei mir Wunder bewirkt. Seitdem denke ich nicht mehr darüber nach, was andere von mir halten könnten, und tue alles, um ihnen zu beweisen, dass ein dickes

Mädchen durchaus Luftakrobatik machen und vielleicht sogar die Beste sein kann.

Jetzt, da ich zu mir stehe, fällt mir auf, das die Leute versuchen, mich zu beruhigen: »Sag das nicht, du bist doch nicht dick«, erklären sie schockiert, wenn ich dieses furchterregende Wort in den Mund nehme. Den meisten von ihnen ist nicht klar, welche Wirkung ihre Aussagen haben.

Dick ist kein Schimpfwort.

»Was machst du?«, fragt meine Schwester und steckt den Kopf zur Tür herein.

Wir haben seit dem Abend, als ich gesehen habe, wie sie Rachel küsste, nicht mehr miteinander gesprochen. Ich habe in meiner Ecke geschmollt wie ein Kind und vorgegeben, ich müsse für meine Prüfungen lernen – was auch stimmt.

Es ist Sonntag, und ich habe mich in mein Zimmer verkrochen und blase Trübsal. Die Fernbedienung in der Hand, deute ich auf den Videorekorder.

»Ich schaue mir die alten Aufnahmen an.«

Amelia wirft einen Blick auf den Bildschirm und lässt sich im Schneidersitz auf meinem Bett nieder. Ihr blaues Haar fällt in feinen Strähnen über ihre rosigen Wangen.

»Wow«, ruft sie aus, als sie sieht, wie sich mein Mini-Ich auf dem Luftring dreht.

Dann taucht ihr Mini-Ich auf, und wir legen in perfekter Harmonie eine Arabeske hin. Ein nostalgisches Lächeln huscht über mein Gesicht.

»Du warst schon immer begabt«, sagt sie, ohne den Blick vom Bildschirm zu lösen. »Ich bin gespannt, was du uns am Jahresende bieten wirst.«

Ich stoße ein Knurren aus, während die Szene wechselt. Man sieht Amelia und mich im Alter von elf Jahren bei einem Kurs am Luftring. Wir sitzen brav nebeneinander, während

Mrs Zhang uns erklärt, wie man einen Flickflack macht. Ich erinnere mich noch genau an diesen Tag. Papa war etwas zu früh gekommen, um uns abzuholen, und hatte die Probe mit großem Interesse verfolgt.

Das war kurz vor der Scheidung.

»Damals war alles so viel einfacher …«

»Warum sollte es heute schwieriger sein?«

Ich schüttele ganz leicht den Kopf, wie um zu sagen: »Das verstehst du nicht.« Und das denke ich auch. Ich beneide sie um die Art, alles leichtzunehmen. Das Leben so zu akzeptieren, wie es kommt. Die Angst vor dem Unbekannten zu ertragen.

Davon kann ich nur träumen.

»Weil diesmal viel auf dem Spiel steht. Wenn ich Scheiße baue, sind all meine Zukunftspläne im Eimer.«

»Es gibt immer Lösungen für alles, Lara. Wenn du nicht auf diese Schule kommst, dann auf irgendeine andere.«

»Ich will aber auf keine andere.«

Sie schlingt die Arme um meine Schultern und drückt ihre Stirn an meine. Allein diese Geste tut mir gut.

»Du schaffst das, kleine Schwester. Ich hab ein gutes Gefühl.«

Ich schiebe sie beiseite, was sie amüsiert.

»»Kleine Schwester‹? Ich bin sechs Minuten früher als du zur Welt gekommen!«

»Aber ich bin zwei Zentimeter größer als du, also hab ich gewonnen.«

Diesmal versetze ich ihr einen so heftigen Stoß, dass sie lachend vom Bett fällt. Wie sehr mich ihre Entscheidung auch verletzt hat, ich kann ihr einfach nicht lange böse sein. Dafür liebe ich sie zu sehr. Außerdem haben mir solche Momente schwesterlicher Verbundenheit gefehlt …

Mein Blick wandert erneut zum Bildschirm, auf der Suche nach irgendetwas, das mich zu einer möglichen Nummer für die Jahresabschlussfeier inspirieren könnte. Plötzlich erregt ein Punkt ganz rechts außen meine Aufmerksamkeit.

Mein Herz macht einen Satz. Amelia sagt etwas, aber ich höre nicht zu. Ich schaue genauer hin, den Zeigefinger auf meine plötzliche Entdeckung gerichtet. Die Bildqualität ist mittelmäßig, aber ich würde diesen Kopf unter allen erkennen.

Ein roter Haarschopf im hinteren Teil des Raums. Unzählige Sommersprossen. Mürrischer Gesichtsausdruck.

Zweifarbige Augen, die einen um den Verstand bringen.

»Oh mein Gott.«

»Was?«, fragt Amelia mit gerunzelter Stirn.

»Das ist Casey Thomas.«

»Unser Nachbar?«

Wir haben beide den gleichen Reflex und kneifen die Augen zusammen. Kein Zweifel, das ist er!

»Was macht der überhaupt da?«

»Aber klar, natürlich, jetzt erinnere ich mich«, sagt Amelia langsam und mit nachdenklicher Miene. »Er war doch auch in unserem Club. Er war Reckturner … aber ich glaube, er machte auch Luftakrobatik. Mit dem Stuhl, wenn ich mich recht entsinne.«

Wie benommen krame ich in den Tiefen meines Gedächtnisses. Warum kann ich mich gar nicht daran erinnern? Vielleicht weil ich immer viel zu sehr auf mich konzentriert war.

Ich kann mir schlecht vorstellen, dass Casey Thomas – ernst, hochanständig und reserviert, wie er ist – beim Zirkus mitgemacht hat. Aber hier ist der unbestreitbare Beweis. Irgendwie schätze ich ihn deshalb noch ein wenig mehr.

»War er begabt?«

Ich weiß nicht, warum ich diese Frage stelle. Das heißt,

eigentlich weiß ich es genau, bin aber mit dem, was mir da durch den Kopf geht, selbst nicht einverstanden. Denn das beweist, wie *verzweifelt* ich bin.

Amelia denkt nach und zuckt dann mit den Schultern.

»Keine Ahnung. Ich weiß nur, dass er kurz danach aufgehört hat.«

Oh. Ich ziehe das Videogerät näher heran, in der Hoffnung, ihn besser sehen zu können. Aber er bleibt ganz hinten in der letzten Reihe, die Knie an die Brust gezogen. Ich durchsuche die anderen Videos von Proben und Aufführungen und danke meinem Vater innerlich dafür, dass er alles aufgenommen hat.

»Was genau suchst du?«, fragt Amelia neugierig.

Ich wage nicht mal, es laut auszusprechen. Ich spule die Videos im schnellen Modus ab. Erst nach drei Versuchen finde ich das Gesuchte. Eine Aufführung, als ich dreizehn war. Das Thema: Aladin.

Amelia und ich warten geduldig hinter einem Vorhang der Zirkuskuppel. Meine Schwester winkt unserem Vater mit einem strahlenden Lächeln zu, während ich viel zu sehr damit beschäftigt bin, meine Übungen in letzter Minute noch mal zu wiederholen. Zunächst sehe ich Casey nicht, als der seine Nummer absolviert, doch mein Vater hat die Szene ungewollt verewigt.

Jetzt starre ich verblüfft und gebannt auf den Monitor. Casey war damals vierzehn Jahre alt. Nacheinander legen er und seine Kumpel Vorwärts- und Rückwärtssalti hin und springen durch kreisende Ringe. Ich bin baff; und das noch mehr, als er auf den russischen Barren steigt und zur Musik von *Ce rêve bleu* eine Reihe perfekter Akrobatikübungen absolviert.

»Wow!«

Caseys Art, sich fast mühelos zu bewegen, hat etwas Reines an der Grenze zwischen maskulin und feminin. Und er wirkt schon sehr erwachsen für sein Alter.

»Er war begabt«, gibt auch Amelia zu.

»Ich kann es einfach nicht verstehen ... Warum hat er aufgehört?«, murmele ich vor mich hin.

Ich höre die Antwort meiner Schwester nicht einmal. Mein Gehirn arbeitet die verschiedenen Möglichkeiten auf Hochtouren durch. Und wenn ...

Nein. Lara hör auf. Das ist absurd. Warum einen Jungen wählen, den ich nicht besonders mag, als vielmehr eine meiner Kameradinnen vom Zirkus. Das ergibt doch überhaupt keinen Sinn. Er gehört ja nicht einmal mehr zum Club. Vergiss es!

»Du denkst doch nicht an das, woran ich gerade denke?«, fragt Amelia zögernd.

Ein diabolisches Lächeln huscht über meine Lippen, und sie erschaudert. *Zu spät.*

»Oh doch.«

Ich werde Casey Thomas fragen, ob er mein neuer Partner werden will.

5

Lara

»Deine Trainerin wird niemals zulassen, dass ein Schüler, den sie gar nicht kennt, an der Aufführung teilnimmt«, erklärt mir Chhavi, der ich von meinem Plan erzählt habe. »Wenn ihm etwas passiert, trägt sie die Verantwortung.«

Überzeugt von meinem Vorhaben wische ich ihre Zweifel mit einer Handbewegung beiseite.

»Das sind nur Nebensächlichkeiten. Ich finde schon eine Lösung. Und außerdem kennt sie ihn. Er war doch mehrere Jahre im Club. Er kann ja zurückkommen.«

»Was Lara will, kriegt Lara auch«, erwidert sie lachend und lässt ihre Kaugummiblase platzen. »Das Schwierigste wird allerdings sein, Casey zu überzeugen.«

Sie hat recht. Ich habe gestern den ganzen Abend darüber nachgedacht und eine Liste aufgestellt: mit Argumenten, die für mein Vorhaben sprechen, und Ideen, um ihn zu bestechen. Ich habe zunächst erwogen, ihm meinen Platz als »Klassenbeste« zu überlassen, aber mein Stolz hat mich dazu ermahnt, es bloß nicht zu übertreiben. Kommt gar nicht infrage, dass ich mich so erniedrige. Ich werde auf andere Mittel zurückgreifen müssen.

»Weißt du wenigstens, ob er Talent hat?«

»Mit vierzehn schien er ganz gut zurechtzukommen …«

Sie sieht mich schief an und scheint noch immer nicht überzeugt. Amelia hat am Vortag ähnliche Andeutungen gemacht. Ich weiß, es ist nur so eine Idee. Aber etwas in meinem Bauch – nennen wir es Instinkt oder eine Art des Sträubens – drängt mich, nicht aufzugeben.

»Du bist komisch. Hier, möchtest du?«, fragt sie und hält mir ein Sandwich entgegen, von dem sie kaum abgebissen hat. »Ich habe einen Blähbauch.«

Ich sehe den Thunfisch und schneide eine Grimasse. Nana hat keine Zeit, an meiner Stelle zu antworten. Ich habe die Lektion verstanden.

»Nein danke; ich reagiere allergisch auf Thunfisch«, sage ich. »Bis morgen!« Ich habe Caseys Spind entdeckt.

Minutenlang stehe ich davor und schaue immer wieder auf die Uhr, um sicher zu sein, dass ich nicht zu spät zu meinem nächsten Kurs komme. Um mich herum herrscht wildes Treiben, einige der Vorbeigehenden grüßen mich.

Plötzlich entdecke ich ihn am Ende des Flurs. Ich halte mich kerzengerade und sehe ihn auf mich zukommen. In ein Buch vertieft achtet er auf niemanden ringsumher.

Vor seinem Spind angelangt, wird ihm schließlich klar, dass jemand ihm den Weg versperrt. Casey sieht zu mir hinüber und blinzelt überrascht.

Ich schenke ihm ein sanftes Lächeln. Er dreht den Kopf langsam nach links und nach rechts.

»Oh … hallo?«, sagt er gedehnt.

Ich kreuze die Hände hinter dem Rücken und setze eine unschuldige Miene auf.

»Hallo. Gut siehst du heute aus! Was liest du denn Schönes?«

Sein Ausdruck ist misstrauisch, als ahnte er, dass es sich um eine Falle handelt. Er klappt sein Buch zu und seufzt, die verschiedenfarbigen Augen auf mich gerichtet.

»Was willst du?«

Das fängt ja schlecht an. Ich weiß, dass Casey mich durchschaut. Überflüssig um den heißen Brei herumzureden.

»Ich wollte dir einen Deal vorschlagen.«

»Kein Interesse«, sagt er und macht einen Bogen um mich.

Er öffnet seinen Spind, ohne mich zu beachten – ein deutliches Zeichen, dass ich verschwinden soll. Ich lasse mich nicht aus der Fassung bringen, ganz im Gegenteil: Ich hatte mit dieser Reaktion gerechnet.

»Bist du sicher?«

»Todsicher.«

Mir wird bewusst, dass wir das erste Mal mehr als zwei Worte miteinander wechseln. Seine Stimme ist beeindruckend: sehr tief. Sie entspricht so gar nicht seiner sanften, eher unschuldigen Erscheinung.

»Du bist nicht mal neugierig?«

Diesmal wirft er mir einen zögernden Blick zu. Ich lächele, denn ich weiß Bescheid. Wenn er ein ganz klein wenig ist wie ich, wird ihn seine Neugier umbringen. Ich lasse ihm nicht die Zeit zu antworten, aus Angst, er könnte seine Meinung ändern, und werfe mich ins Kampfgeschehen:

»Ich weiß nicht, ob du dich erinnerst, aber wir waren vor einigen Jahren im selben Zirkusclub. Ich habe vor, nach der Highschool eine Schule für Zirkuskunst zu besuchen, und ihre Scouts werden zur Jahresabschlussfeier von Mrs Zhang kommen. Du kannst dich an sie erinnern, oder?«

Er hört mir kaum zu und tauscht sein Literaturhandbuch gegen das der Naturwissenschaften aus. Ich warte seine Antwort nicht ab und sage: »Ich suche einen Partner.«

Er schließt seinen Spind und hebt eine Braue.

»Okay … na dann viel Glück. Inwiefern betrifft mich das?«

Ich lächele ihm erneut zu, deute mit dem Zeigefinger auf

ihn und dann auf meine Brust. Leicht verwirrt scheint er endlich zu verstehen.

»Soll das ein Witz sein?«

»Nein. Ich kann mich genau an dich erinnern.« Ich übertreibe ein wenig, um ihm zu schmeicheln. »Du warst sehr begabt.«

Der Anflug eines Lächelns huscht über sein Gesicht. *Autsch*, mein Herz.

»Ich glaube dir nicht, weiß deine Bemühungen aber zu schätzen.«

Die Pausenglocke läutet, und er steuert auf unser Klassenzimmer zu. Ich folge ihm, und meine kleinen Absätze klappern auf dem Boden des Korridors. Ich bitte ihn, mich alles erklären zu lassen, doch er unterbricht mich.

»Ich dachte, du würdest zusammen mit deiner Schwester auftreten.«

»Amelia gibt den Zirkus auf«, sage ich und ziehe dabei eine traurige Miene, was ihn zu besänftigen scheint.

Sein Gesichtsausdruck wird sanfter. So als wüsste er, was das für mich bedeutet. Schließlich haben wir über Jahre denselben Club besucht.

»Tut mir leid.«

»Nicht so wichtig. Ich brauche aber jemanden, der sie ersetzt und das ganz schnell. Meine Zukunft steht auf dem Spiel. Diese Aufführung ist sehr wichtig für mich. Nun?«

»Nein.«

»Warum?«, frage ich und ziehe einen Schmollmund.

»Weil ich weder Lust noch Zeit dazu habe. Und ich sehe nicht ein, warum ich dir helfen sollte. Wir sind nicht befreundet.«

Ich starre ihn mit weit geöffnetem Mund an und erwidere empört, das sei nebensächlich. Ich bestehe vielmehr auf der Tatsache, dass er seit langer Zeit mein Nachbar ist und wir uns von unseren jeweiligen Zimmerfenstern aus sehen können. Wenn das nicht verbindet, dann weiß ich auch nicht.

Er lacht angesichts meiner Bemühungen und hält plötzlich inne, um mir geradewegs in die Augen zu sehen.

»Du bist eine Miss-ich-weiß-alles, die keine Gelegenheit auslässt, mir süffisant unter die Nase zu reiben, dass sie bessere Noten hat als ich. Tut mir leid, aber deshalb schätze ich dich nicht besonders. Auf alle Fälle ist der Zirkus für mich passé.«

Na super, danke. Nicht nötig, so hart auszuteilen ... Ich weiß nicht, was ich antworten soll. Völlig aus der Fassung gebracht lasse ich ihn gehen. Ich weiß nicht, warum ich so enttäuscht bin. Diese Idee war von Anfang an aussichtslos. Ich finde ihn ja auch nicht besonders toll.

Die Wahrheit ist, dass niemand Amelia jemals wird ersetzen können.

Und genau das macht mir Angst.

6

Casey

Dieses Mädchen ist einfach unmöglich. Natürlich erinnere ich mich an den Zirkusclub. Und zu Beginn des neuen Schuljahrs war ich nicht weiter überrascht über ihren Charakter – eine Mischung aus Ravenclaw und Slytherin –, weil ich in den Jahren zuvor schon einen kleinen Vorgeschmack davon bekommen hatte.

Neun Jahre, klein, aber beeindruckend. Mit einem kugelrunden Bäuchlein und goldbraunen Zöpfen, wie die ihrer Zwillingsschwester. Ihre Gesichter waren ganz ähnlich, der Ausdruck in ihren Augen aber total verschieden. Amelia war stets entspannt, fast gleichgültig. Lara hingegen hatte immer diesen kämpferischen Gesichtsausdruck, so als würde sie alle herausfordern, sie anzugreifen.

Ich bin immer auf Abstand gegangen. Trotzdem konnte ich es nicht lassen, sie aus der Ferne zu beobachten. Sie war das Traumkind meiner Eltern. Eine geborene und leidenschaftliche Akrobatin, bereit, ihr Leben dem Zirkus zu widmen. Sie ging mir auf die Nerven, weil ich eifersüchtig war. Weil sie mich faszinierte. Weil sie so nervig wie hübsch war.

Mit den Jahren hat sich meine Eifersucht gelegt. Ich bin ihr immer mal wieder vor dem Haus begegnet, mehr aber auch nicht. Und heute ist sie die reinste Klette.

»Warum gehst du nicht auf ihr Angebot ein?«, fragt Chris, als ich ihm von Laras absurder Idee erzähle.

Er liegt, die Füße gegen die Wand gestützt, auf meinem Bett. Ich wende mich von meinem Computer ab und werfe ihm einen vernichtenden Blick zu.

»Erstens, weil sie mir auf den Sack geht.«

»Ganz schön vulgär.«

»Zweitens trichtere ich unseren Eltern nicht ständig ein, dass ich den Zirkus hasse, um mich dann in ein solches Projekt zu stürzen.«

»Das ist gelogen. Du hasst den Zirkus gar nicht.«

Ich knurre frustriert. Er hat recht. Ich liebe den Zirkus. Nur nicht genug, um ihn zu meinem Beruf zu machen. Leider habe ich aufhören müssen, um meinen Eltern keinen Hoffnungsschimmer zu lassen. Den Deal von Lara zu akzeptieren, wäre also kontraproduktiv.

»Ganz im Gegenteil, ich finde, das ist ein guter Plan«, sagt er.

Ich frage ihn, was er damit meint.

»Mom und Dad werden dich nicht in Ruhe lassen, solange du dem Zirkus nicht eine Chance gegeben hast. Solange du stur ablehnst, werden sie dir immer Dinge an den Kopf werfen wie: ›Du kannst es nicht wissen, weil du es nicht ausprobiert hast, blablabla.‹«

»Sehr gut imitiert«, beglückwünsche ich ihn amüsiert.

»Danke.«

»Und was schlägst du vor?«

Er denkt nach und richtet sich dann im Schneidersitz auf. Ich bin neugieriger, als ich sein dürfte. Bin ich gerade ernsthaft dabei, die Sache noch einmal zu überdenken? Verdammt, ich *bin* ein Masochist.

»Lass gut sein, ich hab sowieso keine Zeit«, sage ich, um mich selbst davon abzuhalten, eine Dummheit zu begehen.

»Zwischen der Schule, der Vorbereitung für das Aufnahmegespräch in Yale und den Abenden, an denen ich im Varieté aushelfen muss, hab ich keine Minute für mich.«

Ein seltsames Funkeln schimmert in seinen Augen. Er lächelt schelmisch.

»Genau, das ist sogar noch perfekter! Du sagst ihnen, du willst es noch einmal mit dem Zirkus versuchen. Sie werden überglücklich sein. Leider hast du Ärmster nicht genug Zeit, dich dem Kurs zu widmen«, fügt er gespielt traurig hinzu. »Und ZACK BUMM! Glaub mir, sie werden sofort Lösungen finden. Dann kannst du endlich tun, was du willst, und am Ende des Jahres kannst du ihnen sagen, du hättest es noch einmal versucht, aber es gefiele dir nicht, und damit ist das Thema ausgestanden. Fall abgeschlossen.«

Das ist … intelligent. Und sehr gerissen. Je mehr ich darüber nachdenke, desto wahrscheinlicher erscheint es mir, dass es funktionieren könnte. Für den Bruchteil einer Sekunde spiele ich mit dem Gedanken einzuwilligen. Doch genauso schnell verscheuche ich die absurde Vorstellung.

»Im Übrigen habe ich schon Nein gesagt.«

Leider ist Lara Bailey nicht der Typ, der es dabei belässt. Das hätte ich ahnen müssen. Lieber würde sie sterben als sich beim ersten – oder sechsunddreißigsten – Versuch geschlagen zu geben. Gleich am folgenden Tag erscheint sie wieder vor meinem Spind.

Ich bin erstaunt über ihre Sturheit, verkneife mir aber jeden Kommentar. Sie schlägt mir vor, meine Bücher zu tragen, doch ich lehne das Angebot ab. Sie folgt mir ins Klassenzimmer und bietet mir ihren Pausensnack in der Tupperware an.

»Die habe ich selbst gemacht«, fügt sie hinzu und deutet auf die beiden Sandwiches. »Sie sind vegan.«

Der stolze Tonfall, mit dem sie das sagt, verwirrt mich. Ich betrachte die Sandwiches angewidert. Sind die überhaupt essbar?

»Ich bin kein Veganer.«

»Ach ja? Das sagen aber alle.«

Ein spöttisches Lächeln huscht über meine Lippen. Ein intelligentes Mädchen wie sie glaubt solchen Gerüchten? Das ist neu.

»Eine sehr zuverlässige Informationsquelle. Lass mich raten«, füge ich hinzu und deute auf die Sandwiches. »Sind sie vergiftet?«

Sie denkt angestrengt nach, überlegt vermutlich, wie sie aus der Nummer wieder rauskommt. Ich verkneife mir ein Lachen; das ist derselbe Gesichtsausdruck, den sie immer bei Prüfungen hat – was nicht heißen soll, dass ich sie ständig beobachte. Ich bin eine komplizierte Gleichung, und sie hat nicht die Absicht, ein leeres Blatt Papier abzugeben.

Und das macht mir Angst.

»Nun ja … ich hab tatsächlich eine geheime Zutat beigemischt«, murmelt sie mit einem verschmitzten Lächeln.

Sie klimpert mit den Wimpern, und ich bin überrascht, dass sie auf diese Methode zurückgreift, aber warum eigentlich nicht? Ich bin ein schwacher Mann, und sie ist sehr hübsch. Es ist ihr Recht, das auszunutzen.

Ihr honigsüßes Lächeln verblasst ein wenig, als sie merkt, dass sie mich damit nicht um den Finger wickeln kann. Ich lasse mich auf das Spiel ein und frage, was denn das für eine Zutat sei. Sie flüstert in verschwörerischem Tonfall:

»Mein Herz.«

Ich mache ein Würgegeräusch, bevor ich ihr die Dose mit einem spöttischen Lachen zurückgebe. Sie wirft mir einen vernichtenden Blick zu, während ich mich, amüsiert über ihren vergeblichen Versuch, auf meinen Platz setze. Sie zieht echt alle Register. Sie muss verzweifelt sein.

Zu süß.

»Das ist deiner nicht würdig, Bailey«, raune ich ihr zu, um das Gespräch zu beenden.

Sie weiß, dass ich recht habe. Sie ist mehr wert als ihre Verführungskünste – wenn das denn schon alle waren.

Naiverweise dachte ich, sie würde aufgeben, vor allem aus Scham. Aber nein, sie fängt jeden Tag von vorne an. Sie folgt mir die ganze Woche auf Schritt und Tritt, trägt meine Bücher (oder in anderen Worten: sie nimmt sie sich einfach), macht mir Komplimente über meine Frisur (obwohl es immer dieselbe ist), bringt mir in der Sportstunde ein Erfrischungsgetränk … und so weiter.

Wenn ich das anfangs noch komisch fand, so geht es mir langsam auf die Nerven. Und ich habe auch keine Hemmung, ihr das dreimal am Tag an den Kopf zu knallen. Zu spät wird mir klar, dass sie darauf gesetzt hat, mich auf diese Art weichzukochen.

Mich glauben zu machen, dass ich keine andere Wahl habe als nachzugeben, um sie loszuwerden.

Eine richtige kleine Teufelin.

Die anderen fangen an, sich Fragen zu stellen. Ihre neugierigen Blicke folgen uns auf den Korridoren. Ich hasse das. Sie ist sicher daran gewöhnt bei den vielen Leuten, die sie mögen, ich aber nicht. Das erinnert mich zu sehr an das vergangene Jahr. Mein unfreiwilliges Coming-out, die Krebserkrankung meines Bruders, die Trennung von Dean …

Ich seufze, die Stirn in tiefe Falten gelegt.

»Kannst du mal aufhören?«

»Du musst nur drei Worte sagen«, wiederholt sie zum x-ten Mal, ohne ihr honigsüßes Lächeln abzulegen.

»Vade retro, Satana«, versuche ich es hoffnungsvoll mit »Weiche von mir, Satan« auf Latein, den Worten Christi, als er sich weigerte, sich seinem größten Feind, Satan, zu unterwerfen.

An ihrem ungläubigen Gesichtsausdruck ist abzulesen, dass es nicht die richtigen sind.

»Nein, nicht diese.«

»Wenn du mich dazu bringen willst zu sagen ›Ich liebe dich‹, musst du mir etwas mehr bieten als Sandwiches mit Erdnussbutter und Marmelade …«

Sie seufzt angesichts meines Mangels an Kooperation.

»Okay: ›Ich willige ein.‹ Das will ich hören. Easy, oder?«

Ich schüttele den Kopf und knalle die Spindtür zu. Mehrere Gesichter wenden sich uns zu. Lara bleibt fest und entschlossen, trotz der dunklen Ränder unter ihren Augen. Auch sie muss es satthaben, mir ständig nachzulaufen. Müsste sie nicht diese ganze vergeudete Zeit zur Vorbereitung von Prüfungen nutzen, in der Hoffnung, Klassenbeste zu bleiben, oder eine Voodoo-Puppe nach meinem Vorbild basteln? Was weiß ich.

»Hör zu … deine Entschlossenheit ist bewundernswert – wenn auch ein bisschen nervig –, aber du vergeudest nur deine Zeit. Ich habe bei deinem Deal nichts zu gewinnen. Ich wüsste nicht, warum ich mich drauf einlassen sollte.«

»Aber ja doch!«

Mit hochgezogener Braue verschränke ich die Arme über meiner marineblauen Krawatte.

»Okay. Also was?«

»Die Ehre, mit mir zusammen aufzutreten, natürlich.«

Ich sehe sie einen Augenblick wortlos an, ohne eine Miene zu verziehen. So eine Frechheit! Kennt sie denn gar keine Grenzen?

»Ich werd's überleben, nein danke.«

7

Lara

Fünf, sechs, sieben, acht.

Einatmen. Bauch einziehen. Bauchmuskeln anspannen. Einatmen. Lächeln. Schultern lockern.

Ich konzentriere mich mit aller Kraft auf die Bauchmuskulatur, hebe die Beine und hänge mich mit einer Kniekehle in den Ring. Meinen Körper lasse ich ins Leere schwingen, biege den Rücken durch und hebe das Kinn.

Innerlich bebe ich, aber ich halte durch. Ich werfe einen Blick in den Spiegel mir gegenüber, um meine Haltung zu überprüfen, dann lasse ich mich fallen. Ich fasse den Ring mit beiden Händen und drehe mich um die eigene Achse, wie eine Eiskunstläuferin.

Einmal, zweimal, dreimal.

Vier Drehungen.

Meine Hände brennen, und ein stechender Schmerz fährt mir durch die Schultern. Doch wegen der Kamera, die in einer Zimmerecke steht, zwinge ich mich zu einem Lächeln. Begleitet von den langsamen Rhythmen von Halseys *Graveyard*, setze ich mein Training bis zum Ende fort.

Als meine Füße wieder den Boden berühren, sinke ich einfach auf die Sicherheitsmatte. Ich schließe kurz die Augen, konzentriere mich auf meine stoßweise Atmung und die

Schweißperlen, die über meinen Nacken rinnen. Ich versuche nicht einmal, sie abzuwischen.

»Lara?«

Ich öffne die Augen. Meine Mutter steht in der Tür, ein Geschirrtuch in der Hand. Ich vermute, dass sie wohl überall nach mir gesucht hat. Im Sportraum sieht sie immer als Letztes nach. Ich bin die Einzige, die ihn benutzt, seit sie auf meine inständigen Bitten hin einen Luftring aufgehängt hat.

Ich übe dort sooft ich kann. Und ich bin auch diejenige, die Amelias Heimtrainer am meisten von uns allen benutzt. Außerdem gehe ich noch zweimal die Woche Laufen.

Ich muss ausreichend trainieren, um genug Kraft und Ausdauer für meine Darbietungen aufzubauen.

»Müsstest du nicht für die Schule arbeiten?«

»Habe ich schon«, sage ich und schließe erneut die Augen. »Ich habe sogar schon für die nächsten Wochen vorgelernt.«

»Hm ... Wir haben noch gar nicht darüber gesprochen, dass deine Schwester mit dem Zirkus aufhört ...«

Mein Herz krampft sich zusammen – ein Zeichen dafür, dass ich diese Nachricht noch nicht verdaut habe. Ich richte mich auf und schalte die Videokamera meines Handys aus.

Es freut mich, dass sie sich um mich sorgt. Endlich jemand, der versteht, wie ich mich fühle.

»Das ... kam ziemlich überraschend.«

»Ja, das denke ich mir«, sagt sie, kommt näher und streicht mir übers Haar. »Es tut mir leid. Ich nehme an, du möchtest, dass ich mit Mrs Zhang spreche?«

Ich runzele verständnislos die Stirn.

»Wie meinst du das?«

»Wenn du willst, kümmere ich mich darum, ihr zu sagen, dass du aufhörst. Du brauchst wirklich keine Schuldgefühle zu haben. Du hast schon so viel für den Club gegeben, Mrs Zhang wird Verständnis dafür haben …«

Es ist wie ein Schlag ins Gesicht. Verletzt zucke ich zurück. Mit dem Zirkus aufhören? Das soll wohl ein Witz sein. Ich habe mich getäuscht, sie kapiert rein gar nichts. Sie hat es nie verstanden und wird es nie verstehen. Meine spontane Wut, das Gefühl der Ungerechtigkeit und Frustration, ruft sofort Nana auf den Plan.

Auweia, jetzt geht's wieder los, stimmt's?

Nein. Nein, alles in Ordnung. Ich bin nur … genervt. Nicht weiter schlimm, geht vorbei. Meine Stimme bebt, als ich antworte:

»Ich will aber nicht aufhören.«

»Lara, Liebes, … du wirst langsam auch erwachsen«, beharrt meine Mutter. »Es ist dein letztes Jahr, du musst dich auf deine Zukunft konzentrieren, so wie deine Schwester.«

»Das tue ich ja!«

»Du lernst nicht genug«, bemerkt sie.

Ich bin Klassenbeste, möchte ich ihr entgegenschreien. Wahrscheinlich sogar Jahrgangsbeste. Ich bin Klassensprecherin. Ich war sogar zwei Jahre lang im Debattierclub. Das gesamte Lehrpersonal mag mich gern. Und im Sommer habe ich noch ein Tutorium übernommen.

Nicht für mich, sondern für die *anderen*. Um ihnen einen Gefallen zu tun.

Nur wegen des Zirkusclubs halte ich durch. Bleibe ich mental gesund.

Das ist das Einzige, was mir wirklich Spaß macht.

Das darf sie mir nicht nehmen. Weder sie noch irgendjemand anders.

»Ich werde mich anstrengen«, antworte ich in eisigem Ton.

»Ich befürchte, dass dieses Hobby zu viel Zeit in Anspruch

nimmt … Es lenkt dich ab. Du musst an die Columbia denken, ja? Das Datum des Aufnahmegesprächs rückt näher! Es
ist doch nur zu deinem Besten.« Sie lächelt mir warmherzig zu.
»Denk daran, wie stolz dein Dad auf dich sein wird.«

Ich schüttele den Kopf, wieder und wieder. Ich weiß nicht,
ob sie spürt, dass ich am ganzen Körper bebe. Wenn sie beschließt, dass ich aufhören muss, kann ich nichts dagegen un-
ternehmen.

Das darf auf keinen Fall passieren.

»Ich werde noch mehr lernen … Das verspreche ich dir. Die
Schule steht ab jetzt an erster Stelle … Bitte …«

Meine Stimme bricht bei den letzten Silben.

Sie seufzt und sieht mich durchdringend an. Als suche sie in
meinen Augen nach einer Antwort auf mir unbekannte Fragen.
Schließlich lächelt sie und nickt. Ich kann wieder atmen, was
Nana beinahe höhnisch auflachen lässt.

»Gut. Wir vertrauen dir. Enttäusch uns nicht.«

Sie gibt mir einen Kuss auf die Stirn und geht hinaus.

Keuchend und mit hängenden Armen stehe ich da. Wenn
ich nicht deutlich mehr für die Schule arbeite, nimmt sie mich
aus dem Zirkuskurs. Das weiß ich. Und das darf auf keinen Fall
passieren.

Ich muss ihr beweisen, dass sie unrecht hat. Ich muss ihr ein
für alle Mal beweisen, dass das kein simpler Zeitvertreib ist.
Dass es viel mehr ist. Dass ich fürs Auftreten geboren bin.

Ich werde großartige Arbeit leisten. Ich habe keine andere
Wahl. Ich werde nicht nur in meiner Traumschule aufgenommen werden, sondern meine Mutter wird auch endlich stolz
auf mich sein. Wenn sie erst einmal sieht, wie begabt ich bin,
wird sie keine andere Wahl haben, als meinen Berufswunsch
zu akzeptieren.

Aber dafür muss ich die Beste sein.

In der Schule wie auch bei der Performance.

Und zufälligerweise habe ich die Geheimwaffe für beide Probleme.

Ich brauche Casey Thomas.

Nachdem ich einen guten Teil der Nacht mit den Vorbereitungen für eine Klassenarbeit verbracht habe, die im März ansteht, verschlafe ich am nächsten Morgen.

Ich kann Casey also nicht vor seinem Spind abfangen. Ich vermute, dass ich ihm gefehlt habe, zumindest ein kleines bisschen, denn als ich mit dreißig Sekunden Verspätung das Klassenzimmer betrete, hebt er sofort den Blick, ganz so, als habe er auf mich gewartet.

Ich ignoriere seine gerunzelte Stirn und nehme wortlos in der ersten Reihe Platz. Ich konzentriere mich auf den Unterricht, denn die Worte meiner Mutter hallen noch immer in meinem Kopf wider. Ich bin so fertig, dass ich nicht die Kraft habe, Nana zu ignorieren, als sie auftaucht.

Ich spüre hier heute Morgen sehr viel negative Energie ... Du weißt doch, wie du Abhilfe schaffen kannst. Komm, ich zähl mit dir!

Wie befohlen blinzle ich mit den Augen. Ich muss bis sechzig zählen und dabei bei jedem Zehnerschritt einmal mit dem rechten und einmal mit dem linken Auge zwinkern. Leider bemerkt die Lehrerin schließlich mein Theater.

»Lara, hast du ein Problem?«

Mist! Ich schüttele den Kopf und hoffe, dass sie darüber hinweggeht, aber Tyler dreht sich in meine Richtung und lacht höhnisch. Ich höre, wie er eine Beleidigung in seinen Bart brummelt. Ich werde vor Verlegenheit rot. Irre, irre, irre. Du weißt nicht einmal, wie irre ich bin, Tyler.

Ich würde gerne aufhören, aber ich bin noch nicht bei sechzig angekommen.

Du kannst nicht bei siebenundvierzig aufhören, das ist nicht mal eine gerade Zahl.

Die anderen sehen zu mir hinüber.

Na und? Und wenn dir etwas zustößt, weil du nicht bis sechzig durchgehalten hast? Ein Unfall ist leicht passiert, du weißt…

Das Ganze ergibt überhaupt keinen Sinn, doch mir gelingt es nicht, mein Gehirn zur Ordnung zu rufen. Ich weiß, wie seltsam es auf alle wirken muss, aber ich kann nicht aufhören. Ich blinzele weiter, bis ich bei sechzig angekommen bin und ignoriere Caseys glühenden Blick in meinem Rücken.

Sehr gut, beglückwünscht mich Nana. *Und? Fühlst du dich jetzt besser?*

Nicht wirklich.

»Ich hatte … etwas im Auge«, erkläre ich leise.

Die Lehrerin nickt leicht verwirrt und setzt den Unterricht fort, so als wäre nichts gewesen. Beschämt halte ich den Blick bis zum Ende der Stunde auf mein Heft gesenkt.

In der Mittagspause warte ich am gewohnten Ort auf Casey. Aber er kommt nicht. Ich gehe in die Schulmensa, wo Chhavi mir zuwinkt, damit ich mich zu ihr setze, doch Casey bleibt unauffindbar.

»Bist du noch immer an der Sache dran?«, fragt sie mit spöttischem Unterton.

»Dieses Mal habe ich etwas, das *er* will. Ich gebe nicht auf, ehe er nicht akzeptiert hat.«

Mein entschlossener Ton scheint sie zu überraschen. Sie zuckt mit den Schultern und erklärt, sie habe ihn auf dem Hof in der Nähe der großen Eiche gesehen. Und da sitzt er tatsächlich auf einer Bank, einen Apfel in der Hand und ein Buch auf den Knien. Er hat einen blaugrünen Wollpullover über sein Hemd gezogen. Steht ihm gut, auch wenn es ihm genau genommen untersagt ist, ihn auf dem Schulgelände zu tragen.

Ich baue mich mit verschränkten Armen vor ihm auf. Aus der Nähe erkenne ich den Buchtitel: *Mary Barton* von Elizabeth Gaskell. Ein unterschätzter Klassiker.

»›Wenige Augenblicke reichen aus, um unsere Persönlichkeit für immer zu verändern, weil sich unsere Ziele und Energien vollständig anders orientieren‹«, zitiere ich stolz und füge aus reiner Rache hinzu: »Mary stirbt am Ende.«

Casey hebt nicht einmal den Blick. Er blättert die Seite um, während im gleichen Moment der winterliche Wind mit einer roten Haarsträhne spielt, und antwortet ruhig:

»Ich habe es schon dreimal gelesen. Aber netter Versuch.«

Angeber. Vielleicht habe ich bessere Noten als er – Algebra bereitet ihm Schwierigkeiten –, aber ich muss zugeben, dass Casey die bessere Allgemeinbildung hat. Sei es im Bereich Literatur, Film, Malerei oder Tagesgeschehen. Er weiß viel mehr. Darum beneide ich ihn ein bisschen.

Gut, *sehr* sogar.

»Heute Morgen musste ich meine Tasche ganz alleine tragen!«, scherzt er. »Ich war enttäuscht.«

»Tja, jetzt ist Schluss mit der Speichelleckerei!«

Das macht ihn neugierig. Er hebt den Kopf und zieht verwundert eine Augenbraue hoch. Ich habe nichts mehr zu verlieren. Ich muss ehrlich sein. Ihm klarmachen, dass, so seltsam das auch scheinen mag, er meine letzte Chance ist.

»Du hast mir gesagt, dass bei dem Deal für dich nichts rausspringt. Aber es muss für beide Seiten interessant sein. Also nenn mir deinen Preis.«

Das meine ich todernst, und er bemerkt es auf Anhieb. Unsere Blicke messen sich eine Weile, dann schließt er langsam sein Buch. Er lässt mich nicht aus den Augen. Die Atmosphäre ist so elektrisch aufgeladen, dass ich es förmlich in den Fingerspitzen fühle.

»Wer sagt denn, dass du etwas hast, was ich gerne hätte?«

»Jeder hat seinen Preis.«

»Ich verstehe nicht, warum das so wichtig für dich ist …«

»Weil es um mein Leben geht!«, rufe ich plötzlich aus.

Meine Reaktion scheint ihn zu erstaunen. Mein Herz schlägt wie verrückt. Vor Verlegenheit werde ich rot. Ich wollte die Stimme nicht erheben, aber jetzt habe ich angefangen und kann nicht mehr aufhören.

»Weißt du, was mein Vater mir zu meinem achten Geburtstag geschenkt hat? Ein Sweatshirt und einen Becher mit dem Emblem der Columbia University. Seit ich geboren bin, bin ich dazu bestimmt, auf den Spuren meines Vaters zu wandeln. Sie haben ein Monster aus mir gemacht«, sage ich, und die Tränen schießen mir in die Augen. »Die, die keine Gelegenheit auslässt, dir süffisant unter die Nase zu reiben, dass sie bessere Noten hat, wie du so treffend gesagt hast. Aber ich bin nicht dafür geschaffen … Ich bin für den Zirkus geschaffen. Wenn du mich bei einem Auftritt sehen würdest, würdest du das verstehen.«

Er lässt mich mit undurchdringlichem Gesichtsausdruck ausreden. Schließlich setzt er an, etwas zu sagen, doch ich lasse ihn nicht zu Wort kommen.

»Ich muss unbedingt diese Performance erfolgreich über die Bühne bringen. Ich muss meinen Eltern beweisen, dass der Luftring mehr als ein Hobby ist. Dass ich das, was ich mache, gut mache. Mehr noch: dass ich die Beste bin. Aber leider … das gestehe ich nur ungern … bin ich das nicht, wenn ich alleine auftrete. Ich brauche einen Partner.«

»Und da komme ich ins Spiel«, schlussfolgert er mit leiser Stimme.

Ich nicke schweigend. Er sagt lange gar nichts, so lange, dass ich Lust habe, ihn durchzuschütteln. Dann nehmen seine Züge

einen sanften Ausdruck an, und er beginnt zu lachen. Träume
ich oder macht er sich über mich lustig? Ich werfe ihm einen
wütenden Blick zu, aber er entschuldigt sich.

»Schon komisch, denn eigentlich sind wir uns ähnlicher, als
ich dachte. Ehrlich gesagt ... ist meine Situation deiner nicht
unähnlich, nur umgekehrt.«

Damit habe ich nicht gerechnet. Ich lasse die Arme hängen
und frage ihn, wie er das meint. Er schiebt sein Buch in die
Mappe und wirft seinen Apfelstrunk in den nächsten Müll-
eimer.

»Meine Eltern haben mich im Zirkusclub eingeschrieben,
als ich gerade mal fünf Jahre alt war. Und später auch meinen
Bruder im selben Alter. So ist meine Familie. Vor zwei Jahren
habe ich sie inständig gebeten, mich aufhören zu lassen.«

»Warum?«, flüstere ich, weil mir das völlig unverständlich
scheint.

Wenn ich seine Eltern hätte, wäre das traumhaft.

»Weil das das Leben ist, das *sie* sich immer für mich erträumt
haben, aber nicht ich selbst. Ich begeistere mich fürs Studium –
es muss unbedingt Yale werden –, ich will Kunst, Literatur und
Mathematik studieren ...«

»Ich will dir ja nicht zu nahe treten, aber Mathe ist nicht
gerade deine Stärke«, bemerke ich und verziehe das Gesicht.

Das überhört er und fährt mit schmerzvollem Gesichtsausdruck fort: »Meine Eltern können meinen Wunsch nicht
nachvollziehen. Sie sagen, ich würde mein Talent vergeuden.
Ich müsste die Familientradition fortsetzen. Das läge mir im
Blut. Und sie würden auf mich zählen.«

Ich will ihn fragen, was seine Eltern machen. Sind sie
Berühmtheiten im Akrobatikbereich? Vielleicht kenne ich sie
ja.

Doch er kommt mir zuvor, sieht mich bedauernd an und

erklärt: »Ich versuche noch immer sie davon zu überzeugen, dass das nicht das Richtige für mich ist. Es kommt nicht infrage, dass ich ihnen recht gebe, indem ich wieder mit dem Zirkus anfange. Tut mir leid, Lara … wirklich.«

Dann bedenkt er mich mit einem mitleidigen Blick und geht. Er soll nicht dafür geschaffen sein? Das soll wohl ein Scherz sein. Ich habe ihn im Video gesehen, er ist einfach unglaublich!

In einem letzten verzweifelten Reflex halte ich ihn am Arm zurück. Doch als ich seine finstere Miene sehe, lasse ich ihn sofort wieder los.

»Im Gegenteil, beweis ihnen doch endgültig, dass das keine gute Idee ist.«

Er blinzelt und fängt erneut an zu lachen. Meine Idee ist total abgefahren, und ich habe fast ein schlechtes Gewissen gegenüber seinen Eltern, entscheide mich aber, egoistisch zu sein. Ich muss zuerst an mich denken.

»Hör zu, du hilfst mir, meine Eltern davon zu überzeugen, dass ich für den Zirkus geschaffen bin, indem du mich bei meinem Auftritt unterstützt, und ich helfe dir, deinen zu beweisen, dass du nicht so begabt bist, wie sie glauben.«

»Witzigerweise hat mir mein Bruder genau dasselbe gesagt.«

»Ja, das ist genial«, rufe ich völlig aus dem Häuschen. »Du lässt sie glauben, dass du es noch einmal mit dem Zirkus versuchen willst, ihren Rat befolgst und alles richtig machen möchtest. Dann können sie dir nicht vorwerfen, du hättest es nicht wenigstens probiert. Und am Ende des Jahres bitte ich Mrs Zhang, deinen Eltern zu erklären, dass es reine Zeitverschwendung ist. Das macht sie garantiert, wenn ich ihr die Situation erkläre, sie liebt mich wie ihr eigenes Kind.«

Sein Gesicht nimmt plötzlich einen angewiderten Ausdruck an. So weit hat er offenbar nicht gedacht. Bin ich so grässlich?

»Verdammt, du machst mir Angst. Ich will lieber nicht wissen, was sich in diesem kleinen diabolischen Kopf abspielt.«

»Meine Schwester nennt mich Dark Vader«, bestätige ich.

Er nickt, so als wäre das absolut logisch. Die Pausenglocke ertönt und unterbricht unser Gespräch. Ich spüre, dass er kurz davor ist, einzuknicken, darum klimpere ich mit den Wimpern, wie Chhavi es immer macht. Diesmal scheint er leicht aus der Fassung zu geraten, denn er blinzelt und räuspert sich.

Fast hätte ich ein siegessicheres Lächeln aufgesetzt.

Schließlich ist Casey vor allem ein Mann.

»Einverstanden.«

Mein Bauch kribbelt vor Aufregung. Ich kann es kaum fassen. Hat er gerade eingewilligt? Statt einer Antwort lächele ich begeistert. Casey seufzt, als würde er es schon bereuen.

»Aber nur unter der Bedingung, dass du mich nicht herumkommandierst. Es ist verboten, mir Befehle zu erteilen. Verstanden?«

Wir wissen beide, dass das schwierig wird, doch ich lege mit engelsgleicher Miene die Hand aufs Herz.

»Großes Ehrenwort.«

8

Lara

Letztes Weihnachten haben Ambrose, Matthew und ich uns versprochen, unter dem Jahr öfter miteinander zu telefonieren. Mir war aufgefallen, dass jeder von uns dreien aus albernen Gründen den anderen seinen Alltag verheimlicht. Ambrose hatte Angst, zum totalen Außenseiter zu werden, Matthew wollte nicht seine Rolle als witziger und beliebter Athlet gefährden, und ich ... Ich möchte, dass man mich weiterhin für perfekt hält.

Für eine Person, die einfach alles an ihrem New Yorker Leben im Griff hat.

Was natürlich absolut nicht der Fall ist.

»Und er hat einfach so zugestimmt?«, fragt Matthew bei unserem wöchentlichen FaceTime-Telefonat verwundert.

Die Brille auf der Nase räkele ich mich auf meinem Bett und nicke. Ambrose, der an seinem Schreibtisch sitzt, nähert sich dem Bildschirm. Seine lockigen braunen Haare sind schon wieder zu schnell gewachsen und reichen jetzt bis zu den Wimpern.

»Mir kann eben niemand etwas abschlagen«, sage ich eingebildet.

»Das weiß ich, glaub mir. Was meinst du, warum ich mich vor drei Jahren für den Weihnachtsmarkt als Kobold verkleidet habe?«

Matthew und ich brechen gleichzeitig in Gelächter aus, und ich erinnere mich an jenes Jahr, in dem ich ihn drei Tage lang bearbeitet hatte. Mit Erfolg.

»Du warst wirklich süß«, kommentiert Matthew, dessen Wangen sich leicht rosig verfärben.

Ambrose verdreht die Augen, ohne zu widersprechen, und ich spüre, dass es ihm peinlich ist. Das versteht auch sein Freund und wechselt das Thema.

»Was, wenn er eine komplette Nullnummer ist?«

»Unmöglich. Ich habe ihn mit eigenen Augen gesehen.«

Wenn er noch dazu aus einer Akrobatenfamilie stammt, ist mein Plan mehr als perfekt.

Dennoch ist Casey nur dazu da, um mich zu begleiten, ich brauche jemanden an meiner Seite, um die Sicherheit zu haben, dass ich nicht hinabstürze.

Die Jungs wünschen mir alles Gute, und ich klinke mich aus, um sie vor dem Schlafengehen noch etwas unter sich zu lassen. Dann lerne ich noch eine gute Stunde, ehe auch ich ins Bett gehe. Ich denke an Casey und seinen traurigen Blick …

Zugegebenermaßen habe ich einen Augenblick lang gedacht, dass er sich zu Unrecht beklagt. Dass Eltern, die einen dazu drängen, einen artistischen Beruf auszuüben, statt einen zum Studium zu zwingen, einfach traumhaft sind. Aber letztlich unterscheidet sich seine Situation nicht wirklich von meiner.

In beiden Fällen wollen unsere Eltern uns dazu bringen, etwas zu tun, was uns nicht entspricht. Sie setzen uns unter Druck, damit wir ihrem Beispiel folgen und ihre strengen Erwartungen erfüllen.

Dabei geht es um *unser* Leben, nicht um ihres.

Und wozu sollen wir überhaupt leben, wenn jemand anders an unserer Stelle entscheidet?

Ich wehre mich dagegen, dass man mir vorschreibt, was ich werden soll. Ich muss schließlich mein ganzes Leben auf dieser Erde verbringen, da will ich dann schon das machen, was mir gefällt. Denn niemand wird es an meiner Stelle tun.

Am Mittwochmorgen stecke ich mein Trikot in meine Schultasche. Gestern Abend habe ich Mrs Zhang angerufen, um sie zu fragen, ob sie auch im laufenden Jahr jemanden in den Kurs aufnehmen würde. Sie schien eher ablehnend, aber als ich Casey Thomas erwähnte, schlug das ins Gegenteil um. Wenn ich es richtig verstanden habe, kennt sie seine Eltern gut. Damit habe ich nicht gerechnet, und es könnte meinen Plan gefährden.

Ich habe Casey vorgeschlagen, am Spätnachmittag mit in die Sporthalle zu kommen, bis er wieder eingeschrieben ist.

»Eine Frage habe ich«, sagt er und bedenkt mich mit einem vernichtenden Blick. »Was haben die hier zu suchen?«

Dabei sieht er zu Chhavi und Amelia, die in der obersten Reihe sitzen. Sie wollten unbedingt bei unserer ersten Übung dabei sein, um uns zu unterstützen. Chhavi beachtet uns kaum, sie ist ganz auf ihren Skizzenblock konzentriert und vermutlich gerade dabei, die Szene zu verewigen. Ich hoffe nur, dass ich nicht schon wieder auf Tumblr lande.

»Sie sind die Schiedsrichterinnen. Wenn sie dich stören, schmeiße ich sie raus«, füge ich leise hinzu.

Ein erneuter Blick auf sie, dann schüttelt er den Kopf. Er trägt eine Jogginghose und ein schwarzes T-Shirt. Wie ich ist auch er barfuß. Ihn ohne die Schuluniform zu sehen, verursacht mir leichtes Bauchkribbeln. So wirkt er viel zugänglicher. Nicht wie ein Roboter.

Ich trage mein Trikot und einen Minirock aus Samt. Wir haben uns schon eine Viertelstunde aufgewärmt, also kann es losgehen.

»Fangen wir an? Soweit ich weiß, ist der Luftring dein Gerät. Wie willst du hier damit trainieren?«

»Ja, der Luftring ist mein Spezialgebiet. Aber den benutzen wir heute nicht. Ich will zuerst sehen, was du kannst, schließlich hast du vor zwei Jahren aufgehört …«

Er lacht über meine Stichelei und fährt sich mit der Hand durch das kupferrote Haar. Sein Blick wandert durch den Raum, bleibt am Kletterseil hängen. Chhavi und ich haben unseren Sportlehrer gebeten, das Vertikaltuch daran anzubringen, das ich immer mit nach Hause nehme. Darunter haben wir eine Gymnastikmatte gelegt.

Wenn er die Vertikaltuchakrobatik beherrscht, ist er auch am Luftring perfekt. Casey begreift sofort. Er greift nach dem Beutel mit Mangnesia, der neben seiner Tasche steht, reibt sich die Hände damit ein und ruft:

»Wenn ich recht verstehe, bin ich hier, um bewertet zu werden?«

Ich stemme die Hände in die Hüften, sage aber nichts. Mein Lächeln erstirbt, je mehr er sein Gesicht dem meinen nähert, bis ich schließlich seinen Atem spüre:

»Ich weiß nicht, ob du es weißt, aber Bewertungen sind eigentlich eher *mein* Ding.«

Ich schlucke und bekomme eine Gänsehaut. Aus der Nähe gesehen, sind seine unterschiedlichen Augen noch spektakulärer. Wenn er wollte, könnte er mich hypnotisieren.

»Niemand mag einen arroganten Schüler«, sage ich und stoße ihn zurück.

Sein überhebliches Grinsen verlässt ihn nicht, als er zu der Matte geht. Als er mit beiden Händen den Stoff ergreift, rechne ich mit dem Schlimmsten. Eine Weile verharrt er reglos, und plötzlich klettert und klettert er so schnell wie ein Äffchen am Seil hinauf. Seine Bizepse sind derart angespannt,

80

dass sich die Muskeln unter der Haut abzeichnen. Auf halber Höhe schwingt Casey die geschlossenen Füße in die Luft, sodass der Kopf nach unten hängt. Seine Beine schwanken leicht nach rechts und links, aber er hält sich gut, der Stoff ist fest um seinen Oberschenkel gewickelt. Ich sehe zu, wie er sich mehr und mehr einwickelt, sich dreht, abfällt, um dann wieder hinaufzusteigen … Und das alles offenbar ohne jede Anstrengung.

Sein Körper ist völlig anders als der, an den ich gewöhnt bin. Er ist hochgewachsen und muskulös. Graziös und elegant. Ich bin beeindruckt.

Ich schäme mich, aber ihn zu beobachten, löst bei mir etwas aus, das ich nicht näher benennen will.

»Er bewegt sich zu schnell«, beklagt sich Chhavi, die auf dem Rang sitzt und zeichnet.

Meine Schwester beugt sich über das Skizzenbuch und stößt einen kleinen überraschten Aufschrei aus. Ich bin so auf Casey konzentriert, dass ich sie kaum höre.

»Ähm … ich würde gerne verstehen, warum du anstelle seines Gesichts einen Totenkopf gemalt hast, aber ich traue mich nicht zu fragen. Was ist das denn?«

»Blut«, antwortet Chhavi ungerührt.

Casey ist inzwischen dazu übergegangen, mithilfe der verschiedenen Tuchenden Sternformen zu bilden. Es dauert nur wenige Minuten, aber man hat den Eindruck eine ganze Performance zu sehen. Überwältigend.

Mir stockt der Atem, als er sich plötzlich der Länge nach abfallen lässt. Das Tuch, das ihn hält, wickelt sich ab, während Casey sich in schwindelerregendem Tempo in Rotationen nach unten fallen lässt. Er ist so schnell, dass ich Angst habe, er könnte wie eine Kanonenkugel auf der Matte aufschlagen.

Aber einen Meter vorher stoppt er die Bewegung, indem er sich im letzten Moment mit dem Knie in das Tuch einhängt. Ich stoße einen erleichterten Seufzer aus. Amelia applaudiert als Erste, während er hinabsteigt und zu mir kommt.

In der Sporthalle herrscht Stille. Man hört nur das Geräusch seiner nackten Füße auf dem Boden, bis er vor mir stehen bleibt. Seine Wangen sind gerötet, seine Haare zerzaust. Noch nie habe ich ihn so gesehen … so *lebendig*.

Aber wie immer sind es seine Augen, die mich verwirren. Der Glanz in ihnen, jetzt in diesem Augenblick, ist anders. Ein Glühen. Adrenalin. Die beste aller Drogen.

Er liebt das hier.

»Nun, Ihr Urteil, Miss Bailey?«

Ich versuche eine unbeteiligte, vor allem unbeeindruckte Miene aufzusetzen. An seinem leichten Lächeln erkenne ich, dass er mein Spiel durchschaut. Ich muss zugeben, dass Casey Thomas weit mehr als ein Roboter mit guten Noten ist.

»Ich denke, das könnte ausreichen«, antworte ich, was ihn zum Lachen bringt. »Wie kannst du so gut sein, nachdem du so lange ausgesetzt hast?«

Ich gestehe, dass mich das schon ein bisschen nervt. Er ist zwar nicht besser als ich, wohl aber begabter als viele der Leute aus dem Zirkusclub.

»Auch wenn ich nicht mehr in den Club komme, habe ich doch nie ganz mit dem Zirkus aufgehört. Ich habe dir ja gesagt … meine Eltern geben nicht auf. Mit dem Luftring bin ich nicht so geübt, aber ich denke, mit etwas Training müsste es hinhauen.«

Das glaube ich ihm aufs Wort. Es ist wie mit dem Fahrradfahren, das verlernt man ja auch nicht.

»Jetzt bist du dran.«

»Wie bitte?«, frage ich empört.

Er verschränkt die Arme.

»Nun muss ich mich überzeugen, dass sich die Sache lohnt. Ich trete keinesfalls mit einer Anfängerin auf.«

Ich öffne den Mund und werfe einen Blick zu Amelia hinauf, die sichtlich versucht, ein Lachen zu verkneifen. Das Vertikaltuch ist zwar nicht meine Spezialität, aber ich komme ganz gut zurecht. Ich schlage ihm also vor, sich bei einem gemeinsamen Versuch zu überzeugen. Er ist einverstanden, will jedoch die Führung übernehmen. Während ich zu der Matte gehe, dehne ich Arme und Beine. Casey streckt die Hand aus, um mir zu helfen, aber ich ignoriere sie. Er geht nicht weiter darauf ein und klettert als Erster am Seil hinauf. Ich folge ihm, ganz auf meine Bewegungen konzentriert. Mein Körper hat in den ernsten Modus umgeschaltet.

Er ist angespannt und muskulös, bereit, all meine Anforderungen zu erfüllen.

Hm … Das ist das erste Mal, dass du mit jemand anderem trainierst. Bist du sicher, dass das klappt? Kann er dich wirklich festhalten, wenn du fällst?

Natürlich. Außerdem falle ich nicht.

Ich will ja nicht an diesem hübschen jungen Mann zweifeln, aber er hat dünne Ärmchen. Na, sieh sie dir doch an! Der kann bestimmt diesen Fettkloß nicht halten.

Ich beschimpfe Nana, bis mir klar wird, dass ich ja mit mir selbst spreche. Nana steht für meine Unsicherheit, verkörpert meine Angst. Sie hat recht. Casey wäre nicht in der Lage mich zu halten, wenn ich fallen sollte … aber andererseits – Amelia auch nicht. Das ergibt doch alles keinen Sinn.

Ich meine ja nur, ich habe nichts gesagt.

Außerdem gibt es ja die Matte. Wird schon klappen. In das Vertikaltuch gewickelt, streckt mir Casey erneut die Hand entgegen. Seine Stimme ist ernst, als er murmelt:

»Darf ich dich anfassen?«

Das ist natürlich albern, aber dennoch bringt mich diese einfache Frage aus dem Konzept. Ich blinzele mehrmals, außerstande zu antworten. Mir läuft es heiß und kalt den Rücken hinunter, bevor mein Gehirn begreift, was das bedeutet.

Natürlich muss er mich anfassen. Schließlich ist es eine Nummer zu zweit. Nur habe ich … dieses kleine unbedeutende Detail vergessen. Mit Amelia war das etwas anderes, zum einen ist sie meine Schwester, aber vor allem ist sie ein Mädchen.

Casey ist ein Junge, und noch dazu ein hübscher. Ich bin nicht sicher, ob ich will, dass er mich so anfasst … *Du hast keine andere Wahl,* bemerkt meine innere Stimme höhnisch. *Wenn du gewinnen willst, musst du da durch.*

Also nicke ich mit leichter Verzögerung und weiche seinem Blick aus. Zumindest hat er gefragt. Das hätten die meisten nicht getan.

Und so ergreife ich seine Hand, dann die zweite und spanne meine Muskeln an, um die Beine in die Luft zu schwingen, damit ich sie um seine Taille schlingen kann. Vergeblich versuche ich, mich so leicht wie möglich zu machen.

Mein Gewicht destabilisiert ihn und bringt ihn leicht zum Schwanken. Fast wäre ich gestürzt, aber er hält mich mit einem stöhnenden Klagelaut an der Taille fest.

»Spann deine Muskeln mehr an«, sagt er.

Ich will ihn anschreien, dass ich das ja bereits tue, unterlasse es dann aber. Ich schäme mich zu sehr, um etwas zu sagen. Ich versuche klar zu denken. Aber die Berührung seiner Hände auf meinen Rundungen verbrennt mich förmlich. Das mag ich gar nicht. Ekelt ihn das? Was denkt er jetzt gerade?

Unsinn! Du solltest lieber an euren sicheren Tod denken, wenn du ihn mit deinem Gewicht erdrückst. Du solltest bis sechzig …

Klappe! Nicht jetzt. Ich mache mich frei, klettere über ihn

hinaus und benutze seinen Ellenbogen, um die Beine in die Luft zu schwingen. Ohne zu verstehen, wie es dazu kam, hängen wir gleich darauf beide kopfüber in der Luft, mein Rücken dicht an seinem Oberkörper.

Seine Beine sind um meine gespreizten Schenkel geklammert. Mein Herz zerspringt beinahe, als seine Lippen fast mein Ohr berühren, und er mir zuraunt: »Oh … das ist aber ganz und gar nicht unangenehm.«

»Sei still!«

»Nur zu deiner Information: Normalerweise lade ich erst ins Kino ein, bevor ich so weit gehe. Übrigens, lieber süßes oder salziges Popcorn?«

Ich ignoriere ihn. Der Rest ist eine wahre Katastrophe.

Casey ist begabt, das habe ich mit eigenen Augen gesehen. Was mich betrifft, so muss ich mein Talent nicht mehr unter Beweis stellen. Aber zusammen will uns nichts gelingen. Mehrmals wäre ich fast abgestürzt, was mich in Panik versetzt. Jedes Mal, wenn er mich berühren will, ist mir das unangenehm. Unbeholfen zwinge ich mich, nicht nach unten zu sehen, sonst müsste ich mich übergeben.

Wir werfen uns gegenseitig unsere Fehler vor. Nach zehn Minuten gebe ich auf. Zerzaust steige ich auf die Matte hinab, ohne auf den Schweiß zu achten, der zwischen meinen Brüsten klebt.

»Bist du sicher, dass du die Beste in deinem Kurs bist?«, fragt Casey hinter mir.

Der finstere Blick, mit dem ich ihn über meine Schulter hinweg bedenke, lässt ihn verstummen. Chhavi und Amelia kommen zu uns, während wir uns verlegen dehnen. Ich sehe meine Schwester fragend an. Wie erwartet, versteht sie meinen Blick und verzieht das Gesicht.

»War es so schlimm?«

»Stell dir zwei Elefanten auf einem Seil vor.«

»Oh.«

»Es war noch schlimmer.«

Mein Gesicht verfinstert sich, und ich stemme die Hände in die Hüften. Ich bin so verlegen, dass meine Haut zu jucken anfängt. Amelia weiß, was los ist, da bin ich mir sicher, aber sie kennt mich zu gut, um vor den anderen etwas zu sagen.

Wenn wir so performen, hat meine Mutter recht: Ich mache mich schlichtweg lächerlich. Und natürlich werden alle der Dicken in ihrem Trikot die Schuld geben und nicht dem süßen Typen, der sein Bestes gegeben hat.

»Wollt ihr wissen, was euer Problem ist?«, fragt Chhavi, die einen Lolli im Mund hat. »Ihr seid im ständigen Wettstreit. Es ist sonnenklar, ihr kämpft leidenschaftlich gerne miteinander, um herauszufinden, wer besser ist. Aber wenn ihr als Duo arbeiten wollt, müsst ihr auch als Duo denken.«

Mit anderen Worten, ich muss meine Verteidigungsmauern Casey gegenüber abbauen.

»Sie hat recht«, stimmt Amelia, die Hände in den Taschen, zu. »Ihr müsst zusammenarbeiten und nicht gegeneinander.«

Leicht gesagt … Casey seufzt nachdenklich und sieht mich dann an.

»Gut. In diesem Fall also dann Waffenstillstand?«, fragt er mit einem angedeuteten Lächeln.

Wenn ich gewinnen will, bleibt mir keine andere Wahl, als zuzustimmen.

»Waffenstillstand.«

9

Casey

Lara Bailey ist eine Nummer für sich.

Ich war erstaunt, als ich gestern Abend eine E-Mail von ihr bekam. Betreff: »Wir werden uns gut amüsieren!« Ich weiß nicht, wie sie an meine Adresse gekommen ist und bin auch nicht sicher, ob ich es wissen will.

Die Nachricht enthielt eine Excel-Tabelle mit unseren Trainingsterminen. In ihrem PS befahl sie mir, alle mit Rot in meinem Terminkalender zu notieren.

Ich habe die Nachricht in den Spamordner verschoben und bin schlafen gegangen. Wie oft ich ihr auch sage, dass sie mich nicht herumkommandieren soll – es ist, als spräche ich Chinesisch. Außer sie kann vielleicht Chinesisch? Es würde mich nicht besonders wundern.

Dieses Mädchen ist eine Intelligenzbestie.

»Ich komme heute spät nach Hause«, sage ich zu meiner Mutter, während ich meine Schuhe zubinde. »Wartet nicht mit dem Abendessen auf mich.«

»He, he, Moment mal, junger Mann! Ich will wissen, was du vorhast, wo und mit wem.«

Ich lächele vage. Ich weiß, dass ihr das egal ist, aber sie stellt die Frage, weil man das tun muss. Ich habe mich noch immer nicht getraut, mit ihnen über den Zirkus zu sprechen. Ich will nicht, dass sie sich allzu große Hoffnungen machen, da ich sie ja belüge.

»Hast du ein Rendezvous?«, fragt Chris, der seine Tasche über der Schulter trägt. »Mit wem denn?«

»Ein was? Das Wort kenne ich gar nicht.«

»Ist er oder sie hübsch?«

Ich drehe mich um und sehe meinen Vater, der das Oberteil seines Kostüms trägt, nicht aber das Unterteil. Ich brumme angesichts seiner gestreiften Boxershorts und seiner Mickymaus-Socken. Ich verstehe nicht, warum er darauf besteht, im Varieté ein Kostüm zu tragen. Es wissen doch alle, dass er der Direktor ist.

Gut, ich hole tief Luft und beginne zaghaft:

»Es ist keine Verabredung. Wenn ihr es genau wissen wollt … Ich habe beschlossen, wieder mit der Akrobatik anzufangen.«

So, ich hab's hinter mir. Es herrscht Schweigen, und alle drei sehen mich verblüfft an. Mit dieser Reaktion habe ich gerechnet. Als wir das letzte Mal über dieses Thema sprachen, habe ich ihnen unmissverständlich klargemacht, dass ich nicht mehr in ihre Pläne einbezogen werden möchte.

Ich schlucke, ihre Reaktion versetzt mich in leichte Panik. Wehe, wenn Lara mir nicht – wie versprochen – aus der Patsche hilft.

»Das heißt, wenn ich darf.«

»Oh … natürlich«, stammelt meine Mutter. »Und ähm, na ja, ich meine … das ist cool. Und warum … warum jetzt?«

Ich errate, dass sie versucht, ihre Freude zu verbergen. Ich sehe förmlich, wie mein Vater seinen Wunsch unterdrückt, ihr zufrieden zuzuzwinkern, als wolle er sagen: »Wusste ich's doch, dass er wieder zur Vernunft kommt.«

Ich zucke mit den Schultern und rücke meine Krawatte zurecht.

»Eine Freundin hat mich überzeugt, mit ihr am Luftring zu arbeiten. Wir werden zusammen bei der Jahresabschlussfeier auftreten.«

Meine Mutter stößt ein »Oh Gott« hervor.

»Okay … dann rufe ich im Club an, um dich wieder einzuschreiben. Gleich heute Mittag. Ist schon lange her, dass ich das letzte Mal mit Mrs Zhang geplaudert habe. Cool. Cool, cool, cool.«

Fast hätte ich belustigt aufgelacht und bereite ihren Qualen ein Ende, indem ich mich abwende. Im Spiegel sehe ich, wie die beiden lautlos gemeinsam herumhüpfen wie kleine Kinder.

Bei diesem Anblick empfindet ein Teil von mir Schuldgefühle. Ich sollte es nicht tun … Noch wäre Zeit auszusteigen. Ich kann Lara sagen, dass es mich letztlich doch nicht interessiert.

Ich schüttele den Kopf, um diese alberne Idee zu verscheuchen. Wenn ich will, dass sie mich ein für alle Mal in Ruhe lassen, muss es sein.

Die einzigen Menschen, mit denen ich in der Highschool befreundet war – und das waren sowieso nicht viele –, sind jetzt weg. Die Hälfte von ihnen hat angefangen, mich zu ignorieren, nachdem letztes Jahr die Gerüchte über mich zu kursieren begannen. Und nachdem ich zugegeben habe, dass sie der Wahrheit entsprechen, haben sie gar nicht mehr mit mir geredet.

Die andere Hälfte studiert inzwischen. Ich bin der Einzige, der hiergeblieben ist, wie ein Loser. Chris macht sich deshalb Vorwürfe – er weiß, wie wichtig das Studium für mich ist –, aber ich sage ihm Tag für Tag aufs Neue, dass ich nichts bedauere.

Das letzte Jahr war hart. Ich hatte andere Prioritäten.

Damit will ich nur erklären, warum es an der Highschool niemanden gibt, mit dem ich befreundet bin. In den letzten Monaten habe ich immer allein in meiner Ecke gelernt und gegessen. Die Einzige, die mir durch ihren krampfhaften Konkurrenzkampf etwas Aufmerksamkeit geschenkt hatte, war Lara.

Aber seit sie vor einer Woche begonnen hat, mich zu verfolgen, ist etwas Magisches passiert: Leute, die ich gar nicht kenne, grüßen mich plötzlich auf dem Gang. Jungs, mit denen ich nie ein Wort gewechselt habe, fragen mich auf einmal, ob wir zusammen Mittagessen wollen.

Ich muss zugeben, dass ich nicht wusste, dass Lara so beliebt ist. Ich hatte eher den Eindruck, dass die anderen sie fürchten. Aber langsam begreife ich, dass sie ihr keine Zuneigung entgegenbringen, sondern Bewunderung und Neid.

Lara ist ein Mädchen, das alles hat. Ein Mädchen, das alles kann.

Ein hübsches und intelligentes Mädchen mit unerschütterlichem Selbstbewusstsein. Selbst Tyler und Cody stellen ihre wenig einfallsreichen Sprüche über Laras Rundungen langsam ein.

»Casey.«

Ich bin auf dem Weg von der Highschool zu meiner Verabredung mit Lara und bleibe wie erstarrt stehen. Ich kenne diese Stimme. Auch wenn ich sie gerne vergessen hätte.

Ich bewahre die Fassung, während ich mich umdrehe. Er ist es wirklich. Er steht mit einem Karton in der Hand vor mir. Lucas lächelt verlegen.

Der Arme! Er muss die Drecksarbeit für seinen Bruder machen.

»Hallo.«

»Ich nehme an, Dean schickt dich«, sage ich mit tonloser Stimme.

Er schweigt, was auch eine Antwort ist. Ich mochte Lucas immer gern. Er war oft da, wenn ich seinen Bruder besuchte. Er hat mir auch bei meinem Führerschein geholfen. Und er hat uns unser erstes Bier spendiert. Er war immer nett. Selbst nach der Trennung.

»Sorry … es ist mir unangenehm. Dean hat mir gesagt, dass noch ein paar Sachen von dir bei ihm wären. Er wollte sie loswerden, aber …«

Ich unterbreche ihn, indem ich »danke« sage und ihm den Karton abnehme. »Hättest du nicht tun müssen.«

»Mein Bruder ist ein Idiot. Weißt du, er wird es noch bereuen, dass er dich hat gehen lassen.«

Ein trauriges Lächeln huscht über mein Gesicht. Das ist anzunehmen. Wir haben uns gut verstanden, auch wenn er sich nicht in der Öffentlichkeit mit mir zeigen wollte. Mich hat das nicht weiter gestört, ich wollte, dass er seinem eigenen Tempo folgt. Ich habe ihn nie zu etwas gedrängt. Aus Liebe hätte ich alles für ihn getan, jedes Opfer gebracht.

Aber es sieht so aus, als wäre das nicht genug gewesen.

»Das wünsche ich ihm nicht«, antworte ich aufrichtig.

Er setzt an, etwas zu sagen, als ich plötzlich *ihre* Gegenwart hinter mir spüre. Es ist, als wären ihre Gedanken so laut, dass ich sie selbst unausgesprochen höre. Ich wende mich um und sehe Lara in ihrem Plisseerock, ein strahlendes Lächeln auf den Lippen.

»Bist du fertig? Wir haben nur drei Stunden Zeit, bis ich wieder zu Hause sein muss. Hallo«, sagt sie an Lucas gewandt, der ihr mit einem neugierigen Lächeln antwortet.

Ich räuspere mich verlegen und verabschiede mich von ihm. Er sagt, ich solle auf mich aufpassen, dann entferne ich mich, den erstaunlich schweren Karton in Händen, zusammen mit Lara.

»War das dein Freund?«

Ich zucke überrascht zusammen. Mit einer solchen Frage habe ich nicht gerechnet. Sie kennt also auch die Gerüchte, die über mich kursieren. Warum interessiert sich jeder für mein Gefühlsleben?

»Ich wüsste nicht, was dich das angeht.«

Sie verdreht gleichgültig die Augen. Ich öffne ihr die Autotür, und sie setzt sich hinein, als wäre das schon immer so gewesen.

»Ich frage dich nur, weil er süß ist, das ist alles.«

Lucas süß? Steht sie auf solche Typen?

Ich sage nichts. Ich bin ihr dankbar, dass sie mich nicht fragt, was in dem Karton ist. Ich setze mich ans Steuer und lasse schweigend den Wagen an. Neben Lara Bailey im Auto zu sitzen, ist seltsamer, als ich dachte.

»Und wohin fahren wir?«, frage ich sie.

»Zum Zirkusclub. Weißt du noch, wo er ist?«

Ich nicke und mache mich auf den Weg. Ich brauche einen Augenblick, um die Begegnung mit Lucas abzuschütteln und mich auf etwas anderes zu konzentrieren. Lara schweigt, die Hände fest um ihren Sicherheitsgurt geklammert. Sie scheint in Alarmbereitschaft zu sein. Bereit, jederzeit aus dem Wagen zu springen. Ich sehe, wie sie wieder und wieder über ihre Fingernägel reibt, sodass ich ihr schließlich einen fragenden Blick zuwerfe.

»Ist alles in Ordnung?«

»Schau auf die Straße«, antwortet sie mit angsterfüllter Stimme. »Ich habe Angst im Auto, das ist alles.«

»Oh … Okay. Woher kommt das?«

»Weißt du, wie viele Menschen jedes Jahr bei Verkehrsunfällen ums Leben kommen? Im Jahr 2018 waren es fast 36 560, und das allein in den USA. Autofahren ist gefährlich!«

Wow, sie kennt die genaue Zahl. Ich frage sie, ob sie einen Führerschein hat. Sie sagt, ihre Eltern hätten sie fahren lassen, aber das wäre schlecht ausgegangen. An ihrem Ton merke ich, dass es für sie eine traumatische Erfahrung gewesen sein muss.

Um sie nicht zu stressen, fahre ich langsam und vorsichtig. Hätte ich das geahnt, hätten wir die Subway genommen. Die Sache mit Lucas beschäftigt mich noch immer. Nach einer Weile halte ich es nicht mehr aus. Ich muss mich rechtfertigen, ich weiß nicht, vielleicht damit sie mich besser kennenlernt, damit sie weiß, dass ich nicht mit ihm zusammen bin. Eben weil …

»Das war der Bruder meines Ex. Er hatte noch Sachen von mir und wollte sie loswerden.«

Ich weiß nicht, woher das plötzlich kommt. Ehrlich gesagt, scheint meine Erklärung uns beide zu verwundern. Unbehaglich halte ich den Blick auf die Straße gerichtet. Ich hatte das Bedürfnis, die Sache klarzustellen, das ist alles.

Und ausnahmsweise hat Lara Bailey keinen intelligenten Spruch auf Lager.

10

Lara

Ich muss zugeben, dass ich schon etwas Angst habe. Unser letzter Versuch zu zweit war eine Katastrophe. Ich habe sofort mit Mrs Zhang darüber gesprochen. Casey nennt sie Mistress Yoda. Und auch wenn ich es nicht wollte, hat er mich damit zum Lachen gebracht.

Wir sitzen in einer Ecke der Halle in der Nähe des Recks. Mrs Zhang wendet sich gleich zu Anfang des Kurses an uns, was die anderen aufhorchen lässt.

»Willkommen zurück bei uns, Casey. Deine Mutter hat sehr früh heute Morgen angerufen ... Normalerweise nehmen wir im laufenden Jahr niemanden mehr auf, aber für dich habe ich eine Ausnahme gemacht.«

Der Angesprochene verzieht verlegen das Gesicht. Schnell widmen sich alle ihren Übungen. Normalerweise ist der Kurs sehr frei gestaltet. Da wir nicht alle an denselben Tricks arbeiten, müssen wir selbstständig sein.

»Komm«, sage ich und gehe zu den Luftringen, an denen sich schon zwei Mädchen aufwärmen.

Merkwürdigerweise ist mir in diesem Augenblick sehr bewusst, was ich trage. Ich erinnere mich noch an Caseys Hände auf meinen Hüften und verziehe das Gesicht. Dieses Problem werde ich schnellstens in den Griff bekommen müssen.

Nach einigen Minuten kommt Mrs Zhang zu uns.

»Gut, Lara hat mir erklärt, dass sie dich als Partner ausgewählt hat.«

»Ja, ich …«

»Ich will ehrlich sein: Ich bin nicht sicher, dass das funktioniert«, unterbricht sie ihn. »Lara, meiner Meinung nach wärst du alleine besser. Deine Schwester und du, ihr wart unschlagbar, das stimmt, aber es liegt daran, dass ihr Zwillinge und seit langen Jahren Partnerinnen seid. Den Partner in der letzten Minute zu wechseln …«

Ich unterbreche sie:

»Das weiß ich ja alles. Aber ich will es trotzdem versuchen.«

Sie sieht mich lange und durchdringend an, dann stößt sie einen tiefen Seufzer aus, womit sie ihr Alter verrät.

»Also gut. Aber dann werdet ihr euch schnell anfreunden müssen, meine Lieben. Ihr werdet keine Symbiose herstellen können, wenn ihr euch nicht vertraut. Also, in Position.«

Wir gehorchen wie brave Soldaten und stellen uns einander gegenüber auf die Gymnastikmatte.

»Seht euch fest in die Augen. Der Erste, der den Blick abwendet, bekommt zwanzig Liegestütze aufgebrummt.«

Ich will protestieren, aber sie drückt auf ihre Stoppuhr. Ich begreife, dass sie es ernst meint. Es war ein langer Tag, und ich habe nicht wirklich Lust auf Liegestütze, also gehorche ich. Casey hat sich keinen Millimeter vom Fleck bewegt.

Seine Augen versenken sich schon in meine. Unergründlich, und doch sanft und ehrlich. Ich verabscheue Blickkontakt. Er ist mir unangenehm, und ich verstehe nicht, inwiefern uns das helfen soll, unsere Akrobatikfähigkeiten zu verbessern. Aber ich halte durch und widerstehe dem Wunsch, loszulachen. Ernsthaft beiße ich mir in die Wangen. Ich kann nicht anders, ich muss immer lachen, wenn ich nervös bin.

Die ersten dreißig Sekunden sind unerträglich. Dann achte ich nicht weiter darauf. Nach einer Weile bedenke ich ihn mit einem kleinen Lächeln, als wollte ich sagen: »Wenn ich gewusst hätte, dass wir beide so weit kommen …« Er lächelt zurück, das ist so einfach, aber Balsam für mein Herz.

Plötzlich fängt er an zu schielen, um mich zum Lachen zu bringen. Ich kneife die Lippen zusammen, schüttele den Kopf und schiele ebenfalls. Ich schneide meine schlimmste Grimasse, drücke das Kinn ganz nach unten, egal, wie ich dabei aussehe.

Er hält nicht länger durch und verbirgt seinen Lachkoller hinter der Hand. Mrs Zhang gibt ihm einen leichten Klaps auf den Hinterkopf.

»Okay, das reicht. Das waren zwei Minuten. Was sagt euch euer Gefühl?«

Ich tue so, als würde ich scharf nachdenken, und streiche mir mit ernster Miene über den Bauch.

»Hunger.«

»Ich habe bemerkt, dass ich im Kopf auf Spanisch zählen und dabei die Nationalhymne singen kann«, antwortet Casey. »Das hat mich beeindruckt.«

Ich applaudiere und beglückwünsche ihn. Unsere Albereien bringen uns dreißig Liegestütze für jeden ein. Ich hatte vergessen, wie tyrannisch Mrs Zhang sein kann.

Sie lässt uns einige andere Übungen absolvieren, die alle darauf ausgerichtet sind, dass wir uns wohlfühlen und dem anderen blind vertrauen. Die nächste besteht darin, uns auf die Gymnastikmatte zu stellen und mit verschränkten Armen und geschlossenen Augen nach hinten fallen zu lassen – um uns vom anderen auffangen zu lassen.

Das gehört zum kleinen Einmaleins des Akrobatiktrainings, aber ich bezweifele dennoch, dass er in der Lage sein wird, mich zu halten. Schließlich bin ich kein Fliegengewicht, und ich habe seine mageren Arme gesehen. Nana hat recht.

»Wenn du mich fallen lässt, vergifte ich deine ekligen veganen Sandwiches«, warne ich ihn und nehme meine Position ein.

Er zuckt mit den Schultern und grinst schelmisch.

»Die esse ich sowieso nicht.«

Ich schließe die Augen, atme tief durch und lasse mich nach hinten fallen. Das Gefühl des Nichts überkommt mich kurz, und ich gerate in Panik.

Mayday, mayday! Du wirst auf ihn fallen wie ein Ziegelstein und ihn mit deinem Gewicht erdrücken.

Ich halte dennoch durch, bin darauf gefasst, auf den Boden zu schlagen, doch plötzlich halten mich kräftige Arme. Ich öffne die Augen und sehe zwei verschiedenfarbige Augen und ein verschmitztes Lächeln. Die roten Haarsträhnen fallen ihm über die Schläfen.

»Gib zu, dass du dachtest, ich könnte dich nicht halten«, murmelt er, und sein Atem kitzelt meine Nase.

»Ich hatte so meine Zweifel.«

Er hilft mir auf, und ich räuspere mich. Mir wird bewusst, dass das nicht stimmt. Ich hatte nicht den geringsten Zweifel. Es stimmt, ich hatte Angst, aber wenn ich gedacht hätte, dass er mich nicht halten kann, hätte ich die Beine gebeugt.

Ich habe ihm ganz einfach vertraut.

Jetzt ist er dran. Er lässt sich mit beeindruckender Gelassenheit fallen. Ich fange ihn mühelos auf, und er richtet sich mit einem siegreichen »Woohoo!« auf.

»Wir sind wirklich gut. Bravo, Bailey. Die nächste Mistress Yo … Mrs Zhang, meine ich.«

Verblüfft mustere ich ihn. Wer ist dieser Typ eigentlich? Ich kenne ihn nicht, so viel ist sicher. Noch nie habe ich ihn so gesehen. So entspannt und … cool. Vielleicht hatte ich wirklich einen falschen Eindruck von Casey Thomas. Vielleicht war ich die ganze Zeit der Roboter und nicht er.

Mrs Zhang lässt uns am Boden Aufwärmübungen machen und zeigt uns dann eine sehr kurze Choreografie, die einige komplizierte Posen enthält. Dann kümmert sie sich um die anderen. Wir arbeiten nicht ein einziges Mal am Luftring, was mich ein wenig beunruhigt.

Am Ende des Kurses äußere ich meine Sorge.

»Bei dir muss immer alles schnell gehen«, schimpft sie. »Es bringt euch gar nichts, in der Luft zu trainieren, solange ihr die Bodenübungen nicht beherrscht. Prägt euch diese Choreografie ein. Lernt euch zunächst einmal besser kennen und vertraut euch, nur so werdet ihr die Besten. Euer Partner muss ein Teil von euch werden. Ihr habt nicht viel Zeit, um das zu schaffen, also trödelt nicht rum.«

11

Lara

Casey und ich sollen uns also allen Ernstes anfreunden.

Dabei war dieses Jahr nun wirklich schon schlimm genug. Als Mrs Zhang angesichts dieses Vorschlags unsere verdutzten und – nennen wir das Kind beim Namen – angesäuerten Blicke bemerkt, scheint sie überrascht.

»Ehrlich gesagt, bin ich darüber verwundert, dass ihr es nicht bereits seid.«

»Ernsthaft?«, frage ich entrüstet.

Sie nickt und mustert uns von Kopf bis Fuß. Okay, so schlimm ist Casey wirklich nicht, aber müssen wir deshalb gleich befreundet sein?

»Ihr seid euch wirklich sehr ähnlich. Es würde mich nicht wundern, wenn ihr eure Wochenenden damit verbringt, Dungeons and Dragons zu spielen, an irgendwelchen Schachwettbewerben teilzunehmen oder euch *just for fun* in irgendeinem Jane-Austen-Buchclub engagiert.«

Wow. Das ist ja mal überhaupt nicht verletzend.

Beleidigt reiße ich den Mund auf, weil sie offensichtlich nicht den Unterschied zwischen »Intelligenzbestie« und »Supernerd« kennt. Ein Hoch auf Klischees. Ich drehe mich Hilfe suchend zu Casey um, aber der zuckt nur mit den Schultern und meint:

»Das hört sich für mich nach einem perfekten Wochenende an!«

Fazit: Ich für meinen Teil habe große Zweifel, dass wir das mit der innigen Freundschaft hinbekommen. Aber ich bin zu allem bereit, egal, an welchem Punkt wir uns gerade befinden! Um genau zu sein: in East Harlem. Dieses Viertel, das zu Upper Manhattan gehört, ist für seine kleinen alten Jazzclubs und die roten Sandsteinhäuser aus dem 19. Jahrhundert bekannt. Wenn die Gegend in den 1990er-Jahren auch einen schlechten Ruf hatte, so ist sie inzwischen zu einem äußerst lebhaften und bei Touris sehr beliebten Viertel geworden.

Ich weiß immer noch nicht, wo Casey mit mir hinwill, aber er hat versprochen, dass es uns helfen wird, uns gegenseitig besser kennenzulernen. Als Erstes haben wir Handynummern ausgetauscht. Außerdem hat Casey vorgeschlagen, mich jeden Tag im Auto zur Schule mitzunehmen, was mich echt überrascht hat. Widerwillig habe ich zugestimmt, denn ich habe ja Angst, im Auto mitzufahren. Hat er überhaupt eine Ahnung, wie hoch die Wahrscheinlichkeit ist, im Straßenverkehr zu sterben? Die Zahlen liegen deutlich höher als beim Fliegen!

Casey bedauert seine Idee schnell, als ich verlange, dass er täglich bei Starbucks für meinen Iced Americano anhält. Das hilft mir, mich abzulenken, während er fährt. Was auch hilft: bloß nicht an die Straße zu denken, weshalb ich im Rhythmus meines Herzschlags mit dem Finger auf das Handschuhfach trommle.

Wir gehen die Lexington Avenue entlang, als ich mich – beunruhigt angesichts einer Gruppe von Männern, die mich lüstern anstarren – endlich traue, dichter neben ihm zu gehen. Plötzlich fällt mir auf, dass wir uns immer weiter vom Zentrum entfernen und die Straßen leerer werden.

»Casey …«, sage ich und ziehe meine Daunenjacke enger um mich, in der Hoffnung, auf diese Weise meine Kurven zu kaschieren. »Gib es ruhig zu. Du hast vor, mich zu ermorden und meinen jungen, wunderschönen Körper in einer verlassenen Gasse abzuladen.«

Er geht langsamer, als fiele ihm wieder ein, dass ich da bin, und hält mir auf eine Art seinen Arm hin, die vollkommen natürlich erscheint. Ich zögere nicht lange und hake mich unter.

»Wenn ich dich hätte ermorden wollen, hätte ich es schlauer angestellt«, erwidert er.

»Na, das ist doch beruhigend.«

»Ich hätte es natürlich nachts gemacht. Bei Tag ist es zu offensichtlich, zu viele mögliche Zeugen. Im Anschluss hätte ich deinen Körper verbrannt, um alle DNA-Spuren zu vernichten, und mich dann um deine Zähne gekümmert, die ich an einer anderen, sehr weit entfernten Stelle vergraben hätte. Damit man dich nicht identifizieren kann«, erklärt er ganz selbstverständlich.

Ich bleibe stehen, um ihn anzusehen, während mir eiskalte Schauer über die Arme laufen. Er muss meinen erschrockenen Blick gespürt haben, denn als er sich zu mir umdreht, hat er ein breites Lächeln auf den Lippen.

»Was denn? Am Donnerstagabend läuft bei uns immer *Cold Case* im Fernsehen.«

»Okay, Ted Bundy, tut mir leid, dass ich gefragt habe.«

Er lächelt belustigt und sagt, ich solle ihm vertrauen. Das klingt sogar noch beunruhigender, aber da ich so hoffnungslos vertrauensselig bin, gehorche ich.

Meine Mutter sagt, in einem Horrorfilm wäre ich bestimmt die Erste, die sterben müsste. Mein Vater stimmt ihr zu, aber nur, weil »immer die nervigen, dicken und ständig plappernden Mädchen gleich am Anfang umgebracht werden«.

Man merkt es nicht auf Anhieb, aber ich schwöre, meine Eltern lieben mich wirklich!

»Wir sind da«, meint Casey, als wir vor einem Friseurgeschäft anhalten. »Nein, daneben, Dummerchen.«

Ach so. Ich werfe einen Blick auf das Schild rechts oben, auf dem »Golden Swallow« steht. Fragend ziehe ich eine Augenbraue hoch, doch er begnügt sich mit einem Lächeln. Ohne große Begeisterung trete ich ein und gehe hinter ihm die knarrenden Stufen hinauf.

Im ersten Stock ist leise Musik zu hören. Casey öffnet die Tür und lässt mich als Erste eintreten: Es ist ein großer Saal mit wunderschön gewachsenem Holzboden. Die Fenster auf der Vorderseite spenden unglaublich viel Licht, das auf die wenigen Leute fällt, die sich in unserer Nähe unterhalten. Lauter Erwachsene.

Ich beuge mich zu Casey hinüber und frage flüsternd:

»Entschuldige, wenn ich nachhake, aber was machen wir hier?«

»Uns anfreunden natürlich«, sagt er lächelnd. »Wir werden zu Vertrauten, die sich gegenseitig ihre Unsicherheiten gestehen, die Dinge, die sie lieben und die sonst keiner weiß …«

»Igitt.«

»Ja, ich weiß«, seufzt er, bevor er hinzufügt:

»Hierher komme ich, wenn ich eine Pause von meinen Eltern brauche. Hier ist es … ruhig.«

»Und was machst du hier? Sieht nach einem Töpferkurs für Senioren aus.«

Er lacht, bedeutet mir, leise zu sprechen, und flüstert mir dann ins Ohr: »Kalt, ganz kalt. Das ist ein Tangokurs. Ich tanze für mein Leben gern.«

Ich sehe ihn entgeistert an. Casey tanzt gerne? Noch dazu Tango? Wer ist dieser Junge? Ich vermute mal, es gibt nicht viele Menschen, die behaupten können, das über ihn zu wissen. Irgendwie freue ich mich über dieses kleine Privileg. Auch ich würde mich ihm gerne anvertrauen, aber das ist nun mal echt nicht mein Ding.

»Casey!«, ruft eine Frau reiferen Alters und kommt auf uns zu. »Wie ich sehe, hast du dieses Mal jemanden mitgebracht. Misses Alma wird sehr enttäuscht sein, ihren Tanzpartner zu verlieren, die Arme.«

Ich werfe einen panischen Blick zu Casey hinüber, der nur herzlich lächelt.

»Oder vielleicht ist sie froh, dass ich ihr nicht mehr auf die Füße trete. Lara, ich möchte dir Mabel vorstellen, meine Großmutter mütterlicherseits. Granny, das ist Lara, eine Freundin.«

Diese wahnsinnig schöne Frau ist seine Großmutter? Und sie gibt Tangounterricht? Ich glaub, ich träume!

»Willkommen«, begrüßt sie mich.

»Hängt eure Jacken auf, hier ist geheizt. Ihr könnt ans hintere Ende des Saales gehen, wir fangen gleich an. Und kein Herumgealbere, verstanden?«

Casey verspricht es und nimmt mir die Jacke ab. Ein echter Gentleman. Wir bleiben im hinteren Teil des Raumes, ein paar Meter von den anderen Paaren entfernt. Niemand beachtet uns oder fragt sich, was wir hier verloren haben.

Nehmen wir jetzt echt an einem Tango-Kurs teil? Ich will ihm sagen, dass das reine Zeitverschwendung ist, dass wir jetzt besser in einer warmen Turnhalle sein sollten, um die Bodenübungen zu wiederholen, die Mrs Zhang uns aufgegeben hat. Nichts Kompliziertes, und doch haben wir damit schon Schwierigkeiten …

»Und nur, weil wir uns gegenseitig nicht genug vertrauen«, wie Casey gerne sagt.

Mit einem Mal verstehe ich, was er bezweckt. Tango ist ein

Gesellschaftstanz; aber er wird nicht einfach nur von zwei Personen getanzt, sondern er hat auch noch eine sehr sinnliche Komponente.

Okay, jetzt habe ich ein bisschen Schiss.

»Eigentlich sollten wir jetzt besser trainieren …«

»Das glaube ich nicht. Es ist noch zu früh.«

»Wir haben nur ein paar Monate Zeit«, protestiere ich. »Du weißt, welchen Kaffee ich am liebsten trinke, und ich weiß, dass du Slips und keine Boxershorts trägst. *Peng*, und schon sind wir Besties.«

»Woher weißt du das?«

»Es hing ein Slip aus dem Karton, den der Bruder deines Ex-Freunds dir vorbeigebracht hat.«

Verlegen hält er die Hand vors Gesicht.

»Erstens, ich trage auch Boxershorts. Zweitens, du bist zu ungeduldig. Das ist dein größtes Problem. Und man kann mit jemandem befreundet sein und ihm nicht vertrauen. Das sind zwei völlig unterschiedliche Dinge.«

»Ich vertraue dir …«

Ich kann meinen Satz nicht beenden, weil er mich mit fester Stimme und durchdringendem Blick unterbricht.

»Warum weigerst du dich dann, dich von mir berühren zu lassen?«

Mein Herz rutscht mir in die Hose. Eine so direkte Frage hatte ich nicht erwartet. War mein Verhalten so offensichtlich gewesen? Wie peinlich. Ich öffne den Mund, aber es kommt nichts heraus. Zum Glück übertönen Mabels Erklärungen unsere Stimmen.

»Hör zu …«, sagt er leise und fährt sich mit der Hand durchs Haar. »Ich weiß, dass es nicht leicht ist, jemandem Einblick in seine Privatsphäre zu gewähren. Aber denk daran, es geht lediglich um Sport. Ich bin nicht pervers. Versprochen.«

Ich schäme mich viel zu sehr, um ihm die Wahrheit zu sagen. Ich hatte noch nie einen Freund. Niemand hat mich je auf diese Weise an diesen Stellen berührt, abgesehen von meiner Schwester. Als Casey seine Hände auf meine Hüften legte, musste ich sofort wieder an die Worte meiner Mutter denken.

Was ist, wenn mein Körper ihn abstößt? Ich kann mich nicht konzentrieren, wenn mir solche Fragen durch den Kopf gehen.

»Was ist das Problem?«, fragt er mit leiser Stimme, während er verzweifelt meinen Blick sucht. »Ich versuche es zu verstehen, um dir zu helfen, das in den Griff zu bekommen.«

»Ich bin es einfach nicht gewohnt, das ist alles.«

»Also werden wir dafür sorgen, dass es zur Normalität wird. Deswegen sind wir hier«, meint er mit einem aufmunternden Lächeln. »Der Tango ist perfekt für uns. Es ist ein improvisierter Tanz, man kann ihn nicht auswendig lernen. Es gibt keine ›feste Schrittfolge‹, sondern nur einen Tänzer, der seine Partnerin führt, ohne dabei an vorgegebene Schritte zu denken. Jeder macht es so, wie er es fühlt.«

Super. Genau das hasse ich.

»Du musst mich nicht nur nah an dich heranlassen«, fügt er hinzu, »sondern mir auch vertrauen und mir die Führung überlassen.«

»Horror.«

Er lächelt belustigt und baut sich kerzengerade vor mir auf. »Okay, ich habe eine Idee. Berühr mich.«

Meine Wangen färben sich knallrot. So etwas hat noch nie jemand zu mir gesagt, und die Tatsache, dass diese Aufforderung von einem süßen Kerl kommt – nein, von Casey – macht es weiß Gott nicht besser.

»Wenn wir zusammen auftreten wollen, müssen wir uns berühren. *Sehr oft*. An intimen Stellen und in nicht immer bequemer Haltung. Besser wir lachen gleich darüber, oder? Wir haben nicht die Zeit, uns dafür zu schämen. Also bringen wir es am besten hinter uns. Ich erlaube dir, mich anzufassen.«

Ich gebe es nur ungern zu, aber er hat schon wieder recht. Uns läuft die Zeit davon. Das ist nicht der passende Moment für Schüchternheit. Ich muss es in meinen Kopf bekommen, dass Casey hier ist, um mir zu helfen; er ist genauso professionell wie meine Schwester. Und verdammt noch mal, wenn ihn mein Körper anekelt, dann ist das *sein* Problem!

Ich bewege mich auf ihn zu, nehme all meinen Mut zusammen. Ich stehe so nah vor ihm, dass meine Füße seine berühren. Es gibt gerade noch Platz genug, um eine Hand zwischen unsere beiden Körper zu schieben. Ich hebe sie zu seinem Gesicht und danke Gott, dass Casey die Augen geschlossen hat, um mich nicht in Verlegenheit zu bringen.

»Berühr mich.«

Leise atme ich tief durch und lege meine Hand auf seine Wange. Seine Haut ist glühend heiß unter meinen kalten Fingern. Diese wagen sich vor und zeichnen die feine Linie seiner Nase nach, die perfekte Kontur seiner Augenbrauen.

Mein Herz schlägt schneller, als sie seinen Mund streifen, doch Casey bewegt sich keinen Millimeter. Seine Erlaubnis und seine Selbstbeherrschung geben mir den Mut, meine Hände zu seinem Nacken gleiten zu lassen. Sein unter seinem dünnen Pullover deutlich sichtbares Schlüsselbein verleiht ihm eine fast feminine Note, eine Mulde, in der sich an einem regnerischen Tag mehrere Wassertropfen sammeln könnten.

Ich berühre seine kantigen Schultern, seine Arme, die muskulöser sind, als ich dachte, dann seine Brust, die sich unter meinen Fingern hebt und senkt. Ich wünschte, ich könnte sein Herz schlagen spüren. Rast es unter diesem Gefängnis aus Wolle genauso aufgeregt wie meins?

An seinem Bauchnabel angekommen, höre ich auf, was ihm schließlich einen Schauer entlockt. Er hat seine Aussage unter Beweis gestellt. Trotz der Kleidung habe ich nun das Gefühl, jeden Winkel, jede Mulde seines Körpers zu kennen. Er ist mir viel vertrauter. Und daran war nichts Sexuelles. Es geschah nur aus Neugier, eine Suche nach Vertrautheit, Wärme, Verbundenheit.

»Fandest du es merkwürdig?«, fragt er und sieht mich dabei wieder an.

Seine Stimme klingt tief, aber sicher. Ich schlucke und bin froh, dass uns niemand Beachtung schenkt.

»Nein«, gestehe ich. »Und du?«

Er schüttelt den Kopf, aufrichtig. Ich schätze es sehr, dass er mich nicht bittet, dasselbe Experiment bei mir durchführen zu dürfen. Stattdessen kommt er erneut einen Schritt auf mich zu und erkundigt sich, ob ich schon weiß, welche Musik unseren Auftritt begleiten soll.

»Nicht wirklich. Ich habe eine Liste von Songs, aber zuerst muss ich ein Thema finden. Ich möchte etwas Originelles.«

Er nickt nachdenklich und fragt mich, ob ich bereit sei. Ich bejahe. Casey kommt noch näher und umfasst mit einer Hand meine Taille. Mit der anderen greift er nach meiner Hand.

Ich höre aufmerksam zu, als er mir die Grundregeln erklärt. Folgsam setzen wir Mabels Anweisungen um. Wir schaffen ein paar Schritte ohne größere Zusammenstöße, aber als die Musik beginnt, gerate ich aus dem Takt und trete Casey auf die Füße.

»Scheiße, tut mir leid.«

»Versuch nicht, meine Bewegungen vorwegzunehmen«, erinnert er mich. »Ich weiß, du hasst es, Lara Bailey, aber hier habe ich das Sagen. Begnüg dich damit, mir zu folgen, okay?«

Ich hätte nie gedacht, dass ich eines Tages mal Anordnungen von Casey Thomas akzeptieren würde, aber anscheinend ist alles möglich. Ich lasse ihn führen. Er tut es nicht auf eine herrische oder angeberische Art, was ich zu schätzen weiß.

Und, nun ja, langsam schaffe ich es. Je mehr ich aufhöre, nachzudenken, desto mehr gebe ich mich dem Tanz hin. Schon sehr bald achte ich nicht mehr auf die körperlichen Berührungen. Und die gibt es zur Genüge … Caseys Hand wandert über meine Taille, mein Kreuz, den Rücken entlang sowie über meine Oberschenkel. Ich lasse ihn gewähren.

Plötzlich wirbelt er mich herum. Als ich ihm wieder gegenüberstehe, zwingt mich seine Hand, mein Knie zu beugen und es auf sein Bein zu legen. Seine Wange an meine gepresst, lehnt er sich zurück, sodass ich, meinen Arm um seinen Hals geschlungen, auf seine Brust gleite.

Noch nie habe ich etwas so Sinnliches erlebt.

Als er mich wieder aufrichtet, begegne ich kurz seinem Blick. Seine Nase streift meine. Das reicht schon aus, um mich in Panik zu versetzen.

Seine Augen sehen mich derart durchdringend an, dass ich mich gezwungen fühle, das Eis zu brechen.

»Träume ich oder machst du einen auf Richard Gere?«

Er runzelt die Stirn, weil ich ihn ablenke. Guter Gott, er riecht nach einer Mischung aus Parfum und Schweiß.

»Was?«

»*Shall We Dance?*, der Film«, erinnere ich ihn und trete zur Seite. »Die Tango-Szene im dunklen Tanzsaal.«

Casey erwidert nichts. Er ist außer Atem und wirkt ein wenig verloren. Ich errate, dass er verzweifelt versucht herauszufinden, worauf ich anspiele.

»Der Film mit Jennifer Lopez als Tanzlehrerin?«

»Ah … ja …«

Er lacht gezwungen, was mich allerdings nicht überzeugt.

»Du hast nicht die geringste Ahnung, wovon ich rede. Ich kann die Verzweiflung in deinen Augen sehen, Casey.«

Wieder Schweigen.

»Hast du nie *Shall We Dance?* gesehen?«

Meine Worte klingen eher wie eine Anschuldigung statt wie eine Frage. Er wird rot und verzieht das Gesicht.

»Sorry?«

»Oh mein Gott. Okay, jetzt bin ich nicht sicher, ob wir noch befreundet sein können.«

»Im Prinzip sind wir das ja nicht wirklich … Du verfolgst mich seit Wochen und, um ehrlich zu sein, ich habe Mühe, dich loszuwerden.«

»Soll ich dich bei Mistress Yoda verpfeifen?«, drohe ich ihm.

Oh, verdammt, vielleicht sind wir am Ende doch Nerds.

»Es ist ein klassischer Nachmittagsfilm! Ich gebe dir eine zweite Chance, Casey. Vermassel sie nicht. Heute Abend siehst du dir *Shall We Dance?* an und sagst mir, was du davon hältst. Wenn dir der Film nicht gefällt, lüg mich an, das wäre besser.«

Er wagt nicht, mir zu widersprechen. Er ist klug genug, einfach zu gehorchen und es zu versprechen. Eine seltsam besänftigende Stille breitet sich zwischen uns aus. Er schlägt vor, zu den Toiletten zu gehen, um einen Schluck Wasser zu trinken, ich willige ein. Im Saal ist es viel zu heiß.

Ich sehe zu, wie er trinkt, während ich mir mit feuchten Händen Gesicht, Hals und Nacken abklopfe, und plötzlich flüstere ich: »Darf ich dich etwas fragen?«

»Ja, natürlich.«

»Du bist intelligent. Du weißt es, ich weiß es, jeder weiß es. Du lernst gerne. Warum musstest du dann das Schuljahr wiederholen? Ist es … ist es wegen deiner Eltern und der Sache mit dem Zirkus?«

Er blinzelt, ein Zeichen dafür, dass er von meiner Frage überrascht ist. So reagiert er immer, wenn ihm etwas peinlich ist. Ich will es einfach nur wissen. Sein Erstaunen weicht einem spöttischen Glucksen.

»Ich habe deine Pläne, Jahrgangsbeste zu werden, sabotiert, nicht wahr? Ich habe gesehen, wie sehr du mich gehasst hast, als ich das erste Mal eine bessere Note bekam als du.«

»Ja, das stimmt. Aber ich versuche nur zu verstehen … Es ergibt keinen Sinn, dass jemand wie du ein Schuljahr wiederholen muss.«

Für die Antwort lässt er sich Zeit, wägt offenbar das Für und Wider ab. Schließlich lächelt er mich traurig an.

»Es gab einige familiäre Probleme. Deswegen war ich nicht immer im Unterricht … Ich hatte viele Fehlstunden und habe sehr wenig geschlafen. Ich habe versucht, wieder aufzuholen, aber es war vergeblich. Es kam zu viel zusammen. Sagen wir einfach, es war kein gutes Jahr.«

Ich verstehe, dass er mir nicht alles erzählen will. Ich hake nicht weiter nach. Stattdessen mache ich einen Scherz und zwinkere ihm gespielt verführerisch zu.

»Vielleicht war es Schicksal? Du solltest unbedingt mich, Lara Theresa Bailey, treffen und mit mir im Zirkus auftre…«

»Du heißt Theresa?«, fragt er und lacht laut los.

»Was? Mach dich bloß nicht darüber lustig, das ist der Name meiner Urgroßmutter!«

»Nein, mach ich doch gar nicht. Das war bestimmt ein sehr beliebter Name im Jahr … 1910.«

Ich will ihm gegen das Schienbein treten, aber er weicht meinem Fuß lachend aus. Da bespritze ich sein Gesicht mit Wasser, was ihn zum Lachen bringt.

»Entschuldigung, Entschuldigung«, schreit er und hebt die Hände vors Gesicht. Wie elektrisiert von seinem strahlenden

Lächeln mache ich unbeirrt weiter. Kurz darauf bricht er den Waffenstillstand und fängt ebenfalls an, mich mit Wasser zu bespritzen. Schon bald ist mein Gesicht patschnass, und Haarsträhnen kleben an meinen Wangen.

Casey will den Hahn zudrehen, aber ich halte ihn vergnügt davon ab. Plötzlich rutsche ich bei unserer kleinen Auseinandersetzung in einer Wasserpfütze, die wir verursacht haben, aus.

Ich sehe mich im Zeitlupentempo fallen. Casey versucht mich aufzufangen, streckt die Hand nach mir aus, aber er kann nicht uns beide halten. Ich falle mit einem Schreckensschrei zu Boden, Caseys Arm um meine Taille.

Er landet mit bebender Brust halb auf mir.

Mein Hintern schmerzt, und als ich gerade meinen Ärger an ihm auslassen will, erhebt er sich mit einem seltsamen Gesichtsausdruck. Zuerst denke ich, er weint, aber sein donnerndes Lachen hallt im Toilettenraum wider.

Vergnügt grinsend hilft er mir auf. Ich lasse ihn. Meine Jeans ist komplett nass. Er legt seine Hände wie selbstverständlich auf meinen Rücken, während er belustigt flüstert:

»Lara Theresa Bailey?«

Ein verächtliches Grunzen ist meine Antwort.

»Nichts für ungut, aber wenn es mein Schicksal wäre, dir zu begegnen ... müsste ich die gute Fee wechseln.«

Ich sehe ihn überheblich an, aber sein schelmisches Grinsen genügt, um mich zu besänftigen.

»Du hast ja keine Ahnung, Thomas.«

12

Casey

Meine Eltern waren noch nie so nachsichtig mit mir. Ich helfe ihnen samstagabends im Varieté, und den Rest der Zeit lassen sie mich in Ruhe.

Chris beglückwünscht sich zu seiner genialen Idee. Mich dagegen quälen Schuldgefühle. Ich mache ihnen Hoffnung und weiß doch genau, dass sie enttäuscht sein werden. Mit anderen Worten – ich belüge sie!

Dennoch starte ich jetzt voll durch. Lara und ich sehen uns immer öfter. Ich nehme sie jeden Morgen im Auto mit zur Schule, auch wenn sie noch immer Angst hat. Wir fahren aber getrennt nach Hause, damit nicht der Eindruck entsteht, wir seien ein Paar.

Ich habe es mir zur Gewohnheit gemacht, morgens bei Starbucks vorbeizufahren: ein Iced Americano für sie, ein Caramel Macchiato für mich – ich habe es lieber etwas süßer.

Manchmal gesellt sich Lara ganz selbstverständlich in der Mittagspause zu mir. Wir haben sogar schon zusammen in der Bibliothek Hausaufgaben gemacht, allerdings ohne uns gegenseitig zu helfen; wir wollen's nicht übertreiben.

Kurz, wir lernen uns kennen. Und ich muss zugeben, sie ist nicht ganz so nervig, wie ich dachte. Ich gewöhne mich langsam an ihren unausstehlichen Charakter. Ihr Bestreben, die

Welt zu retten und alle Unterdrücker zu bestrafen, bringen mich fortan eher zum Lachen.

Dienstags und donnerstags besuchen wir weiter die Akrobatikkurse, vorher machen wir einen obligatorischen Abstecher zu *Dough Doughnuts*. Lara ist ungeduldig und fragt, wann wir endlich mit der Luftakrobatik anfangen können. Wir bleiben momentan noch am Boden. Ich gebe zu, das ist nicht besonders spannend. Mrs Zhang sagt, wir seien noch nicht so weit.

Dabei strengen wir uns unglaublich an. Unser größtes Problem – was wir natürlich nie zugeben würden – bleibt der körperliche Kontakt. Lara fällt es schwer, sich von mir berühren zu lassen. Ich kann es nachvollziehen und dränge sie nicht.

Es ist ein sehr intimer Sport. Neulich im *Golden Swallow* habe ich versucht, ihr das Unbehagen zu nehmen. Das schien zu funktionieren. Seither bemühe ich mich weiter um einen sehr vorsichtigen Körperkontakt, in der Hoffnung, dass sie sich an meine Berührungen gewöhnt.

Manchmal bekomme ich echt das Gefühl, ein Perversling zu sein.

Aber ob man's glaubt oder nicht, es funktioniert wunderbar.

»Wir kommen nicht schnell genug voran«, beschwert sich Lara, während sie ihren Spagat macht.

Wir verbringen unsere Mittagspause in der Turnhalle, um verschiedene von Mrs Zhang entwickelte Bodenübungen zu machen.

»Ich weiß, mich nervt es auch langsam«, muss ich zugeben.

Sie richtet sich auf, die Hände in die Hüften gestemmt. Ich stelle fest, dass sie ihr rosafarbenes Trikot gegen einen pastellblauen Yogabodysuit ausgetauscht hat. Ich räuspere mich und spüre, wie meine Ohren rot werden. Ich würde gerne den Blick abwenden, kann es aber nicht.

Ihre Haut ist weich, makellos, und ich weiß, dass sie auch straff ist, da ich sie mehrfach berührt habe. Ihre vollen Hüften werden durch diese eng anliegende Hose derart betont, dass ich bei der Vorstellung, sie zu umfassen, Skrupel bekomme.

Aber das ist nicht das, was sie so unglaublich sexy macht. Nein, ihr strahlendes Lächeln ist noch viel sexyer. Ihre selbstbewusste Ausstrahlung. Ihre Körperhaltung und die Art, wie sie ihre zu langen Haarsträhnen aus dem Gesicht bläst. Ihr gestrecktes Kinn, der Schweiß, der ihren Hals hinabrinnt ...

Lara Bailey ist eine echte Kanone.

Okay, Casey, konzentrier dich gefälligst.

»Gut, wir müssen Gas geben. Heute Abend stelle ich einen neuen Zeitplan auf und mache eine Liste ...«

»Nein, nein, nein. Stopp.«

Sie lässt sich nicht von meinem Einwurf beeindrucken und macht einfach weiter. Deshalb lege ich meine Hände auf ihre Schultern und sehe ihr geradewegs in die Augen. Das lässt sie verstummen.

Ich sehe die Basketballmannschaft lachend die Turnhalle betreten, schenke den Jungs aber keine Beachtung. Lara starrt mich an, die Lippen leicht geöffnet zu einem überraschten Schmollmund, und für den Bruchteil einer Sekunde stelle ich mir vor, meine Lippen auf ihre zu legen. Wäre sie dann noch überraschter? Sicher würde sie mir einen Tritt in die Weichteile versetzen.

Für diesen Einfall müsste ich teuer bezahlen.

Zum Teufel, was ist bloß in mich gefahren? Das ist *Lara Bailey.*

»Ich bitte dich, lass uns aufhören mit den Excel-Tabellen. Diesmal keine Liste.«

»Aber ...«

»Lara«, knurre ich mit tiefer Stimme. »Ich weiß, du hast es

dir zur Gewohnheit gemacht, alles zu planen, weil du glaubst, so würde man etwas lernen, aber das stimmt nicht. Man muss auch nicht immer fleißig sein. Es gibt Dinge, die man nicht auswendig lernen kann – wie zum Beispiel Tango!«

Sie denkt nach, wie versteinert, dann nickt sie. Ich weiß, wie schwer ihr das fällt. Sie kann nicht anders, denn ihr ganzes Leben hat man ihr vorgebetet, alle Antworten stünden in Büchern oder wären durch »harte Arbeit« zu erreichen.

»Was machen wir dann?«

Ich schenke ihr ein kleines Lächeln, gefolgt von einem Augenzwinkern.

»Sieht ganz so aus, als ob wir beide einfach öfter zusammen trainieren sollten.«

Eine Weile lang schweigt sie. Ich sehe, wie sie mehrmals schluckt, in Erwartung einer Reaktion, dann versetzt sie mir lachend einen leichten Rippenstoß.

»Du bist fies, ich dachte, du meinst es ernst …«

»Wieso? Ich meine es …«

Ich beende meinen Satz nicht. Lara und ich drehen uns um zu Cody, der uns aus wenigen Metern Abstand grinsend beobachtet. Ich ahne, was gleich kommen wird, noch bevor er den Mund aufmacht.

»Na, Bailey, was haben wir denn da?«, ruft er lachend und mustert sie prüfend von oben bis unten.

Ich verstehe zunächst nicht, worauf er hinauswill. Er lässt den Ball zwischen seinen Händen kreisen, während seine Mitspieler die Szene aus den Augenwinkeln beobachten.

Lara lächelt ihn unerschütterlich an und spottet:

»Ich weiß, du bist es nicht gewohnt, eine leibhaftige Frau zu sehen!«

Sie steht hocherhobenen Hauptes da, doch ich spüre, wie ihre Schultern unter meinen Händen zittern. Ich sehe sie verwirrt an. Plötzlich taucht eine Erinnerung aus den Tiefen meines Gedächtnisses auf. Am Tag des Schulbeginns, als sie mich das erste Mal ansprach, kam gleich darauf ein fieser Kommentar von Tyler und Cody über ihre Polster.

Ich dachte, dieser ganze Mist hätte an dem Tag aufgehört, als ich mich heimlich bei der Direktorin beschwerte. Wenn Lara das wüsste, würde sie mich in Stücke reißen.

»Du solltest dir was überziehen. Niemand will ... *das* ... sehen«, fügt Cody mit einem Grinsen hinzu und bedenkt Lara mit einer Grimasse.

Ich schon. Meine Arme gleiten nach unten. Ich bin schockiert, vor allem aber stinksauer. Ich verachte solche Arschlöcher, besonders wenn sie obendrein ignorant sind. Das sind die Schlimmsten.

»Niemand will deine hässliche Fresse sehen, und doch trägst du sie täglich mit dir herum«, kontert Lara.

Alle Freunde von Cody brechen in Lachen aus, amüsiert darüber, dass er sich von einem Mädchen hat beleidigen lassen. Lara ist nun schon dabei, ihre Sportsachen einzupacken. Ich wende mich widerwillig ab, um ihr zu folgen, aber Cody ist noch nicht fertig.

Nicht, nachdem ihn ein Mädchen vor seiner ganzen Mannschaft lächerlich gemacht hat. Er ruft sie bei einem Namen, der nicht der ihre ist, der übrigens niemandem gehört, und diesmal platzt mir der Kragen. Ich drehe mich um und kaschiere meinen Zorn hinter einer eiskalten Miene.

Ich weiß, ich habe ihm gegenüber nicht die geringste Chance. Ich bin nicht der Typ, der sich prügelt, aber wenn es sein muss, dann tu ich's doch.

»Nimm das sofort zurück.«

Lara zieht an meinem Ärmel und sagt, wir hätten Besseres zu tun. Ich ignoriere sie.

»Und warum sollte ich das tun?«, erwidert Cody.

»Weil sie nicht so heißt. Ihr Name ist Lara. Ich weiß, das sind viele Buchstaben, und einer davon taucht sogar zweimal auf, aber du musst deinen Grips anstrengen. Wir glauben an dich. LA-RA. Wiederhole es mit mir.«

Die Hand vor dem Mund prustet Lara hinter mir vor Lachen. Ich sehe sie verständnislos an, aber sie applaudiert mir schweigend.

»Du kannst ja richtig komisch sein, wenn du willst.«

»Danke für die Anerkennung. Ich bin sogar besser als du, gib's zu.«

»Das würde ich ja gerne, aber wir hätten beide unrecht«, sagt sie leicht empört. »Nun komm mal wieder runter. Du bist witzig, aber ich bin *urkomisch*, okay?«

»Das glaube ich erst, wenn ich es sehe.«

Sie hebt eine Braue und dreht sich dann, die Arme verschränkt, zu Cody um. Ich habe fast ein schlechtes Gewissen, zu sehen, wie Lara ihn fertigmacht, doch er hat es nicht anders verdient.

»Cody, kennst du das Gefühl, wenn du in etwas hineinbeißt, das aussieht wie ein Cookie mit Schokoladensplittern und dann PFUI TEUFEL sind es verdammte Rosinen. Igitt, und genau das empfinde ich jedes Mal, wenn du den Mund aufmachst.«

Autsch. Ich runzele amüsiert die Stirn und frage:

»Ekel?«

Lara legt eine Hand an den Hals, so als müsste sie sich übergeben.

»Allein davon zu sprechen dreht mir schon den Magen um ...«

Ich breche in Gelächter aus, gestehe meine Niederlage ein. Sie ist definitiv urkomisch. Ich will sie um Nachhilfe in diesem

Fach bitten, doch ein wütendes »Hey!« unterbricht uns, und ich erinnere mich an Cody, der uns fassungslos anstarrt. Ach ja, ganz vergessen.

»Seit wann hängt ihr beiden zusammen ab?«, fragt er leicht gereizt, bis er meine Sportkleidung bemerkt. »Ach, natürlich, Casey betreibt jetzt auch diesen Schwulensport!«

»Wie bitte?«

Er lacht.

»Kannst du nicht boxen oder Basketball spielen wie alle anderen? Richtige Männer machen Liegestütze und keine Pirouetten.«

Diesmal geht Lara zum Angriff über und schreit, er würde sich gleich eine fangen. Ich halte sie fest, lege den Arm um ihre Taille, um sie zurückzuhalten, und schenke Cody ein kaltes Lächeln.

Eigentlich müsste ich ihm antworten, dass ich keine Liegestütze machen muss, um »ein echter Mann« zu sein, doch ich weiß, das würde nicht ausreichen, um ihn zum Schweigen zu bringen.

»Okay. Wie viele?«

Er versteht nicht. Ich frage ihn, um wie viele Liegestütze es geht. Seine Freunde fordern uns auf, dreißig hinzulegen. Ich akzeptiere, und Cody zuckt als Antwort nur mit den Schultern, blickt dabei aber eher bockig drein.

»Zeig's ihm«, raunt mir Lara ganz leise zu, woraufhin ich lachen muss.

»Bleiben wir zivilisiert, okay?«

»Das Wort kenne ich nicht.«

Wir lassen uns Seite an Seite nieder, als gerade die Pausenglocke ertönt. Cody versucht, sich unter dem Vorwand, nicht zu spät zum Unterricht kommen zu wollen, aus dem Staub zu machen, doch ein einziger Blick meinerseits bringt ihn zum

Schweigen. Er bricht nach dem elften Liegestütz zusammen. Ich lege einunddreißig hin, nur fürs Protokoll, und richte mich auf, ohne auf meinen brennenden Bizeps zu achten.

Sein Gesicht ist rot vor Anstrengung und Scham. Ich bedenke ihn mit einem Augenzwinkern und nähere meine Stirn der seinen, um ihn so richtig aus dem Konzept zu bringen.

»Das habe ich meinem Schwulensport zu verdanken, wie du dich ausdrückst. Solltest du auch mal probieren.«

Nie werde ich das stolze und beeindruckte Lächeln von Lara in diesem Augenblick vergessen. Es ist für immer in mein Herz eingebrannt.

13

Lara

Amelia und ich verbringen dieses Wochenende bei unserem Dad in seiner Wohnung in Soho. Ich liebe Soho. Es ist das Viertel der Designerboutiquen, der fancy Lokale und des kulturellen Lebens. Sorscha, die Freundin meines Vaters, verbringt ihre Freizeit im *Opening Ceremony* oder im *& Other Stories*. Wir hingegen flanieren gerne an den vielen Vintage-Coffeeshops vorbei. *La Colombe* ist unser Favorit.

Sorscha hat einen kleinen Jungen aus einer früheren Beziehung, Oliver. Er ist drei Jahre alt und kann mich nicht ausstehen. Ich bin allerdings auch kein großer Fan von ihm, da er seine Zeit überwiegend damit verbringt, mir seine Spielzeuglaster an den Kopf zu werfen.

»Heute Abend haben wir einen ganz speziellen Gast.«

Ich runzele die Stirn, während ich den Tisch decke. Sorscha und mein Dad tauschen vielsagende Blicke aus, Amelia umarmt mich von hinten.

»Sei lieb, okay?«

Jeder, außer mir, scheint zu wissen, um wen es sich bei der Person handelt, und das geht mir echt auf die Nerven.

»Wer ist es denn?«

Wie auf Kommando klingelt es im selben Moment an der Tür. Erst jetzt fällt mir auf, dass sich alle in Schale geworfen haben. Mit Oliver bin ich die Einzige in Leggins, T-Shirt und Socken mit Olaf-Motiv.

Nachdem sie ein-, zweimal tief Luft geholt hat, öffnet Amelia die Wohnungstür. Um ehrlich zu sein, ahne ich schon, wer auf dem Gang steht. Ich bete nur insgeheim, nicht richtigzuliegen, denn das würde ja sonst bedeuten, dass Amelia mir nichts gesagt hat, und ich weiß nicht, ob ich das ertragen kann.

Und doch.

Und doch ist es Rachel in einem lilafarbenen Kleid, die uns mit einem strahlenden Lächeln zuwinkt. Rachel, die ich neulich Abend Amelia hab küssen sehen. Rachel, die mir die Schwester gestohlen hat.

Mein Dad und Sorscha empfangen sie, als würden sie sie schon ewig kennen. Amelia ist ein einziges Strahlen. Rachel schenkt mir zur Begrüßung ein Lächeln, das ich kaum zu erwidern vermag.

Ich weiß ja, dass es nicht ihre Schuld ist. Doch ich bin derart verletzt, dass es mir unmöglich ist, auf der Stelle Theater zu spielen. Amelia weiß nicht einmal, dass ich, was Rachel betrifft, im Bilde bin, was bedeutet, dass sie die Neuigkeit heute Abend mir und eben auch Sorscha verkünden will.

So als wäre ich jemand x-Beliebiges.

»Du hast mir ja gar nichts gesagt«, raune ich ihr vorwurfsvoll zu, während ich weiter den Tisch decke. »Allen anderen, aber mir nicht.«

»Ich wollte dich überraschen«, erwidert sie und kneift mir mit einem glücklichen Lächeln in die Wangen.

»Sie ist hübsch, was?«

»Sehr hübsch. Hast du schon mit Mom über sie gesprochen?«

»Ja, ich hab sie ihr vor drei Tagen vorgestellt. Ich glaube, ich bin verliebt, Lara«, flüstert sie, ohne zu ahnen, wie tief getroffen ich bin. »Muss ich dir alles später erzählen!«

Daraufhin verschwindet sie zu den anderen, um die Getränke zu servieren. Ich würde ihr gerne antworten, dass sie mir seit Wochen dasselbe sagt. Wir sehen uns überhaupt nicht mehr. Sie ist nie da, und wenn sie es doch mal ist, verbringt sie ihre Abende am Telefon mit Rachel und denkt, dass ich nichts merken würde. Dass ich sie nicht in- und auswendig kenne.

Bist du total lebensmüde, oder was?, brüllt Nana, als ich zum Besteck greife, um es auf dem Tisch zu verteilen. *Leg sofort die Messer wieder hin!*

Klopfenden Herzens werfe ich einen Blick auf das Besteck, das ich in der Hand halte. Ich hatte es nicht bemerkt. Wenn es geht, esse ich ohne Messer, denn ich mag nicht im Besitz eines solchen Gegenstands sein. Man weiß nie, was passieren kann.

Genau. Eine Ungeschicktheit und ZACK verlierst du einen Finger.

Aber wenn es ein abgerundetes Messer ist …

Nein, nein, nein, das ist Jacke wie Hose. Vor allem, weil du heute Abend ziemlich gereizt zu sein scheinst. Du wirst doch wohl keine Dummheit begehen, oder?

Ich runzele die Stirn. Eine Dummheit? Meine Hände werden feucht, während ich eilig die Messer wegräume.

Du hast recht, das ist sicherer. Denk nur an all die Menschen, die in einem Anfall von Wahnsinn ihre Familie abgestochen haben … Halte lieber Abstand.

Ich würde ihnen niemals Schaden zufügen. Ich bin keine Mörderin.

Natürlich … Aber trotzdem. Man weiß ja nie, stimmt's?

Man weiß nie. Ja. In der Tat. Vorsicht ist besser als Nachsicht. Ich decke den Tisch fertig und geselle mich dann zu den anderen ins Wohnzimmer. Sorscha nutzt die Gelegenheit, um mit Oliver auf dem Arm zu mir zu kommen.

»Kannst du kurz auf ihn aufpassen? Ich muss im Backofen nachsehen und will nicht, dass er zu nah drankommt.«

Lass ihn bloß nicht fallen.

Ich entziehe mich meiner »Pflicht«, indem ich vorgebe, auf die Toilette zu müssen. Sobald ich allein bin, wasche ich mir wie besessen die Hände, so als könnte ich mich dadurch von allen schlechten Gedanken befreien. Ich bin keine Mörderin, Nana hat unrecht. Ich bin genervt, würde aber niemals jemandem, den ich liebe, etwas zuleide tun. Vor allem nicht meiner Schwester.

Als ich zu den anderen am Tisch zurückkehre, sind meine Hände rot vom vielen Reiben.

»Amelia hat uns viel von dir erzählt«, sagt Sorscha, wobei sie ihr langes rotes Haar zurück über die Schulter wirft.

Schmollend setze ich mich in den mir zugewiesenen Sessel nahe der Fensterfront und murmele:

»Das ist ja das Allerneuste.«

Alle Blicke richten sich auf mich. Mit einem verkrampften Lächeln runzelt Amelia die Stirn, und ich zucke mit den Schultern, wie sie es auch immer macht. Sehr schnell verlieren alle anderen ihr Interesse an mir. Mein Dad und Sorscha stellen Rachel alle möglichen Fragen, auf die sie mit ruhiger, kristallklarer Stimme antwortet.

Sie hat ein diskretes Piercing an der Nase und violett getöntes Haar, was die letzte Haarfarbenwahl meiner Schwester erklärt. Ich frage mich, ob sie vorgibt perfekt zu sein, um unserem Dad und Sorscha zu gefallen, oder ob sie wirklich so ist.

Ich sage nichts. Ich höre zu. Ich beobachte.

Eine Stunde später gibt es Essen. Es ist ein Lasagne-Abend.

Eine Portion bleibt übrig, doch niemand will sie. Sorscha hasst solche Reste. Sie beugt sich zu mir hinüber.

»Lara, komm, nimm doch noch!«

Ich schüttele den Kopf, während sie schon anfängt, mir davon auf den Teller zu geben.

»Nein, danke.«

»Ach komm … Iss! Keine Reste!«

»Und warum ich? Ich bin kein Hund, soweit ich weiß«, erwidere ich trocken. »Ich hab gesagt, dass ich keinen Hunger mehr habe.«

Alle starren mich entgeistert an. Mein Dad wird wütend, weil ich mich mit seiner Freundin angelegt habe. Sorscha bleibt stumm und spielt das Opfer. Ich habe es satt, »die kleine Dicke« zu sein, die sich für das Essen opfern soll, das niemand mehr will. Es ist immer dieselbe Leier.

Ich verabschiede mich mit einem leicht verkniffenen Lächeln, bevor ich in meinem Zimmer verschwinde. Die Kopfhörer übergestülpt, lege ich mich auf mein Bett und höre Queen bei voller Lautstärke. Es ist letzten Endes nicht Rachels Schuld. Sie ist sicher sehr nett.

Aber ich kann einfach nicht hinnehmen, dass Amelia, statt mit mir, zuerst mit Mom und Dad gesprochen hat. Unseren *Eltern*.

Während ich noch darüber grübele, reißt meine Schwester mit finsterer Miene meine Zimmertür auf. Mein Herz krampft sich zusammen, während ich total eingeschüchtert meine Kopfhörer abnehme. Einen so wütenden Ausdruck habe ich nur selten auf ihrem Gesicht gesehen und noch seltener gegen mich gerichtet.

»Du warst wirklich gemein und unausstehlich.«

Ich fühle mich schrecklich. Sehr schlecht. Ich würde mich am liebsten übergeben. Ich überhäufe mich mit Selbstvorwürfen und bereue all meine Taten und Gesten der vergangenen Stunden. Meine Schwester ist zornig auf mich. Und sie hat allen Grund dazu.

»Es … es tut mir leid.«

»Warum? Du hast ihr nicht mal eine Chance gegeben. Es tut mir sogar für Sorscha leid, und das will was heißen.«

»Nein, ich …«

»Dabei habe ich dir kurz vorher gesagt, was sie mir bedeutet.«

Ich bekomme Bauchschmerzen, mein Herz schnürt sich zusammen, ich unterdrücke, was ich sagen will und entschuldige mich noch einmal. Ich lüge und sage, ich hätte einen schwierigen Tag gehabt und das nicht gewollt und dass Rachel sehr nett zu sein scheint.

Amelia seufzt und schüttelt dann den Kopf.

»Ihr seid mir beide sehr wichtig, und ich hätte mir gewünscht, dass die Begegnung anders verläuft.«

Sie lässt mir nicht die Zeit zu antworten, stürmt aus dem Zimmer und schließt die Tür hinter sich. Die Leere, die zurückbleibt, treibt mir die Tränen in die Augen. Amelia und ich, wir haben uns nie richtig gestritten. Kleine Unstimmigkeiten, klar, aber nicht mehr.

Die Wahrheit ist, dass alles viel zu schnell geht. Dass sie sich von mir entfernt, dass sie anfängt, andere zu lieben, und ich habe Angst, nicht mehr die Einzige zu sein, weniger zu zählen, nicht mehr mithalten zu können in diesem Konkurrenzkampf.

Ihr wird klar werden, dass sie mehr wert ist als ich. Sie wird begreifen, dass sie allein, als individuelle Person, besser dran ist als mit mir, ihrem Zwilling.

Meine Schwester ist mein ganzes Leben. Die Wahrheit ist, dass es mich entsetzt, was ich ohne sie für ein Mensch bin …

Nein, das stimmt nicht.

Die ganze Wahrheit ist, dass ich nicht sicher bin, für mich allein existieren zu können, ganz einfach, weil ich es zuvor nie musste.

Die Angst erstickt mich. Tränen rinnen über meine Wangen, und ich fürchte, an meinen Schluchzern ersticken zu müssen. Ich greife nach meiner Decke und ziehe sie über mich, die Dunkelheit umhüllt mich wie ein Kokon.

Es ist albern, so zu weinen. Meine Schwester ist meine Schwester. Morgen wird es schon besser gehen. Sie ist verpflichtet, mich zu lieben, nicht wahr?

Plötzlich erhellt ein weißes Licht meine Burg aus Decken. Aus meinen verquollenen Augen werfe ich einen Blick auf mein Handy. Ich habe eine Nachricht von Casey. Ich runzele die Stirn.

Wir haben uns niemals Textnachrichten geschickt, außer wenn es darum ging, uns zu verabreden. Wir haben nicht diese Art von Verbindung. Oder vielleicht doch?

Ich hab gerade *Shall We Dance?* zu Ende gesehen.

Allein diese Message vermag schon meinen Tränenstrom zu stoppen. Noch immer im Dunkeln setze ich mich hin und tippe schnell meine Antwort.

Und??? Wurdest du endlich erleuchtet? Wie fühlt es sich an, zur Elite zu gehören?

Hat mir sehr gefallen.

Echt jetzt?

Ich denke, das wirst du nie erfahren 😉

Ich kann nicht umhin zu lächeln. Ich habe ihm tatsächlich gesagt, er solle besser lügen, falls er ihm nicht gefallen hätte. Ich wische mir mit dem Ärmel über die Nase und stoße einen letzten Schluchzer aus.

Der Austausch könnte hier enden, doch er entspannt mich. Ich brauche jemanden hier und jetzt. Ambrose und Matthew sind sicher zu sehr damit beschäftigt, sich schüchterne erotische Nachrichten zu schicken. Kommt gar nicht infrage, dass ich sie störe.

Sag mir, was dich beruhigt.

Wieso?

Was tust du, wenn du den Eindruck hast, dass alles schiefläuft?

Hmm … ich gehe ins *Golden Swallow*, wie du schon weißt. Wenn ich besonders gestresst bin, backe ich gerne.

Backen? Du?

Es ist schrecklich. Letztes Jahr hatte ich ein Bewerbungsgespräch für einen Sommerjob. Vorher gab es Dutzende von Apple-Pies bei uns zu Hause.

Ich muss lachen. Ich hätte nie gedacht, dass Casey zu den Menschen gehört, die ihre Ängste durch Kuchenbacken in den Griff bekommen. Ich finde das irgendwie süß. Er fragt zurück, und ich antworte, dass ASMR und die Videos der Serie *Home Coffee* mir helfen.

ASMR, ist das das Zeug, bei dem sich Leute filmen, wenn sie neben dem Mikro essen? Sodass man fast den Eindruck hat, live dabei zu sein?

Ich spüre, dass er mich abcheckt. Ich bejahe, und er antwortet: »Sexy«, gefolgt von einem Emoji mit schiefem Grinsen, woraufhin ich lache. Ich wusste, dass ich ihm vertrauen kann.

Wir unterhalten uns weiter – über seine Kochkünste, meine ungeschickten Anfangsversuche mit ASMR – und nach einer langen Weile – meine Tränen sind versiegt, ohne dass es mir bewusst geworden wäre – fragt er mich, ob es jetzt geht.

Ich bin überrascht, dass er es verstanden hat. Ich zögere, und dann antworte ich ihm, dass alles okay ist.

Nur ein Streit mit meiner Schwester. Ich war zickig, und jetzt mag sie mich nicht mehr.

Es ist deine Schwester – unmöglich, dass sie dich nicht mehr mag. Selbst wenn ich weiß, dass du nervtötend sein kannst. Aber das macht deinen Charme aus (wenn ich mich nicht täusche).

Ich sage ihm, dass er mich mal kreuzweise kann ... und wickele mich erneut in meine Decke, bereit zu schlafen. Kaum habe ich die Augen geschlossen, kommt eine neue Textnachricht von Casey. Es handelt sich um einen TikTok-Link. Widerstrebend klicke ich ihn an und breche dann in Lachen aus.

Es ist ein Account, der Hunde in verschiedenen Superhelden-Kostümen zeigt. In einem Video trägt ein Hund eine rote Kappe und eine winzige gelbe Maske. In einem anderen steckt das Tier im Kostüm von Thor mit einer kleinen Perücke auf dem Kopf. Echt supersüß.

Ich will ja nicht über deine Lebenseinstellung urteilen, aber vielleicht sollte man das mit dem ASMR-Zeug lassen. Die Welpen im Superhelden-Kostüm, die sind doch echt cool.

Träume ich, oder freunden Casey und ich uns langsam an? Wie um meine Gedanken zu bestätigen, trifft eine neue Nachricht ein.

Ich lächele ins Dunkle, nur die Sterne bezeugen meinen Moment der Schwäche.

Siehst du, die Liste ist echt überflüssig 😴!

14

Lara

Am nächsten Morgen versuche ich, mich bei Amelia zu entschuldigen, doch sie gibt mir keine Gelegenheit dazu. Ich beschließe, ihr ein paar Tage Zeit zu lassen, damit sich ihr Zorn legen kann. Also verbringe ich das Wochenende allein auf meinem Zimmer, wo ich meine Hausaufgaben mache und Casey TikTok-Videos schicke.

Zurück in Manhattan bereite ich mich auf die Schule vor. Ich ziehe meine Uniform an und binde meine Haare zu einem Pferdeschwanz. Ich setze meine Kontaktlinsen ein und nehme mir die Zeit, mich etwas mehr als gewöhnlich zu schminken. Wenn es mir nicht gut geht, muss ich das Gefühl haben, attraktiv zu sein – kein Kommentar.

Zufrieden lächele ich meinem Spiegelbild zu, greife nach meinen Mokassins und laufe die Treppe hinab.

»Hübsch bist du heute«, beglückwünscht mich meine Mutter.

Alles richtig gemacht.

»Danke!«

Sie tritt näher und streicht mit den Fingerspitzen ganz sanft durch mein Haar. Auch wenn ich es eigentlich nicht will, freue ich mich etwas zu sehr über ihren Kommentar.

»Aber wenn du zehn, fünfzehn Kilo abnehmen würdest … lägen dir alle Männer zu Füßen.«

Meine gute Laune ist wie weggeblasen. Ich schlucke heftig und bemühe mich, mein Lächeln irgendwie beizubehalten. Ich weiß, sie will mich nicht aus der Fassung bringen. Für sie ist es ein Kompliment. Aber unbewusst vermittelt sie mir damit, dass ich niemals hübsch sein werde, solange ich diese Kilos nicht verliere, und dass sich Schönheit an Schlankheit misst.

»Was soll ich mit all den Männern anfangen? Ich brauche nur einen – und selbst da bin ich mir nicht ganz sicher.«

Das kommt kurz angebundener heraus als beabsichtigt. Ich trete ein Stück zurück, weiche ihrem Blick aus und ziehe meine Schuhe an. Sie hat mir alle Lust genommen, heute das Haus zu verlassen. Sie seufzt angesichts meiner Reaktion und gibt mir zu verstehen, dass ich zu empfindlich bin.

»Du findest keinen Einzigen, wenn du deinen schlechten Charakter beibehältst.«

Ah, mein »schlechter Charakter«. Mein treuster Freund. Lara, die Rebellin der Familie. Die Feministin, die Dicke, die Intelligenzbestie, die Verfechterin der Gerechtigkeit. Die den kleinsten rassistischen Scherz nicht erträgt, sich um Dinge kümmert, die sie nichts angehen. Zu empfindlich, zu fordernd, zu laut.

»Willst du mir damit sagen, dass ich am Ende mein Geld ausgebe, wie es mir passt, nicht in Begleitung verreise und meine Abende mit Netflix und Ben & Jerry's verbringen werde? Ach, wie schlimm«, sage ich ironisch und mit dramatischer Miene. »Das scheint in der Tat schrecklich.«

Sie schüttelt den Kopf, murmelt etwas Unverständliches, wahrscheinlich darüber, dass sie in meiner Erziehung etwas falsch gemacht hat. Ich atme erleichtert auf, als ich Casey das Haus gegenüber verlassen sehe.

Mein Retter.

»Ich muss gehen!«, rufe ich und greife nach meiner Tasche.

»Hör mal«, unterbricht mich meine Mutter mit einem Blick aus dem Fenster. »Würdest du mir mal endlich sagen, was du mit dem Ältesten der Familie Thomas zu schaffen hast?«

»Wir schwänzen gemeinsam den Unterricht, um Gras zu rauchen und miteinander zu schlafen – ohne Kondom, versteht sich.«

Sie reagiert nicht so, wie ich gedacht habe. Sie wirft mir einen vernichtenden Blick zu, durchschaut mich in meinem Spiel, und für einen kurzen Moment bedaure ich, dass es nicht der Wahrheit entspricht. Nur weil ich gern ihre bestürzte Miene sehen würde, wenn sie begreift, dass ich es ernst meine.

»Ich sollte deinen Mund mit Seife auswaschen.«

»Wir sind befreundet. Er nimmt mich im Auto mit zur Schule, weil wir Nachbarn sind und ich keine Lust habe zu laufen. Das ist alles.«

Und ich merke zum ersten Mal, dass ich es auch wirklich denke. Casey ist zu einem Freund geworden. Er ist völlig anders als das Bild, das ich mir von ihm gemacht habe. Er ist kein Roboter. Er ist lustig. Aufmerksam. Intrigant. Sexy.

Sexy? Wo kommt das denn jetzt her?

»Du steigst in ein Auto?«, wundert sie sich. »*Du?* Und seit wann?«

Ich öffne die Haustür und gebe vor, spät dran zu sein, in der Hoffnung, nicht auf diese Frage antworten zu müssen. Ich will ihr nicht sagen, dass Casey und ich gemeinsam trainieren. Über meine irrationalen Ängste will ich auch nicht mit ihr sprechen.

Als ich im Auto neben ihm Platz nehme, schenkt er mir ein verschmitztes Lächeln.

»Bereit, es heute mit Mistress Yoda aufzunehmen?«

»Ich bin bereit«, erwidere ich feierlich. »Aber vorher brauche ich einen Kaffee.«

Er trägt heute weder den dunklen Pulli noch den grünen, den ich so liebe, sondern nur sein Hemd und seine Krawatte. Makellos. Ich lächele, denn Casey ist immer wie aus dem Ei gepellt, außer bei unserem Training. Er riecht gut heute Morgen. Aber es ist nicht derselbe Geruch wie sonst ... Mein Blick gleitet über sein Gesicht mit der seidigen Haut; dann bemerke ich einen Tupfen weißen Schaum.

Ich lächele. Jetzt verstehe ich.

Er riecht nach Aftershave.

»Du starrst mich an.«

Mein Herz macht einen Satz. Mist. Ich räuspere mich, achte nicht auf seine hochgezogenen Brauen und beuge mich ganz natürlich vor, um den Schaum mit dem Finger wegzuwischen.

»Du kannst dich nicht richtig rasieren.«

Ein bisschen zu spät wird mir klar, was ich da gerade getan habe. Was ist in mich gefahren? Viel zu nah! Ich weiche zurück, als ob nichts wäre, und bemerke die Röte auf seinen Wangen. Bei diesem Anblick schlägt mein Herz noch schneller.

Ich, Lara Bailey, habe Casey Thomas zum Erröten gebracht.

»Ach, danke«, stammelt er und schaut wieder stur auf die Straße.

Wie immer machen wir einen Stopp bei Starbucks. Casey reicht mir meine Bestellung und runzelt die Stirn beim Anblick des Namens auf meinem Iced Americano: Legolas. Ich achte nicht darauf, fotografiere mein Getränk und sende das Foto an Matthew und Ambrose.

»Das ist eine alte Tradition«, erkläre ich Casey. »Bei Starbucks geben wir nie unsere wahren Namen an. Wir wählen eine fiktive Figur, die uns ähnelt.«

»Wir?«

»Meine besten Freunde und ich. Matthew lebt in San José, Ambrose in Orlando. Wir sehen uns nur einmal im Jahr, zu

Weihnachten. Sag mal, findest du, dass ich einen schlechten Charakter habe?«, frage ich unvermittelt.

Der plötzliche Themenwechsel scheint ihn zu verwirren. Casey hält vor einer roten Ampel und bedenkt mich mit einem schiefen Grinsen, als wollte er sagen: »Die Frage erübrigt sich.«

»Den denkbar schlechtesten.«

Leicht verletzt versetze ich ihm einen Seitenhieb. Doch um ehrlich zu sein, war ich darauf gefasst. Ich bin mir meiner Fehler bewusst. Schließlich muss ich ja tagtäglich mit mir auskommen …

»Das ist mir lieber als ein Mädchen, das keinen hat«, fügt er hinzu.

Ich werfe ihm einen kritischen Seitenblick zu, denn ich glaube ihm nicht ganz.

»Mein Cousin hat vor Kurzem geheiratet. Seine Frau ist nett, ich mag sie gern … aber verdammt, ich finde sie sterbenslangweilig«, fügt er mit einer schuldbewussten Grimasse hinzu. »Sie wagt es nie, ihre Meinung zu sagen oder mal die Stimme zu erheben. Sie entschuldigt sich für absolut alles, sie macht, worum man sie bittet, sie hat keine eigene Meinung, sondern nur die ihres Mannes … Ich nehme an, das ist nicht weiter schlimm. Das heißt nicht, dass sie nicht stark oder intelligent ist, jeder ist es auf seine Art. Nur ist das etwas, das ich persönlich absolut nicht bei anderen suche. Kurzum, es gibt Menschen, die diese Facette an dir mögen, und andere eben nicht. *That's life.*«

Ich werfe ihm einen skeptischen Seitenblick zu, weiß aber letzten Endes, dass er recht hat. Manche finden ihre Kraft in der Ruhe, worum ich sie weiß Gott beneide. Andere, wie ich, müssen ständig vor Energie überschäumen.

»Schon als kleines Mädchen habe ich mit Absicht beim Ausmalen über die Linien gezeichnet, keine Ahnung, warum.

Ich konnte nicht verstehen, wieso mir jemand vorschreiben will, was ich zu tun habe. Meine Mutter ist ausgeflippt. Ich weinte auch immer lauter als meine Schwester ... als wollte ich sagen: ›Ich bin da, und ich will, dass die ganze Welt mich hört.‹ Ich war zu laut. Zu ehrgeizig. Zu egoistisch. Zu ...«

Casey wartet geduldig auf den Rest, der nicht kommt. Ich bereue es, dass ich mich schon wieder habe hinreißen lassen. Ich habe mich an diesem Wochenende schon zu sehr offenbart. Casey ist schließlich nicht mein Tagebuch-Ersatz. Trotzdem bin ich ihm dankbar, als er antwortet:

»Es sind die lauten Menschen, die aus der Reihe tanzen, die die Welt voranbringen. Du hast etwas zu sagen, also sag es. Wie soll die Welt dich hören, wenn du nicht laut genug schreist?«

Zwei Tage später. Amelia spricht wieder mit mir. Sie tut so, als wäre nichts gewesen, was mir nur recht sein kann. Meine Erleichterung ist so groß, dass ich ständig darauf bedacht bin, ihr bloß nicht auf die Nerven zu gehen. Ich erzähle ihr von meinen Fortschritten mit Casey und schlage ihr vor, uns nächsten Donnerstag zuzusehen. Sie behauptet, an besagtem Abend mit Rachel und ihren Freunden ins Kino gehen zu wollen.

Bis zum Wochenende schicken Casey und ich uns mindestens zwei TikTok-Videos am Tag: eins vor dem Schlafengehen, eins nach dem Aufstehen. Das ist regelrecht zur Gewohnheit geworden und tut uns gut. Auf die Videos von kleinen, als Superhelden verkleideten Hunden folgen welche von Teenies, die ihren Eltern einen Streich spielen, oder von Leuten, die sich aus einer Laune heraus die Haare abschneiden, und es dann angesichts der stoppeligen Katastrophe bitter bereuen.

Letztere sind meine Favoriten.

Heute ist der große Tag: Wir müssen uns vor Mrs Zhang beweisen, bevor wir zur nächsten Etappe übergehen können.

Wir setzen uns zaghaft auf die große Gummimatte, während die anderen in ihrer Ecke trainieren.

»Ich habe nicht den ganzen Abend Zeit«, kommentiert Mrs Zhang, die auf einem Stuhl Platz genommen hat.

Leicht gestresst sehe ich Casey von der Seite an, er nickt mir lächelnd und vertrauensvoll zu. Dass er an uns glaubt, beruhigt mich, und ich reiße mich zusammen. Dieses Mal muss alles perfekt sein. Wir müssen zur nächsten Etappe übergehen, und zwar schnell.

Lonely Eyes von Lauv dringt aus dem Lautsprecher, und Casey nähert sich, um meine Hände zu ergreifen und vor mir zu knien. Seine zweifarbigen Augen sind fest auf mich gerichtet. Ich spüre ihre Botschaft mit jeder Faser meines Herzens.

Wir schaffen das.

Hab Vertrauen in uns.

Verlass dich auf mich.

Ich sehe zu ihm hoch, was mir einen Schauer über die nackte Haut jagt, während er seine starken Hände auf meine Hüften legt und mich hochhebt. Ich denke nicht an unsere körperliche Nähe, ich frage mich nicht, ob ich zu schwer bin in seinen Händen. Ich denke an nichts anderes als an diese Frau, an diesen Stern, der, als ich vier Jahre alt war, meinen Wunsch geweckt hat, Akrobatin zu werden.

In meinem Kopf werde ich sie. Ich *bin* sie.

Casey steht aufrecht da, seine Hand immer noch in der meinen, und zieht mich zu sich heran. Mein Rücken ist an seinen Oberkörper gepresst, seine Finger liegen auf meinem Bauch, mein Arm hinter seinem Kopf und sein Gesicht ist nur wenige Zentimeter von meinem entfernt.

»*Entspann dich*«, flüstert er in mein Ohr, und seine Lippen streifen mein Ohrläppchen und verursachen mir eine Gänsehaut.

Er hebt mich erneut hoch, seine Arme sind um meine Schenkel geschlossen, und innerhalb weniger Sekunden hängt mein Kopf nach unten, unsere Körper sind dicht aneinandergepresst. Ich klammere mich fest an seine Hüften, während er den Rücken nach hinten biegt und meine Beine elegant in die entgegengesetzte Richtung hebt.

Ich strecke den Rücken durch, und mein ganzer Leib brennt vor Anstrengung. Ich spanne meinen Oberkörper an, um mich im Gleichgewicht zu halten. Ich grätsche die Beine zum Spagat und strecke die Fußspitzen, so gut ich kann. Casey biegt den Rücken durch und tut es mir mit ausgestreckter Hand gleich. Sein schlanker muskulöser Körper wirkt durch die Anstrengung kantig. Schön. Übertönt sein Herzschlag auch die Musik?

Als er sich aufrichtet und meine Beine an sich zieht, dreht er mich um, sodass meine Schenkel auf seinen Schultern liegen. Er neigt sich nach vorn, mein Körper folgt der Bewegung und jeder Wölbung des seinen. Er setzt sich auf den Boden, seine zarten Hände auf meinen Knien, und streckt sich auf dem Rücken aus. Ich nehme genug Schwung, um mich über seinem Gesicht aufzuschwingen, und seine Finger gleiten über meine nackten Beine.

»Du bist perfekt«, raunt er mir so leise zu, dass nur ich es hören kann. »Wir haben es fast geschafft. Nur Mut!«

Den Rücken vorgebeugt, klammert er sich an mich, und ich weiß, was folgt: die schwierigste Pose der Nummer. Jedes Mal, wenn wir es versucht haben, bin ich über ihm zusammengebrochen. Heute schließe ich die Augen und habe Vertrauen.

Ich beuge mich vor, straffe meinen ganzen Körper, den Arm vor mir ausgestreckt. Nur von Caseys Armen gehalten, beuge ich mich immer weiter vor, bis wir fast parallel zum Boden sind. Mein ganzer Körper zittert, aber ich halte durch.

Oh verdammt, verdammt, verdammt!

Ich spüre, wie Casey seine ganzen Kräfte unter mir entfaltet. Wir halten nicht mehr als drei Sekunden durch, aber das reicht. Wir haben es geschafft. Ich richte mich auf, seinen Kopf zwischen meinen Schenkeln, und lege meine Hand unter sein Kinn, um es zu mir zu heben. Seine Augen durchdringen mich und bringen nicht nur mein Herz zum Vibrieren.

Letzteres implodiert, als Casey mir siegessicher so zuzwinkert, dass nur ich es sehen kann. Er richtet sich vollständig auf, trägt mich auf seinen Schultern, und wir drehen uns, bis er mich mit gespreizten Armen und Beinen an seinem Oberkörper hinablässt. Nachdem wir unsere Performance beendet haben, übertönen unsere heftigen Atemzüge die Musik.

Einige der anderen haben ihre Übungen unterbrochen, um uns zuzuschauen und zu applaudieren.

Ich will Mrs Zhang fragen, was sie denkt, doch Casey nimmt mich spontan in die Arme.

»Wir haben's geschafft, Bailey!«

Ich reiße die Augen auf, die Wange an sein verschwitztes T-Shirt gedrückt. Das ist neu. Ich genieße diesen warmen, beruhigenden Kontakt. Er legt sein Kinn auf meinen Kopf, zieht sich aber sofort wieder zurück und zerzaust mein Haar, um mich zu beglückwünschen.

»Top!«

Noch ein bisschen durchgeschüttelt hebe ich die Hand zum High five.

»Hast du auch an die kleinen Hunde in ihrem *Avengers*-Kostüm denken müssen?«, fragt er mich, und ein strahlendes Lächeln umspielt seine Lippen.

Er ist plötzlich so verführerisch schön, dass mein Herz kurz aussetzt. Ich nicke, auch wenn ich die ganze Zeit an ihn gedacht habe, und wende mich an Mrs Zhang. Sie hat noch nichts gesagt, was mich beunruhigt. Ich sehe sie erwartungsvoll an, während sie näher kommt, um die Hand auf meine Schulter zu legen.

»Nächste Woche geht's an den Luftring.«

Erleichterung und Aufregung vermischen sich in meiner Brust. Ich lächele und spüre kaum, wie Caseys Arme sich um meine Schultern legen. Wir haben's geschafft. Sie ist der Meinung, dass wir so weit sind, dass wir uns genügend vertrauen, aber vor allem, dass unsere Symbiose eng genug ist, um uns zusammen »in die Lüfte zu schwingen«.

Es ist mir gelungen, mich von Casey berühren zu lassen, ohne mir darüber Gedanken zu machen. Ich habe mir nicht den Kopf darüber zerbrochen, mir keine zwanghaften Fragen gestellt. Ich habe ihm vertraut, das ist alles.

Erstaunt blicke ich zu ihm auf. Ich hätte niemals gedacht, mit jemand anderem als Amelia auftreten zu können.

Am Anfang war es nur ein total waghalsiger Plan, aber jetzt wird es konkret.

Wir werden es wirklich machen.

Und ich hätte keinen besseren Partner auswählen können.

15

Casey

Irgendetwas zwischen Lara und mir hat sich geändert.

Die Atmosphäre ist anders. Ihr Lächeln auch. Der Blick, den sie mir zuwirft, wenn sie morgens in mein Auto steigt. Sie zuckt nicht mehr zurück, wenn ich sie berühre. Ganz unbewusst folgt sie der Bewegung.

Und ganz selbstverständlich nehme ich sie nach den Kursen im Auto mit nach Hause. Schließlich ist das viel praktischer. Sehr oft machen wir bei Starbucks halt, laut Lara »liegt es auf dem Weg, aber vor allem ist der Nachmittagssnack heilig«.

»Wohin gehst du?«, fragt Dad, als ich mich ein letztes Mal im Spiegel betrachte. »Hast du ein Date?«

Ich trage einen weiten braunen Rollkragenpulli über einer hellen Hose. Ich habe mich dreimal umgezogen. Ich schlüpfe in meinen beigefarbenen Schottenmantel, dann in meine Sneakers.

»Triffst du dich wieder mit Dean?«

Die Frage reißt mich aus meiner Träumerei. Ich runzele die Stirn, fühle mich unbehaglich. Mein Vater mochte Dean sehr. Er war höflich, gut erzogen, charismatisch. Er holte mich aus meiner Abgeschiedenheit. Er ließ mich »meine Bücher und Berechnungen« vergessen. Er wollte Chirurg werden, vergaß dabei aber nicht die spaßigen Seiten am Leben.

»Nein.«

»Schade, er war wirklich ein guter Typ.«

Ein guter Typ, der mir das Herz gebrochen hat. Ein guter Typ, der deinem Sohn vorgeworfen hat, seinen sterbenden Bruder ihm vorzuziehen.

Natürlich sage ich nichts von alledem.

»Ich treffe mich mit einer Freundin. Wir müssen unsere Performance am Luftring für die Jahresabschlussfeier besprechen.«

Ich lächele bei dem Gedanken, was Lara wohl bei unserem Treffen tragen wird. Ich habe sie sehr selten außerhalb der Highschool gesehen, aber schnell bemerkt, dass sie eine große Leidenschaft für Mode hat, besonders für Vintage-Klamotten. Sie findet ihre Teile in Secondhandshops und gibt all ihr Taschengeld für Schminke und fantasievolle Leggins aus – hat sie mir gegenüber zumindest behauptet.

Ich wollte ihr zeigen, dass auch ich Ahnung von Mode habe. »Typischer Fall von Opa-Look«, meinte Dean damals lachend zu mir, bevor er mich küsste. Ich habe nie richtig verstanden, wie ich darauf reagieren soll. Mein Outfit schien ihm nicht zu missfallen, und doch sprach er mich immer wieder darauf an. Ich will nicht, dass Lara ähnlich von mir denkt, auch wenn ich nicht weiß, warum.

»Verstehe«, kommentiert mein Vater und begutachtet mich von oben bis unten.

Heute müssen wir uns auf ein Thema für unsere Performance einigen. Lara hat sich mit mir im *Pietro Nolita* verabredet, einem ganz in Rosa gehaltenen Restaurant, in dem die Burger besonders gut sein sollen.

Mit einem Augenzwinkern reicht mir mein Vater einen Fünfzig-Dollar-Schein. Ich will ablehnen, doch er kommt mir zuvor und steckt mir das Geld in die Manteltasche.

»Zahl für euch beide, okay?«

Das hatte ich sowieso vor, aber ich nicke nur brav. Ich verlasse das Haus, will gerade Lara anrufen, um ihr zu sagen, dass wir starten können, als meine Mom den Wagen in der Einfahrt parkt.

»Ach, das trifft sich gut.« Sie seufzt erleichtert. »Ich wollte dich gerade abholen. Komm, steig ein.«

»Wie?«

Chris klettert aus dem Wagen, und meine Mom trägt ihm auf, eine Pizza zu bestellen und seine Aufgaben in unserer Abwesenheit zu machen. Ich frage sie, was los ist.

»Mickey liegt mit einer fiesen Grippe im Bett«, erklärt sie mir. »Deshalb musst du heute Nachmittag bei der Show für ihn einspringen.«

Es zerreißt mir das Herz. Ich wollte einen ganzen Tag mit Lara verbringen und nicht arbeiten. Enttäuscht versuche ich, mich aus der Affäre zu ziehen:

»Aber ich bin mit Lara verabredet … Für den Zirkus. Kann das nicht Dad übernehmen?«

»Nein, dein Vater trifft heute um vierzehn Uhr Kunden. Du siehst Laia ein anderes Mal.«

Lara, korrigiere ich innerlich. Mein Blick wandert zum Haus auf der anderen Straßenseite und weiter zu ihrem halb geöffneten Fenster. Für einen kurzen Moment hoffe ich, dass sie gleich aus dem Haus kommt und ich meiner Mutter die Pistole auf die Brust setzen kann. Dann gebe ich auf.

Ich gehorche und steige mit einem Seufzer ins Auto. Ich nehme auf dem Beifahrersitz Platz, sehe die Häuser unserer Straße vorbeihuschen und fühle mich dämlich, mich so zurechtgemacht zu haben. Das war letzten Endes kein Date, sondern nur ein Arbeits-Treffen.

Also, ich habe eine gute und eine schlechte Nachricht. Welche möchtest du zuerst hören?

Die gute natürlich.

Ich finde mich heute unglaublich schön!

Ah, mir gefällt dein Selbstvertrauen! Und die schlechte?

Ich fürchte, du wirst heute nicht die Gelegenheit haben, es mit eigenen Augen zu sehen …

Wie praktisch! All das kommt mir sehr verdächtig vor. Und das soll ich dir einfach so glauben?

Ich lächele, was meine Mutter zu der Frage veranlasst, ob mein Treffen so wichtig war. Ich antworte: nein. Weil es stimmt. Und doch empfinde ich das Gegenteil. Es war wichtig, weil ich Lust hatte, Lara zu sehen.

Ich ziehe eine Grimasse, während ich die nächste Nachricht tippe, und habe Angst vor ihrer Reaktion. Ich versetze sie nicht nur im letzten Moment, sondern ich fürchte auch, sie könnte glauben, dass sich die Vorbereitungen durch mein Verschulden verzögern, und deshalb in Panik geraten.

Ich meine es ernst. Ich muss unsere Verabredung absagen ☹ Tut mir leid.

Oh. Alles in Ordnung?

Ich blinzele. Damit habe ich nicht gerechnet. Ich erkläre ihr, dass meine Eltern mich brauchen, weil jemand ausfällt.

Kann ich helfen? Und bevor du ablehnst, sollst du wissen, dass ich heute den ganzen Tag nichts zu tun habe. Außerdem bin ich schon fertig. Und Spoiler-Alarm: Ich bin auch unglaublich schön heute 😉

Ich zögere einen langen Augenblick, die Finger schweben über meinem Handy-Display. In der Highschool weiß niemand, was meine Eltern machen. Und uns in einem Varieté arbeiten zu lassen, obwohl wir noch nicht volljährig sind, ist nicht gerade legal …

Andererseits weiß ich, dass es Lara super gefallen würde. War sie schon mal in einem solchen Etablissement? Ich glaube kaum.

Ich bin auch unglaublich schön heute.

Es wäre ein Verbrechen, sich das entgehen zu lassen. Lächelnd wende ich mich an meine Mutter und bitte in flehendem Tonfall:

»Kann Lara auch helfen kommen?«

Sie wirft mir einen unsicheren Seitenblick zu und fragt mich, ob ihre Eltern einverstanden sind. Ich lüge, versteht sich. Sie seufzt, willigt aber schließlich ein.

Noch nie habe ich eine Textnachricht so schnell getippt.

Ich schicke dir die Adresse.

16

Lara

Ich betrachte mein Spiegelbild in der Scheibe der Subway und fahre mir mit der Hand durch meine lockigen Haare. Wenn ich zur Schule gehe, binde ich sie meist zusammen, weil ich mich dann besser konzentrieren kann, aber heute habe ich beschlossen, sie offen zu tragen. Nur die vorderen Strähnen habe ich auf dem Kopf zu lockeren Zöpfen geflochten.

Ich trage einen karamellfarbenen Wildlederrock, eine elfenbeinfarbene Bluse und Kniestrümpfe mit Katzenmotiven, dazu eine oversized Jeansjacke.

Als ich den angegebenen GPS-Punkt erreiche, finde ich mich nicht zurecht und schicke eine Textnachricht. Ich stehe auf einer verlassenen Straße in der tiefsten Upper West Side. Aus einem Kanaldeckel steigt Dampf auf. Der Typ hat echt ein Händchen dafür, mich an zwielichtige Orte zu locken …

»Hierher!«

Ich fahre herum und stehe Casey gegenüber. Er streckt den Kopf durch eine halb geöffnete Tür und winkt mich heran.

»Passwort?«, flüstert er mir zu und sieht mich geheimnisvoll an.

Ich setze meinen verführerischsten Gesichtsausdruck auf und flüstere: »Furunkel am Hintern.«

»Wie hast du das erraten?«, scherzt er.

Er öffnet die Tür weit, und in dem Moment, als ich ihm hineinfolgen will, spüre ich seine Hand auf meinem Arm. Er scheint plötzlich eingeschüchtert. Neugierig hebe ich eine Augenbraue. Er räuspert sich.

»Nicht ausflippen, okay?«

»Casey, einen besseren Spruch hättest du nicht finden können, bevor du mich durch eine dubiose Tür in einer verwaisten und stinkenden Straße lockst, die an Gotham erinnert. Vor allem, nachdem wir schon festgestellt haben, dass du dich sehr gut einer Leiche zu entledigen weißt …«

Er lächelt belustigt, und seine Hand gleitet ganz selbstverständlich zu meiner hinab. Ungewollt fröstele ich. Auch wenn ich es nicht vermutet hätte, habe ich sehr schnell festgestellt, dass Casey einen gerne berührt und sehr liebevoll ist. Keine Ahnung, was ich mit dieser Information jetzt anfangen soll.

»Bleib einfach in meiner Nähe und fass nicht alles an. Ah, und sprich nicht mit Fremden.«

Statt einer Antwort verdrehe ich die Augen, vor allem, weil ich nicht sicher bin, ein solches Versprechen halten zu können. Er lässt mein Handgelenk los, und ich folge ihm über den Gang mit den weißen Ziegelsteinwänden. Je weiter wir gehen, umso mehr verstärkt sich mein Eindruck, Stimmen zu hören – und vielleicht auch Musik?

»Bereit, in die Parallelwelt einzutauchen?«, fragt Casey, als wir einen weiteren Notausgang erreichen.

Ich nicke, die Hände feucht, und er öffnet lächelnd die Tür. Sofort schlägt mir Stimmengewirr entgegen. Doch ein dicker roter Samtvorhang mit kosmischen Motiven versperrt mir die Sicht. Casey zieht ihn mit einer Hand leicht zur Seite und gibt mir mit dem kleinen Finger ein Zeichen.

Ich nähere mein Gesicht dem seinen, und bei dem, was ich da erblicke, bleibt mir förmlich das Herz stehen.

»Oh … mein … Go…«

»Das ist eigentlich nicht die passende Gottheit, die man an einem solchen Ort anrufen sollte«, unterbricht mich Casey belustigt angesichts meiner verblüfften Miene.

Ich will ihm sagen, dass er unrecht hat. Denn das ist, zum Teufel noch mal, das Abgefahrenste, was ich je im Leben gesehen habe. »Parallelwelt« ist genau das richtige Wort. Bevölkert von göttlichen Kreaturen und Nymphen. Besser als das Wunderland, nein, besser als Peter Pans Nimmerland!

Der riesige Raum liegt im Dunkeln, das einzige Licht kommt von roten, auf die Wände gerichteten Spots. Alles in dieser Anordnung erinnert an die »Todsünde«. Die Bühne erregt meine besondere Aufmerksamkeit: das große, halbmondförmige Podest hat einen blutroten Vorhang und wird von goldenen Spots erhellt. In der Mitte singt eine nur mit einem Négligé und endlos hohen Absatzschuhen bekleidete Frau in ein Vintage-Mikrofon.

»Wow«, hauche ich. »Wo bin ich denn hier gelandet?«

Ich höre kaum auf Caseys Antwort und verschlinge gebannt und mit gierigen Blicken den Raum. Die Anordnung ist einer römischen Arena nachempfunden, das heißt auf verschieden hohen Ebenen stehen Bänke und Tische. Nicht alle Plätze sind besetzt, aber es ist dennoch voll. Hier drinnen würde man nie vermuten, dass es erst zwei Uhr nachmittags ist. Es wird gegessen, getrunken und der unglaublichen Frau gelauscht, die eine verlorene Liebe besingt.

In dem großen Saal riecht es nach Schweiß und Blumen, und seltsamerweise empfinde ich diesen Geruch als sinnlich. Ich lächele, denn das Geräusch der Stimmen, der klirrenden Gläser in der Nähe der Bar und des Klaviers auf der Bühne hat eine beruhigende Wirkung auf mich.

Wo bin ich hier gelandet?

»Willkommen im *Amnesia*. Das Lokal heißt so, weil man diesen Ort vergessen soll, sobald man ihn wieder verlassen hat.«

»Genial! Arbeiten deine Eltern hier? Treten sie in dem Varieté auf? Das ist ja abgefahren.«

»Meine Eltern haben das Varieté gegründet«, erklärt er. »Das heißt, die technische und künstlerische Seite, und meine Großeltern haben ihnen das nötige Kapital vorgeschossen. Ja, es gehört uns.«

Ich reiße Mund und Augen weit auf. Casey lächelt und hebt dann mit den Fingern mein Kinn an, damit ich den Mund schließe.

Er erklärt mir, finanziell sei es manchmal schwierig, deshalb helfe er unter Woche und auch samstagabends in den Kulissen aus. Es gibt zwei Shows – eine um vierzehn und eine um zwanzig Uhr.

Ohne den Blick von der Bühne abwenden zu können, flüstere ich: »Dein Leben ist traumhaft.«

Er antwortet nicht. Die Sängerin ist fertig, hebt verführerisch den Saum ihres Négligés an und verbeugt sich vor dem wild applaudierenden Publikum.

»Wollt ihr hier noch lange rumstehen und Däumchen drehen?«, unterbricht uns eine Stimme hinter uns.

Wir fahren herum, als hätte man uns auf frischer Tat ertappt und sehen einen etwa dreißigjährigen Mann in einer Kellner-Uniform mit einer Melone auf dem Kopf. Seine Augen sind mit glitzerndem lila Lidschatten und einem Lidstrich umrandet.

»Wow, was für ein tolles Make-up.«

Er zieht die Augenbrauen hoch, mustert mich von Kopf bis Fuß und lächelt dann mit verschränkten Armen zurück.

»Danke. Wie heißt du?«

»Lara, Sir.«

»Dorian. ›Sir‹ gibt es bei mir nicht«, erklärt er und verzieht das Gesicht. »Lara, ich mag dich. *Welcome to Burlesque*, wie man so schön sagt. Aber jetzt los, Sylviane braucht ihr Kostüm, sie ist in zehn Minuten dran.«

»Oh, verdammt«, flucht Casey, und mit einem Schlag platzt meine Traumblase. »Schnell jetzt.«

Ich winke Dorian zu, und in meinem Kopf erklingt der Soundtrack von *Burlesque*, als ich Casey am Vorhang entlang folge. Er begrüßt im Vorbeigehen einige Leute, und als wir eine schmale Wendeltreppe hinaufsteigen, werden die Stimmen lauter.

Oben, vermutlich in den Logen, angekommen geht es heiß her, Dutzende von Menschen diskutieren, lachen, ziehen sich um. Meine Wangen röten sich angesichts von so viel Nacktheit. Schamvoll senke ich den Blick und folge Caseys Schritten. Er greift nach einem Kostüm, das auf einem Rollwagen liegt und hält dann so abrupt inne, dass ich in ihn hineinlaufe.

Vor uns sehen wir zwei Personen, eine mit femininen, die andere mit eher maskulinen Gesichtszügen. Die erste sitzt mit übereinandergeschlagenen Beinen auf einem Schreibtisch und raucht, den Rücken an den Spiegel gelehnt, eine Zigarette. Die zweite streift mit manikürten Händen eine Strumpfhose über, und dreht sich dann zu uns um. Ein breites Lächeln zeichnet sich auf dem gebräunten Gesicht ab.

»Casey, Schätzchen, du hast aber auf dich warten lassen. Ich dachte schon, ich müsste im Eva-Kostüm auf die Bühne.«

»Tut mir leid, Sylviane. Hier«, sagt er freundlich und reicht ihr ein weißes Miederkleid und kniehohe Stiefel in derselben Farbe.

Wow! Was für eine wunderschöne Erscheinung. Meine Wangen werden ganz heiß, als Sylvianes Blick auf mich trifft. Augen, von reinem, strahlendem Grün wie ein Smaragd, durchbohren mich.

»Und wer ist dieses niedliche kleine Ding?«

»Sylviane, Roberta, darf ich euch Lara vorstellen. Eine Freundin und Klassenkameradin. Sie ist hier, um mir zu helfen.«

Ich lächele und grüße die beiden höflich.

»Freut mich, dich kennenzulernen«, sagt Roberta, während sie ihre prächtige blonde Mähne mit einem Band zusammenbindet.

Ich bin so fasziniert, dass ich außerstande bin, den Blick von Sylviane abzuwenden. Auf dem Schreibtisch häufen sich Schminktaschen, Perücken und feminine Dessous. Ich brenne darauf, sie tausendundeine Sache zu fragen, aber ich traue mich nicht, den Mund zu öffnen. Ich weiß, dass es nichts über die Geschlechtsidentität aussagt, wenn man sich feminin kleidet. Doch auf der Straße würde man Sylviane vermutlich männlich lesen, weshalb ich jetzt Angst habe, etwas Falsches zu sagen.

Casey, der meine Gedanken zu erraten scheint, nutzt die Gelegenheit, als Roberta Sylviane hilft, um mir zuzuraunen: »Es sind alles Frauen, du kannst ›sie‹ sagen.«

Ich danke ihm schweigend. Um uns herum bereiten sich die Tänzerinnen in geschäftigem Treiben vor. Ich weiß nicht mehr, wo mir der Kopf steht.

»Ihr seid sozusagen im Partnerlook«, meint Sylviane lachend und deutet auf unser Outfit. »Echt süß!«

Sie hat recht, wir tragen heute die gleichen Farben. Casey weicht verlegen meinem Blick aus. Bis jetzt hatte ich nicht weiter auf seine Kleidung geachtet. Steht ihm gut.

»Also, Lara … Ist Casey ein guter Junge?«

Überrascht werfe ich ihm einen Blick zu.

»Du musst nicht darauf antworten«, kommt er mir zu Hilfe. »Sylviane, hör auf, sie zu ärgern. Wir haben zu tun.«

Die fängt an zu lachen, während Roberta ihr in ihr Kleid hilft. Sie ignoriert Casey und beugt sich zu mir, so als wolle sie mir ein Geheimnis anvertrauen. Belustigt lausche ich.

»Schon mit drei Jahren hopste der Knirps zwischen unseren Röcken in dieser Loge herum. Manchmal habe ich sogar den Eindruck, er wäre an diesem verdammten Ort geboren.«

»Verdammt? Märchenhaft meinen Sie!«

Sie lacht laut auf und tätschelt mir die Wange.

»Oft gehört beides zusammen, Schätzchen. Aber damit wollte ich nur sagen, wie sehr wir alle hier Casey lieben – vor allem die, die wie ich schon seit den Anfängen des *Amnesia* dabei sind. Das ist Familie, verstehst du?«

Ich nicke feierlich. Casey steht schweigend neben mir und versucht, seine Rührung zu verbergen. Doch auf seinem Gesicht sind eindeutig Zuneigung und Ergriffenheit zu lesen. Er liebt sie wirklich.

»Wenn er dich mit hierherbringt, dann gehörst du auch zur Familie«, fügt Sylviane mit einem Augenzwinkern hinzu.

In diesem Moment wird mir das Missverständnis bewusst. Sie denken, ich wäre seine Freundin. Als ich gerade den Mund öffne, um die Dinge klarzustellen, taucht plötzlich Dorian auf.

»Sylviane, du bist dran.«

»Das Publikum ruft nach mir, mein Sohn«, sagt sie und legt die Hand auf Caseys Schulter. »An die Arbeit. Wenn deine Mutter dich wieder beim Plaudern in den Kulissen erwischt, setzt es was.«

Mit diesen klugen Worten verbschieden sich die beiden Frauen und hinterlassen einen sinnlichen Blumenduft. Casey fragt mich, ob ich mir die Nummer ansehen will.

»*Duh*, was für eine Frage!«

»Okay, aber wir müssen uns verstecken. Wenn meine Mom mitbekommt, dass ich hier herumschwirre, bin ich geliefert.«

Er führt uns unter die Bühne, wo man, für alle anderen unsichtbar, die Darbietung durch einen Spalt verfolgen kann. Casey, in dem kleinen Raum dicht neben mir, lässt mich zuschauen.

Und die Show lohnt sich wirklich. Ich sehe fasziniert zu. Sylviane räkelt sich in der Mitte der Bühne lasziv auf einem Canapé, in der Hand hält sie ein langes, paillettenbesetztes Vintage-Mikro. Sie beginnt zu singen, und ihre kristallklare Stimme erfüllt den Raum.

Im Hintergrund erscheinen Tänzerinnen, deren sinnliche Schatten sich vor dem lilafarbenen Vorhang abzeichnen. Sie tragen rosa, gelbe, blaue und orangefarbene Perücken und sind nur mit hohen Absatzschuhen und Spitzenhemdchen bekleidet, die gerade mal die intimsten Stellen verhüllen. Ihre Brüste sind nackt, aber das hat nichts Vulgäres.

Diese wunderschönen Wesen drehen sich um eine Stange. Meine Mutter würde das für unsittlich halten. Ich aber beneide sie. Ich würde alles geben, um an ihrer Stelle zu sein. Sie sind wirklich wie Göttinnen.

»Gefällt es dir?«, flüstert Casey mir zu, wobei sein Atem die Haare aus meinem Nacken bläst.

Ohne den Blick eine Sekunde abzuwenden, flüstere ich: »Casey … das will ich auch machen.«

»Lieber als zur Columbia zu gehen?«, meint er spöttisch. »Ich bin mir sicher, dass deine Eltern die Idee großartig finden werden.«

Ich drehe mich zu ihm um, packe ihn beim Rollkragen und ziehe sein Gesicht mit einem Ruck zu mir. Sein Lächeln verschwindet, und seine Augen weiten sich leicht. Dann ruhen sie kurz auf meinen Lippen, und ich sehe seinen Adamsapfel hüpfen, als er schluckt.

Und wenn ich ihn jetzt sofort küssen würde?

»Nein, du verstehst das nicht, Casey, es geht um Leben und Tod.«

Sein intensiver Blick ergründet mich, und ich habe plötzlich Schmetterlinge im Bauch. Er scheint das Ausmaß meiner Bitte zu verstehen, denn sein Gesicht nimmt einen entschlossenen Ausdruck an.

»Sieht ganz so aus, als hätten wir das Thema für unsere Performance gefunden.«

Er lächelt angesichts meiner fragenden Miene und ahmt dann Sylviane nach: »Burlesque, Schätzchen.«

17

Casey

Lara hat nicht zu viel versprochen.

Sie ist wirklich sehr schön heute. Eigentlich ist sie das ja immer, aber das neue aufgeregte Funkeln in ihren Augen macht sie noch schöner.

Verdammt, kurz habe ich gedacht, sie würde mich küssen.

Schlimmer noch, ich war bereit, den Kuss zu erwidern. Verflucht!

Glücklich und aufgeregt, ein Thema für unsere Performance gefunden zu haben, helfen wir dem Technik-Team, vor allem aber auch den Künstlerinnen, die an diesem Nachmittag auftreten. Wir kümmern uns um die Kostüme, bringen ihnen zu essen und zu trinken und räumen auf, was herumliegt.

Lara scheint Spaß daran zu finden. Und immer wieder lugt sie fasziniert durch den Samtvorhang auf die Bühne. Ich würde sie gerne in den Publikumsraum führen, aber wenn man Minderjährige in der Nähe der Bar sähe, würden meine Eltern ernsthafte Schwierigkeiten bekommen. Denn wir dürfen ja eigentlich ohnehin nicht hier sein.

»Ich wusste nicht, dass Varieté so sein kann«, erklärt sie, als wir nach dem Ansturm die Logen auskehren. »So habe ich mir das immer in Paris mit dem *French Cancan* und in den *Folies Bergère* vorgestellt.«

»Ja, das ist die Wiege des Varietés«, stimme ich zu. »Aber der Begriff ›Burlesque‹ wurde in Amerika erfunden. Anfänglich bezeichnete er vor allem die französischen Striptease-Shows, die in den Varietés der Belle Époque, im *Le Divan Japonais* oder im *Le Chat Noir* präsentiert wurden …«

Sie wirft mir einen seltsamen, etwas neugierigen Blick zu.

»Du kennst dich ja gut aus.«

Ich werde fast rot.

»Ich bin schließlich damit groß geworden«, rechtfertige ich mich schulterzuckend.

Lara hält inne und stützt das Kinn auf den Besenstiel. Nach dem anstrengenden Tag und dem Hin- und Hergerenne sind ihre Haare leicht zerzaust. Ich widerstehe dem Wunsch, sie glattzustreichen. Es gefällt mir, dass sie ausnahmsweise mal nicht unter Kontrolle sind.

»Erzähl mir mehr«, bittet sie mit verträumtem Gesichtsausdruck.

Und das tue ich gerne, denn einem solchen Blick kann ich beim besten Willen nichts abschlagen.

»Der Burlesque-Striptease ist eine eigene Kunstform. Der Körper wird entkleidet, aber nie ganz. Die Künstlerinnen zeigen ihre Kurven, ihre körperlichen und sinnlichen Vorzüge und auch ihre Unvollkommenheiten. Ziel ist es, zu seinem Körper zu stehen und aller Welt seine Weiblichkeit zu zeigen.«

»Jeder Körper ist schön«, unterbricht mich Lara.

Ich lächele. Sie hat alles verstanden.

»Genau. Viele halten den Varieté-Tanz für unschicklich, aber ich habe das nie so empfunden. Er ist glamourös und sexy, okay, aber nie vulgär. Wir haben auch Verwandlungskünstlerinnen und Akrobatinnen … Lily-Rose tritt am Luftring auf, so wie du.«

Sofort horcht sie auf und will mehr über Lily-Rose erfahren. Ich verspreche ihr, sie mitzunehmen, wenn Lily-Rose auftritt, was mir ein aufgeregtes Lächeln einbringt.

Obwohl wir schon etwas müde sind, machen wir unsere Arbeit fertig und treffen dann meine Mutter am Notausgang. Sie fährt uns alle nach Hause, Lara und ich sitzen hinten.

»Hat es dir gefallen?«, fragt sie meine Freundin.

»Es ist das Schönste, was ich je gesehen habe«, antwortet Lara mit einem strahlenden Lächeln.

Diese Antwort scheint meine Mutter zu verwundern, aber auch zufriedenzustellen. Sie wirft mir im Rückspiegel einen Blick zu, der besagt: »Sie gefällt mir.« Gefolgt von einer Flut von Fragen, denen ich mich entziehe, indem ich aus dem Seitenfenster schaue.

Lara bietet an, öfter zu helfen, was meine Mutter gerne annimmt, unter der Bedingung, dass ihre Eltern einverstanden sind. Sie lügt, genau wie ich zuvor. Wir passen echt gut zusammen.

»Und was willst du nach der Schule machen?«, fragt meine Mutter neugierig.

Ich erstarre, denn diese Frage fürchte und verabscheue ich zutiefst. Innerlich bete ich, dass sich das Gespräch nicht auf mich konzentriert. Aber ich weiß schon, was geschehen wird: Lara wird antworten, dass sie Akrobatin werden will, und ich werde zu hören bekommen: »Daran solltest du dir mal ein Beispiel nehmen.«

Darauf bereite ich mich angespannt vor, doch Lara antwortet wie selbstverständlich:

»Ich will Architektin werden. Das Studium ist wichtig für mich.«

Verblüfft wende ich mich zu ihr um. Sie ignoriert mich, und ich begreife, was sie im Schilde führt.

»Das wird deine Eltern sicher freuen.«

»Sie hatten andere Pläne für mich«, lügt sie mit einem kleinen Lächeln. »Aber sie unterstützen mich. Sie haben verstanden, dass es meine Wahl ist; es ist mein Leben und deshalb auch meine Entscheidung.«

Mein Herz klopft zum Zerspringen. Ich wage weder zu schlucken noch zu blinzeln. Ich weiche dem undurchdringlichen Blick meiner Mutter im Rückspiegel aus. Von seltsamen und widersprüchlichen Gefühlen erfüllt, begnüge ich mich damit, Laras perfektes Profil zu betrachten.

Plötzlich bedaure ich es, sie vorhin in unserem Versteck nicht geküsst zu haben.

»Umso besser«, begnügt sich meine Mutter zu antworten.

Der Rest der Fahrt verläuft schweigend. Lara nickt schließlich mit leicht geöffneten Lippen an meiner Schulter ein. Ich rühre mich nicht vom Fleck. Ich genieße ihre Wärme und ergreife nach einer Weile ihre Hand.

Ich weiß nicht, ob ihr klar ist, was sie soeben getan hat. Für sie hatte das vielleicht keine große Bedeutung, für mich aber schon.

Vielleicht war es Schicksal? Du solltest unbedingt mich, Lara Theresa Bailey, treffen und mit mir im Zirkus auftreten …

Vielleicht hatte sie recht.

Und wie könnte ich mich gegen mein Schicksal auflehnen?

18

Lara

Ich habe einen Ersatz für Amelia gefunden, sein Name ist Casey Thomas.

Es ist ganz einfach – wir verbringen unsere Tage zusammen. Morgens holt er mich mit dem Auto ab, und wir frühstücken bei Starbucks. Mittags essen wir manchmal zusammen, üben in der Sporthalle oder machen auch bisweilen gemeinsam Hausaufgaben. Ich helfe ihm bei Algebra und er mir bei der Auffrischung meiner Allgemeinbildung. Auf dem Rückweg nimmt er mich wieder in seinem Wagen mit. Wir halten bei Starbucks für den Nachmittagssnack – der ist heilig –, und manchmal helfe ich auch im Varieté.

Meine Eltern wollen wissen, warum ich so oft weg bin, also muss ich mir eine Notlüge ausdenken und erfinde einen Nachhilfekurs. Amelia weiß, dass ich lüge, doch sie verpetzt mich nicht. Vor allem aber glaube ich, dass es ihr egal ist. Sie konzentriert sich ganz auf ihre Freundin.

Am Donnerstag hat uns Mrs Zhang endlich am Luftring trainieren lassen. Und wieder überkommt mich Angst. Eine mir vertraute Angst, die ich schon vergessen hatte. Dieselbe, die ich zum ersten Mal im Alter von elf Jahren bei meiner Performance empfunden habe.

Die Angst, abzustürzen.

Als ich neben Casey im Luftring sitze, wage ich einen Blick nach unten und bereue es auf der Stelle.

Das gefällt mir gar nicht, meint Nana missbilligend. *Du bist nicht bereit. Warum musst du den Tod so herausfordern?*

Ich bin sehr wohl bereit! Casey ist ebenso begabt wie Amelia, vielleicht sogar noch mehr. Ich bin in guten Händen. Und ich vertraue ihm.

Und wenn du mitten in der Performance einen Krampf bekommst? Dann kann dich auch dein Talent nicht mehr retten, meine Liebe.

Und warum sollte ich einen Krampf bekommen? Ich habe nie einen Krampf.

Du trinkst nicht genug Wasser. Da kann das schon mal passieren. Jetzt klopfst du dreißigmal mit Daumen und Zeigefinger auf den Ring, danach geht es besser.

Ich umklammere den Luftring noch fester. Ich schließe die Augen und bete, dass das Klopfen den Ring nicht zum Beben bringt.

Nana hat recht, ich werde abrutschen und zu Boden stürzen. Ich werde einen Krampf bekommen. Wann habe ich zum letzten Mal etwas getrunken? Ich bin nicht sicher, ob ich heute überhaupt Wasser zu mir genommen habe.

Ich werde mir den Kopf aufschlagen. Ich kann es mir bildlich vorstellen. Die Blutlache unter meinen Haaren.

Klopf, klopf, klopf, klopf!

»Alles okay?«, fragt Casey und streicht mir liebevoll eine Haarsträhne aus dem Gesicht. »Willst du lieber runter?«

Ich bedenke ihn mit einem strahlenden Lächeln und wische mir die Tränen aus den Augenwinkeln. Unten liegt eine Matte, kein Grund, Angst zu haben. Ich bin abgesichert.

Und wenn du von der Matte abprallst und auf den Boden schlägst? Und wenn du dir bei dem Sturz das Genick brichst?

Frustriert schreie ich innerlich auf. Ich hasse es, so viel Schwäche zu zeigen, aber meine Angst ist derart groß, dass ich ihr auf der Stelle Luft machen muss, sonst drehe ich durch. Ich klopfe mit Daumen und Zeigefinger auf den Ring und zähle bis dreißig.

»Lara«, flüstert Casey, »sieh mich an.«

Ich hebe den Blick. Er legt die Hand auf meinen Oberschenkel und drückt ihn beruhigend, um mir zu verstehen zu geben, dass er für mich da ist. Plötzlich fällt mir eine alte Erinnerung ein – meine Schwester und ihre ausgestreckte Hand. An diesem Abend habe ich ihr vertraut. Und genau dieser Moment hat mir geholfen, meine Angst zu überwinden.

Und jetzt ist Casey da – stark, kräftig, beruhigend. Er wird mich nicht fallen lassen. Das wiederhole ich für mich, ergreife seine Hand und mache die von Mrs Zhang vorgegebenen Übungen. Nana lässt sich nicht beruhigen, und ich versuche vergeblich, sie zu ignorieren.

Nach dem Kurs laufe ich in die Damenumkleide und übergebe mich auf der Toilette.

Ich kann nicht sofort nach Hause.

Ich weiß nicht, wie Casey es erraten hat, aber auf dem Heimweg wendet er den Kopf zu mir und schenkt mir ein warmes Lächeln.

»Sollen wir auf einen Nachmittagssnack anhalten? Ich bestelle einen Caramel Macchiato auf den Namen Anatole.«

Ich runzele die Stirn, meine erste Reaktion, seit wir den Zirkusclub verlassen haben. Ich überlege und versuche den Geschmack nach Galle zu ignorieren, den ich noch immer in der Kehle habe.

»Anatole Kuragin? *Krieg und Frieden* von Tolstoi?«

»Ein verführerischer und kühner Dandy, der sich seine Zeit bei mondänen Abendgesellschaften vertreibt ...«

»Und ganz nebenbei auch mit seiner Schwester schläft. Schönes Beispiel«, bemerke ich spöttisch.

»Das sind nur Gerüchte! Nichts wurde je bewiesen!«

Ich lache belustigt.

»Nett von dir, aber heute ist mir nicht danach. Trotzdem danke.«

»Okay. Also ... ähm ...«

Ich sehe ihn ungerührt an. Er scheint zu zögern und räuspert sich schließlich verlegen.

»Willst du ... ich weiß nicht ... mit zu mir kommen? Um Hausaufgaben zu machen«, fügt er eilig hinzu, als er meinen misstrauischen Blick sieht. »Meine Eltern sind beide noch im *Amnesia*. Nur mein kleiner Bruder ist zu Hause.«

Ich verstehe, was er vorhat. Ich weiß zwar nicht, wie, aber er hat gespürt, dass ich nicht alleine sein will. Und ich begreife, dass Casey eben so ist. Mitfühlend.

»Warum nicht?«

Aus einem mir unbekannten Grund habe ich unglaubliche Lust zu sehen, wie es bei ihm zu Hause aussieht. Wo isst er zu Abend? Sein Zimmer. Haben sie Tiere? Ich habe seinen Bruder schon aus der Ferne gesehen, aber ich habe keine Ahnung, wie er so ist.

Als wir ankommen, ist es schon fast acht Uhr. Ich habe meiner Mutter Bescheid gegeben, dass ich etwas später komme. Niemand hat nachgefragt.

Als wäre es allen egal.

»Ich hätte nicht gedacht, dass es schon derart sp...«

Als er die Haustür öffnet, wird Casey von Stimmen unterbrochen. Wir bleiben stehen wie auf frischer Tat ertappt. Seine Mom hält ebenfalls überrascht inne, als sie mich entdeckt.

Hinter ihr sehe ich einen Mann, wahrscheinlich Caseys Vater, der den Tisch deckt.

»Was macht ihr denn hier?«, fragt Casey.

»Soweit ich weiß, zahlen wir Miete«, antwortet seine Mom, die Hände in die Hüften gestemmt. »Warum sollten wir dann nicht zu Hause sein?«

Casey stottert etwas, und ich werde rot. Ich möchte nicht, dass sie die Sache falsch verstehen. Ich versuche mich aus der Affäre zu ziehen und sage, dass ich heimgehe, doch plötzlich fasst mich Caseys Mutter bei den Schultern.

»Willst du nicht mit uns zu Abend essen? Liebling, leg noch ein Gedeck mehr auf.«

Ich öffne den Mund, um höflich abzulehnen, und werfe Casey einen aufgeschreckten Blick zu, doch der zuckt nur mit den Achseln.

»Donnerstags stehen *Cold Case* und Makkaroni auf dem Programm«, sagt er lächelnd.

Wie könnte ich eine solche Einladung ablehnen?

Die Szene ist surreal. Casey nimmt mir die Jacke ab, und plötzlich strahlt mich ein Junge mit roten Haaren an, gefolgt von seinem Vater. Jener ist das genaue Abbild von Casey, nur zwanzig Jahre älter und mit einer zierlichen Brille und einigen grauen Haaren.

Seltsam, so habe ich mir seine Eltern nicht vorgestellt. Ich dachte, sie wären wie meine – ernst, verkniffen und nur am Erfolg ihrer Kinder interessiert.

Aber Caseys Eltern sind das genaue Gegenteil. Sein Vater ist zerstreut und macht dauernd Witze, keine besonders komischen übrigens. Und seine Mutter scheint nichts ernst zu nehmen.

»Lang zu, Lara. Fühl dich wie zu Hause.«

Ich zögere unbehaglich. Doch Casey kommt mir zu Hilfe

und nimmt meinen Teller, um mir etwas aufzufüllen. Ich sitze zwischen ihm und Chris. Ich bedanke mich leise, während seine Mom mir von Caseys Kindheit und der Eröffnung des Varietés erzählt.

»In meiner Familie turnten alle am Trapez«, erklärt sein Dad. »Meine Eltern haben sich bei der Arbeit im Zirkus kennengelernt. Ich bin in dem Milieu groß geworden. Also war es ganz selbstverständlich.«

»Meine Mutter war Tänzerin, das ist sie übrigens heute noch. Während ich mit Casey schwanger war, haben wir uns einer Truppe angeschlossen. Mein Bauch war so groß und rund wie ein Luftballon«, erzählt seine Mutter lachend und wirft Casey einen zärtlichen und beschützenden Blick zu. »Wir waren immerzu unterwegs. Bis wir uns kurz nach seiner Geburt hier niedergelassen und das Varieté eröffnet haben. Natürlich hatten wir Unterstützung. In New York ein Varieté zu eröffnen ist nicht billig.«

Casey sitzt während des Abendessens schweigsam und mit gesenktem Blick da, so als fürchte er, die Aufmerksamkeit auf sich zu lenken. Ich verstehe, dass das Varieté ein heikles Thema ist. Und so stelle ich, obwohl mich ihr Leben interessiert, keine Fragen, um sein Leiden zu verkürzen.

Nach dem Essen setzen sich alle aufs Sofa und schauen *Cold Case*. Wortlos helfe ich Casey beim Abspülen. Ich habe noch immer keine Lust, nach Hause zu gehen. Hier zu sein entspannt mich. Ich fühle mich nicht bei jedem Bissen kontrolliert. Ich kann ohne Furcht atmen und einfach sein, wie ich bin.

»Danke für den Abend«, murmele ich so leise, dass nur er mich hören kann.

Er dreht den Wasserhahn zu und greift nach einem sauberen Geschirrtuch, um sich die Hände abzutrocknen. Erst jetzt bemerke ich, dass er die Ärmel hochgekrempelt hat. Ich wende verlegen den Blick ab, doch er ergreift meine Hände, um sie ebenfalls abzutrocknen. Ich lasse ihn gewähren, und meine Knie werden weich.

»Soll ich dir etwas Cooles zeigen?«, fragt er.

»Na klar.«

»In meinem Zimmer.«

Ich runzele die Stirn, und er lacht. Nachdem Casey mir versichert, dass es nichts Schweinisches ist, folge ich ihm die Treppe hinauf. Ich spüre die Röte in meine Wangen steigen, als seine Mutter uns nachruft: »Tür offen lassen!«

Casey brummelt etwas vor sich hin, und ich bedauere, in diesem Augenblick nicht seinen Gesichtsausdruck sehen zu können. Das Haus erinnert an ein Boho-Museum. Überall steht irgendetwas. Es ist *lebendig*.

Bei uns ist alles in Kisten verstaut. Die Wände sind weiß und leer. Wie in einem Krankenhaus.

»Bitte«, murmelt Casey und lässt mir den Vortritt.

Zögerlich öffne ich besagte Tür und sehe mich neugierig um. Sein Zimmer ist viel kleiner, als ich dachte. Unter dem Fenster steht ein großes Bett voller Decken und Kissen.

»Ich friere halt schnell«, rechtfertigt er sich, als er meinen Blick bemerkt.

Ich lächele ein wenig, weil alles hier zu ihm passt. Sein Zimmer ist unaufgeräumt. Hunderte von Büchern liegen in den Regalen und stapeln sich auf dem Boden und an den Wänden. Neben dem Bett steht ein alter Projektor, und ich stelle mir vor, wie er spätabends an die weiße Wand geworfene Filme anschaut.

In diesem Raum ist nur der Schreibtisch, auf dem die Schulbücher stehen, ordentlich. Ich wage nicht, mich hinzusetzen und bleibe verlegen stehen. Plötzlich bemerke ich, dass er ein gerahmtes Foto in der Hand hält.

»Das habe ich neulich gefunden, als ich ein wenig herum-gekramt habe. Ich wollte es mit zur Schule bringen, habe es dann aber vergessen.«

Ich strecke die Hand aus, und wir setzen uns beide wie selbstverständlich aufs Bett. Ich verstehe nicht sofort, worauf er mit dem Bild hinauswill. Die Aufnahme zeigt ihn, sehr jung, beim Zirkuskurs.

Er deutet mit dem Finger auf die obere Ecke, und plötzlich erkenne ich mich. Ich bin tatsächlich, nicht weit hinter ihm, in meinem rosa Ballettröckchen zu sehen. Was mich am meisten wundert, ist, dass ich an einem Luftring hänge … allein.

Amelia ist nicht mit auf dem Bild. Wo ist sie?

»Wann war das?«, frage ich mit rauer Stimme.

»Ich war damals elf.«

Und ich zehn. Das erklärt alles. Es war vor der Sache mit Tante Bertha.

Danach war es für mich sehr schwierig, allein aufzutreten; es war möglich, aber ich hatte unglaubliche Angst. Immer fürch-tete ich mich davor, abzustürzen und mir den Schädel auf-zuschlagen.

Ich schweige, Unbehagen legt sich mir auf die Brust – wie ein Monster mitten in der Nacht. Casey wendet sich zu mir um, sein Gesicht ist nur wenige Zentimeter von meinem ent-fernt. Er wirkt beunruhigt, seine Stimme klingt sanft.

»Willst du mir sagen, was nicht in Ordnung ist?«

Ich zögere kurz mit der Antwort. Ich weiß nicht, ob ich es erzählen darf. Ich weiß nicht, ob ich die Kraft dazu habe. Ich verabscheue es, anderen zu zeigen, dass ich schwach, dass ich menschlich bin. Aber bei Casey … bei Casey ist das etwas an-deres.

Er lässt mir keine Wahl. Ich kann nicht anders, als ihm alles zu gestehen. Ich flüstere:

»Ich hasse es, allein aufzutreten.«

»Warum?«

Ich kann es ihm nicht erklären, er wird mich mit Sicherheit für seltsam halten. Und doch möchte ich mich ihm anvertrauen. So als würde ich hoffen, er könnte mich retten. Als hätte er eine Lösung für alles.

»Weil ich Angst habe zu sterben«, flüstere ich. »Ich kann nicht glücklich sein, weil ich mich ständig vom Tod bedroht fühle. Ich weiß es, ich spüre es.«

Ich wage nicht, den Blick zu heben, um zu sehen, wie er reagiert. Unsere Schenkel berühren sich, ich schließe die Augen und fahre fort: »Amelia war stets da, um zu verhindern, dass ich falle. Aber dann hat sie beschlossen, aufzuhören. Jetzt bist du … dafür zuständig.«

»Zu verhindern, dass du fällst«, wiederholt er.

»Ja.«

»Dabei habe ich dich schon allein performen sehen, schau dir das Foto an. Amelia ist nicht da.«

Ich seufze und öffne frustriert die Augen. Er wird es nie wirklich verstehen können, solange ich nicht zu einhundert Prozent ehrlich bin.

»Das war davor. Dann habe ich erfahren, dass meine Tante und Patin sich umgebracht hat«, erzähle ich und lächele unter Tränen. »Ab diesem Moment hatte ich Angst vor allem und jedem. Wenn ich keine andere Wahl hätte, könnte ich allein auftreten … aber es ist mir lieber, nicht dazu gezwungen zu sein. Ich gehe nur ungern unnötige Risiken ein. Heutzutage kann man leicht sterben. Manchmal kann ich um zwei Uhr nachts noch nicht einschlafen, weil ich immerzu daran denken muss. Ich kann nicht. Ich bin zu jung, um zu sterben, Casey. Und wenn ich morgen beim Überqueren der Straße überfahren werde?«

Casey runzelt die Stirn, sagt aber nichts. Ich wische eine Träne weg und bereue meine Schwäche. Plötzlich greift er nach einem T-Shirt, das er vermutlich zum Schlafen trägt, und reicht es mir, damit ich mein Gesicht trocknen kann.

Ich muss unwillkürlich lächeln. Es riecht nach ihm.

»Willst du deswegen nicht Auto fahren?«

Ich nicke, ohne weiter darauf einzugehen. Ich will die drückende Atmosphäre auflockern, und obwohl ich mir blöd vorkomme, rufe ich: »Na, sag mal, was für eine Stimmung. Und da wir schon mal dabei sind: Was war dein traumatischstes Erlebnis?«

Ich erwarte keine Antwort. Ich wollte nur das Thema wechseln. Doch leider nimmt er mich beim Wort.

»Zu erfahren, dass mein kleiner, elfjähriger Bruder wahrscheinlich sterben wird.«

Schockiert drehe ich mich zu ihm um. Die Hände zwischen den Knien, schenkt er mir ein kleines Lächeln.

»Krebs. Darum musste ich auch das Schuljahr wiederholen«, gesteht er. »Das Varieté kurz vor der Pleite, mein Bruder in der Chemo, mein katastrophales Coming-out und mein Freund, der mich in dem Moment verlässt, in dem ich ihn am meisten gebraucht hätte …«

»Oh mein Gott«, flüstere ich und überhäufe mich mit Selbstvorwürfen. »Geht es … Bitte sag mir, dass es ihm besser geht.«

Er nickt mit einem beruhigenden Lächeln. Wie unendlich albern ich mir vorkomme.

»Im Prinzip hat er es geschafft, auch wenn es noch zu früh ist, um ganz sicher zu sein.«

Ich stoße einen Seufzer der Erleichterung aus. Ich hatte natürlich keine Ahnung, was er im letzten Jahr alles durchgemacht hat. Und die ganzen Gerüchte und Tuscheleien … Sofort bereue ich mein egoistisches Konkurrenzverhalten.

Casey lacht leise und klopft mir mit dem Finger an die Schläfe.

»Tickst du noch richtig? Jetzt sag bloß nicht, dass du Mitleid mit mir hast.«

Ich weiß nicht, was plötzlich mit mir los ist. Aber ich ergreife unter seinem verwunderten Blick seine warme linke Hand und umschließe sie mit meiner. Ein Schauer gleitet über meine Arme und meine Brust. Unser Kinderfoto liegt auf meinem Schoß, und unsere Blicke fordern sich wortlos heraus.

Plötzlich legt er seine Stirn an meine und raunt:

»Die Welt ist ein erschreckender Ort. Du hast zu früh verstanden, dass wir sterblich sind. Ich weiß, was das für ein Schlag ist … Aber du musst leben, Lara. Du musst trotz dieser Angst leben. Du musst leben, eben weil wir alle irgendwann hopsgehen.«

»Und wenn das schneller kommt als geplant?«

Er schüttelt den Kopf, und sein Finger wischt eine vereinzelte Träne von meiner Wange.

»Du stirbst nicht. Nicht, solange ich da bin. Okay?«

Ich lächele ihn an und lege unsere verschränkten Hände auf meine Knie.

Ich glaube ihm zwar nicht, nicke aber.

»Okay.«

19

Lara

Der Januar und der Februar sind die kältesten Monate in New York. Letzte Nacht hat es wieder geschneit. Wegen des Wetters weigere ich mich seit einer Woche, ins Auto zu steigen. Außerdem laufe ich gerne durch den Schnee. Letzten Endes ist es meine Lieblingsjahreszeit.

Casey besteht darauf, mich zu begleiten. Wir laufen also jetzt zusammen zur Schule und zurück. Manchmal gesellt sich Amelia zu uns. Es sind die einzigen Momente, in denen wir beide uns noch sehen.

Den Rest der Zeit ist sie mit ihren neuen Freunden unterwegs. Doch sie kann mir gar nicht fehlen bei dem Arbeitspensum, das ich stemmen muss. Noch nie in meinem ganzen Leben war ich derart beschäftigt.

Die Wand über meinem Schreibtisch ist mit Post-it-Zetteln und Listen aller Art zugepflastert. Neben dem Training für die Performance, den Nächten, die ich mit intensivem Lernen zubringe, und den Abenden, an denen ich Casey im Varieté helfe, bekomme ich echt wenig Schlaf.

Aber ich bereue es nicht. Es ist der Mühe wert. Je mehr Casey und ich trainieren, desto besser werden wir am Luftring. Ich habe immer noch Angst, aber ich kann meine Furcht beherrschen und vertraue Casey. Nachdem er begriffen hat, was mich quält, tut er alles, damit ich mich in seinen Armen sicher fühle.

Und verdammt, ich glaube, ich mag es mehr, als ich sollte.

Habe ich mich etwa in Casey Thomas verliebt? Das wäre echt der Witz des Jahres! Und doch, ich mag das unbekümmerte Lachen dieses Strebers. Ich mag seine Art, mich so natürlich und ohne jeden Hintergedanken zu berühren. Ich mag es, dass er mir zuhört, und ich weiß, das klingt jetzt vielleicht albern, aber im Gegensatz zu den meisten Menschen versteht Casey mich auch.

Es gefällt mir, seine Hand in meiner und seinen Kopf an meiner Schulter zu spüren. Es gefällt mir, dass er so klug ist wie ich, wenn nicht sogar klüger, aber nicht damit angeben will. Es gefällt mir, dass er mich in dem Glauben lässt, ich sei besser als er, einfach, weil es mich glücklich macht.

Heute Morgen bin ich früh aufgewacht. Als ich mein Schlafzimmerfenster öffne, werfe ich wie jeden Tag einen Blick zu seinem Fenster hinüber. Anders als sonst hat er ein Blatt Papier an der Scheibe befestigt, auf dem in großen Buchstaben geschrieben steht:

»ZEIG ES IHNEN! GO COLUMBIA!«

Ich lache mich kaputt. Die Aufnahmegespräche für die Uni wurden in diesem Jahr wegen Problemen der öffentlichen Gesundheit verschoben, aber jetzt ist es endlich so weit! Mein Vater hat mich diese Woche beinahe jeden Tag angerufen, um sich zu vergewissern, dass ich mich auch wirklich bestmöglich darauf vorbereite. Ich habe fast nicht geschlafen.

Beim Aufwachen heute Morgen hatte ich ein flaues Gefühl im Magen, aber Caseys kleiner Scherz zaubert mir ein Lächeln ins Gesicht.

»Miss Bailey?«

Mein Herz pocht schneller in meiner Brust, und ich richte

mich auf. Eine Schwarze Frau in einem Wickelkleid steht mir gegenüber und empfängt mich warmherzig.

Wir geben uns die Hand, und ich betrete ihr Büro. Das ist der Moment, von dem meine Eltern mir erzählt haben, seit ich klein bin. Mein Dad und Sorscha sind mit mir zusammen in der Subway hingefahren, und warten am Ende der Straße auf mich – sie sind ängstlicher als ich, wenn das überhaupt möglich ist.

Ich darf es nicht vermasseln. Ich habe nur diese eine Chance.

»Also …«, beginnt sie, nachdem sie sich gesetzt hat. »Lara. Erzähl mir ein bisschen von dir.«

Mein ganzes Leben lang habe ich mich auf dieses eine Gespräch vorbereitet. Ich weiß genau, was ich zu tun habe. Ich sitze aufrecht da, habe die Beine übereinandergeschlagen und lächle, während ich ihr in die Augen sehe. Ich liefere ihr einen ehrlichen und aussagekräftigen Steckbrief meiner Persönlichkeit. Ich erzähle ihr von unserer Familientradition, auf die Columbia zu gehen, von meinen tadellosen Noten, davon, dass ich Nachhilfeunterricht gebe, vom Schachclub im letzten Jahr und vom Debattierclub.

Sie hört mir aufmerksam zu. Nach und nach entspanne ich mich. Ich weiß, dass sie mich nicht ablehnen kann. Meine Bewerbung ist einfach perfekt. Sie fragt mich, warum ich mich für ihre Universität interessiere. Ich erzähle ihr, was sie hören will. Eine Frage folgt auf die nächste. Und plötzlich, gerade als ich denke, es ist schon vorbei, schließt sie meine Akte, stützt die Ellenbogen auf ihren Schreibtisch und fragt mich:

»Wo siehst du dich in zehn Jahren?«

Ich öffne den Mund, bereit, eine auswendig gelernte Antwort zu geben, aber ich bekomme kein Wort heraus. Das Erste, was mir in den Sinn kommt, ist: *Soll ich die Wahrheit sagen oder das, was sie und meine Eltern gerne hören wollen?*

Das Zweite, noch Erschreckendere ist: *So oder so, in beiden Fällen habe ich nicht die geringste Ahnung.*

»Ich …«

Gut zwanzig Sekunden bringe ich keinen Ton heraus. Den Kopf zur Seite geneigt, hebt sie fragend eine Augenbraue, und ich gerate in Panik. Ich muss ihr eine Antwort geben, und zwar schnell. Sie darf nicht merken, dass ich nicht die geringste Ahnung habe. Was ist nur mit mir los? Nun mach schon, um Himmels willen!

»Ich weiß nicht …«

»Du musst nicht antworten«, unterbricht sie mich, und ich merke, wie mein Gesicht vor Scham rot anläuft. »Also gut. Vielen Dank, Lara.«

Sie scheint fertig zu sein, aber ich bleibe wie erstarrt auf meinem Platz sitzen. Ist es schon vorbei? Ich kann mir nicht helfen, aber ich denke, ich hätte mehr tun können. Ich frage nach, und sie wirft mir einen mitfühlenden Blick zu.

»Du bist eine kluge und ehrgeizige junge Frau. Leider haben wir von perfekten Studierenden wie dir bereits genügend an der Columbia.«

»Wie … wie bitte?«

Ich möchte auf der Stelle sterben. Mein Herz bleibt stehen, und mein Ego kassiert einen herben Schlag. Ich, ein Abklatsch? Sie vergleicht mich mit all diesen Robotern, über die ich mich lustig mache, die nur für ihr Studium leben. Bin ich wirklich eine von denen?

»Wir versuchen uns für neue Horizonte zu öffnen«, fährt sie fort. »Wir sind auf der Suche nach anderen und originelleren Persönlichkeiten, nach Lebensläufen, die einzigartiger und ausgefallener sind.«

Nein, nein, nein, das darf doch wohl nicht wahr sein, dass ausgerechnet mir das passiert. Ich möchte sie anschreien, dass ich mein ganzes Leben darauf ausgerichtet habe, eines Tages an dieser Uni angenommen zu werden. Ich möchte ihr sagen, dass mein Dad am Ende der Straße auf mich wartet und mich nie wieder auf die gleiche Weise ansehen wird, wenn ich ihm sagen muss, dass ich nicht angenommen wurde.

»Ich bin kein Roboter«, platzt es plötzlich aus mir heraus.

Sie runzelt fragend die Stirn.

»Das habe ich damit auch nicht sagen wollen. Nur … alles, was du aufgezählt hast, fällt nicht aus dem Rahmen. Was machst du, um dich zu entspannen? Was macht dich glücklich?«

Ich zögere lange. Nicht wegen meiner Antwort, denn die war ja schon immer eindeutig. Nein, ich überlege, ob ich es zugeben soll oder nicht.

Verdammt noch mal, ich riskiere es.

»Ich liebe den Zirkus.«

Meine Antwort überrascht sie. Sie lächelt und bedeutet mir, fortzufahren. Ich schlucke.

»Ich mache schon seit Jahren Akrobatik, am Luftring. Wir … wir bereiten eine Performance zum Jahresabschluss vor.«

»Das ist interessant. Das hättest du in deinem Lebenslauf vermerken sollen.«

Wie bitte? Ist das interessanter als Schach, Nachhilfe und Debattierclub? Ich erinnere mich plötzlich daran, dass ich meinen Dad fragte, ob ich das in meinen Lebenslauf schreiben soll. Er antwortete mir, das sei nicht nötig. Schließlich sei es keine »ernst zu nehmende« Sportart.

Ich bekomme nicht die Gelegenheit, noch mehr zu erzählen. Sie erhebt und bedankt sich und verspricht mir, intensiv über unser Gespräch nachzudenken. Ich habe keine Ahnung, was da gerade passiert ist. Habe ich es geschafft, meine Nachteile auszugleichen? Oh mein Gott, vielleicht habe ich es komplett vermasselt.

Ein versteinertes Lächeln auf dem Gesicht beeile ich mich, zur Tür zu kommen. Zum Glück ist niemand auf dem Flur, sodass ich meinen Tränen freien Lauf lassen kann. Ich unterdrücke einen Schrei in meine vor den Mund gepresste Faust, die ich mir blutig beiße.

Ich wollte nie wirklich auf die Columbia. Das war nie mein Traum. Aber trotzdem, ich habe hart dafür gearbeitet, die Wahl zu haben. Was ist, wenn ich auch bei Circadio nicht genommen werde? Wenn meine Eltern mich nicht zum Zirkus gehen lassen? Muss ich dann auf irgendeine popelige Uni?

Als ob ich nicht gut genug wäre.

Ich brauche ein paar Minuten, um meine Tränen zu trocknen und mich zusammenzureißen. Casey hat mir eine ganze Reihe von Nachrichten geschickt. Zwei davon sind TikTok-Videos, in den drei anderen will er wissen, wie mein Gespräch gelaufen ist.

Super! Sie lieben mich jetzt schon, wie du dir vorstellen kannst.

Das war ja zu erwarten. Ich bin den ganzen Tag im *Amnesia*. Willst du vorbeikommen?

Ich will ihm eigentlich absagen, da ich mit meinen Hausaufgaben im Rückstand bin. Ich sollte besser lernen. Hat er schon alles erledigt? Wie kann er in so einem Moment derart entspannt sein?

Ach, was soll's! Ich verspreche, ihn dort zu treffen, und gehe meinen Dad und Sorscha suchen. Sie bemerken nicht einmal meine verquollenen Augen. Sie wollen wissen, wie es gelaufen ist, und ich tische ihnen irgendeine Lügengeschichte auf.

Sie glauben mir. Weil es das ist, was sie hören wollen, und sonst nichts.

»Sie hat mich gefragt, wo ich mich in zehn Jahren sehe … und ich wusste nicht, was ich darauf sagen sollte. Totaler Blackout. 没事*.«

Casey sieht mich unsicher an.

»Du sprichst Chinesisch?«

»Ich kann ein paar Ausdrücke.«

»Wusste ich's doch«, knurrt er leise.

Nachdem ich das Unigebäude verlassen hatte, sagte ich meinem Dad, ich würde zu Chhavi gehen, um dort zu lernen. Stattdessen habe ich mich mit Casey im Varieté getroffen, wo ich nun hinter der Bühne mit Sylviane und Dorian plaudere.

Im Gegensatz zu meinem Dad bemerkt Casey sofort meine verheulten Augen. Er nimmt mein Gesicht zwischen seine Hände, und drückt es so fest, dass sich meine Lippen in ein Fischmaul verwandeln, und zwingt mich, mit der Wahrheit herauszurücken.

Ich habe keine Wahl.

Um ehrlich zu sein, ich begreife es noch immer nicht. Meine Zukunft hat sich gerade in Rauch aufgelöst. Wie soll ich das nur meinen Eltern beibringen? Und was mache ich, wenn mich Circadio auch nicht nimmt?

»Noch ist nichts verloren«, beruhigt mich Casey, während er mir sanft über den Rücken streicht. »Es dauert noch, bis sie ihre Entscheidung treffen.«

»Es ist nie zu spät«, stimmt Sylviane ihm zu, während sie ihre Augen mit Kajal umrandet. »Prägt euch das in eure kleinen Spatzenhirne ein, ihr jungen Leute. Ihr habt noch euer

---

* »Überhaupt nichts« in einfachem Chinesisch.

ganzes Leben vor euch, um zu machen, was ihr wollt, auch wenn es nicht gleich beim ersten Versuch klappt.«

Ich wünschte, sie hätte recht. Leider fällt es mit schwer, das, was hier und jetzt passiert ist, zu relativieren. Die Columbia ist mir egal. Doch mein Ego verkraftet einen solchen Misserfolg nur schlecht. Es ist, als wären all die Jahre umsonst gewesen. Als ob ich nicht gut genug wäre und mir die ganze Zeit über etwas vorgemacht hätte.

»Wenn ich das richtig verstanden habe, geht es darum, sich von den anderen abzuheben«, fügt Dorian hinzu, klaut Sylviane den Lidschatten und baut sich dann vor Casey auf.

Dieser springt erschrocken auf.

»Äh, was hast du vor?«

»Lass mich nur machen, Kleiner.«

Casey beobachtet ihn weiterhin misstrauisch, gehorcht aber trotzdem. Also trägt Dorian glitzernden blauen Lidschatten auf Caseys geschlossene Augenlider auf.

»Und dafür musst du richtig was hermachen. Oder irre ich mich?«

»Nein.«

Sylviane unterbricht ihre Schminksession und winkt mich zu sich. Ich gehorche und setze mich auf ihren Platz. Ich sehe ihr aufmerksam im Spiegel zu, während sie beginnt, mich zu schminken.

»Also, dafür genügt es, etwas Medienrummel zu machen, Liebes. Wie du gesagt hast, zeig, dass du kein Roboter bist. Und dafür brauchst du genau zwei Dinge: das Internet – und uns!«

Casey sieht kurz zu mir hinüber und wirkt genauso ahnungslos wie ich. Ich lächle und bin erstaunt, wie gut er mit Make-up aussieht. Dorian trägt etwas Lipgloss auf seine von Natur aus rosigen und prallen Lippen auf.

Lippen, die ich schon seit Tagen unbedingt küssen möchte.
Er zieht eine Augenbraue hoch, als würde er meine unanständigen Gedanken erraten. Sofort spüre ich die Röte in mir aufsteigen und schaue weg.

»Euch? Wie meinst du das?«

Sylviane tritt etwas zurück, nachdem sie Lippenstift auf meinen Mund aufgetragen hat, und bricht dann in Gelächter aus.

»Wer könnte dir besser helfen hervorzuragen als zwei Dragqueens?«

Die nächste Stunde verbringen wir damit, alle meine Optionen durchzugehen. Roberta gesellt sich zu uns, und Casey und ich lauschen gespannt, was die drei zu sagen haben. Soll ich die Lady von der Columbia zu unserer Performance für die Jahresabschlussfeier einladen? Soll ich der Bewertungskommission eine E-Mail mit Videos meiner bisherigen Aufführungen im Anhang schicken? Nein, das wäre übertrieben. Also, wie soll ich ihnen dann beweisen, dass ich mehr bin als meine perfekten Noten?

»Und warum machst du es nicht, wie all diese neumodischen Internetstars?«, schlägt Sylviane plötzlich vor. »Die Mädchen, die sich auf YouTube beim Schminken, Anziehen oder Kochen filmen? Das hat doch eine große Außenwirkung, oder nicht?«

Ich stelle mir vor, einen YouTube-Kanal über die Akrobatik am Luftring zu starten, bin aber genauso schnell wieder entmutigt. Dafür braucht es viel Zeit und Engagement. Auf YouTube bekannt zu werden dauert Monate, vielleicht sogar Jahre. Und ich habe keine Zeit zu verlieren.

»Ich glaube nicht, dass …«

»Ich hab's!«, schreit Casey plötzlich.

Verdutzt drehe ich mich zu ihm um. Seine Augen sind weit aufgerissen, als hätte ihn eine göttliche Erleuchtung ereilt. Er sieht mich an, als hätte er Sterne statt Pupillen in den Augen und als wäre ich ein Planet und die ganze Milchstraße in einem.

»Lara, denk nach«, drängt er mich, seine Hände auf meinen Schultern. »Welches soziale Netzwerk geht momentan total durch die Decke? Wo bekommst du eine Million Klicks in kürzester Zeit, nur mit einem guten Hashtag?«

Ich öffne weit den Mund, Hoffnung keimt in mir auf. Aber na klar, das ist es!

»Die als Avengers verkleideten Welpen!«

»Was?«, fragt Sylviane. »Die App kenne ich nicht, was ist das?«

»Du bis genial!«, lache ich und schlinge meine Arme um Casey.

Er erwidert die Umarmung, etwas länger als nötig, und sieht mich freudestrahlend an. Casey hat recht, TikTok ist die naheliegendste Lösung. Ein einziges Video kann es dank eines cleveren Hashtags schaffen, über eine Million Klicks zu bekommen und anschließend massenhaft geteilt zu werden. Man muss es nur klug anstellen.

Und außerdem darf ein TikTok-Video nicht länger als eine Minute dauern. Also das perfekte Format. Kurz und ausdrucksstark.

»Ich hab keine Ahnung, wovon ihr redet, aber okay, genial«, meint Roberta.

Die anderen versprechen, uns bei der Umsetzung zu helfen. Am späten Nachmittag begleitet Casey mich nach Hause. Wir nehmen wegen der Kälte die U-Bahn, aber die Aufregung hält uns warm.

»Ich steige später aus«, sage ich, als er an der üblichen Haltestelle aufsteht. »Ich bin dieses Wochenende bei meinem Dad.«

»Oh. Das wusste ich nicht«, sagt er verlegen. »Schade ...«

»Danke für heute.«

Er nickt, dann hebt er die Hand zum Abschied. Ich gehe allein nach Hause, Kopfhörer in den Ohren, und notiere mir all die TikTok-Ideen, die mir durch den Kopf schießen.

Am Abend besteht mein Dad darauf, meine eventuelle Aufnahme an der Columbia zu feiern. Wir gehen in einem Restaurant im Viertel essen, und mir schmerzt vom krampfhaften Dauerlächeln schon bald der Kiefer. Während des Essens greift Amelia unvermittelt unter dem Tisch nach meiner Hand. Als ich sie direkt ansehe, tut sie so, als wäre nichts. Ich muss mich total zusammenreißen, um nicht loszuheulen.

Wieder zu Hause kommt sie in mein Zimmer, als ich mich gerade bettfertig mache.

»Ist es schlecht gelaufen?«

Überrascht fahre ich herum. Dabei weiß ich eigentlich nicht, warum. Auch wenn die Dinge sich geändert haben, ist sie noch immer meine Zwillingsschwester. Sie kennt mich besser als jeder andere Mensch. Wenn Casey es bemerkt hat, kann es auch ihr nicht entgangen sein.

Ich lächle niedergeschlagen.

»Ist schon in Ordnung. Ich will ja sowieso nicht hin.«

Trotzdem kommt sie zu mir und umarmt mich. Für einen Moment bleiben wir so stehen – eng aneinandergeschmiegt, wie damals im Mutterleib. Es ist beruhigend. Ich wünschte, wir könnten für immer in dieser Position verharren. Aber schließlich löst sie sich aus der Umarmung und meint aufmunternd:

»Es wird schon alles gut gehen, du wirst sehen.«

Sie lässt mich allein in der Stille und Dunkelheit meines Zimmers zurück. Plötzlich fehlt mir unser Zuhause in Manhattan. Ich schlafe gern in dem Wissen ein, dass Casey gleich auf der anderen Straßenseite ist. Ich lege mich mit meinem Laptop ins Bett und rufe ihn über FaceTime an.

Nach zweimaligem Klingeln erscheint sein Gesicht. Er trägt ein T-Shirt und eine blaue Pyjamahose. Sein Haar ist nass, und ich sehe, dass eine Zahnbürste mit Zahnpasta in seinem Mund steckt.

»Hey.«

»Hey. Was hältst du davon, wenn wir uns einen Film ansehen?«

Er nimmt seinen Laptop mit ins Bad. Ich muss grinsen, als Chris hereinkommt und ihn zurechtweist, weil er seine schmutzigen Socken hat liegen lassen. Casey hält ihm einfach den Mund zu und lacht mich nervös an.

»Ich bin gar nicht so unordentlich, ehrlich.«

Ich muss an sein Zimmer denken und verdrehe die Augen.

»Das wage ich zu bezweifeln.«

Ich lasse ihn sich fertig machen, dann schließt er die Tür seines Zimmers und legt sich aufs Bett. Ein Lächeln huscht über seine Lippen, und ich bekomme fast einen Herzinfarkt, weil er so unfassbar süß ist.

»Ich habe den perfekten Film für uns. Hast du schon *Moulin Rouge* gesehen?«

Ich schüttele den Kopf, obwohl ich schon davon gehört habe. Er erklärt mir, dass es sich dabei sozusagen um seinen *Shall We Dance?*-Film handelt und ich daher also gezwungen bin, ihn mir anzusehen – und er mir natürlich gefallen muss.

»Okay, okay. Halt endlich die Klappe und starte den Film.«

Jeder von uns sucht also in einem Streaming-Portal danach, dann drücken wir gleichzeitig auf PLAY. Ich lege mein Handy auf den Laptop, sodass er sehen kann, wie ich mir eine Tüte Chips schnappe. Während ich mich auf die Geschichte konzentriere, mampfe ich das Knabberzeug und lese dazu die amerikanischen Untertitel. Die sind so schlecht geschrieben, dass ich Mitleid mit den ausländischen Zuschauern bekomme. Das erwähne ich Casey gegenüber, der daraufhin seine Stirn in Falten legt.

»Warum guckst du dir den Film mit Untertiteln an, wo er doch auf Englisch läuft?«

Ich esse eine weitere Handvoll Chips und erkläre dann: »Weil ich zu laut kaue, ich kann nichts hören.«

Er bricht in schallendes Gelächter aus.

»Lass doch mal die Finger von den Chips, das könnte helfen.«

Ich werfe ihm einen bösen Blick zu. Sofort bedauert er seine Reaktion und fügt eilig hinzu: »Das war ein Scherz, bitte leg nicht auf.«

»Aber nein, keine Sorge. Das war ja erst dein erster Fehler.«

Danach hört Casey gar nicht mehr auf, Kommentare abzugeben. Jede Szene ist seine »absolute Lieblingsszene«. Normalerweise hasse ich so was. Aber heute finde ich es einfach nur wunderbar. Also lasse ich ihn machen. Ich bin gefesselt von der Geschichte, fasziniert von der Ausstattung und der Welt des Varietés. All das bestärkt mich nur in meinem Bestreben, eines Tages Satines Platz, gespielt von Nicole Kidman, einzunehmen.

Als das Lied *El Tango De Roxanne* erklingt, beginnt mein Herz schneller zu schlagen. Ich bin derart überwältigt von so viel Gefühl und Sinnlichkeit, dass ich die Szene förmlich mit den Augen verschlinge, ohne auch nur einmal zu blinzeln.

»Casey?«

»Mmh?«

Ein Lächeln umspielt meine Lippen, als ich auf den Bildschirm deute.

»Ich habe den richtigen Song für uns gefunden.«

20

Casey

Lara liebt *Moulin Rouge.*

Mit anderen Worten: Ich sollte so schnell wie möglich um ihre Hand anhalten. Dean meinte, der Film sei zu kitschig, und er mochte es nicht, wenn »die Leute grundlos zu singen anfangen« – kein Wunder, dass es mit uns nicht geklappt hat.

Lara hat der Film so gut gefallen, dass sie darauf besteht, dass wir unsere Nummer zur Filmmusik performen. Eine wegen der Sinnlichkeit des Stücks gewagte Wahl. Wir haben mit Mrs Zhang darüber gesprochen, die der Idee zwar zugestimmt, uns aber gleichzeitig darauf hingewiesen hat, dass wir beide und Sinnlichkeit zwei verschiedene Paar Schuhe sind.

Aber wir machen Fortschritte. Lara lässt sich mehr und mehr auf Körperkontakt ein. Manchmal geht die Initiative sogar von ihr aus. Gelegentlich ergreift sie – vielleicht unbewusst – meine Hand, aber mich macht das langsam ganz hibbelig. Weil es mir Lust auf *mehr* macht. Doch ich weiß nicht, ob ich das Recht dazu habe.

Die gute Nachricht: Wir sind engagiert bei der Sache. Ich glaube, das genügt, um Lara zu stressen, oder vielleicht ist es das Aufnahmegespräch für die Columbia, denn seitdem verbringt sie ihre Mittagspausen damit, zu trainieren, und ihre Nächte damit, zu büffeln.

Ich habe ihr angeboten, ihr bei den Hausaufgaben zu helfen, aber statt einer Antwort hatte sie nur einen vernichtenden Blick für mich übrig.

Ich weiß, wie sehr sie das alles belastet. Ihre Eltern setzen sie ganz schön unter Druck. Sie glaubt, sie müsse alles auf einmal machen und überall die Beste sein. Sie kann nichts halbherzig tun. Sie glaubt, wenn sie nicht in allem, was sie anfasst, glänzt, würde man sie nicht mehr mögen.

Wenn sie sich doch nur mit meinen Augen sehen könnte.

Ich wollte nicht zu sehr angeben, als ich von meinem Aufnahmegespräch in Yale zurückkam, das wirklich sehr gut gelaufen ist. Dennoch, an jenem Morgen klopfte sie ganz früh in einem gelben Pyjama und mit einer Brille im zerzausten Haar an unsere Tür und brachte mir zwei Vanille-Cupcakes vorbei, auf denen stand: »LOS, ANATOLE« und »DU BIST DER BESTE«.

Beinahe hätte ich sie auf der Türschwelle vor den Augen der ganzen Nachbarschaft und den neugierigen Vögeln auf den Mund geküsst.

Ja, ich glaube, mich hat's erwischt. Und zwar so richtig.

»… Lara?«

Überrascht sehe ich von meinem Teller auf. Chris und meine Eltern sehen mich erwartungsvoll an. Ich habe nicht zugehört und entschuldige mich dafür.

»Ich habe vom Abschlussball gesprochen«, fährt meine Mom fort. »Heute Morgen habe ich Enzos Mutter im Supermarkt getroffen. Du hast mir gar nichts davon gesagt.«

»Warum sollte ich dir davon erzählen?«

»Aber das muss man doch vorbereiten, verstehst du. Vor allem die Jungs«, fügt sie mit einem verschwörerischen Augenzwinkern hinzu. »Offenbar ist das Thema ›Feuer und Eis‹.«

»Da haben sie sich echt kein Bein ausgerissen«, merke ich an.

Chris nimmt noch eine Gabel Spaghetti bolognese, dann lächelt er mich mit seinen von Tomatensauce verschmierten Zähnen an.

»Lädst du Lara ein?«

Mein Herz bleibt für eine Sekunde stehen. Es wäre schamlos gelogen, zu behaupten, dass ich nicht schon daran gedacht hätte. Wenn ich nicht mit Lara hingehe, gehe ich überhaupt nicht hin. Mir ist der Abschlussball vollkommen egal. Aber ich weiß ganz sicher, wenn sie mich begleitet, wird es ein unvergesslicher Abend.

Das Problem ist, dass Lara – ohne es zu wollen – ziemlich beliebt ist. Jemand wird sie einladen, wenn er es nicht schon längst getan hat. Ich muss den Mut dafür aufbringen, und zwar schnell.

»Das geht dich nichts an«, sage ich verschmitzt lächelnd.

»Aber du magst sie doch, oder?«

Ich spüre ihre neugierigen Blicke. Ich bin ein schlechter Lügner. Ich kann mich nicht einmal selbst belügen.

Ich muss daran denken, wie Lara sich am Luftring bewegt, die Art, wie ihre Hüften so wunderschön schwingen, wenn sie neben mir hergeht, und an ihr Lächeln, wenn sie die richtige Antwort auf ein Rätsel weiß. All diese Dinge, die mich unweigerlich anziehen.

»Ja, ich mag sie.«

Ich tue so, als würde ich ihr triumphierendes Lächeln nicht sehen. Nun, mein Vater scheint Dean nicht länger nachzutrauern. Was meine Mom angeht … sie denkt wahrscheinlich, dass sie die ganze Zeit recht hatte und ich wieder »zur Vernunft gekommen bin«. Als ich ihr gestand, dass ich bisexuell bin, dachte sie, das wäre nur, um ihre Aufmerksamkeit zu erregen. Um aufzufallen. Um zu rebellieren.

Falsch, Mom.

Nach einer ausgiebigen Dusche liege ich mit den letzten dreißig Seiten von Victor Hugos *Les Misérables* im Bett. Ich bin fast fertig, als das Handy unter meinem Hintern vibriert.

Ich lege das Buch ein wenig zu schnell zur Seite, dann stelle ich enttäuscht fest, dass die Nachricht nicht von Lara, sondern von meiner Klassenkameradin Betty ist.

Ich schmeiße heute Abend bei mir zu Hause spontan eine Party. Kommst du?

Ich runzle die Stirn. Seit wann sind wir so dicke, dass wir uns gegenseitig einladen? Ich will gerade mein Handy ausschalten und weiterlesen, als eine neue Nachricht kommt:

Du kannst mitbringen, wen du willst, solange ihr was zu trinken beisteuert. Komm, trau dich aus deiner Höhle, du Bücherwurm!

Ich überlege kurz. Ich habe keine große Lust auf Party, aber wenn ich jemanden mitbringen darf … ändert das alles.

Ich stehe auf und sehe aus dem Fenster. In Laras Zimmer brennt Licht. Ich hole mein Handy und versuche, sie anzurufen, erreiche aber nur ihre Mailbox. Ein Zeichen dafür, dass sie wahrscheinlich gerade Hausaufgaben macht. Sie wird bestimmt nicht mitkommen wollen. Und meine Eltern erlauben sicher auch nicht, dass ich ausgehe …

Es sei denn, sie wüssten nichts davon!

Ich bereue bereits meine Entscheidung, aber zum ersten Mal in meinem Leben fühle ich mich lebendig. Regeln zu brechen ist elektrisierend. Ich ziehe mich an, besprühe meinen Hals mit etwas Parfum und verstrubble gewollt mein gelocktes Haar. Dann betrachte ich mich im Spiegel: weißes Hemd unter einem schwarzen Rollkragenpullover, von dem nur ein Zipfel über meiner Hose hervorlugt. Ich mache einen Knopf auf, einfach nur so, dann schleiche ich mich auf Zehenspitzen in den Flur.

Im Haus ist es vollkommen still. Wahrscheinlich sind schon alle im Bett. Ich gehe so leise wie möglich die Treppe hinunter und schnappe mir im Vorbeigehen meinen Mantel.

Gott sei Dank schaffe ich es, lautlos nach draußen zu gelangen. Nachdem ich die Straße überquert habe, mache ich mir die abendliche Dunkelheit zunutze, um mich hinter einem Baum vor Laras Haus zu postieren.

»Nun, ich denke, wir machen es auf die altmodische Art«, brummele ich.

Ich lese ein paar Kieselsteine auf, die klein genug sind, um das Glas nicht zu beschädigen, und ziele auf ihr Fenster. Bei den ersten beiden Versuchen scheitere ich. Also strenge ich mich mehr an, und dieses Mal trifft der Stein tatsächlich auf das Glas.

Keine Reaktion. Ich seufze und versuche es frustriert erneut. Das einzige Problem: Ich ziele nicht richtig, sodass der Stein das danebenliegende Fenster trifft.

»Verdammt!«

Ich versuche mich zu verstecken, aber das betreffende Fenster öffnet sich, und mein Herz bleibt stehen, als Amelias Kopf erscheint.

»Oh Romeo, mein schöner Romeo!«, flötet sie, die Hand auf ihr Herz gepresst.

Ich schaue nach hinten, um sicherzugehen, dass niemand sie gehört hat, vor allem nicht bei mir zu Hause.

»Das ist nicht die richtige Antwort, aber das macht nichts.«

»Du hast dich im Balkon geirrt, Spielverderber«, ruft sie mir belustigt zu.

Ungewollt werde ich rot. Was für eine Schnapsidee!

»Ich weiß. Aber sie geht nicht an ihr Handy.«

Amelia verdreht die Augen. Sie sagt mir, ich solle mich nicht vom Fleck rühren und verschwindet dann im Innern. Eine Minute später öffnet sich endlich Laras Fenster. Als diese mich halb erfroren draußen stehen sieht, reißt sie die Augen weit auf.

»Casey?«

»Genau. Hast du dich schon mal heimlich weggeschlichen?«, flüstere ich, so laut es geht.

Amelia beobachtet uns von ihrem Fenster aus und trinkt dabei in aller Seelenruhe einen Becher heiße Schokolade.

»Ich lerne an einem Samstagabend für die Mathearbeit für nächsten Monat und habe gerade ein paar alte Chipsreste in den Falten meines Sweatshirts gefunden ... und sie gegessen. Also, was erwartest du, Casey?«

»Igitt«, kommentiert Amelia.

Ich muss trotz allem grinsen. So was hatte ich mir schon gedacht.

»Also, heute ist ein großer Tag für uns beide.«

Ich harre eine gute halbe Stunde in der Kälte aus, bis Lara schließlich fertig ist. Als sie endlich mit einem entschuldigenden Lächeln aus dem Haus kommt, wird mir klar, dass sich das Warten gelohnt hat.

In der New Yorker Subway starren sie alle an; ich sowieso. Man kann es den Leuten nicht verdenken. Lara ist einfach so verdammt hübsch. Die ganze Fahrt denke ich darüber nach, ob es unangemessen wäre, ihr das zu sagen.

Ich werfe ihr zum x-ten Mal einen verstohlenen Blick zu, meine Augen gleiten über ihr empiregrünes Samtkleid. Es ist kurz, sodass ihre Beine betont werden, und es hat einen V-Ausschnitt, der ihr üppiges Dekolleté zur Geltung bringt. Zur Feier des Tages hat sie sogar hochhackige Schuhe angezogen. Sie trägt ihr Haar offen – was ich besonders gerne mag –, sodass es in weichen Wellen auf den Kragen ihres Oversize-Mantels herabfällt.

Langsam denke ich, ich hätte meinem eigenen Outfit mehr Beachtung schenken sollen. Ich schnaufe diskret, in der Hoffnung, auf diese Art etwas von meiner Hitze loszuwerden. Vintage, klassisch – und sexy wie immer. Ich muss es ihr unbedingt sagen. Die meisten Menschen freuen sich doch darüber, zu hören, dass man sie attraktiv findet, oder? Daran ist nichts Peinliches. Wir sind schließlich befreundet.

Ich nehme all meinen Mut zusammen und drehe mich zu ihr um, während wir zu der angegebenen Adresse gehen.

Du bist wunderschön. Nein, das ist zu viel. *Du siehst hinreißend aus.* Igitt, das geht gar nicht. *Du siehst wunderschön aus heute Abend.* Ja, das ist gut. Klassisch. Einfach. Ich wiederhole den Satz mehrere Male im Kopf, ehe ich loslege:

»Du bist sehr Abend schön.«

Lara sieht mich verwirrt an. Ich spüre die Hitze in meinen Wangen aufsteigen, weiß, dass ich feuerrot geworden bin.

Ich öffne den Mund, um mich zu korrigieren, aber sie antwortet lächelnd und mit anerkennendem Blick: »Du bist sehr jeden Tag attraktiv.«

Oh. Versucht sie mir zu sagen, dass sie mich attraktiv findet ... jeden Tag? Ich will sie fragen, aber plötzlich bleibt sie wie angewurzelt auf dem Bürgersteig stehen. Ich folge ihrem Blick und stelle fest, dass wir angekommen sind. Vor uns erhebt sich ein großer Backsteinbau. Es ist das *The Mark Hotel.*

»Bist du sicher, dass wir hier richtig sind?«

»Das ist die Adresse, die sie mir gegeben hat. Betty ist sehr reich«, erkläre ich. »Ich schätze mal, sie kann sich eine Last-Minute-Party in einem der besten Hotels an der Upper East Side leisten.«

Wir betreten etwas zögerlich das Gebäude. Der Eingangsbereich ist luxuriös, der Marmorboden schwarz-weiß gestreift. Ich bemerke eine glänzende Theke mit einem riesigen Obstkorb. Um die Tischchen in der Lobby stehen Sessel und kleine Sofas im Kuh-Animal-Print. Angesichts unseres Alters bin ich mir nicht sicher, ob wir überhaupt hier sein dürfen.

Wir fahren mit dem Aufzug in den sechzehnten Stock; zum Grand Penthouse, wie Betty sagte. Ich habe keine Ahnung, auf was wir uns da eingelassen haben. Ich wollte Lara nur von ihren Ängsten ablenken und sie dazu bringen, sich etwas zu entspannen.

Aber ich bin mir nicht sicher, ob sie und ich hierhergehören.

»Heyyyyyy! Du hast es geschafft!«, ruft Betty, als sich der Fahrstuhl öffnet. Dann bemerkt sie Lara, und ihr Lächeln scheint etwas abzukühlen. »Sieh an, sieh an, wenn das nicht Blair Waldorf ist.«

Lara lächelt höflich zurück. Ich räuspere mich und reiche ihr die beiden Sodaflaschen, die wir unterwegs gekauft haben. Sie nimmt sie, bittet uns herein, und fordert uns auf, uns ganz wie zu Hause zu fühlen. Ich nicke, auch wenn ich nicht vorhabe, irgendetwas in dieser Luxussuite anzufassen.

»Hat sie mich gerade tatsächlich mit der besten Figur aus *Gossip Girl* verglichen?«, will Lara wissen, als Betty weg ist. »Ich weiß das sehr zu schätzen, auch wenn es sicher nicht als Kompliment gedacht war.«

Schüchtern betreten wir die Suite. Die Party ist bereits in vollem Gange. Ich erkenne einige Leute von der Schule, einige andere Personen, die ich noch nie in meinem Leben gesehen habe, sind älter. Natürlich gibt es Alkohol, und zwar jede Menge. Staunend – und, wie ich gestehen muss, nicht ohne Neid – sehen wir uns um. Alles ist in warmen cremefarbenen Tönen gehalten, dazu dunkle Holzmöbel und elfenbeinfarbene Sofas.

Der Salon ist riesig, hat mehr als vier Fenster und einen großen Fernseher.

Wir zählen fünf Schlafzimmer und sechs Bäder, eine Bibliothek mit Loungemöbeln, ein Esszimmer, in dem zwölf Personen speisen können, vier Kamine ... dann hören wir auf zu zählen.

»Und sie nennt mich Blair Waldorf?«, entrüstet sich Lara und schnappt sich ein Appetithäppchen an der Theke der Bar.

»Dan Humphrey, höchstens, ja.«

Ich habe nicht die geringste Ahnung, wovon sie spricht. Wir finden einen Sitzplatz auf dem Sofa in der Bibliothek – wo auch sonst. Ich besorge uns was zu trinken, ohne zu wissen, was es ist, und nippe an meinem Getränk, bevor ich ihr das zweite Glas reiche, um sicherzugehen, dass es nichts Merkwürdiges enthält.

»Vorsicht, da ist Wodka drin«, warne ich sie.

»Das macht nichts«, sagt sie. »Wir sind doch hier, um uns zu amüsieren, oder? *Cheers!*«

Ich lache überrascht und stoße fröhlich mit ihr an. Die anderen spielen auf dem Couchtisch eine Partie Bierpong, wobei jeder Treffer lautstark gefeiert wird. Ich stelle fest, dass einige schon sehr angetrunken sind. Eine Gruppe von Mädchen tanzt ausgelassen zu einem Nicki-Minaj-Song.

Hat sie Lust zu tanzen? Soll ich sie fragen?

»Hast du über unsere TikTok-Idee schon nachgedacht?«, frage ich stattdessen.

Sie trinkt genüsslich, während sie mir all ihre Ideen dazu aufzählt. Plötzlich bemerke ich hinter ihr ein vertrautes Gesicht. Chhavi kommt herein und lässt sich neben uns aufs Sofa fallen. Sie trägt ein Korsett-Minikleid, um den Hals einen Choker und klobige schwarze Schnürstiefel an den Füßen.

»Hallo, ihr Loser.«

Ihre Haare sind perfekt gestylt und ihre Lippen violett geschminkt. Lara fragt erstaunt, was sie hier macht.

»Ich wandere durch die Nacht und beobachte die menschliche Dummheit des New Yorker Kleinbürgertums. Das Übliche, eben. Und du, ich dachte, du müsstest Hausaufgaben machen?«

»Romeo hat mich entführt.«

Ich hebe schuldbewusst die Hand, und Chhavi nickt mir großmütig zu. Doch ihr auf mich gerichteter Blick gibt mir zu verstehen, dass sie über meine unanständigen Absichten bestens im Bilde ist.

»Cool. Versucht einfach, nicht so zu enden wie die da. Okay?«

21

Casey

Lara ist total beschwipst.

Ich weiß nicht, wie das passieren konnte. Ich hatte mir fest vorgenommen aufzupassen, doch kaum hatte ich den Blick für ein paar Sekunden abgewandt, standen plötzlich drei leere Gläser vor ihr. Ich muss sagen, betrunken ist sie noch süßer. Oder in anderen Worten: Sie achtet weniger auf das, was sie sagt, was erfrischend ist.

»Psst. Casey.«

Ich drehe mich zu ihr um, sie sitzt auf der Sofakante. Ihr Gesicht ist meinem ganz nah, ihre Hand auf meinem Arm. Ich sehe ihr tief in die Augen und frage mich, ob sie weiß, was das bei mir auslöst. Welch unglaubliche Macht sie über mich hat, allein durch ihre Blicke.

»Was?«

»Tanzt du?«

Ich bin wie erstarrt und werfe einen Blick hinüber zu den tanzenden Leuten. Wir sind inzwischen auf die Dachterrasse umgezogen. Die ist gerammelt voll mit Jugendlichen, die sich wie wild zu den Rhythmen von 5 Seconds of Summer bewegen. Es bilden sich Paare, die dann in der Menge verschwinden, verschlungen vom Dunkel der New Yorker Nacht.

»Okay, aber achte diesmal auf meine Füße.«

Ich stehe auf und ergreife ihre Hand. Trotz der winterlichen Kälte ist sie ganz heiß und feucht. Ich lasse sie einmal um sich selbst drehen, und sie fällt mit einem Schluckauf gegen meinen Brustkorb. Ich bin fast sicher, dass sie mein Herz unter ihren Fingern schlagen fühlt.

Ich lege meine Hände auf ihre Hüften, ohne den Blick von ihr zu lösen, und sie lächelt mich an, als besäße ich die Kontrolle über alle Sterne der Galaxie. Mein Herz wird ganz warm bei dem Gedanken, dass sie sich endlich entspannt.

Wir tanzen eine ganze Weile, das heißt, vielmehr tanzt sie, und ich folge ihren Bewegungen mit einer Mischung aus Überraschung und Belustigung. Sie ist total aus dem Häuschen. Ich bin mir nicht einmal sicher, ob man das Tanzen nennen kann.

»Hey, ich wusste gar nicht, dass die Streberfraktion auch anwesend ist.«

Ich runzele die Stirn und entdecke unseren Klassenkameraden Mark. Der lacht beim Anblick, der sich ihm bietet, und fixiert Laras Arme, die um meinen Hals geschlungen sind, und mein Gesicht ganz nah an ihrem Hals.

Dann fragt er mich verdutzt: »Mensch, ich dachte immer, du wärst schwul? Das ist nicht böse gemeint. Ich habe nichts gegen Schwulis.«

Ich mache mir nicht mal die Mühe, ihm zu antworten. Lara knurrt nur wütend und überheblich und zieht mich aus der Menge. Ich würde ihr gerne sagen, dass mich diese Art von Kommentaren nicht berührt und dass sie sich auch nichts draus machen sollte, doch ich bin nicht dazu in der Lage.

Weil es im Grunde nicht stimmt.

Ich hab es satt. Ich hab es satt, dass meine Mutter nicht akzeptiert, wie ich bin. Ich hab es satt, dass manche nicht müde werden, mir zu sagen, ich sei eigentlich homosexuell. Ich hab es satt, dass andere im Gegenteil glauben, ich hätte das alles nur erfunden, um Aufmerksamkeit zu bekommen, und würde am Ende zwangsläufig in den Armen einer Frau landen.

Wähl ein Lager aus, Casey. Wähl eine Sexualität aus, Casey. Und wenn ich keine Lust habe auszuwählen? Warum auch? Wer sind diese Leute, die mir sagen, wie ich leben soll?

Lara bleibt am Geländer stehen, das sie fest mit den Händen umklammert. Ich beginne zu frösteln, während ich den Ausblick über das Panorama von Manhattan unter uns genieße. Von hier aus sieht man den Central Park, aber auch das Metropolitan Museum of Art. Alles ist angestrahlt, sodass man meinen könnte, in dieser Stadt würde man nie schlafen.

»Schrei!«

»Was?«

»Komm, ich weiß, du brennst darauf«, ruft sie, die Wangen rot vom kalten Wind. »Soll ich anfangen?«

»Du wirst dich erkälten.«

Sie zuckt mit den Schultern, was sie sonst nie, aber auch wirklich nie tut, und beugt sich mit geschlossenen Augen über die Leere und schreit aus vollem Hals:

»ICH HAB ES SATT, IMMER PERFEKT SEIN ZU MÜSSEN!«

Einige wenige drehen sich zu uns um. Die Musik und der Wind haben ihre Worte für immer verschluckt. Es ist fast so, als hätte sie nichts gesagt. Ich beobachte sie aufmerksam, ein wenig traurig. Welche Last trägt sie auf ihren Schultern?

Die Frage lautet vielmehr: Lässt sie mich ihr etwas davon abnehmen?

»Jetzt du.«

Ich seufze, ein wenig eingeschüchtert. Lara sieht mich nicht an. Sie hält die Augen geschlossen, und zunächst glaube ich, dass sie mir etwas Ruhe lassen will, aber sehr schnell ahne ich, dass es die Leere ist. Sie hat Angst vor der Leere.

Ich lege die Hände auf das Geländer, dann schreie ich mir die Lunge aus dem Hals:

»ICH WILL NICHT LÄNGER, DASS ANDERE FÜR MICH ENTSCHEIDEN!«

Verdammt, das hat gutgetan! Das hätte ich niemals gedacht. In Filmen wirkt das immer total abgefahren. Aber es ist tatsächlich therapeutisch. Befreiend.

Sanft drehe ich Lara zu mir, damit sie die Leere im Rücken hat; meine Schuhspitzen berühren ihre.

»Du kannst die Augen wieder öffnen.«

Sie tut es, und der Wind weht eine Haarsträhne in ihr Gesicht, die dann an ihrem Lipgloss klebt wie eine Biene an einem Honigtopf. Ich löse sie vorsichtig mit leicht zitternder Hand. Ihr Blick ist fest, hypnotisch. Eine Hitzewelle erfüllt meinen ganzen Körper, und ich widerstehe dem Wunsch, meinen Blick auf ihr Dekolleté zu senken.

Ich hasse mich dafür, sie das zu fragen, und doch will ich sicher sein.

»Stört dich das?«

»Was?«, fragt sie ungerührt.

Ich schlucke. Schweigen. Dann:

»Dass ich Männer mag.«

Sie verzieht keine Miene. Ihre Augen huschen über meinen Mund, dann hebt sie den Blick mit einem leicht betrübten Ausdruck. Als wäre sie enttäuscht, dass ich ihr diese Frage stelle. Ich bin es selbst. Und doch, wenn es ihr unangenehm wäre, würde mich das todunglücklich machen.

»Nein«, antwortet sie. »Und wenn es jemanden stört, ist das sein Problem, nicht deins.«

Ich lächle betrübt. Zum Teufel, Laura Bailey ist unglaublich, und Gott weiß, dass sie Besseres verdient als einen Typen wie mich. Dennoch …

Dennoch würde ich mich über mich selbst ärgern, wenn ich mir einen Augenblick wie diesen entgehen lassen würde. Unbewusst wird mein Druck auf ihren Handgelenken fester. Ich spüre ihren alkoholisierten Atem auf meinen Lippen.

»Was könnte man dir vorwerfen?«, scherzt sie mit leicht traurigem Unterton in der Stimme. »Stimmt, sie sind ziemlich bescheuert, und im Allgemeinen würde ich sie am liebsten erschlagen, aber was soll man machen? Ich mag sie auch irgendwie.«

Ich bin mir nicht sicher, ob sie mich wirklich verstanden hat. Schließlich spreche ich nicht mit jedem darüber. Aber ich will, dass sie es weiß. Dass sie es nicht eine Sekunde vergisst.

»Ich liebe auch Frauen.«

An ihrer Reaktion erkenne ich, dass sie bis dahin nicht sicher war, und ich deshalb gut daran getan habe, es klarzustellen. Sie zieht überrascht die Augenbrauen hoch und errötet dann.

»Oh. Cool. Das heißt, cool für dich«, fügt sie mit einem nervösen Lachen hinzu. »Frauen sind genial. Welche Art von Frauen genau?«

Bum, bum, bum, bum.

Mein verräterisches Herz droht aus meiner Brust zu springen. Nichts existiert mehr um uns herum. Es gibt nur sie und mich. Meine Nemesis. Meine Partnerin. *Meine beste Freundin*, stelle ich erstaunt fest.

»Die intelligenten Frauen … die ein bisschen besessen sind von ihren Noten«, murmele ich und lasse meinen Daumen über ihr Kinn gleiten.

Sie gibt ein ersticktes Lachen von sich, was mich schmunzeln lässt. Ich neige den Kopf zur Seite, während sie antwortet: »Diese Frauen sind nervig.«

»Die Frauen, die ASMR hören, ekelhaft …«

Sie erstarrt, wendet aber den Blick nicht ab.

»Mmh.«

»Die Frauen, die der Bedienung bei Starbucks nie ihren richtigen Namen sagen …«

Ihr Atem stockt. Ich hebe eine Hand, um eine weitere Strähne im Flug aufzufangen und hinter ihr Ohr zu streichen. Ich dehne den Kontakt auf mehrere Sekunden aus und lege dann los.

»Und die ein Muttermal genau hier, hinter dem Ohr haben …«, füge ich mit leiser Stimme hinzu, wobei meine Lippen die besagte Stelle flüchtig berühren.

Mit leicht geöffnetem Mund sieht sie mich weiter an. Ich habe ihr soeben gestanden, was ich für sie empfinde. Es gibt kein Zurück mehr. Sie kann mich abblitzen lassen, mich küssen, alles was sie will. Aber es muss von ihr kommen. Ein Zeichen, nur eines.

»Mist, verdammter Mist«, murmelt sie, während ihre Augen erneut zu meinem Mund gleiten. »Casey Thomas, du hast einen sehr … sehr … schlechten Geschmack …«

Oh nein. Sie nähert sich als Erste. Ich folge ihr, die Brust kurz vorm Explodieren, mein Körper steht trotz der Kälte in Flammen. Ich sehe, wie ihre Lider zucken, und sie dann die Augen schließt, wunderbar. Ich mache es wie sie, lege meinen Arm um ihre Taille und …

22

Lara

Casey Thomas küsst mich.

Vielmehr versucht er es. Fast spüre ich seine Lippen auf meinen, als ein Geräusch von zersplitterndem Glas uns herumfahren lässt.

Zwei Typen beginnen sich mitten unter den Tanzenden zu prügeln, ein Glas zerspringt vor ihren Füßen, während ein Mädchen versucht, die beiden Streithähne zu trennen. Und plötzlich ist der große Moment vorbei. Meine kleine perfekte Blase platzt, und ich werde mir der Kälte bewusst, der Leute in meiner Nähe, der allzu lauten Musik und der Leere um mich herum.

Du wirst noch über das Geländer stürzen! Klopf auf die Balustrade, aber schnell. Achtmal sollten reichen.

Ich versuche nicht mal, mich dagegen zur Wehr zu setzen. Ich habe getrunken, mein Schädel brummt, und ich weiß, wie meine Versuche, Nana zu ignorieren, enden.

Widerstand zu leisten wird immer schmerzhafter. Es ist ganz einfach unmöglich. Es ist, als wollte man ein Niesen unterdrücken oder, schlimmer noch, den Juckreiz von Brennnesseln ignorieren. Es ist ein Impuls, der einen, wenn man ihn zu lange missachtet, völlig durchdrehen lässt.

Deshalb berühre ich das Geländer auf eine ganz spezielle Art, während Casey seinen Schal ablegt.

War das wirklich achtmal?

Ja.

Bist du ganz sicher? Ich glaube, du hast es ein Mal vergessen.

Ja, ich bin sicher. Lass mich in Ruhe.

Hm. Du solltest noch mal von vorn anfangen, nur für alle Fälle. Ich mache das für dich, meine Liebe! Kein Grund sich aufzuregen.

Ich hab keine Lust. Ich bin müde. Ich will nach Hause.

Wenn du es nicht richtig machst, wirst du ins Nichts stürzen! Sieben bringt Unglück. Fang noch mal von vorne an, vertrau mir. Danach kannst du nach Hause.

Vor lauter Frust breche ich fast in Tränen aus. Casey legt seinen Schal um meinen Hals, während ich auf Nanas Drängen hin noch mal von vorn anfange. Sie beglückwünscht mich.

»Können wir gehen?«

Casey nickt wortlos und führt mich zurück ins Penthouse. Ich bemerke Chhavi weiter hinten, die sich in Gesellschaft eines mir unbekannten Mädchens ein Getränk einschenkt. Ich gebe ihr mit einem Zeichen zu verstehen, dass ich gehe, und sie winkt mir zum Gruß zurück.

Im Aufzug schließe ich erneut die Augen. In der Eingangshalle schwanke ich leicht, aber Casey legt seine Hände auf meine Schultern, um mir Halt zu geben.

»Was für ein Abend! Das war …«

»Interessant.«

Er betrachtet mich, wenig überzeugt, im nächsten Moment prusten wir laut los. Es war eine Katastrophe: Wir sind in unserer Ecke geblieben, ohne mit irgendjemandem zu sprechen, und trotzdem habe ich ein paar super Momente verbracht, wäre Nana nicht wieder aufgetaucht. Sie verdirbt einfach immer alles.

Casey und ich steigen schweigend in die Subway. Um uns herum Scharen von Menschen, wie es für einen Samstagabend üblich ist. Auf der Treppe, die zum Bahnsteig führt, ergreift er meine Hand, und seine Finger spielen mit meinen. Mein Herz klopft zum Zerspringen, meine Haut brennt unter meinem Samtkleid.

Wenn ich bedenke, dass er im Begriff war, mich zu küssen; noch dazu auf der Dachterrasse des Grand Penthouse – der Alkohol macht mich ganz offensichtlich mutig.

Die Subway-Türen schließen sich hinter uns. Casey fordert mich auf, mich auf den einzigen freien Platz zu setzen, doch ich bleibe lieber stehen. Am Ende des Waggons spielt ein Straßenmusiker auf seiner Geige. Am Boden liegt sein Hut für Trinkgeld.

Ich beobachte ihn, gefesselt von der Melodie, die er seinem kleinen Instrument entlockt. Ich erkenne sie sofort. *Lovely* von Khalid und Billie Eilish. Zum Weinen schön. Schauer rieseln über meine Arme, während ich mir vorstelle, zu diesen Klängen zwei Meter über dem Boden grazil in meinem Luftring zu performen.

Ich weiß nicht, was in mich gefahren ist. Ich hebe die Schultern, um meinen dicken Mantel abzustreifen, dann murmele ich: »Mach ein Video.«

Ich lasse Casey nicht die Zeit, es zu begreifen. Ich nähere mich der Haltestange der Subway, wo gerade niemand steht, während er eilig sein Smartphone aus der Tasche zieht.

Ich lasse die Melodie von *Lovely* auf mich wirken und ignoriere all die neugierigen Blicke, die auf mich gerichtet sind. Ich hebe die Arme und greife nach den Stangen an der Decke, um mich hochzuziehen. Trotz der Absätze legen sich meine Füße fest darum, und ich lasse den Oberkörper mit geschlossenen Augen frei nach unten hängen.

Gott sei Dank trage ich eine Shorty unter meinem Kleid.

Mit beiden Händen greife ich nach der senkrechten Stange,

drehe mich, ein Bein durchgestreckt, langsam darum. Dann spreize ich die Schenkel zum Spagat, während ich mich weiterdrehe. Ich denke nicht an meine nächste Bewegung oder an die Tatsache, allein zu performen. Ich bin mir bewusst, dass ich von den anderen Fahrgästen beobachtet werde, dass Casey mich mit seinem Handy filmt, ein breites Lächeln auf den Lippen, aber ich denke nicht daran.

Alles dauert nur eine Minute. Nach den letzten Klängen des Geigenspielers bricht im Waggon donnernder Applaus los. Leicht schwindelig lasse ich mich zurück auf den Boden fallen. Mehrere Leute stecken mir Münzen zu und beglückwünschen mich. Ich danke ihnen ein wenig schüchtern und gehe zu Casey.

Er reicht mir meinen Mantel und flüstert mir zu: »Lara, du bist ein Genie. Darauf hätte ich auch kommen können.«

Meine Antwort ist ein stilles Lächeln. Noch nie im Leben habe ich etwas derart Ausgeflipptes, derart Unvorhersehbares gemacht. Und ich habe es genossen.

»Genial vielleicht schon, aber nicht sehr hygienisch. Igitt. Als hätten tausende Finger meine Schenkel berührt«, sage ich mit angewiderter Miene.

Oh mein Gott. Und wenn du krank wirst?

Was?

Du hast lauter Bakterien auf dir! Und wenn du dir etwas Schreckliches eingefangen hast und stirbst?

Oh nein. Nein, nein, nein. Daran hatte ich gar nicht gedacht. Was soll ich jetzt tun? Ich werde sterben, das ist klar!

Wasch dir die Hände, schnell!

Das kann ich nicht, ich bin in der Subway! In Panik beginne ich zu zittern.

»Casey, hast du vielleicht Desinfektionsgel dabei?«

»Hm, ja, warte.«

Er zieht ein kleines Fläschchen aus seiner Tasche und reicht es mir. Ich gebe die Hälfte des Inhalts auf meine Hände, meine Arme, meine Beine.

Reib es fest ein! Mehrmals an derselben Stelle, in Kreisen, damit es besser einzieht.

Casey sieht mir mit leicht befremdlichem Gesichtsausdruck zu.

»Hey, Lara ... Deine Haut ist schon ganz rot. Bist du sicher, dass ...«

Ich höre nicht zu. Ich mache weiter, bis ich mich halbwegs sicher fühle. Ungeheure Erleichterung überkommt mich in mehreren Wellen.

Casey bleibt stumm, aber ich ahne, dass er sich ernsthaft Gedanken macht. Sicher hält er mich für verrückt, wie meine Familie auch.

»Alles okay?«, fragt er. Er klingt beunruhigt.

»Ja, super.«

Als die Subway an unserer Station hält, gehe ich zu dem Mann mit der Geige und lege meine Münzen mit einem Lächeln in seinen Hut.

»Danke für die schöne Melodie.«

23

Lara

Die Choreografie, die Mrs Zhang mit uns ausgearbeitet hat, ist perfekt. Ehrgeizig, aber auch nicht zu übertrieben. Sehr sinnlich, genau wie das ausgewählte Thema. Jetzt stimmt die Chemie zwischen Casey und mir, und das zahlt sich aus. Es fällt mir zwar schwer, mich als Femme fatale zu präsentieren, aber ich denke, das kommt noch.

Ich vertraue Casey mindestens so sehr wie früher Amelia. Doch leider vertraue ich mir selbst nicht.

Heute Morgen schrecke ich nach einem grässlichen Albtraum aus dem Schlaf auf. Ich bin schweißgebadet, und mein Herz rast. Die Bilder meines Traums sind noch präsent, und ich muss mehrfach schlucken, in der Hoffnung, so den schlechten Geschmack aus meinem Mund zu bekommen.

Vergeblich. Ich springe mit zittrigen Beinen unter die Dusche und presse die Hände an den Körper, um zu verhindern, dass ich irgendetwas berühre.

Es dauert eine gute Stunde, bis ich mich wieder beruhigt habe und in die Schule gehen kann. Ich wandere durch die Gänge und sage mir immer wieder: Es war nur ein Albtraum. Ein schlechter Traum. Nichts weiter.

Bist du dir da sicher?, spottet Nana. *Im Zorn kann so was schon mal passieren ... Und du bist sehr oft zornig, oder?*

Als wären sie allein von meinen inneren Dämonen angetrieben, legen sich plötzlich zwei Hände auf meine Augen.

»Hallo.«

Eine gewaltige und grauenvolle Angst überkommt mich. Ich fahre herum und stoße sie weg. Und mit einem Mal trifft meine Handfläche hart auf Caseys überraschtes Gesicht. Er stöhnt vor Schmerz auf, seine Wange feuerrot.

Es ist nur Casey. Niemand sonst. Mein Herz beruhigt sich, und voller Reue will ich mich entschuldigen, als die Bilder der Nacht mir wieder in den Sinn kommen.

Es geht los. Das solltest du besser vermeiden, bevor es wirklich passiert …

Wie? Ich werde alles tun!

Du kennst das Lied.

»Ich werde dich nie wieder ohne Vorwarnung von hinten anfassen.« Casey lacht, während er sein lädiertes Augenlid berührt. »Ist notiert.«

»Entschuldigung«, flüstere ich heiser und reibe mir hektisch die Nägel.

»Wer braucht schon zwei Augen«, scherzt er und kommt erneut auf mich zu.

Reflexartig weiche ich einen Schritt zurück, was ihn automatisch innehalten lässt. Sein Grinsen erstarrt und erstirbt nach und nach, als er meine Abwehrhaltung registriert.

Er fragt mich, ob alles in Ordnung ist, und streckt mir die Hand entgegen.

»Fass mich nicht an.«

Offensichtlich gekränkt zieht er die Augenbrauen hoch und überspielt dann seine Bestürzung mit einem dünnen Lächeln. Ich wünschte, er würde es verstehen. Mein ganzer Körper sehnt sich danach, dass er mich berührt, dass er näher, immer näher kommt. Aber mein Kopf wehrt sich dagegen.

Wenn er mir zu nahe kommt, werde ich ihm am Ende weh-tun. *Körperlich* wehtun.

Ich sehe mich wieder auf meinem Luftring, in Balance. Casey ist neben mir. Keine Matte, kein Sicherheitsnetz unter uns. In meinem Traum ist sein Lächeln so wie immer: vertraut und warm. Mein Herz sehnt sich nach ihm, und doch …

Und doch stoße ich ihn mit aller Macht von mir fort. So heftig, dass er das Gleichgewicht verliert und mehrere Meter weiter unten aufschlägt. In meinem Traum schließen sich seine Augen, und sein Lächeln ist jetzt nur noch eine blutige Linie auf seinem engelsgleichen Gesicht.

Ich bin eine Mörderin.

»Tut mir leid«, sage ich, um ihn nicht zu beunruhigen. »Nur ein alberner Albtraum. Ich bin nicht gut drauf, das ist alles.«

Ich versuche, mir das selbst einzureden, aber ich behalte trotzdem meine Hände ganz dicht bei mir. Er begreift, dass es für heute besser ist, auf Distanz zu gehen. In den letzten Tagen habe ich das Gefühl, ihn ständig zu enttäuschen. Ich bin mehr und mehr gestresst. So sehr, dass ich allmählich dünnhäutig werde. Ich weiß das, kann aber nicht anders.

Nana macht mir das Leben zur Hölle. Ich tue alles, was sie will, und ich muss gestehen, das erleichtert mich ein biss-chen. Aber nur vorübergehend. All diese Dinge, die ich tue, um eine Tragödie zu verhindern, sollen mich beruhigen. Und doch schüren sie letztlich nur meine innere Unruhe. Ich schlafe nicht mehr, ich esse nicht mehr, ich habe ständig Angst zu sterben, oder noch schlimmer, jemand anderen zu verletzen.

Hör auf zu grübeln. Habe ich dir das nicht schon gesagt?, fragt mich Nana. *Solange du mich hast, ist alles in Ordnung. Ich werde dich beschützen.*

Ich habe keine andere Wahl, als ihr zu vertrauen.

Ich begleite Casey zu seinem Spind, wo er seine Schulbücher austauscht. Er fragt mich, wie viele Views wir schon für das TikTok-Video aus der Subway haben.

»Als ich das letzte Mal nachgesehen habe, waren es dreihundert. Am Ende habe ich die Benachrichtigungsfunktion ausgeschaltet, denn es summte ständig.«

Ich gebe zu, ich schaue nicht jeden Tag nach. Dafür bin ich zu beschäftigt.

»Das ist ja großartig! Wir müssen also so weitermachen.«

Casey schließt seinen Spind, lehnt sich rücklings an die Tür und sieht mich an. Mir wird ganz warm ums Herz in seiner Nähe.

»Hast du Lust … heute Abend auszugehen?«

Will er etwa …? Oh mein Gott. Fragt Casey mich gerade, ob ich mit ihm ausgehe? Im Ernst?

Enttäuscht mache ich ein langes Gesicht.

»Ich muss mit Amelia lernen.«

Er verdreht die Augen.

»Das kannst du doch heute Mittag machen. Das ist wirklich nicht dringend, und das weißt du auch. Komm schon … geh mit mir aus.«

Ich überlege. Er hat recht, ich bin, was meine Lernziele betrifft, gut in der Zeit. Aber gestern bin ich im Unterricht fast eingeschlafen. Das ist mir noch nie in meinem ganzen Leben passiert. Casey weiß nicht, warum ich mich so sehr anstrenge; meine Eltern lassen mich nämlich das Training am Luftring nicht weitermachen, wenn ich am Ende des Jahres nicht die Beste bin.

Ich werde ganz panisch bei dem Gedanken, was passiert, wenn sie erfahren, dass ich mein Aufnahmegespräch für die Columbia vermasselt habe.

»Weißt du was? Bring deine Schwester mit. Doppel-Date!«

Ach, scheiß drauf! Man lebt schließlich nur einmal. Ich werde doch nicht lernen, wenn Casey mich offiziell auf ein Date einlädt!

»Gut, einverstanden.« In dem Moment, als die Pausenglocke ertönt, willige ich ein.

Erleichterung und Aufregung sind in seinem Gesicht zu lesen.

»Ich hole euch um sechs Uhr ab.«

Fünf Minuten vor sechs bin ich fertig.

Ich trage ein Jeanskleid, darüber einen bunt gestreiften Pullover und dazu Kniestrümpfe. Ich sehe aus, als wäre ich gerade einem 70er-Jahre-Musikvideo entsprungen.

Als ich ins Wohnzimmer gehe und meine Daunenjacke überziehe, sieht meine Mom von ihrer Fernsehserie auf, um mich von Kopf bis Fuß zu mustern.

»Wohin gehst du noch mal?«

»Ich will mit Amelia und ein paar Leuten weg.«

Ihr Mund wird zu einem schmalen zusammengekniffenen Strich.

»Du scheinst aktuell mehr Zeit mit deinen Freunden als mit deinen Hausaufgaben zu verbringen …«

Diese Bemerkung hat mir gerade noch gefehlt. Ich verdrehe entnervt die Augen.

»Du siehst mich deshalb nie lernen, weil du erstens nie da bist und ich zweitens nachts lerne.«

Darauf geht sie nicht ein, denn sie kann nicht abstreiten, dass ich recht habe.

»Ich will damit nur sagen, dass kein Junge dich an die Columbia bringt.«

Ich möchte schreien. Stattdessen rufe ich Amelia. Sie eilt die Treppe herunter und zieht eine Lederjacke über.

»Rachel wartet draußen«, sagt sie lächelnd. »Los, lass uns gehen.«

Wir versprechen Mom, pünktlich zurück zu sein, dann gehen wir zu unseren jeweiligen Verabredungen, die sich auf dem gegenüberliegenden Bürgersteig angeregt unterhalten. Mein Herz setzt kurz aus, als ich sehe, was Casey anhat: Jeans und ein schwarzes Hemd unter einem langen grauen Mantel.

»Hallo«, begrüßt uns Rachel und drückt Amelia einen Kuss auf die Wange.

Casey hält eine Plastiktüte in den Händen. Ich frage ihn, was sich darin befindet. Er öffnet sie, und ich entdecke mehrere Tupperdosen, gefüllt mit Kuchen.

»Erdnussbutter- und Bananen-Muffins, Cookies mit weißer Schokolade und Eiertörtchen, die gestern übrig geblieben sind. Für dich und deine Familie.«

Ich sehe ihn an und bin mit einem Mal besorgt. Wenn er den gestrigen Abend mit Backen zugebracht hat, ist es sehr ernst.

»O…kay, wer hat dich denn genervt? Muss ich den Baseballschläger holen? Wir haben zwar keine Eier, aber wir können stattdessen die Eiertörtchen an ihre Fenster werfen. Na ja, wenn ich deine Wurfkünste bedenke, kümmere ich mich wohl besser darum, einverstanden?«

Er verzieht das Gesicht, scheint nicht zu verstehen, worauf ich hinauswill.

»Du backst, wenn du gestresst bist. Das hast du mir selbst gesagt.«

Als er klein war, bot seine Großmutter ihm immer Kuchen an, wenn er traurig war. Heute kann er diese Assoziation nicht mehr loswerden. Wenn er deprimiert ist, backt er.

»Daran erinnerst du dich?«, murmelt er.

Ich zucke nur mit den Schultern, weil mir keine passende

Antwort einfällt. Das ist doch nichts Außergewöhnliches. Ich habe eben ein gutes Gedächtnis. Casey räuspert sich, dann reicht er mir mit einem verschwörerischen Lächeln die Tüte.

»Ich hatte etwas Lampenfieber, das ist alles. Bitte wirf meine Törtchen nicht auf die Häuser armer unschuldiger Menschen.«

Er hatte etwas Lampenfieber ... wegen heute Abend? Ich habe keine Zeit, weiter darüber nachzudenken, denn Amelia packt mich am Arm und zieht mich weg. Wir essen bei *Bleecker Street Pizza* in der Seventh Avenue, wo Casey offensichtlich reserviert hat. Ein wahrer Genuss. Der Käse dort ist göttlich!

Wir unterhalten uns über alles Mögliche, und Rachel macht unbemerkt Polaroidfotos von uns. Eines zeigt, wie Casey und ich uns vergnügt necken, weil ich versuche, ihm seinen Mozzarella zu stibitzen.

»Das behalte ich.« Mein Freund lächelt und steckt das Foto in seine Manteltasche.

»Hey! Und was ist mit mir?«

»Komm mal her.«

Rachel leiht ihm die Kamera, und er lehnt seinen Kopf an meinen, um noch ein Foto von uns aufzunehmen. Als ich sehe, dass er Grimassen schneidet, mache ich mit. Ich fange an zu schielen und rümpfe dazu meine hochgereckte Nase wie ein Schweinchen. In dem Moment, als er das Foto schießt, dreht Casey sich plötzlich zu mir um und drückt mir einen flüchtigen Kuss auf den Mundwinkel.

Mit weit aufgerissenen Augen erstarre ich auf der Stelle. Genau in diesem Moment macht es *Klick*, und das Blitzlicht fängt meinen völlig überraschten Gesichtsausdruck ein. Ich sehe Casey mit offenem Mund an, aber er schaut nur triumphierend auf das Foto.

»Letzten Endes werde ich das hier nehmen. Tut mir leid.«

Ich fange mich wieder und bitte ihn, es mir zu zeigen, aber er lehnt kategorisch ab. Mit vor Verlegenheit geröteten Wangen gebe ich rasch auf.

Es war zwar kein richtiger Kuss, aber immerhin, er zählt doch. Überglücklich stecke ich das erste Polaroid von uns beiden sorgfältig ein.

»Übrigens«, flüstert er, damit die anderen beiden uns nicht hören können. »Ich habe neulich einen TikTok-Akrobatik-Account von sehr sympathisch wirkenden Leuten gesehen. Vielleicht sollten wir sie als Inspirationsquelle nutzen oder sogar was mit ihnen gemeinsam auf die Beine stellen …«

»Oh, tatsächlich?«, sage ich und greife nach meinem Handy, um die App zu öffnen. »Wie heißen sie denn, dann schaue i…«

Die Worte bleiben mir im Hals stecken. Kaum habe ich TikTok geöffnet, flutet ein Schwall roter Symbole mein Display. Ich habe keine Ahnung, was da passiert. Ich sehe eine Menge neuer Kommentare. Casey fragt mich, was los ist. Als er merkt, dass ich unfähig bin, ihm zu antworten, riskiert er einen vorsichtigen Blick auf mein Handy-Display. Ich klicke auf mein Profil, unser einziges Video wird angezeigt und …

»Oh … verdammte … Scheiße«, flüstert Casey und gibt mit diesem Kommentar genau meine Gedanken wieder.

Wir starren beide verblüfft auf das Display. Drei Zahlen lassen mein Herz schneller schlagen und bringen Casey zum Schweigen.

1,1 Millionen Views

440,5K Likes

9 486 Kommentare

»Lara … du bist viral gegangen.«

Ich. Ich, betrunken und im Minikleid, beim Pole Dance an einer Stange in der Subway. Ich kann es nicht fassen. Wie ist das überhaupt möglich? Ich wusste, dass es ziemlich einfach sein kann, bei TikTok hervorzustechen, aber so leicht? Gleich beim ersten Versuch? Das grenzt an ein Wunder.

Casey scrollt durch die Kommentare. Es überrascht nicht, dass mich einige als »dick« bezeichnen und mir empfehlen abzunehmen. Aber die einzigen Kommentare, die ich sehe und an die ich mich erinnere, sind die positiven. Einige haben das Video sogar mit Herzchen-Emojis und ermutigenden Worten kommentiert. Die meisten dieser Leute fanden meine Performance »wunderbar«, »beruhigend« und wollen weitere sehen.

»Verdammt.«

»Okay, wir müssen jetzt definitiv neue Videos posten. Das Volk verlangt nach mehr!«, sagt Casey begeistert.

In meinen Adern mischt sich das Adrenalin mit Angst. Casey greift unter dem Tisch nach meiner Hand und drückt sie. Sein Daumen streichelt sanft kreisend über meine Finger. Ich möchte ihm sagen, wie viel Angst ich habe, aber …

»Gehen wir?«, erkundigt sich meine Schwester seltsam aufgedreht.

Casey sieht fragend zu mir herüber, aber ich lächle ihn an und verspreche, mir neue Videos auszudenken. Wir zahlen, und Rachel erklärt, dass sie sofort losmuss.

»Soll ich dich nach Hause fahren?«, fragt Amelia. »Ich habe das Auto.«

Rachel kichert grundlos und streichelt ihr zärtlich über die Wange.

»Besser nicht, nein. Lara, pass gut auf sie auf … Sie ist ein bisschen betrunken.«

»Wie bitte? Wie meinst du das, *betrunken*? Wir waren doch die ganze Zeit zusammen!«

Sie verzieht entschuldigend das Gesicht, obwohl sie nicht besonders traurig darüber wirkt.

»Möglicherweise haben wir etwas in unsere Gläser geschüttet, als ihr nicht hingesehen habt …«

Großartig. Ich sehe Amelia mit strengem Blick an, aber sie kichert nur albern.

»Wir kümmern uns um sie. Bis morgen!«

Rachel winkt uns zum Abschied und macht sich dann auf den Weg zur nächstgelegenen Subway-Station. Ich sage meiner Schwester, sie solle sofort aufhören zu trinken, aber als wir draußen auf der Straße laufen, bin ich mir ziemlich sicher, dass sie sich hier und da ein paar Schlückchen genehmigt.

Sie kreischt aufgeregt, als wir auf unserem Weg durch den Central Park einem Eichhörnchen begegnen, was uns zum Lachen bringt. Sie macht sogar ein Selfie mit ihm.

Seit zwei Wochen findet mitten im Park ein temporärer Markt statt. Gemeinsam drehen wir eine kleine Runde. Während wir nebeneinander hergehen, streift Caseys Hand unauffällig meine. Amelia läuft aufgeregt umher wie eine Fünfjährige. Ich muss sie immer wieder auffordern, nichts anzufassen, und verliere dabei Casey für ein paar Minuten aus den Augen.

Schließlich finde ich ihn an einem Stand mit preiswertem Schmuck, die Hände in den Taschen vergraben und ein schüchternes Lächeln auf den Lippen.

»Ich muss zugeben … das habe ich nicht erwartet, als ich dich heute Morgen um ein Date gebeten habe«, flüstert er und sieht zur taumelnden Amelia hinüber.

Ich verziehe entschuldigend das Gesicht. Ich hätte auch lieber ein richtiges Date gehabt. Plötzlich klingelt sein Handy.

Er checkt auf dem Display, wer ihn anruft, dann geht er sofort mit besorgter Stimme dran.

»Chris? Was ist los, alles in Ordnung bei dir?«

Ich kann seinen Bruder am anderen Ende zwar nicht hören,

aber ich kann sehen, wie sich Caseys Gesichtsausdruck verdüstert. Kein gutes Zeichen.

»Okay, ich bin gleich da. Rühr dich nicht vom Fleck.«

»Was ist denn?«, erkundige ich mich, nachdem er aufgelegt hat.

»Nichts Schlimmes. Meine Eltern sind im Varieté, er ist das erste Mal allein zu Hause, und ich glaube, er fürchtet sich ein bisschen. Normalerweise übernachtet er bei meiner Tante. Tut mir leid, aber ich hätte ihn nicht allein lassen dürfen.«

Ich versichere ihm, dass alles in Ordnung ist, ich mich allein um Amelia kümmern kann und er schon nach Hause fahren soll. Er zögert immer noch und bedauert, dass er mich nicht zurück begleiten kann, aber ich beruhige ihn erneut.

»Nun gut, einverstanden. Danke für den Abend«, sagt er und holt etwas aus seiner Tasche. »Hier, für dich. Nur eine Kleinigkeit, aber ich fand sie sehr hübsch ...«

Ich habe nicht die Gelegenheit, zu sehen, was es ist. Er hebt die Hände und befestigt etwas in meinen Haaren, wobei er die Strähne zurückschiebt, die mir den ganzen Abend im Weg war.

Eine Haarspange, rate ich. Mir wird ganz warm ums Herz bei dem bloßen Gedanken, dass er an mich gedacht hat. Genug, um etwas für mich zu kaufen.

Seine Finger verweilen auf meinem Gesicht. Ich starre in seine verschiedenfarbigen Augen und warte ... auf einen Satz, einen Kuss, irgendwas! Schließlich beugt er sich zu mir hinüber, was mein Herz höher schlagen lässt, und küsst mich ... auf die Stirn.

»Gute Nacht. Ruf mich an, wenn du sicher zu Hause angekommen bist.«

Ich schlucke meine Enttäuschung hinunter und nicke brav, dann sehe ich ihm hinterher, wie er sich mit großen Schritten entfernt. Als er außer Sichtweite ist, hole ich meinen Taschenspiegel heraus und werfe einen Blick auf die Haarspange. Ein schmaler, paillettenbesetzter Schweifstern hält mein Haar zurück. Sie ist echt kitschig, aber ich stehe total auf sie. Ich kann nicht aufhören, zu grinsen, was Amelia dazu bringt, mich in die Wangen zu kneifen.

»Huuuuhuuu, ich kenne eine, die ist total verlieeee – AH! – bt. Hörst du, ich hab Schluckauf.«

Ich schaue sie schief an. Das ist zu viel. Ich bitte sie, mir die Flasche auszuhändigen, die sie in ihrer Tasche versteckt, aber sie gibt mir lediglich ein leeres Behältnis.

»Hast du sie leer gemacht? Amelia!«

»Ich bin total betrunken«, seufzt sie. »Und mir geht's echt nicht gut.«

»Soll das ein Scherz sein?«

Mit leerem Blick lehnt sie sich an mich und erwidert, sie habe sich nur ein bisschen amüsieren wollen. Ich lege ihren Arm um mich, damit sie sich beim Gehen auf mich stützen kann.

»Komm, wir fahren nach Hause.«

Sie kann kaum stehen. Ich schimpfe mit ihr, aber sie jammert nur und entschuldigt sich dauernd. Schließlich sage ich ihr, dass es nicht schlimm ist.

»Du hattest ein Date, und ich habe es ruiniert.«

»So ein Quatsch. Er musste ohnehin weg. Pass auf, wo du langläufst.«

»Das Auto steht hier«, sagt sie und zeigt auf Moms Wagen, der auf dem Bürgersteig parkt.

Ich erstarre, als ich begreife, was das bedeutet. Wir müssen unbedingt mit dem Auto nach Hause zurück, und ich bin die Einzige, die noch fahrtüchtig ist … Aber ich fahre nicht. Niemals. Vor allem nicht nach dem gestrigen Traum.

»Wir … wir nehmen ein Taxi, okay?«

»Nein, nein, nein, Mom wird mir zehn Jahre Hausarrest auf-
brummen, wenn sie herausbekommt, dass ich getrunken habe.
Du kannst fahren. Komm schon, machst du das für mich? Bitte, bitte, allerliebste Schwester.«

Was für eine Verräterin. Ich kann die Horrorkiste kaum anschauen. In diesem inneren Konflikt gefangen denke ich nach.
Ich schaffe das schon. Ich kann schließlich Auto fahren. Es
wird schon gut gehen.

Du wirst noch jemanden überfahren. So viel ist sicher.

Was, wenn mich plötzlich der Drang überkommt, gegen die
nächstbeste Mauer zu fahren? Ich würde uns beide, Amelia
und mich, umbringen. Ich kann den Drang förmlich spüren,
es juckt mich schon in den Fingerspitzen. Was zum Teufel ist
los mit mir?

Mit Tränen in den Augen schließe ich die Lider. Ich habe
keine Wahl. Ich muss mir selbst vertrauen. Wie es Casey tut.
Ich kann das. Ich bin stark.

»Steig hinten ein. Und schnall dich vor allem an.«

Sie schafft es, wenn auch mit Mühe. Ich setze mich hinters Steuer, mein ganzer Körper ist vor Angst und Panik angespannt. Meine Gedanken hallen zu laut in meinen Ohren
wider. Nana verhöhnt mich aus ihrem Versteck heraus. Sie wartet nur auf den richtigen Moment, um aufzutauchen.

Panisch halte ich sie so lange wie möglich im Zaum. Ich
ignoriere die juckende Haut an meinen Armen und lege den
ersten Gang ein. Ich spüre kaum, dass mir die Tränen über die
Wangen laufen. Ich trete aufs Gaspedal und fahre zitternd los.

Es sind zu viele Menschen unterwegs. Zu viele Leute, die die
Straße überqueren, zu viele Fahrzeuge, zu viele mögliche Ziele.
Ich werde jemanden umbringen, das weiß ich. Nana wartet auf
genauso eine Gelegenheit, nur um mir sagen zu können: »Hab
ich's dir nicht gesagt?«

»Geht's endlich voran?«, will Amelia ungeduldig wissen.

Ich lasse die Kupplung los und schlage das Lenkrad ein, um aus meiner Parklücke zu kommen. Doch plötzlich taucht wie aus dem Nichts ein Mann auf, ich schreie und trete auf die Bremse. Das Auto vibriert und macht einen Satz.

Ich kann nicht sagen, ob es sich überhaupt bewegt hat oder ob ich tatsächlich jemanden überfahren habe. Ich mache einfach fest die Augen zu, umklammere mit beiden Händen das Lenkrad und schreie ununterbrochen, ohne mich wieder beruhigen zu können. Die Tränen fließen ohne Unterlass, laufen mir über Kinn und Hals.

Amelia fragt mich, was los ist, doch das Einzige, was ich ständig wiederhole, ist: »Ich habe es nicht mit Absicht getan, ich habe es nicht mit Absicht getan, ich habe es nicht mit Absicht getan …«

24

Casey

Ich bin gut zu Hause angekommen. Allen geht's gut.

Das ist die einzige Nachricht, die Lara mir in dieser Nacht
noch geschickt hat. Seitdem herrscht Funkstille. Ich habe mir
mehr Sorgen gemacht als nötig und jede halbe Stunde aus meinem Fenster hinübergesehen.

Ich habe versucht, sie anzurufen, aber sie ging nicht ans
Handy. Auch heute Morgen ist sie nicht zur gewohnten Zeit
aufgetaucht, und ich musste allein zur Highschool laufen. Besorgt warte ich vor dem Klassenzimmer auf sie.

Ich bin mir ziemlich sicher, dass irgendetwas vorgefallen ist
und sie es mir nicht sagen will. Wenn sie sich abschottet, ist es
ernst.

Die Pausenglocke ertönt, und Lara ist noch immer nicht da.
Ist sie krank? Seit Schuljahresbeginn hat sie nicht eine Stunde
gefehlt. Lieber würde sie sterben oder riskieren, alle anderen
mit Grippe anzustecken.

»Hat mich gefreut, dass du bei meiner Party aufgetaucht
bist, Casey«, meint Betty, als ich mich auf meinen Platz setze.
»Auch wenn ich mich kaum mit dir unterhalten konnte ...«

Ich begnüge mich damit, sie höflich anzulächeln. Wir
sind nicht miteinander befreundet. Sie hat nie wirklich mit

mir gesprochen, außer, wenn sie etwas für die Schule wissen wollte.

Sie setzt sich einfach auf mein Pult, und ich blinzle überrascht. Gerade will ich sie bitten, sich doch auf ihren eigenen Platz zu setzen, als sie sich eine Haarsträhne hinter ihr Ohr schiebt.

»Sag mal, hast du Zeit, am …«

Ich höre ihr nicht weiter zu, denn Lara kommt zur Tür herein, und sofort habe ich nur noch Augen für sie. Mein Herzschlag setzt kurz aus, während ich sie besorgt ansehe. Leider fällt ihr Blick zuerst auf Betty, die auf meinem Pult sitzt, bevor sie mich ansieht. Ihre Miene verfinstert sich. Reflexartig stoße ich Betty sanft an.

»Entschuldige, kannst du bitte runtergehen?«

Zu spät. Lara schaut weg und setzt sich wortlos auf ihren Platz. Ich kann ihre Verärgerung von hier aus spüren. Unser Lehrer, Mr Tilman kommt, und alle nehmen langsam ihre Plätze ein. Ich schaue immer wieder zu Lara hinüber und bete, dass sie meine Blicke erwidert, aber vergeblich.

Ist sie sauer auf mich? Bestimmt habe ich etwas Schlimmes gemacht. In Gedanken gehe ich noch mal den gestrigen Abend durch, während Mr Tilman uns die letzte Klassenarbeit, einen Multiple-Choice-Test, aushändigt. Ich schließe als Bester mit insgesamt 100 Punkten ab. Als er zu Lara kommt und ihr die Arbeit gibt, sehe ich in roter Schrift eine 90 auf ihrem Blatt.

»Hätte besser sein können«, kommentiert er das Ergebnis.

Die ganze Klasse reagiert überrascht. Lara verzieht keine Miene. Sie starrt auf ihre Arbeit, wie versteinert durch seine Worte, die sie wohl als Demütigung empfindet. Ihre Wangen röten sich, aber sie sagt kein einziges Wort. Wie konnte Lara bei einem so einfachen Test derart schlecht abschneiden? Hat sie nicht gelernt? Undenkbar.

Während des gesamten Unterrichts macht sie sich keinerlei Notizen. Sie starrt nur schweigend und mit teilnahmsloser Miene auf ihre Arbeit. Als die Pausenglocke ertönt, greift sie als Erste nach ihrer Tasche und stürmt hinaus.

Ich folge ihr und fasse sie schließlich im Flur am Handgelenk.

»Hey, warte doch mal …«

»Ich habe keine Zeit, Casey.«

Verwirrt suche ich nach Antworten in ihrem Porzellangesicht. Sie muss mit mir reden. Ich will nicht meinen Tag damit verbringen, mich zu fragen, was ich falsch gemacht habe.

»Sprich mit mir.«

Sie seufzt, dann sieht sie mich endlich an. Ihre Augen sind tränenverschleiert. Verflucht, es bricht mir das Herz! Betreten schließe ich sie in meine Arme. Sie lässt es geschehen und weint leise an meiner Schulter. Ich streichle ihr übers Haar und ignoriere die Schaulustigen um uns herum. Viel mehr kann ich nicht tun, aber ich hoffe, dass es irgendwie genug ist.

»Das ist keine schlechte Note. Das holst du schnell wieder auf. Ich helfe dir dabei.«

»Du verstehst das nicht«, sagt sie und tritt zurück, wobei die Wimperntusche ihr die feuchten Augenlider verschmiert. »Es reicht nicht, wenn ich nur ›gut‹ bin. Ich muss die Beste sein.«

Ich runzle die Stirn. Ich verstehe ehrlich gesagt nicht, woher dieses irrationale Bedürfnis kommt, sich in allem zu übertreffen. Das kann nicht gut für die Gesundheit sein. Niemand schafft das immer und überall. Wenn sie weiter so denkt, wird sie es schwer im Leben haben.

»Aber warum?«

»Wenn meine Noten schlechter werden, verbietet mir meine Mutter das Training am Luftring«, gesteht sie.

Oh. Jetzt verstehe ich sie besser. Ich versichere ihr, dass es nur eine Note ist, die man leicht wieder wettmachen kann, wenn man sich mehr anstrengt. Sie macht mich nicht dafür verantwortlich, aber ich fühle mich trotzdem mitschuldig.

Wie oft habe ich sie gefragt, ob sie mit mir ausgeht oder ob sie mir im Varieté hilft? Wie oft habe ich ihr gesagt, sie solle eine Pause machen, als sie zu mir meinte, sie müsse lernen?

Wenn ich das gewusst hätte ...

»Okay«, gibt sie zu. »Aber bilde dir bloß nichts ein, verstanden? Ich bin immer noch besser als du.«

Ich lächle, denn ich weiß, dass sie scherzt – zumindest ein bisschen.

»Wenn du dich dann besser fühlst.«

25

Lara

Amelia hat bis auf Weiteres Hausarrest.

Nach meinem Anfall im Auto war sie gezwungen, Mom anzurufen, damit diese uns abholte. Ich weigerte mich zehn Minuten lang, die Augen zu öffnen, weil ich der festen Überzeugung war, jemanden umgebracht zu haben. Meine Schwester wusste nicht, was sie tun sollte. Ich habe kein Wort gesagt, als meine Mutter kam, und Amelia war klug genug, das Gleiche zu tun.

Ich beruhigte mich erst, als ich wieder in meinem Zimmer war, sicher unter meiner Bettdecke. Casey rief mich ununterbrochen an, aber ich konnte einfach nicht mit ihm sprechen.

Ich dachte, meine Schwester wäre sauer auf mich, aber noch in der gleichen Nacht schlich sie sich in mein Zimmer. Sie kam zu mir ins Bett gekrochen, so wie damals, als wir klein waren, und hielt mich lange Zeit in ihren Armen.

»Was ist denn passiert?«, flüsterte sie in der nächtlichen Stille. »Du hast mir Angst gemacht, Lara.«

Ich wollte es ihr nicht sagen, aus Angst davor, dass sie mich für verrückt hält – oder schlimmer noch, für eine Mörderin –, und ich hätte es sowieso nicht erklären können. Wie sollte ich ihr sagen, dass ich manchmal träume, ich würde sie, Mom und Dad töten? Casey auch. Wie soll ich ihr sagen, dass ich nicht

Auto fahre, weil ich Angst habe, jemanden zu überfahren?
Dass ich nicht den Tisch decken will, damit ich kein Messer in
meinen Händen halte?

Ich könnte die Kontrolle verlieren und alle töten.

Oder mich umbringen.

Wie Tante Bertha es getan hat.

»Ich hatte auch ein bisschen was getrunken«, log ich. »Tut
mir leid.«

Sie hat mir nicht geglaubt, das weiß ich. Trotzdem spürte
ich sie neben mir lächeln. Sie nahm meine Hand.

»Okay, große Schwester. Das alles tut mir leid. Kann ich
heute Nacht bei dir schlafen? Du fehlst mir …«

Bei diesen Worten brach ich fast in Tränen aus.

»Du fehlst mir auch.«

Also schliefen wir beide zusammen, eng aneinandergeschmiegt, ein. Am nächsten Morgen haben wir verschla-
fen. Casey war bereits weg, ohne etwas von mir gehört zu haben. Wir hetzten durch die Straßen von Manhattan, um noch
rechtzeitig zur Schule zu kommen.

Von alldem habe ich Casey aus den bereits genannten Gründen nichts erzählt. Ich habe mich dazu entschlossen, dieses
kleine Problem einfach beiseitezuschieben, bis das Schuljahr
vorüber ist.

Egal, wie ich mich fühle, es kann warten.

Nach meinem letzten schulischen Misserfolg hat er sich in
den Kopf gesetzt, mir beim Lernen zu helfen. Am Abend sitzen wir also beide an unseren Schreibtischen und gehen den
Lernstoff gemeinsam via FaceTime durch. Casey ist ein aus-
gezeichneter Lehrer. Er hat sich schon mit dem Lehrplan für
das erste Studienjahr beschäftigt, wenn auch nur oberflächlich.
Ich dachte, ich habe eine Menge Bücher gelesen, aber bei ihm
ist es wahrscheinlich das Doppelte – wenn nicht noch mehr.

Also, ich kann mir nicht helfen, aber ich finde das unglaublich sexy.

»Ist ja keiner da«, wundere ich mich, als Casey und ich im *Amnesia* ankommen.

»Dienstags haben wir immer geschlossen«, klärt er mich auf.

Ich bin mir nicht sicher, ob das eine gute Idee ist, wenn man kurz vor der Pleite steht, aber ich sage nichts. Ich denke, sie arbeiten ohnehin hart genug, und vor allem geht es mich ja auch nichts an.

Also frage ich ihn, was wir hier tun. Denn eigentlich sollten wir an unserer Performance arbeiten, wie Mrs Zhang uns geraten hat.

»Wir sind hier, um zu trainieren«, sagt er mit einem Lächeln. »Ich dachte, etwas glitzernde Unterstützung könnte uns nicht schaden.«

Erst in diesem Moment sehe ich die Bühne und was sich in ihrer Mitte befindet. Ein riesiges, rotes herzförmiges Dekorelement, das von allen Seiten angestrahlt wird. In der Mitte des Herzens hängt ein Luftring, auf dem eine Frau in sexy Unterwäsche sitzt.

Ich gehe näher heran und setze mich fasziniert an einen der Tische. Dieses Mal bin ich als Zuschauerin da. Casey setzt sich neben mich, die Augen auf die Akrobatin geheftet.

»Das ist Lily-Rose«, flüstert er mir ins Ohr.

Ja, ich erinnere mich. Lily-Rose arbeitet am Luftring – genau wie ich. Gut fünf Minuten beobachte ich sie. Ich habe noch nie etwas so Schönes und Sinnliches gesehen. Sie dreht sich mit dem Luftring und flirtet mit einem imaginären Publikum, während sie sich mit den Zähnen ihrer Seidenhandschuhe entledigt.

Sie ist die perfekte Inkarnation dessen, was ich in ein paar

Monaten bei der Performance für die Jahresabschlussfeier sein möchte.

»Sie hat sich bereit erklärt, uns zu helfen«, sagt mir Casey, als sie ihre Nummer beendet hat.

Wir applaudieren beide nach Kräften, und sie bedankt sich mit einer majestätischen Pirouette. Ihre dunkle Haut glänzt im Scheinwerferlicht; wahrscheinlich benutzt sie ein Körperöl mit Glitzereffekt. Ich betrachte fasziniert ihre rosafarbene Perücke und die endlos langen Federwimpern. Sie ist die schönste Frau, die ich jemals gesehen habe. Ihre Haut ist mit allen möglichen Tattoos verziert.

Als wir zur Bühne gehen, gesellt sich Sylviane dazu. Casey stellt mir Lily-Rose vor. Ich bin etwas eingeschüchtert, versuche aber, es zu verbergen.

»*Casey, petit cachottier … Tu ne m'avais pas dit que ta petite amie était si belle***«, sagt sie in einer Sprache, die ich zwar am Klang erkenne, aber nicht verstehe.

Ich bitte meinen Freund um eine Übersetzung, aber er lächelt nur geheimnisvoll, ohne mich direkt anzusehen.

»*Je sais, n'est-ce pas?****«, antwortet er, bevor er mir auf Englisch erklärt: »Lily-Rose ist Französin, sie wohnte früher in Pigalle.«

»In Paris?«

»Ja, und sie sagt, dass du sehr hübsch bist.«

Oh. Ich spüre die Röte in mir aufsteigen. Sie nimmt ihre Perücke ab, woraufhin ihr kahl rasierter Schädel voller Tattoos zum Vorschein kommt. Die Kombination aus ihrer dunklen Hautfarbe und den mandelförmigen Augen verleiht ihr etwas Majestätisches.

---

* Casey, du kleiner Geheimniskrämer … Du hast mir gar nicht gesagt, dass deine Freundin so hübsch ist.

** Ich weiß, nicht wahr?

Sylviane sagt uns, wir sollen uns umziehen, was wir auch tun. Als wir auf die Bühne zurückkommen, haben die beiden Frauen und Dorian schon einen Luftring und ein Sicherheitsnetz aufgebaut.

Ich steige zuerst in den Luftring. Casey folgt mir leichtfüßig unter den aufmerksamen Blicken seiner »Familie«. Innerhalb kürzester Zeit fällt mir mein Traum wieder ein und mir bricht der Angstschweiß aus.

Alles wird gut gehen. Ich muss einfach an etwas anderes denken.

Das versuche ich, während wir Lily-Rose die gesamte Choreografie vorführen. Dorian spielt *El Tango De Roxanne* ab, und wir performen unsere Nummer oder zumindest das, was wir bis jetzt können.

Ich habe das Gefühl, mich ganz gut geschlagen zu haben, trotz meiner Angst und der obsessiven Gedanken, die ich immer wieder verdrängen muss. Als die Musik endet, applaudiert unser kleines Publikum.

Dann meldet sich Sylviane zu Wort: »Seid ihr Cousin und Cousine, oder was?«

»Wie bitte?«, frage ich verwirrt.

»Was die Zuschauer sehen wollen, ist ein Poet und eine Prostituierte, die für ein paar Minuten, einen Tango lang, zueinanderfinden. Die Atmosphäre ist sinnlich und düster zugleich. Wir sprechen hier von Liebe, Leidenschaft und Traurigkeit – da die beiden sich wieder verlieren. Berührt euch, verdammt noch mal.«

Lieber Gott, lass mich sterben! Ich wage es nicht, Casey direkt anzusehen. Auch er weicht meinem Blick aus.

»Sie hat recht«, bekräftigt Lily-Rose und kommt zu uns auf die Bühne. »Ihr seid nicht überzeugend. Daran müssen wir arbeiten. Lara, komm herunter.«

Sylviane und Lily-Rose schicken Casey in den Zuschauerraum zu Dorian, der dort aufräumt.

»Du bist noch jung. Du kennst deinen Körper beziehungsweise deine weibliche Ausstrahlung noch nicht gut genug. Aber eines sollst du wissen«, sagt Lily-Rose und legt lächelnd ihre Hände auf meine Wangen. »Du hast unglaubliches Potenzial.«

»Ein Puppengesicht«, bekräftigt Sylviane mit einem dramatischen Seufzer.

»Einen Körper zum Dahinschmelzen«, meint Lily-Rose.

Wenig überzeugt ziehe ich eine Augenbraue hoch, aber als ich mich heimlich zu Casey umdrehe, nickt dieser voller Begeisterung.

»Wir werden dir beibringen, ihn richtig einzusetzen. Vertraust du uns?«

Darüber muss ich nicht weiter nachdenken und nicke. Anschließend bekomme ich ein einstündiges Coaching. Sylviane und Lily-Rose bringen mir bei, auf schwindelerregend hohen Absätzen zu laufen, dann, wie man damit tanzt und dazu einen Stuhl benutzt. Ich stolpere x-mal, aber schließlich habe ich den Dreh raus.

Ich versuche, Caseys Blicke auszublenden, zu vergessen, dass er ganz in meiner Nähe sitzt und mich bei jeder meiner Bewegungen mit seinen Augen verschlingt. Dann ist Lily-Rose meine Partnerin am Luftring und lehrt mich die Kunst der Eleganz. Burlesque nach französischem Vorbild.

Sie nimmt Caseys Platz ein und vollführt einige der wichtigsten Posen unserer Performance. Ich habe kein Problem damit, dass sie mich berührt. Im Gegenteil.

»Genau das will ich sehen. Aber mit diesem Jungen«, sagt sie und bedeutet Casey, auf die Bühne zu kommen.

Sie steigt hinab und überlässt ihm ihren Platz. Erst in dem

Moment begreife ich, dass ich mit einer mir völlig fremden Person im Luftring war. Und kein einziges Mal in Panik geraten bin.

Casey und ich beginnen mit unserer Performance, und dieses Mal gebe ich mir wirklich Mühe. Ich versetze mich in Satines Lage. Ich stelle mir ihren Schmerz, ihre Frustration, ihren Wunsch nach Freiheit vor. Ich verstehe schnell, dass ich mich nicht verstellen muss, wenn es um Liebe und Leidenschaft geht.

Ich muss nur Casey ansehen, um zu begreifen, dass beide Emotionen bereits vorhanden sind; und zwar ganz real. Ich genieße seine Berührung, seine seidigen Hände auf meinen Schenkeln, seine muskulösen Beine, die sich um meine schlingen, seine Lippen, die mein Ohrläppchen streifen, während wir uns, eng umschlungen, gemeinsam im Luftring drehen.

Ich spüre das Feuer in mir, die Musik in meinen Knochen. Mein Herz pocht im selben Rhythmus wie seins.

Das Lied endet. Casey und ich – Stirn an Stirn – rühren uns nicht von der Stelle. Sylviane und Lily-Rose applaudieren kräftig, aber ich höre sie kaum. In meinen Ohren hallt mein keuchender Atem wider, der von Caseys halb geöffneten Lippen verschluckt wird. Er sieht mich, ohne zu blinzeln, versonnen an. Anhand dessen, was sich in seinen verschiedenfarbigen Augen spiegelt, vermute ich bei mir denselben Ausdruck.

Plötzlich ruht seine Hand sanft auf meiner Wange. Ohne zu zögern, beugt er sich vor. Mit geschlossenen Augen empfange ich seine Lippen auf meinen. Als ich seinen Mund schmecke, explodiert ein wahres Feuerwerk in meiner Brust. Ich lege einen Arm um seinen Hals, meine Finger gleiten durch sein wirres Haar, und ich schmiege mich an seinen Oberkörper.

»Oh … Wow, okay. Wir gehen dann mal ein bisschen spazieren, hm …«

Ich registriere nicht mal, dass die anderen verschwinden. Mein Körper steht in Flammen und ist so angespannt, dass es sowohl angenehm als auch schmerzhaft ist. Ich spüre, wie seine Zunge zögernd meine Lippen berührt und Einlass begehrt. Ich öffne meinen Mund, um sie mit meiner verschmelzen zu lassen.

Mein erster Kuss. Mit einem unglaublich tollen Jungen. Der auf dem Luftring neben mir sitzt. Auf der Bühne eines Varietés.

Es könnte nicht perfekter sein.

»Lara«, haucht er an meinen Lippen, während sein Daumen mein Kinn sanft streichelt. »Willst du mit mir gehen?«

Köstliche Schauer laufen mir über den Rücken. Mit geröteten Wangen hole ich tief Luft. Erst jetzt bemerke ich, dass eine seiner Hände meine Taille umschlingt.

»Ich warne dich, man sagt, ich hätte einen schlechten Charakter.«

Er lacht und drückt mir einen Kuss auf den Mund, als könne er nicht anders.

»Antworte, bevor ich es mir anders überlege.«

Meine Lippen an seinen lächle ich und sage mit Schmetterlingen im Bauch:

»Ja.«

Wir küssen uns wieder, lange Minuten, bis mein Ungestüm uns mitreißt. In meinem Wunsch, mich an ihn zu schmiegen, bringe ich uns aus dem Gleichgewicht. Ich stoße einen Schrei aus, während wir beide aus dem Luftring und ins Sicherheitsnetz fallen.

Ich bin vor Angst wie versteinert, aber Casey ist so vergnügt, dass ich schließlich kapiere, dass alles in Ordnung ist. Wir sind nicht tot, Gott sei Dank.

Lachend drückt er mich an sich und flüstert in mein Ohr: »Das war ein richtiger Spaß, aber ich glaube, Sylviane und

Lily-Rose sind hinter dem Vorhang und beobachten uns, und jetzt wird es mir allmählich unheimlich.«

»Das stimmt gar nicht!«, empört sich Sylviane im hinteren Teil des Saales.

Wir prusten los vor Lachen.

26

Lara

Ich habe einen Freund.

Ich habe einen Freund, und niemand weiß es. Nicht einmal Amelia. Und auch Ambrose und Matthew nicht. Für einen Moment verstehe ich meine Schwester. Ich verstehe den Wunsch, das Bedürfnis, gewisse Dinge für sich zu behalten.

Zum ersten Mal in meinem Leben habe ich etwas, das mir gehört, nur mir allein. Ich muss es weder mit meiner Schwester noch mit sonst jemandem teilen. Und ich will, dass das so bleibt. Ich möchte Casey noch eine kleine Weile für mich behalten ...

Unser Alltag verändert sich kaum, das heißt eigentlich gar nicht. Wir essen weiter zusammen Mittag, trainieren nach der Schule und schicken uns morgens und abends TikTok-Videos.

An der Highschool sprechen mich einige auf mein Video mit einer Million Klicks an. Letztlich ist es gar nicht so einfach, gehypt zu werden. Es verlangt viel Originalität, Austausch mit anderen und Ausdauer, die ich nicht habe.

Sylviane und Lily-Rose haben angeboten, mir zu helfen; seither habe ich keine Minute mehr für mich.

Ich konzentriere mich ganz auf meine Hausaufgaben. Und ich habe Caseys Hilfe angenommen – komischerweise stört es mich nicht mehr ... vor allem jetzt nicht, denn unsere Übungsstunden enden immer mit Küssen in einer dunklen Ecke. Eine verdammt gute Belohnung für meine Anstrengungen.

Das habe ich mir verdient.

Er fragt mich nicht, warum ich jetzt nicht mehr ins Auto steigen will, nicht einmal auf den Beifahrersitz. Er fragt mich auch nicht, warum ich in der Kantine stets das Messer auf sein Tablett lege und nicht mehr anrühre. Und auch nicht, warum ich Medikamente nehme, obwohl ich keine Symptome habe.

Nana sagt, man kann nie wissen. Und wenn ich krank wäre, ohne es zu merken?

Casey ist bereit, zu Fuß mit mir zum *Amnesia* zu gehen, weil ich nicht die Subway nehmen will. Und diesmal fragt er mich, warum.

Wenn ich mich dem Bahnsteigrand nähere, habe ich Angst, mich vor den Zug zu werfen, denke ich, ohne es ihm sagen zu können. Trotz meiner zitternden Hände setze ich eine unbeteiligte Miene auf und antworte: »Zu viele Menschen.«

Er bohrt nicht weiter nach. Das gefällt mir an Casey. Er lässt mir meine Geheimnisse. Er zwingt mich nicht, ihm alles zu erzählen, nur weil wir miteinander gehen.

»Bist du gestresst?«, fragt mich Lily-Rose, als sie meinen Mund schminkt.

Und wie! Mit feuchten Händen werfe ich Casey im Spiegel einen Blick zu. Auch er ist geschminkt. Sylviane setzt kleine goldene Sternchen auf seine Sommersprossen. Er zwinkert mir zu.

»Nein«, sage ich lächelnd. »Auch wenn ihr mir immer noch nicht gesagt habt, wo wir performen sollen.«

Ich mag nichts Unvorhersehbares, aber ich habe beschlossen, ihnen zu vertrauen. Bisher habe ich es nicht bereut. Mein Make-up ist super. Mit den Schmetterlingen überall in meinem Haar, dem aprikotfarbenen Blush auf Nase und Wangen und den Perlen rund um meine Augenbrauen sehe ich aus wie eine Waldfee.

Noch nie war ich so schön. Lily-Rose hat mir sogar eines ihrer Kostüme geliehen: ein paillettenbesetztes elfenbeinfarbenes Trikot mit großen Glitzersteinen auf beiden Brüsten. Ich funkele überall.

Das Einzige, was mich beunruhigt, ist die eisige Kälte.

»Das brauchst du im Moment noch nicht zu wissen«, antwortet sie und reicht mir ein Paar Tüllhandschuhe.

Draußen leiht mir Casey seine große Daunenjacke, bis wir den besagten Ort erreichen. Sylviane beklagt sich, und mir wird klar, dass er darum gebeten hat, nicht mit dem Auto hinzufahren. Allein das entspannt mich schon.

»Soll das ein Witz sein?«

Es ist vier Uhr nachmittags, und wir stehen auf der großen Esplanade vor dem Bethesda-Fountain mitten im Central Park. Ich lasse einen Blick über die Umgebung gleiten: der See, der acht Meter hohe Bronzeengel, die Treppe der Bethesda Terrace … und viele Menschen, die stehen bleiben, um sich zu unterhalten, zu fotografieren und Musik zu machen.

Erst einen Moment später bemerke ich den riesigen Vogelkäfig, den einige lautstark bewundern. Er besteht aus weißen Stäben, die von künstlichen Pflanzen umrankt sind. In der Mitte hängt ein Luftring. Ich verstehe und erbleiche. Daneben steht Dorian und begrüßt uns.

»Es war gar nicht so einfach, ihn hierherbringen zu lassen, aber es hat sich gelohnt«, erklärt Sylviane triumphierend. »Wir müssen uns beeilen, bald tauchen sicher die Cops auf. Auf die Bühne, Liebes!«

Sie ziehen mir die Daunenjacke aus, und plötzlich richten sich alle Blicke auf mich und mein Kostüm. Normalerweise habe ich kein Lampenfieber. Ich vertraue mir und meiner

Begabung. Publikum zu haben macht mir keine Angst, im Gegenteil, es motiviert mich. Doch in diesem Augenblick bin ich starr vor Entsetzen.

Ich versuche, die Gedanken zu verscheuchen, die mich bedrängen, aber sie kommen sofort zurück.

Jetzt wirst du wieder behaupten, dass ich die Stimmung verderbe, fängt Nana an, *aber du kannst dir leicht das Genick brechen, wenn du von deinem Luftring fällst. Und wenn Casey plötzlich in Stress gerät?*

»Alles geht gut«, beruhigt dieser mich, als er zu mir tritt. »Die paar Leute werden dich doch nicht einschüchtern?«

Ich kann es schaffen. Ich kann durchhalten. Tu es für die Columbia, Lara! Ich verdränge meine Ängste und bedenke ihn mit einem arroganten Lächeln.

»Ne, ich habe nur Angst, dass sie mich zu sehr lieben könnten.«

»Ah, das hört sich doch gut an.«

Sylviane hilft Dorian, die Lautsprecher aufzustellen. Ich friere mich halb tot. Was für eine Schnapsidee … Die Melodie von *Lover* von Taylor Swift erklingt. Sylviane fragt uns, ob es uns gefällt, doch ich schüttele den Kopf.

»Es ist zu laut hier, das höre ich dahinten gar nicht.«

Dorian reicht mir seine kabellosen Kopfhörer, was mich beruhigt, so kann ich mich wenigstens auf die Performance konzentrieren. Casey sagt, er brauche keine. Lily-Rose filmt uns, während wir in dem XXL-Käfig unsere Plätze einnehmen.

Alle neugierigen Blicke sind auf uns gerichtet. Einige Schülerinnen deuten mit strahlenden Augen auf mein Kostüm. Ich fröstele, als Casey sich vor mich hinstellt, die Hände auf meine Hüften legt und auf den Einsatz der Musik wartet.

»Komm, lass uns einfach Spaß haben, okay?«, murmelt er.

Sylviane gibt uns ein Zeichen. Als sie auf den Knopf des

Players drückt, erklingt *Lover* in meinen Ohren. Ich weiß, das ist das Signal.

Konzentriert beginne ich. Casey scheint für einen kleinen Moment verwirrt. Er zögert, meinen Bewegungen zu folgen, aber als ich ihm einen panischen und fragenden Blick zuwerfe, bekommt er sich instinktiv wieder in den Griff.

Ich sehe, wie er nach dem Luftring greift, die Sterne unter seinen Augen funkeln im Schein der verhaltenen Sonne. Anmutig dreht er sich zwei, drei Mal, bis ich zu ihm auf den Ring aufspringe. Den Kopf in den Nacken gelegt, biege ich den Rücken durch, er hält mich an der Taille und wir drehen uns um die eigene Achse.

Ich höre nur die Musik, die in meinen Ohren erklingt. Die sanften, melancholischen Rhythmen begleiten uns, während wir eine Pose an die andere reihen. Langsam finde ich zu meinem Selbstvertrauen zurück. Mein Kostüm, das Make-up, das Publikum ... Ich komme mir vor wie Lily-Rose, wenn sie im Varieté auftritt.

Ich gebe mein Bestes und lächele trotz meiner dunklen Gedanken angestrengt. Ich bemerke, dass einige der Zuschauenden kichern, aber ich ignoriere sie. Sicher machen sie sich über mein Gewicht lustig, aber daran bin ich ja gewöhnt.

Eine Minute scheint wie eine Ewigkeit. Casey ist perfekt, aber irgendwie angespannt. Ich kenne ihn gut genug, um zu wissen, dass er die ganze Zeit ein Lachen unterdrücken musste. Schließlich sind wir wieder am Boden, ich mit gestrecktem Körper in Caseys Armen. Die Musik hört auf. Ich bin außer Atem.

Mit klopfendem Herzen nehme ich die Kopfhörer ab. Alle klatschen uns Beifall. Endlich huscht ein kleines Lächeln über Caseys Gesicht, aber er weicht meinem Blick aus.

»Habe ich da irgendwas nicht mitbekommen? Sag bloß nicht, dass mein Trikot zwischen den Pobacken klemmte.«

Er scheint Mitleid mit mir zu haben, denn er entschuldigt sich und streichelt mit beiden Händen meine Wangen.

»Du warst herausragend, auch wenn ich nicht sicher bin, ob das Video die beabsichtigte Wirkung erzielen wird. Tut mir leid, meine Schöne.«

Enttäuscht runzele ich die Stirn. »Warum?«

Er bedeutet mir mit einem Zeichen mitzukommen, und wir kehren zu unserer kleinen Gruppe zurück. Sylviane kichert und wischt sich die Tränen aus den Augenwinkeln. Halb erfroren wickele ich mich in die Daunenjacke.

»Was ist hier los? War ich wie Pamela Anderson bei dem Vivienne-Westwood-Defilee im Jahr 2009?«

Sylviane bricht wieder in Gelächter aus und fasst mich bei den Schultern.

»Nein, du hast nicht deine Nippel gezeigt. Es gab nur … ein kleines Problem mit der Musik.«

»Das ist meine Schuld«, sagt Dorian und verzieht das Gesicht. »Sorry, Kinder. Ich habe die falsche Playlist gewählt. Ich wollte meinen Fehler korrigieren, aber Lara hatte schon angefangen.«

Oh nein! Sylviane zeigt mir das Video. Aus den Boxen ertönt laute Musik, und ich erkenne sofort die Melodie von … *Barbie Girl*?

»Oh nein«, wiederhole ich laut. »Bitte nicht.«

Oh doch. Ich performe konzentriert im Luftring, während Lene Grawford singend einfordert, von ihrem »Ken« entkleidet zu werden. Das ist eine Katastrophe. Ich sehe, wie Casey zögert, dann aber trotz des falschen Rhythmus meinen Bewegungen folgt.

Zutiefst beschämt verberge ich das Gesicht in meinen Händen. Auf dem Video lachen die Leute um uns herum, aber ich drehe mich und posiere anmutig und elegant.

»Okay, das ist schlimmer als Pamela 2009.«

»Hier, das ist der beste Moment«, sagt Dorian, und deutet lachend auf den Bildschirm.

Casey hebt mein Bein an und legt es über seine Schulter, während René Dif mit rauer Stimme die Puppenhaftigkeit seiner »Barbie« besingt und sie dazu auffordert, ihn überall zu berühren.

Ich hatte es in dem Moment nicht bemerkt, aber als er die Worte hörte, stieß er ein unkontrolliertes Lachen aus, ehe er sich wieder in den Griff bekam.

Ich reiche Sylviane ihr Handy zurück und sage bitter enttäuscht: »Keine Chance, das im Internet zu posten.«

»Machst du Witze?«, empört sich Sylviane. »Lara, das ist ein Glücksfall. Die Leute werden begeistert sein.«

»Aber ...«

Casey nickt und bekräftigt:

»Dein erstes Video war ein Megaerfolg, weil es spontan war, ein kleiner Glamour-Moment mitten in der Subway nach einem feucht-fröhlichen Abend. Und aus demselben Grund, wird auch dieses ein Megaerfolg. Vertrau mir. Missgeschicke sind am witzigsten.«

Also vertraue ich ihm, wie immer.

Und er hat recht. Wie beim ersten Video funktioniert es auch diesmal auf der Stelle. Ich poste es, während wir uns in den Kulissen des *Amnesia* umziehen. Als wir, noch immer geschminkt, hinausgehen, habe ich bereits haufenweise Benachrichtigungen. Ich will die Kommentare beantworten, aber es sind so viele, dass ich fast Angst bekomme. Zufällig wähle ich aus denen mit den meisten Likes aus.

Ich lach mich tot x) Professionalität: 10/10.

Ach du Schande, LMAO.

Finde ich das als Einzige … nicht schön? *And i oop-*

Wow! Was ist denn das für eine Göttin? Ein Hoch auf die XXL-Mädchen, die dazu stehen!

Einfach super, das Make-up, das der Typ hat: *o toxic masculinity, who?*

Wow, trotz der superkitschigen Begleitmusik habe ich echt Gänsehaut gekriegt … Das nennt man Talent!

Hey, wenn du schon so dick bist … dann stell dich nicht auch noch zur Schau. Halt dich zurück, worauf ich antworte: Hey, wenn du schon so bescheuert bist … dann halt wenigstens die Klappe.

Ich komme fast um vor Lachen. Casey, der über meine Schulter mitliest, nimmt mir schließlich das Handy ab und steckt es in seine Manteltasche. Ich hebe die Augenbrauen, aber er erstickt meine Frage mit einem feuchten Kuss.

»Das würde ich gern den ganzen Tag machen«, sagt er mit vor Kälte geröteten Wangen.

Ich will ihn beruhigen und ihm sagen, dass die fiesen Kommentare über mein Gewicht mich nicht berühren. Ich fand mich absolut göttlich in diesem Outfit, und seinem Gesichtsausdruck bei meinem Anblick nach fand er das auch.

Ich ergreife seine Hand und küsse ihn ebenfalls.

»Ich glaube, das war der peinlichste Augenblick meines Lebens.«

»Ernsthaft? *Das?*«, wundert er sich und schiebt unsere beiden Hände in seine Manteltasche. »Dann kannst du dich ja glücklich schätzen.«

Wir gehen über die verschneite Bow Bridge und weichen den Kindern aus, die überall herumrennen. Ich frage ihn, welches denn der peinlichste Augenblick in seinem Leben war, wenn er meinen harmlos findet. Er seufzt theatralisch und verzieht bei der Erinnerung das Gesicht.

»Letztes Jahr habe ich Dean zur Beerdigung seines Groß-vaters begleitet«, erklärt er. »Es war grauenvoll. Alle haben laut geschluchzt, und die Großmutter hat sich auf den Sarg gewor-fen, kurz gesagt ...«

»Sag jetzt bloß nicht, du hast gelacht?«

Er beißt sich auf die Lippe, um nicht loszukichern.

»Nein, aber während der Grabrede der Großmutter hat mein Handy geklingelt.«

Lustig, aber ich versuche nicht zu lachen. Und okay, das ist peinlich, aber ja nicht seine Schuld.

Ich will ihn beruhigen: »Hätte schlimmer kommen k...«

»Mein Klingelton war *Don't Fear The Reaper*.«

Ich pruste laut los und kann nicht mehr aufhören. Ein Lach-anfall, wie ich ihn schon lange nicht mehr hatte. Ich hätte alles gegeben, um das mitzuerleben. Ich bin mir sicher, dass Casey sich wirklich schlecht gefühlt haben muss ... Und ich hoffe, dass Dean nicht zu streng mit ihm war.

»Hab ich's nicht gesagt?«, fragt er belustigt. »Und, fühlst du dich jetzt besser?«

»Seltsamerweise ja.«

»Freut mich, wenn ich behilflich sein konnte.«

Wir gehen im Central Park spazieren, bis die Dämmerung die Baumkronen streift. Er fragt mich, wann ich zu Hause sein muss. Da Freitag ist und ich das Wochenende bei meinem Va-ter verbringe, kann ich etwas später kommen.

»Cool. Hast du Lust, dir einen Film mit mir anzusehen?«

Ich will ihm gerade antworten, dass ich nicht genug Geld fürs Kino bei mir habe, als ich plötzlich in der Ferne eine große Leinwand bemerke. Mehrere Menschengruppen, zu-meist ältere Paare, haben sich auf Decken davor niedergelas-sen.

Eine Freilichtvorführung.

»Außer, du müsstest lernen«, fügt er beiläufig hinzu. »Dann können wir natürlich auch sofort nach Hause fahren.«

Lernen, lernen, lernen. Ich kann nicht mehr. Ich bin immer gerne zur Schule gegangen, aber seit einiger Zeit kotzt es mich an. Der Unterricht, das Wiederholen, die Prüfungen, alles kotzt mich an. Ich kann nicht mehr. Sobald ich ein Buch aufschlage, könnte ich losheulen.

Ich *heule los*, sobald ich ein Buch aufschlage.

»Nein«, sage ich lächelnd. »Ich habe Lust auf einen Film.«

»Cool. Dann warte hier, ich bin gleich zurück.«

Casey entfernt sich und lässt mich ein paar Minuten allein. Er kommt schwer beladen zurück. Ich sehe zwei Decken, einen Haufen Kissen, einen großen Becher Popcorn und Wollhandschuhe. Ich frage ihn, ob er all das in seinem Kofferraum hatte. Er zwinkert mir zu und breitet eine dicke weiße Decke auf dem Boden aus.

»Na klar, ich habe sogar geplant, meine Decke mit dir zu teilen …«

»Mir egal, ich will nur das Popcorn«, unterbreche ich ihn und greife nach dem XXL-Becher.

Ich helfe ihm, die Kissen zu verteilen, an die wir uns dann gemütlich lehnen. In unsere Mäntel gewickelt ziehen wir die zweite Decke über unsere Knie.

Als der Film beginnt, flüstert er mir zu: »Wenn dir kalt ist, kannst du ruhig näher rücken.«

Ich weiß, dass das ein zweideutiges Manöver ist, um mich an sich zu ziehen, aber es gefällt mir. Ich habe keine Ahnung, welchen Film wir sehen werden, und ehrlich gesagt schaue ich auch nicht besonders aufmerksam hin.

Unter dem Stoff spielen seine Finger mit meinen. Ich drücke mich an ihn und lege meine Wange an seine Schläfe. Trotz der dicken Kleiderschichten spüre ich seine Hitze.

»Wer ist denn das?«, flüstere ich, als ein Unbekannter auf der Leinwand erscheint.

»Das ist der Hauptdarsteller, Lara.«

»Ah.«

Er lacht, sodass mein ganzer Körper bebt. Als mir bewusst wird, dass ich halb auf ihm ausgestreckt bin, schlägt mein Herz schneller. Ich versuche, es zu beruhigen, indem ich meine Beine um Caseys schlinge.

Ich habe unglaubliche Lust, ihn zu küssen. Ihn mit meinen Lippen zu verschlingen.

Casey wendet den Kopf zu mir, und mein Blick versenkt sich in seine Augen.

»Ich denke, das ist der richtige Moment, um sich zu küssen?«

Wenn es in diesem Film einen Moment gibt, wo man sich küssen muss, dann weiß ich nicht genau, welcher es ist. Ich weiß nur, dass Casey und ich ihn schon lange suchen. Wir haben gut daran getan, uns von den anderen entfernt niederzulassen, denn je heftiger Caseys Zunge um meine fährt, umso lauter seufze ich.

Ich hätte nie gedacht, dass jemanden zu küssen ein solches Vergnügen ist. Warum hat Amelia mir das nicht gesagt? Ich will mehr, mehr, immer mehr. Als Casey eine Hand unter meinen Mantel schiebt, erschaudert mein ganzer Körper vor Lust.

Das Klingeln meines Handys unterbricht uns. Ich knurre verärgert, weil ich denke, dass es mein Vater ist. Als ich Matthews Namen auf dem Display sehe, fällt es mir wieder ein.

»Mist, ich habe unsere wöchentliche FaceTime-Verabredung total vergessen. Gut. Bist du bereit, meine besten Freunde kennenzulernen?«

Casey scheint leicht beunruhigt. Er richtet sich auf und räuspert sich. Ich lache nur und drücke auf den Button »Annehmen«. Ambroses und Matthews Gesichter erscheinen auf dem Display, und sie begrüßen mich mit einem Siegesschrei.

»Bailey!«

»Na, ihr Verliebten? Sorry, ich habe den Anruf vergessen …«

Ambrose, der Caseys Anwesenheit bemerkt, schweigt, aber das Licht des Handys erhellt unsere Gesichter genug. Matthew nähert den Kopf mit gerunzelter Stirn der Kamera.

»Ähm, Lara, neben dir ist so ein komischer Typ zu sehen, sag mir bitte, dass das kein Grund zur Beunruhigung ist.«

»Alles in Ordnung, darf ich euch Casey vorstellen? Casey, das sind Ambrose und Matthew, meine besten Freunde.«

Casey begrüßt sie mit einem Lächeln. Matthew, der Gesprächige, bombardiert ihn mit Fragen, ohne sich zu erkundigen, ob wir zusammen sind, dafür bin ich ihnen dankbar. Sie schaffen es, einige peinliche Geschichten über mich unterzubringen, und das ist der Moment, den ich wähle, um ihnen zu sagen, dass ich angeblich gehen muss.

»Ich rufe euch mal an, wenn ihr nicht mehr die peinlichen Elternglucken spielt. Ach, und Matthew, rasier diesen Schnurrbart ab, der ist ja ekelhaft.«

Dieser schaut beleidigt drein und fährt mit dem Zeigefinger über den Flaum.

»Was? Ambrose hat gesagt, dass er ihn toll findet.«

Dieser reißt, von der offensichtlichen Lüge überrascht, die Augen auf und verabschiedet sich.

»Okay, ich muss zum Abendessen. Ciao.«

Ich lächele noch, als sie schon aufgelegt haben. Casey sagt, dass er sie mag, auch wenn er nur zwei Minuten lang Matthews Monolog gehört hat. Er fragt, wie lange sie schon zusammen sind, und ich erkläre ihm kurz, was in den Weihnachtsferien passiert ist, und dass ich in Ambrose verknallt war.

Belustigt verzieht er das Gesicht.

»Bilde ich mir das nur ein oder hast du ein Faible für Jungs, die auf Jungs stehen?«

Ich will gerade anfangen mit ihm zu streiten, doch plötzlich scheint etwas seine Aufmerksamkeit zu erregen. Er greift nach meinem Handy, dreht es um und entdeckt das Polaroidfoto von uns beiden, dass ich sorgfältig unter die Plastikschutzhülle geschoben habe. Es stammt von unserem ersten Rendezvous.

»Du hast es aufgehoben?«, fragt er verwundert.

»Na klar, wir sehen doch super aus.«

Er lacht leise und zieht dann sein eigenes Handy heraus. Als er es umdreht, mache ich große Augen. Ich bemerke erst jetzt, dass er genau dasselbe gemacht hat. Ich sehe dieses Foto zum ersten Mal. Ich lächele einfältig angesichts meines überraschten Ausdrucks auf dem Bild, als er mir einen flüchtigen Kuss auf den Mundwinkel drückt.

»Das ist nicht fair. Du hast das Schönere«, beklage ich mich.

Als er gerade antworten will, klingelt mein Handy erneut. Diesmal ist es tatsächlich mein Vater. Sein Gesicht erscheint drohend auf dem Display. Casey zuckt neben mir zusammen, den Blick auf meinen Dad gerichtet.

»Oh mein Gott, beinahe hätte ich einen Herzinfarkt bekommen. Warum hast du mir nie gesagt, dass dein Vater aussieht wie Bruce Willis?«

Ich runzele die Stirn. Mein Vater soll Bruce Willis ähneln? Ich kann ein Lachen nicht unterdrücken. Aber jetzt, wo er es sagt …

»Ich habe es nicht für wichtig gehalten.«

»Aber klar doch!«, antwortet Casey panisch, was mich überrascht. »Das ändert alles.«

Er erhebt sich, wirft mir die Decke ins Gesicht und fängt an, aufzuräumen. Ich frage, was in ihn gefahren ist, aber er reißt mir den Popcorn-Becher und das Kissen, das mir als Kopfstütze diente, aus den Händen.

»Du müsstest um diese Zeit längst im Bett liegen, Miss, statt dich draußen mit einem Strolch herumzutreiben, der dir nur an die Wäsche will. Beeil dich, ich bringe dich nach Hause.«

So habe ich ihn noch nie erlebt. Überrascht erhebe ich mich, trete zu ihm, lege die Hände auf seine Brust und flüstere: »Du willst mir an die Wäsche?«

Er reagiert sofort, macht sich los und stößt mich zurück, als hätte ich die Pest.

»Rühr mich nicht an, Teufelsweib!«

In der Hoffnung, dass er sich entspannt, helfe ich ihm belustigt beim Aufräumen.

»Chill mal, mein Vater erfährt es ja nicht.«

»Lara«, seufzt Casey und sieht mir in die Augen. »Er wird es mir auf den ersten Blick ansehen. Glaub mir. Das ist bei Männern so.«

Ich verdrehe die Augen und folge ihm schließlich.

27

Lara

Ich komme eine Stunde zu spät nach Hause, und das vor allem, weil ich mich geweigert habe, den Wagen oder die Subway zu nehmen.

Mein Vater ist wütend. Er erwartet mich an der Tür. Kurz denke ich an Bruce Willis, und letztlich hat Casey recht: Er tut besser daran, meinen Vater nicht zu reizen. Der kann nämlich grässlich sein.

»Kannst du mir das erklären?«

»Wir standen im Stau«, lüge ich und ziehe meinen Mantel aus. »Kann ich ja nichts dafür, oder?«

Sorscha schneidet an der Küchentheke Paprika und tut so, als würde sie nichts hören. Amelia sitzt auf dem Sofa und sieht mich an, als wollte sie sagen: »Jetzt hast du aber wirklich übertrieben.«

»Du hättest mich zumindest anrufen können! Das ist doch wohl verdammt noch mal nicht so schwer. Oder verlange ich da etwas Unmögliches?«

Ich runzele die Stirn, ein Anflug von Migräne macht sich bemerkbar, die ihn bittet, mit dem Geschrei aufzuhören. Das ist angsteinflößend.

»Ich habe verstanden, es tut mir leid«, füge ich hinzu, während ich meine Schuhe ausziehe.

»Es ist dir wohl völlig egal, was ich sage? Mit wem warst du um diese Zeit überhaupt unterwegs?«

Mist. Ich brauche eine Sekunde zu lange, um mir eine Lüge auszudenken, und das ist mein Verderben. Er scheint zu begreifen und kommt mir gefährlich nahe.

»Mit einem Jungen?«

Ich verneine, aber es nützt nichts. Ich bin die schlechteste Schauspielerin der Welt. Er drängt mich derart, dass ich ein halbes Geständnis ablege.

»Es ist ein Klassenkamerad.«

Diese Lüge zerreißt mir fast das Herz. Sorry, Casey. Das tue ich nur, damit Bruce Willis dir keine Abreibung verpasst.

»Du hast einen schlechten Weg eingeschlagen, Lara«, warnt mich mein Vater. »Deine Mutter hatte recht. Ich habe ihr gesagt, sie soll dich etwas in Ruhe und weiter am Luftring trainieren lassen, wenn dir das Spaß macht. Aber du gehst zu weit.«

Mein Herz macht einen Satz, und mein Gesicht verfinstert sich. Was? Der Luftring? Amelia richtet sich auf und versucht einzugreifen.

»Papa …«

»Du lernst nicht mehr«, fährt er fort und sieht mich streng an. »Du bist nie zu Hause. Du bist den ganzen Tag unterwegs, triffst dich mit Jungs und behandelst uns von oben herab … Was denn noch? Nun krieg dich mal wieder ein, verdammt!«

Das ist der Tropfen, der das Fass zum Überlaufen bringt. Ich sehe rot und bebe am ganzen Körper. Mein Herz schlägt wütend in meiner Brust. Seit Monaten, nein, seit Jahren, büffele ich ohne Ende, egal wozu ich Lust habe, wie es mir geht, wie müde ich bin, nur um ihn zufriedenzustellen. Ihn und niemand anderen. Ich habe ihm mein ganzes Leben geopfert, und er wirft mir jetzt vor, das wäre nicht *genug*?

Ich balle die Hände zu Fäusten, Tränen rinnen über meine

Wangen, und ich schreie, ohne es zu wollen: »Du lernst nicht mehr? DU LERNST NICHT MEHR?‹ Das ist das Einzige, was ich in meinem verdammten Scheißleben überhaupt tue! Ich übe und übe, um es dir recht zu machen, um die Beste zu sein und an einer Universität aufgenommen zu werden, die mir scheißegal ist. Nachts schlafe ich nicht mehr als drei Stunden, damit du stolz auf mich bist, ich mache täglich zwei Stunden Sport, um so viel abzunehmen wie Mom will, und das reicht noch immer nicht? Was wollt ihr denn sonst noch, verdammt noch mal? Sagt es mir gefälligst!«

Ich raste aus. Ich spüre es, ich weiß es. Meine Hände jucken, ich habe Kopfschmerzen. Ich versuche, dagegen anzukämpfen, aber es ist stärker als ich, ich habe mich nicht mehr unter Kontrolle. Dunkle Gedanken überkommen mich. Ich sehe die Messer auf dem Tisch, leicht zu erreichen, gleich zu meiner Rechten. Die Messer. Ich habe Angst, dem Impuls nachzugeben und alle umzubringen.

Wenn du nicht explodieren willst, solltest du viermal schlucken, zehn Sekunden lang blinzeln und dir dabei die Nägel reiben!

All das? Und noch dazu gleichzeitig?

Es handelt sich um einen Notfall. Mach schnell, los! Und überspring keine Zahl, sonst musst du wieder von vorne anfangen.

Ich gehorche, ohne weiter nachzudenken. Mein Vater scheint nicht mehr zu wissen, was er machen soll. Er wirkt verlegen, aber schließlich siegt sein Stolz, und er knurrt: »Zunächst einmal mäßigst du deinen Ton. Ich bin dein Vater, also sprichst du gefälligst nicht so mit mir.«

Müde und deprimiert lache ich durch meine Tränen. Ich habe im wahrsten Sinne des Wortes um Hilfe geschrien, habe ihm meinen Schmerz offenbart, und das ist das Einzige, was er mir antwortet. Er versteht mich nicht. Er wird mich nie verstehen.

»Ich tue das alles nur für dich«, fügt er hinzu. »Wenn ich

dich dränge, dann nur, damit du es im Leben zu etwas bringst. Das Studium ist wichtig. Du darfst nicht alles nur wegen eines Jungen oder deines Zirkuskrams in den Sand setzen. Dafür hast du später noch genug Zeit.«

Mein »Zirkuskram«. Mein Leben lang habe ich alles gegeben, um ihnen eine Freude zu machen, aber sie kennen mich nicht. Sie haben nie versucht herauszufinden, was mir Spaß macht und was wichtig für mich ist. Ich bin ein nach ihren Wünschen vorfabriziertes Produkt. Sie haben mich so sehr nach ihren Wünschen geformt, dass ich mit siebzehn Jahren noch immer nicht weiß, wer ich ohne meine Zwillingsschwester bin.

Es ist ihre Schuld.

Ich habe es Amelia nie vorgeworfen. Ich liebe sie mehr als mein Leben, und ich habe wirklich versucht, solche Gefühle zu unterdrücken, aber es ist unmöglich. Ich bin eifersüchtig. Ich beneide sie so sehr. Jeden Tag frage ich mich, wie es wohl ist, der Liebling zu sein.

»Und Amelia?«, schreie ich, ehe ich es mir anders überlege. »Wenn das Studium so wichtig ist, warum darf sie dann machen, wozu sie Lust hat, während für mich Columbia die einzige Wahl ist? Warum darf sie eine Freundin haben und sie mit nach Hause bringen, während ihr mir verbietet, einen Jungen zu treffen? Warum? Warum werde ich immer anders behandelt, warum vergleicht ihr mich ständig mit meiner Schwester, warum liebt ihr mich weniger?«

Plötzlich herrscht eine lastende Stille. Ich kann nicht mehr aufhören zu weinen und kriege keine Luft mehr, Panik überkommt mich und schnürt mir die Kehle zu wie zwei todbringende Hände. Ich muss weg. Weg und mich irgendwo einschließen. Ich habe Angst vor dem, was passieren könnte, wenn er weiter vor mir steht.

Casey. Ich brauche Casey.

Und wenn du ihn auch umbringst, nur weil du auf die ganze Welt sauer bist?

Nein. Nein, er muss um jeden Preis weit von mir entfernt bleiben. Sie alle müssen das.

»Papa, ich glaube, du solltest aufhören«, sagt Amelia mit gerunzelter Stirn. Ich erkenne Mitleid auf ihrem Gesicht. »Es geht ihr nicht gut.«

Er unterbricht sie mit der Bemerkung, dass sie das nichts angeht, und fängt an zu schreien, wie er meinetwegen dasteht und dass er ohnehin immer der Buhmann ist. Ich sehe ihn schweigend an und kämpfe gegen meinen mörderischen Impuls an. Ich weine nicht mehr wegen der Dinge, die er mir gesagt hat. Ich weine, weil ich meinen Vater so sehr liebe und doch Angst habe, ihn auf der Stelle zu töten.

Oh mein Gott, was stimmt mit mir nicht? Ich bin krank. Ich brauche Hilfe. Jemand muss mich stoppen, ehe ich alle umbringe. Bin ich eine Psychopathin?

Ich kann meine Atmung nicht mehr kontrollieren. Wieder und wieder befolge ich Nanas Ritual. Ich blinzele so schnell, dass ich nicht mehr richtig zähle und von vorn beginnen muss.

»Lara, was ist los?«

Ich zähle laut, fluche, wenn ich eine Zahl überspringe, versuche viermal in Folge zu schlucken, aber das tut weh. Amelia kommt zu mir und befiehlt mir aufzuhören, aber als sie mich anfassen will, stoße ich sie heftig zurück.

»Verschwinde!«, schreie ich.

Ich erinnere mich wieder an meine alten Albträume, als ich noch in der Mittelschule war. Immer dieselben. Ich bringe meine geliebte Schwester aus reiner Eifersucht um.

Sie darf sich mir nicht nähern. Sie muss Abstand wahren. Ich habe Angst vor mir selbst. Ich hasse mich. Ich bin ein Monster. Ich traue mir nicht.

Die Worte meiner Mutter am Tag von Tante Berthas Beerdigung hallen für immer in meinem Kopf wider. »Das kam ganz plötzlich, ohne Vorwarnung. Niemand hat damit gerechnet. Also ... man muss auf alles gefasst sein.«

Ja, man muss auf alles gefasst sein.

Tante Bertha war glücklich. Es gab keinerlei Anzeichen für eine Depression. Noch am Vorabend hatte sie herzlich gelacht und versprochen, mich in den Ferien mit in die Schweiz zu nehmen.

Wenn der Tod ohne jede Vorwarnung kommen kann ... dann bin ich nicht in Sicherheit.

»Ich will dir doch nur helfen«, ruft Amelia. »Entspann dich.«

Sie wirkt verletzt, aber ich bin nicht in der Lage, sie zu beruhigen. Ich fühle mich schmutzig. Ich versuche, die Hände an meinem Rock abzuwischen, kratze die Innenseite meiner Handgelenke auf und bemühe mich, den Blick von allem abzuwenden, was mir als Waffe dienen könnte.

Ich spüre ihre auf mich gerichteten Blicke. So, als wäre ich verrückt. Amelia wiederholt mehrmals meinen Namen, aber ich ignoriere sie. Ich muss diese schlechten Gedanken loswerden. Diese Angst.

Fünfmal hintereinander flüstere ich kaum hörbar das Wort »Scheiße« und schließe dann die Augen. Langsam fange ich an, mich zu entspannen.

Bis die Stimme meines Vaters mein kleines Ritual unterbricht: »Nicht schon wieder ... Lara, ich dachte, das wäre vorbei. Du bist kein Kind mehr.«

Ich will ihn anbrüllen, dass ich es nicht absichtlich mache. Dass ich es nicht kontrollieren kann. Dass es das einzige Mittel ist, das mir Erleichterung verschafft, und dass es trotzdem meine Kopfschmerzen verstärkt.

Lara und ihre Ticks.

Lara, die Durchgeknallte der Familie.

Ich fliehe in mein Zimmer. Ich schließe die Tür hinter mir ab und rolle mich in einer Ecke zusammen, um sicherzugehen, dass ich niemandem etwas antue. Auch nicht mir selbst.

Doch die Gedanken hören nicht auf. In der Hoffnung, sie zum Schweigen zu bringen, nehme ich meinen Kopf in beide Hände. Wie jeden Abend bete ich zu Gott, er möge mich von diesem Trieb befreien. Ich verspreche, meinen Eltern zu gehorchen, mit meinem Blödsinn aufzuhören und ein braves Kind zu sein.

Es funktioniert nie. Warum sollte Gott auch seine Zeit mit mir verschwenden?

Ich weine so sehr, dass alles vor meinen Augen verschwimmt. Mit zitternder Hand und durch meine Panikattacke nach Luft ringend greife ich nach meinem Handy und wähle eine Nummer, die ich schon so oft anrufen wollte.

911, die Notrufnummer.

Mein Finger schwebt noch über dem Display, ich bin bereit, den Notruf zu kontaktieren. Sie müssen mich abholen. Sie müssen mich einsperren. Ich habe Angst. Wenn ich allein bin, gerate ich in Panik. Ich muss mich meiner Angst stellen.

Plötzlich dringt Amelias Stimme durch die Tür und trifft mich mitten ins Herz. Ich spüre ihre Angst.

»Lara … Ich hab dich lieb. Es tut mir leid. Ich bin da. Ich bin bei dir. Für immer.«

Ich weine schweigend weiter. Sie sagt nichts mehr, aber ich spüre ihre Anwesenheit hinter der Tür. Sie bleibt eine gute Stunde bei mir. Meine Tränen versiegen, und es gelingt mir, mein Handy auszuschalten.

Dennoch öffne ich die Tür nicht.

Ich habe sie nicht verdient.

28

Casey

Lara ist nicht mehr dieselbe.

Nicht wirklich. Ich glaube, in ihr gehen Dinge vor, über die sie noch immer nicht mit mir sprechen will. Wenn ich versuche, ihr die Wahrheit zu entlocken, und sie mich anlügt, ständig wiederholt, alles sei gut, lasse ich sie einfach. Ich habe Angst, sie vor den Kopf zu stoßen. Sie ist wie eine tickende Zeitbombe. Ich habe nicht die geringste Vorstellung, wie ich ihr helfen kann, sich mir anzuvertrauen.

Aber ich sehe sie so oft mit dunklen Ringen unter den Augen und einem unsicheren Lächeln, und dieses Bild verfolgt mich Tag und Nacht. Vielleicht ist es ganz einfach nur der Stress? Sie tut so, als hätte sie alles im Griff, aber das stimmt nicht. Das sehe ich genau.

Nach dem Wochenende bei ihrem Dad ist sie stiller als sonst. Sie vermeidet es, mich zu berühren. Wir trainieren weiter – mit Mrs Zhang für die Technik, dann mit Lily-Rose für die Magie der Performance –, aber selbst da scheint sie irgendwie abwesend zu sein. Es ist, als hätte sie Angst abzustürzen, Angst, dass ich sie nicht halten kann.

Sie fängt wieder an, mich herumzukommandieren. Ich sage nichts, auch wenn es mich manchmal nervt. Ich weiß, es geht ihr nicht gut. Ich begleite sie weiter zu Fuß zur Highschool.

Ich glaube, sie hat ganz generell große Angst vor dem Tod. Und der Tod ihrer Tante muss ihr näher gegangen sein, als ich vermutete.

»Du und Lara, ihr scheint ja momentan viel Zeit im Varieté zu verbringen«, kommentiert meine Mom während des Abendessens. »Gefällt es ihr dort?«

Ich lächele ein wenig traurig.

»Ja, sehr.«

»Ich habe nie Zeit, sie zu begrüßen … Geht es ihr gut?«

Die Eine-Million-Dollar-Frage. Sie lernt bis vier Uhr morgens für die Prüfungen. Während des Unterrichts nickt sie ein, was vorher nie, aber auch wirklich nie vorgekommen ist. Ihre Noten werden trotz meiner Hilfe nach und nach schlechter, was die ganze Klasse beschäftigt. Ich verstehe das nicht.

Hat sie nur Angst vor der Performance vor den Circadio-Scouts und der Aufnahme auf die Columbia? Oder ist es viel schlimmer, als ich es mir vorstellen kann?

»Es geht ihr gut«, sage ich mit betont fester Stimme.

»Und wie sieht es mit dem Luftring aus?«, fragt mein Dad neugierig. »Wie kommt ihr voran? Ich hab den Eindruck, dass es dir Spaß macht.«

Die Nase dicht über seinem Teller wirft mir Chris vom anderen Tischende einen Blick zu. Komischerweise … hat er recht. Es gefällt mir sehr. Und nicht nur, weil Lara meine Partnerin ist. Ich finde das wieder, was mir im jüngeren Alter im Zirkusclub so gefallen hat. Das Adrenalin, das Verschmelzen mit der Musik, die Magie der Kostüme …

Ich bin es leid, das Gegenteil zu behaupten.

»Das stimmt«, gestehe ich und übersehe dabei ihre siegessicheren Mienen. »Aber ich möchte es nicht zu meinem Beruf machen.«

Ihr Lächeln verblasst. Ich mache mir sofort Vorwürfe. Das

Letzte, was ich will, ist ihnen wehtun. Deshalb beeile ich mich, ihnen zu erklären: »Ich weiß, wie wichtig das für euch ist. Ich danke euch, mir eine so schöne Leidenschaft weitergegeben zu haben ... aber es bleibt nur ein Hobby für mich. Und das ist nicht schlimm. Ich werde auf andere Weise glücklich sein. Ihr müsst das verstehen: Es ist *mein* Leben. Nicht eures. Wenn ihr mich zwingt, etwas zu tun, das ich nicht will, würde ich euch das für immer übelnehmen.«

Eine eisige Stimmung legt sich über den Tisch. Chris sieht uns einen nach dem anderen an, dann wagt er im Flüsterton zu sagen: »Ich bin derselben Meinung wie Casey.«

Ich lächele ihm dankbar zu. Ich bin auf einen Streit gefasst, doch meine Eltern nicken nur resigniert mit dem Kopf. Mein Dad legt seine Hand auf meine Schulter und schenkt mir dann ein beruhigendes Lächeln.

»Einverstanden, mein Sohn. Tu, was dir gefällt.«

Hm?

»Was? Ist das alles? Mehr wollt ihr nicht hören?«

Ich kann's nicht glauben. All diese Jahre haben sie mich unter Druck gesetzt, und jetzt, wo ich versuche ... Es reicht aus, dass ich mich fest und entschlossen zeige?

Meine Mom zieht amüsiert eine Augenbraue hoch.

»Ich durchschaue dein Spiel, junger Mann. Du hättest dich niemals erneut für den Luftring entschieden, nur um uns eine Freude zu machen. Dazu bist du zu eigensinnig.«

»Anfangs dachte ich, es sei wegen dieses Mädchens«, sagt mein Dad. »Aber deine Mom hat schnell begriffen, dass du uns hinters Licht führen wolltest.«

Mist. Trotz aller Anstrengungen werde ich doch rot, was sie zum Lachen bringt. Meine Mom sagt, das sei doch nicht nötig gewesen.

»Wir haben verstanden. Das tut uns zwar ein wenig weh,

aber wir akzeptieren es. Alles, was uns schon immer am Herzen lag, ist dein Glück.«

»Du bist nicht für das Varieté verantwortlich. Wir haben es in den Sand gesetzt … Du musst nicht unsere Fehler ausbügeln.«

Meine Augen brennen. Ich stehe auf und nehme beide tief bewegt in die Arme. Ein paar Tränen rinnen über meine Wangen. Ich bin ein Glückskind, so verständnisvolle Eltern zu haben. Und so liebevolle noch dazu. Ich wünschte, Lara hätte auch so ein Glück.

»Danke.«

»Du kannst mit den Kursen bei Mrs Zhang jetzt aufhören«, sagt meine Mom, wobei sie den Tisch abdeckt. »Das ist herausgeschmissenes Geld.«

Ich erstarre. Damit hatte ich nicht gerechnet. Sie haben recht, aber trotzdem … Wenn ich meine Kurse bei Mrs Zhang abbreche, kann ich nicht an der Performance zur Jahresabschlussfeier teilnehmen. Das kommt nicht infrage. Ich kann Lara nach alledem nicht im letzten Moment im Stich lassen. Das will ich auf keinen Fall.

Man lässt seine Partnerin niemals fallen.

»Ich möchte bis zum Jahresende weitermachen. Bitte. Ihr bekommt das Geld von mir zurück.«

Und wenn der Luftring das Einzige ist, was uns zusammenhält? Lara und mich? Schließlich hat sie mir vorher nie Beachtung geschenkt.

Ich habe Angst, dass mit dem Ende des Luftrings auch unsere Liebesgeschichte aufhört. Meine Mom zögert, doch ich reibe flehend meine Hände.

»Gut, einverstanden. Aber hör auf, Sylviane und Lily-Rose von ihrer Arbeit abzulenken, junger Mann!«

»Versprochen.«

29

Lara

Mein Dad hat seit jenem Abend kein einziges Wort mit mir gesprochen. Schmollen wie ein Kleinkind statt zu kommunizieren, darin liegt seine Stärke. Amelia und ich sind in todtrauriger Stimmung zu unserer Mom zurückgekehrt. Und die beobachtet mich aus den Augenwinkeln, als könnte ich jeden Moment einen hysterischen Anfall kriegen.

Nach meiner Dusche lehne ich mich an das Kopfteil des Bettes. Casey hat mir eine Nachricht geschickt: Es handelt sich um ein Foto von mir, das ohne mein Wissen in den Logen vom *Amnesia* aufgenommen wurde. Ich bin geschminkt und gekleidet, bereit für unser TikTok-Video.

Wow. Meine Freundin ist eine Kanone.

Ich lächele geschmeichelt. Er hat wohl recht. Ich finde mich sehr schön auf diesem Foto. Ich antworte ihm mit einem Herzchen-Emoji, dann schalte ich mein Handy aus. Mein Lächeln erstarrt und verschwindet vor dem Widerschein, den mir das schwarze Display bietet. Ich schnalze gleichgültig mit der Zunge.

»Tss. Ich bin der größte Catfish der ganzen Welt.«

Amelia erscheint mit finsterer Miene in meiner Türöffnung.

»Pass auf, was du sagst. Meine Schwester ist großartig, okay?«

Ich verdrehe die Augen, und ihr Lächeln verblasst nach und nach.

»Ich glaube, wir sollten reden«, sagt sie und schließt die Tür. »Ich mache mir Sorgen.«

Ich bin müde. Ich habe keine Lust zu diskutieren. Ich wüsste nicht mal, was ich ihr sagen sollte. Wenn ich ehrlich mit ihr wäre, würde sie mich mit anderen Augen sehen. Sie würde mich weniger lieben. Sie würde Mom bitten, mich einweisen zu lassen.

Und dann wäre ich wirklich die Irre der Familie.

»Du hast echt keinen Grund, dir Sorgen zu machen«, versichere ich ihr und setze mich in den Schneidersitz. »Ich bin todmüde, nichts weiter. Die Kurse, der Luftring, unsere Eltern …«

»Das ist viel. Und ich war nicht für dich da.«

Es zerreißt mir das Herz. Ich will nicht, dass sie sich schuldig fühlt. Nach ihrer Rückkehr aus Norwegen war ich genervt, das stimmt. Aber inzwischen habe ich begriffen, dass ich ihr nichts übel nehme. Ich nahm es mir übel, mich nicht selbst zu kennen. Nicht fähig zu sein, allein klarzukommen. Nicht so zu sein wie sie.

»Du kannst nichts dafür. Wie geht es Rachel?«

Sie zieht eine Grimasse.

»Hör auf mit dem Spiel; du magst sie doch gar nicht.«

»Unsinn, doch! Ich hab mich so unmöglich benommen, weil ich eifersüchtig war, das ist alles. Aber sie scheint genial zu sein. Ehrlich.«

Sie schenkt mir ein glückliches, aufrichtiges Lächeln, das mir unheimlich guttut.

»Sie wird niemals deinen Platz einnehmen. Du bist ein Teil von mir. Vergiss das nie.«

Mir ist, als würde mir eine schwere Last von der Brust genommen. Auch wenn ich es im Grunde meines Herzens längst wusste, freue ich mich, es aus ihrem Munde zu hören.

»Genau ... und dazu gibt es etwas, über das ich mit dir sprechen wollte«, beginnt sie und errötet dabei.

»Oh?«

Sie holt einmal tief Luft und beginnt dann in vertraulichem Tonfall: »Über Rachel, wir sind uns ... nähergekommen. Körperlich meine ich.«

»OH.«

Ich bereite mich innerlich vor; erstaunt, dass sie sich mir anvertraut, aber gleichzeitig auch glücklich. Das heißt, dass wir uns endlich wiederfinden.

»Ja. Ich spüre, dass wir an dem Punkt angekommen sind ... du weißt schon.«

»Nenn das Kind beim Namen«, sage ich amüsiert. »Ihr wollt miteinander schlafen.«

Sie schlägt die Hände vors Gesicht und lacht nervös. Ich frage sie, ob sie dafür bereit ist.

»Ich fühle mich bereit, ja. Ich habe Lust, es mit ihr zu machen. Meinst du, das ist zu früh?«

»Warum sollte es zu früh sein, wenn ihr beide bereit und einverstanden seid?«

Um ehrlich zu sein, beneide ich sie. Das ist ein großer Schritt. Rachel und sie sind noch nicht lange zusammen, und doch sind sie schon an diesem Punkt angelangt.

»Das Problem ist«, sagt Amelia und verzieht das Gesicht zu einer Grimasse, »dass ich keine Ahnung habe, was ich tun muss. Ich habe versucht, mich übers Internet schlauzumachen, und bin auf wirklich widerliche Porno-Videos gestoßen. Lara, wenn du wüsstest ...«

Ich breche in Lachen aus und werfe ihr ein Kopfkissen ins

Gesicht. Ich stelle mir die Szene lieber nicht vor. Ich bin auch schon auf solche Seiten gestoßen, und sobald meine Neugier gestillt war, habe ich es schnell bereut.

»Ich glaube, das ist wie bei allem«, sage ich nachdenklich. »Learning by doing. Außerdem bist du nicht allein; du hast Rachel an deiner Seite. Wer sagt, dass man beim ersten Mal perfekt sein muss? Sex ist keine Performance. Es ist ein Akt der Liebe. Entspann dich.«

Sie nickt, wenig überzeugt.

»Und du?«

Überrascht zucke ich zusammen. Mir wird klar, dass ich ihr nie offiziell etwas von Casey und mir erzählt habe. Trotz des besagten Doppel-Dates hatten wir noch nie *diese* Diskussion.

»Mist, tut mir leid, ich …«

»Macht nichts«, sagt sie lachend. »Ich freue mich für euch. Ihr seid süß zusammen. Komm, erzähl mir alles!«

Erst jetzt wird mir klar, wie sehr ich mich danach gesehnt hatte, mit Amelia zu sprechen. Ich hole also Versäumtes nach, und wir plaudern in der folgenden Stunde über unsere Beziehungen. Ich erzähle ihr nichts vom Varieté, aus Angst, sie könnte mir die Leviten lesen.

»Wow, dein erster richtiger Freund! Das ist so aufregend«, murmelt sie mit verschwörerischer Miene. »Also erzähl mir alles … Hast du Lust auf die nächste Etappe, oder ist es noch zu früh dafür?«

Ich überlege kurz. Es wäre gelogen zu sagen, ich hätte nicht einmal daran gedacht … Der Gedanke ist mir schon mal gekommen, das stimmt. Und … ich glaube, bereit zu sein. Auf jeden Fall habe ich Lust.

»Ich denke, ja«, gestehe ich. »Ich habe nur … Angst.«

»Lara, du bist wunderschön, du musst nicht …«

»Nicht, was mein Gewicht betrifft. Da bin ich zuversichtlich. Ich weiß, dass er mich begehrenswert findet. Ich habe, wie du, nur einfach … Angst. Ich bin zu neunundneunzig Prozent sicher, dass er es schon gemacht hat … mit seinem Ex-Freund. Und wenn er es, ohne es zu wollen, vergleichen würde? Dieser Dean hatte mit Sicherheit mehr Erfahrung als ich!«

Amelia verschränkt die Arme vor der Brust und wirft mir einen vernichtenden Blick zu.

»Hast du mich nicht gerade noch belehrt, dass Sex keine Performance, sondern ein Akt der Liebe ist?«

»Hm, ich weiß.«

»Da macht man überhaupt keine Vergleiche, glaub mir. Jetzt liebt er dich; das allein zählt. Und wer weiß … vielleicht ist es für ihn das erste Mal mit einem Mädchen. Ihr werdet das zusammen entdecken. Kein Stress, okay?«

Ich nicke ein wenig erleichtert. Sie hat recht. Indem ich mich stresse, riskiere ich, alles zu verderben. Ich muss den Dingen ihren Lauf lassen, so schwer das auch sein mag.

30

Casey

Mrs Zhang ist verblüfft über unsere neue Art, uns zu der Musik zu bewegen. Nicht dass wir früher schlecht gewesen wären, doch uns fehlte das gewisse Etwas. Eine Magie, die allein das *Amnesia* uns hat geben können.

Lara scheint nicht so glücklich, wie ich es mir vorgestellt habe. Sie nickt nur und fragt, ob das genügt, um zu gewinnen.

»Das ist kein Wettkampf, Lara. Es gibt nichts zu gewinnen ...«, meint Mrs Zhang. »Das versteht ihr doch wohl, oder?«, fügt sie an und verdreht dabei die Augen.

Mrs Zhang redet nicht viel in diesen letzten Wochen. Sie beobachtet uns mit unbewegter Miene, wobei ihre Lippen eine schmale, schnurgerade Linie bilden. Ich bin sicher, dass sie uns einiges zu sagen hätte, es sich aber verkneift. Letzten Donnerstag aber ist sie schwach geworden und hat Lara nach dem Kurs aufgehalten. Ich kam gerade von der Toilette, als ich einen Teil ihres Gesprächs aufgeschnappt habe.

»... geschlafen?«

»Ich kann schlafen, wenn ich tot bin.«

Der Seufzer, den Mrs Zhang ausstieß, hörte sich an wie meiner. Typisch Lara.

»Schlaf ist genauso wichtig wie deine Technik. Du bist gestresst ... und das wirkt sich auf deine Performance aus.«

Schweigen. Ich hätte gehen, sie ihrer Zweisamkeit überlassen sollen, doch ich war zu neugierig, Laras Antwort zu hören. Ich teile Mrs Zhangs Meinung, auch wenn ich es niemals wagen würde, Lara darauf anzusprechen. Sie würde mich umbringen.

Auch ich habe es bemerkt. Vorher war Laras Performance natürlich. Leidenschaftlich. Ein Lächeln auf den Lippen. Jetzt ist sie viel zu steif in meinen Armen. Sie lächelt nicht mehr. Sie ist nur auf ihre nächsten Bewegungen konzentriert.

»Wie meinen Sie das?«, erwiderte sie, und die Angst spiegelte sich in ihrer Stimme wider.

»Du setzt dich selbst zu sehr unter Druck, und das spürt man.«

»Das ist mein Problem.«

In diesem Moment beschloss ich, mich aus dem Staub zu machen und draußen auf sie zu warten.

Auf dem ganzen Rückweg sagt sie kein einziges Wort. Vergeblich versuche ich, die Atmosphäre ein wenig aufzulockern.

Später essen wir mit Chhavi, Amelia und Rachel zu Mittag. Lara und ihre Schwester scheinen sich wieder besser zu verstehen, was mich beruhigt. Ich ergreife ihre Hand unter dem Tisch, und sie schenkt mir ein bezauberndes Lächeln. Sie weiß ihr Unbehagen so gut zu verbergen, dass es beängstigend ist.

»Übrigens, an welcher Uni hast du dich beworben?«, fragt Rachel Chhavi neugierig.

Laras Freundin antwortet, dass sie lieber arbeiten und von ihrer Kunst leben will, was mich nicht weiter wundert.

»Dein Traum ist also, Zeichnerin zu werden?«

»Mein Ziel? Ja. Mein Traum? Nein.«

»Oh … und was ist dein Traum?«

Chhavi denkt nach, dann schenkt sie uns ein belustigtes Lächeln.

»Eines Tages Fran Fine zu ähneln.«

Der Heldin aus *Die Nanny?* Beinahe hätte ich laut losgelacht.

»Stimmt, sie hat Klasse«, meint Amelia. »Und außerdem ist sie urkomisch!«

Chhavis Lächeln verblasst, während sie kauend nickt.

»Ich dachte vor allem daran, einen stinkreichen Mann zu heiraten, aber stimmt, sie ist auch komisch.«

Ich bin mir nicht ganz sicher, ob sie das ernst gemeint hat oder nicht. Niemand hat Zeit, ihr die Frage zu stellen, denn in diesem Moment unterbricht uns ein schmächtiger junger Typ, der an unseren Tisch tritt.

»Ähm, Chhavi? Hast du eine Sekunde?«

Wir betrachten ihn alle neugierig. Er scheint sich nicht sonderlich wohlzufühlen, Röte steigt ihm ins Gesicht. Ich werfe einen Blick auf die Schachtel, die er in Händen hält, und begreife, worum es sich handelt.

»Hmh?«, sagt Chhavi mit vollem Mund.

»Also, ich … ähm … wollte dich etwas fragen.«

Chhavi sieht ihn ausdruckslos an. Ich vermute, dass sie es auch erraten hat. Der arme Kerl öffnet die Schachtel und präsentiert eine Reihe Donuts mit pinkfarbener Glasur. Jeder ist mit einem weißen Buchstaben verziert, die zusammen das Wort »Prom?« bilden.

Lara reißt die Augen auf, unterdrückt ein Lachen, während Rachel, irgendwie gerührt, die Luft anhält.

»Möchtest du mich zum Abschlussball begleiten?«

Chhavi scheint nicht sonderlich beeindruckt. Mit abwesender Miene kaut sie weiter und lässt sich Zeit mit der Antwort. Dann wischt sie sich den Mund mit der Hand ab.

»Das hängt davon ab. Geschmacksrichtung?«

Der Junge wirkt überrascht und versteht dann, dass sie von den Donuts spricht.

»Karamell.«

Schweigen. Das ist der fünfte Antrag zum Abschlussball, dessen Zeuge ich diese Woche bin. Ich bereite meinen Antrag bereits seit einer Weile vor und habe Angst, dass Lara sich schon Gedanken macht. Fragt sie sich, warum ich immer noch nicht gefragt habe? Sie muss mich für einen miesen Kerl halten.

Ich hoffe nur, dass sie noch zwei Tage warten kann, bevor ich das Thema auf den Tisch bringe.

»Okay«, akzeptiert Chhavi ohne große Begeisterung.

Der Junge traut seinen Ohren nicht; und wir genauso wenig. Er fragt sie, ob das ernst gemeint sei, und sie verdreht die Augen und breitet die Arme aus. Er lächelt, kommt näher, um sie zu umarmen, doch sie zuckt irritiert zurück.

»Die Schachtel, Gus, die Schachtel.«

»Oh … ja, natürlich.«

Ich muss mir ein Lachen verkneifen. Chhavi ist gnadenlos. Er reicht ihr die Schachtel, bedankt sich bei ihr, bevor er sich zu seinen Freunden gesellt, die ihm gratulieren. Ich bin mir nicht einmal sicher, dass er Gus heißt, aber ich bin sicher, dass er alles akzeptiert, was von ihr kommt.

»Huh, jetzt muss ich mir ein schönes Kleid kaufen und meiner Mom vormachen, dass ich mich für Männer interessiere«, beschwert sie sich und beißt in einen der Donuts.

Rachel und Amelia heben die Hand zu einem High five.

»Amen, Schwester.«

Lara und ich sehen uns seufzend an.

»Warum hast du dann akzeptiert?«, fragt Rachel.

Chhavi zuckt mit den Schultern, ohne uns eines Blicks zu würdigen.

»Er hat sein gesamtes Taschengeld dafür investiert. Da konnte ich doch nicht Nein sagen.«

Ah, wie romantisch! Rachel dreht sich zu Amelia und schenkt ihr dann ein sanftes Lächeln.

»Wie soll ich den Antrag stellen?«

Amelia prustet, ähnlich wie Lara neben mir, und verschluckt sich an ihrem Brot. Ich klopfe ihr amüsiert auf den Rücken. Amelia errötet und murmelt dann: »Bitte keinen spektakulären Antrag. Und bitte auch keinen Flashmob. Da könnte ich kotzen.«

»Verstanden.« Rachel lacht und streicht ihrer Freundin eine Locke aus den Augen. »Amelia Susan Bailey … möchtest du mich zum Abschlussball begleiten?«

Genial. Ich zwinge mich zu einem Lächeln, um nicht als Spielverderber zu gelten, und warte auf Laras Reaktion. Sie lässt sich nichts anmerken. Amelia nimmt ihre Gabel und sucht in ihrer Buchstabensuppe. Bald taucht ein sehr kurzes Wort am Rand ihres Tellers auf: »JA.«

Sie küssen sich, während wir sanft applaudieren, um nicht zu viel Aufmerksamkeit zu erregen. Ich versuche, das Thema so schnell wie möglich zu wechseln, als die Blicke von Chhavi, Amelia und Rachel sich plötzlich auf mich heften. Ich erstarre. Sie beobachten mich erwartungsvoll, so als wollten sie sagen: »Jetzt bist du dran, Schätzchen.«

Was soll ich tun? Ich habe schon alles vorbereitet, und das will ich nicht versauen, indem ich sie jetzt frage. Und das wäre auch nicht besonders originell. Ich will nicht, dass sie denkt, ich würde es nur tun, um dem Beispiel der anderen zu folgen.

Chhavi wirft mir einen vernichtenden Blick zu und greift drohend nach ihrem Messer. Ich schlucke und gebe ihr schweigend zu verstehen, dass sie geduldig sein soll.

Mit einem Blick zu Lara vergewissere ich mich, dass sie nichts bemerkt hat, doch ihre Augen sind auf etwas anderes konzentriert. Mit einem Mal sitzt sie kerzengerade da. Ich folge ihrem Blick durch die geöffneten Türen bis zur Eingangshalle. Dort diskutieren zwei Polizisten mit der Direktorin. Es ist bestimmt nichts Ernstes, doch Lara beobachtet sie sichtlich erschrocken.

Ich will sie fragen, ob alles in Ordnung ist, als sie sich plötzlich erhebt. Sofort versteckt sie ihre zitternden Hände, doch ich habe sie trotzdem bemerkt.

»Ich muss zur Toilette.«

Sie lügt, sie lügt, sie lügt.

»Brauchst du Hilfe?«, frage ich, bis mir klar wird, wie unpassend meine Frage ist.

Ich habe keine Zeit, mich zu korrigieren. Ich bekomme Amelias Serviette mitten ins Gesicht, während Lara mit weitausholenden Schritten, den Rücken gebeugt, in die entgegengesetzte Richtung der Halle verschwindet. Es ist ganz und gar nicht der Weg zu den Toiletten …

»Du kleiner Perverser! Wobei willst du ihr genau helfen? Ich denke, sie kann sich schon allein die Hose runterziehen.«

Ich werde knallrot, setze aber eine überhebliche Miene auf, und versuche, dieses Bild aus meinem Kopf zu vertreiben.

»Das ist nicht das, was ich …«

»Machst du jetzt deinen Antrag oder nicht?«

Ich knurre vor mich hin, die Ellenbogen auf dem Tisch.

»Ich habe schon etwas für Samstagabend geplant, also geduldet euch ein wenig.«

Rachel und Amelia stoßen aufgeregte, schrille Laute aus. Chhavi dagegen legt endlich ihr Messer zur Seite und nickt zustimmend.

Ich kann nur hoffen, dass Lara Ja sagt.

31

Lara

Sie sind deinetwegen da, warnt mich Nana.

Das ist das Erste, was mir in den Sinn kommt. Warum sind sie da? GEFAHR! GEFAHR! GEFAHR! Sie haben mich ausfindig gemacht. Sie haben entdeckt, dass ich eine Mörderin bin.

Aber woher können sie das wissen? Nein, nein, nein. Das ist alles nur in meinem Kopf. Sie können nicht erraten, was sich in meinem Gehirn abspielt, solange ich nicht zur Tat geschritten bin. Ich bin unschuldig. Ich habe noch nie etwas getan. Ich schwöre es. Ich habe das alles nie gewollt.

Aber wenn sie dich sehen, können sie es herausfinden. Das ist ihr Job, oder? Psychopathinnen wie dich ausfindig machen. Schnell, lauf viermal um den Saal.

Ich gehorche erschrocken. Nach der zweiten Runde unterbricht mich Nana.

Das war nicht dieselbe Schrittzahl wie beim ersten Mal. Fang noch mal von vorn an.

Erst beim dritten Versuch erledige ich meine Aufgabe zufriedenstellend. Mehrere Personen sehen mich bereits merkwürdig an, aber ich ignoriere sie. Dann gehe ich auf den Hof, um mich auf der Bank auszuruhen, auf der Casey so gerne liest.

Ich atme tief durch und singe in meinem Kopf, um an etwas anderes zu denken. Ich balle und lockere die Fäuste. Ich zähle bis hundert, um sicher zu sein, alles richtig gemacht zu haben. Dann kehre ich zu den anderen zurück.

Ich nehme keine Geräusche um mich her wahr, nur das Rauschen in meinem Kopf. Nana weigert sich zu schweigen, sodass ich jemanden versehentlich mit der Schulter anremple.

»Sie müssen aufpassen, wohin Sie laufen, Miss Bailey.«

Ich erkenne meinen Literaturlehrer und entschuldige mich sogleich. Der mustert mich, und sein Blick verweilt ein wenig zu lange auf meinen Augenringen, bevor er hinzufügt: »Übrigens, ich wollte Sie sprechen … Ist bei Ihnen zu Hause alles in Ordnung?«

Ich blinzele. Wieso fragt er mich das?

»Ja, warum?«

Er scheint mir nicht zu glauben. Was soll ich ihm sagen? Dass mein Vater wie ein Kleinkind schmollt, seitdem ich ihm die Meinung gesagt habe? Dass meine Mutter weiter kontrolliert, was ich esse, und mir sagt, dass ich nicht genug für die Prüfungen lerne? Dass ich nachts davon träume, bald zu sterben oder demnächst im Gefängnis zu landen?

»Ihre Noten gehen den Bach runter«, meint er und putzt dabei seine Brille. »Das ist sehr untypisch für Sie und wirft bei mir Fragen auf. Wollen Sie immer noch auf die Columbia?«

Ich sehe ihn lange an. Ich bin völlig erschöpft. Ich denke nach, eine Sekunde, zwei Sekunden, dann wird mir klar, dass …

»Nein.«

Dann gehe ich weiter. Er ruft mich beim Vornamen, doch ich stapfe davon, ohne mich auch nur ein einziges Mal umzusehen.

Probe im *Amnesia*? 17 Uhr? Ich bin dann schon da.

Mir ist nicht nach Proben. Ich bin am Ende. Geistig, moralisch, körperlich. Meine Schlaflosigkeit wird von Tag zu Tag schlimmer. Heute Morgen bin ich vor Kraftlosigkeit mitten auf der Treppe zusammengebrochen.

Meine Muskeln sind angespannt und stechen vor Schmerzen. Doch ich nehme Caseys Angebot an, allein um ihn zu sehen; allein um das Haus zu verlassen. Amelia ist heute bei unserem Vater, aber ich bin in Manhattan geblieben. Er hat mich nicht einmal angerufen, um zu erfahren, warum. Es ist ihm total egal. Er erwartet, dass ich mich entschuldige, dass ich den ersten Schritt mache. Als wäre nicht ich das Kind in dieser Geschichte.

Dorian öffnet mir lächelnd die Tür.

»Herrje, du siehst ja aus wie ein Zombie.«

»Danke für das Kompliment. Bleibst du nicht?«

Er schenkt mir ein geheimnisvolles Lächeln und schüttelt dann den Kopf.

»Nein, besser nicht.«

Okay … Ich laufe über den Flur und bin erstaunt, wie ungewöhnlich ruhig es ist. Auch in den Kulissen begegne ich niemandem. Es ist wie ausgestorben. Ich schicke Casey eine Nachricht, um zu fragen, wo er steckt.

Auf der Bühne.

Findet heute keine Show statt? Ich kehre um und ziehe den dicken roten Samtvorhang beiseite. Der Saal liegt im Dunkeln. Ich runzele leicht verängstigt die Stirn. Das ist merkwürdig. Wo ist Casey?

Ich gehe vorsichtig die Stufen des Varietés hinunter. Dabei kneife ich die Augen zusammen, um besser sehen zu können. Etwas glitzert am Boden der Bühne. Lichter?

»Casey?«

Plötzlich legen sich Hände um meine Taille. Ich zucke zusammen, stoße einen erschreckten Schrei aus und hätte ihm fast mit voller Wucht gegen den Schädel geschlagen.

»Ich bin's, ich bin's, ich bin's«, beruhigt mich Casey, wobei seine Lippen mein Ohr streifen. »Ganz offensichtlich ist das nicht die geeignete Methode, sich dir zu nähern. Tut mir leid …«

Ich versuche, meinen Herzschlag zu beruhigen.

»Wenn du nicht auch noch das andere Auge lädiert haben willst, wäre das sicher besser …«

Er schneidet eine Grimasse, entschuldigt sich erneut und verschränkt die Hände auf meinem Bauch. Sein Mund küsst sanft mein Ohrläppchen, dann meinen Hals. Ich erschauere, lege meine Hände auf seine. Ganz allein mit ihm zu sein ist einfach traumhaft … Es ist schon eine Ewigkeit nicht mehr vorgekommen.

Seine Lippen nehmen sich alle Zeit der Welt. Sie wagen sich über mein Kinn auf meinen Hals. Seine Finger schieben meinen Pulli ein wenig beiseite, gerade genug, um einen Kuss auf mein entblößtes Schlüsselbein zu drücken.

Mein Herz klopft wie verrückt, und ich stöhne leise, während ich mich umdrehe, um ihn zu küssen. Er drückt mich fest an sich, sodass unsere Oberkörper fast aneinanderkleben. Ich verschmelze förmlich mit ihm. Von seinem Geschmack und seinem Geruch wie berauscht erwidere ich seine Küsse und gehe langsam rückwärts zur Bühne. Wiederholt stolpere ich, was uns zum Lachen bringt, und so zieht er mir schließlich meine Schuhe mit den niedrigen Absätzen aus.

»Was tust du da?«, flüstere ich und hebe verführerisch eine Augenbraue.

»Ich mach es dir bequem«, erwidert er besonnen und küsst mich erneut.

Seine Hände gleiten meine Taille hinab und bleiben auf meinen Hüften liegen. Sie ziehen mich dicht zu ihm heran, bis ich ihn an meinen Schenkeln spüre. Noch nie habe ich ein so berauschendes Gefühl erlebt. Als mein Hinterteil an die Bühne stößt, umfasst Casey meine Oberschenkel, um mich hochzuheben.

Irgendwie gelingt es ihm, mich auf der Empore abzusetzen und zwischen meine gespreizten Schenkel zu greifen. Mein Wildlederrock öffnet sich wie eine Ziehharmonika. Seine Hände wandern meine Knöchel und Beine hinauf und verschwinden unter meinem Rock.

Sie haben es nicht eilig. Sie lassen mir Zeit, Nein zu sagen, wenn ich will. Ich schlinge einfach meine Füße um seine Taille, um ihn näher heranzuholen, während meine Hände durch sein wirres Haar gleiten.

Jetzt verstehe ich, warum Dorian nicht bleiben wollte. Dem Himmel sei Dank.

»Lara …«, flüstert Casey an meinen schmerzenden Lippen.

Ich sehe ihn fragend an. Mir ist im Moment wirklich nicht nach Reden zumute. Ich möchte sein Gewicht auf mir, seine Hände an Stellen spüren, die noch nie berührt wurden. Ich möchte fühlen, dass er da ist, bei mir ist, dass ich nicht allein bin, dass er mich unterstützt.

Ganz gleich, was passiert.

Auch wenn ich es nicht verdiene.

»Erinnerst du dich, damals, als wir in der Grundschule waren, hast du jeden Morgen vor dem Haus auf den Briefträger gewartet.«

Ich sehe ihn entgeistert an. Woher weiß er von dieser Geschichte? Als ich klein war, war ich geradezu besessen vom Briefträger, denn ich wartete tagtäglich auf Post vom Weihnachtsmann – leider vergeblich.

»Ähm … ja.«

Casey lächelt, als er mir über die Wange streicht.

»Du warst so süß. Ich habe dich immer beim Frühstück durch das Küchenfenster gesehen. Aber eines Tages bist du nicht mehr rausgegangen. Ich habe mich immer gefragt, warum.«

Ich lächle belustigt und schlinge meine Hände um seinen Hals.

»Ich hatte erfahren, dass es den Weihnachtsmann nicht gibt … und die Chancen also gering standen, dass er auf meine langen Briefe antworten würde.«

Belustigt wirft er den Kopf zurück.

»Wieder ein Geheimnis gelüftet. Danke, heute Nacht werde ich beruhigt schlafen können.«

Lachend sehen wir einander an und schweigen. Dann weicht sein Lächeln einer ernsten Miene.

»Weißt du, ich hätte nie gedacht, dass wir das Potenzial hätten, jemals befreundet zu sein …«

»Ich auch nicht …«

»Und doch bin ich wahnsinnig verliebt in dich.«

Vor Aufregung bin ich sprachlos. Hat er gerade gesagt, dass er in mich verliebt ist? Wirklich? In mich?

Nein.

Ja!

Wie ist das möglich? Ich schlucke, weil ich nicht weiß, was ich darauf sagen soll, während in meinem Bauch eine Million Schmetterlinge umherflattern. Er drückt mir einen letzten zarten Kuss auf die Lippen und hievt sich dann selbst auf die Bühne, ergreift meine Hände und zieht mich hoch. Er holt eine Fernbedienung aus seiner Gesäßtasche und drückt auf einen Knopf. Plötzlich leuchten die Schweinwerfer rund um die Bühne auf.

Ich drehe mich um und halte sprachlos den Atem an. Die Lichter auf dem Boden bilden die Worte:

Abschlussball

JA *JAx2*

»Das Gute daran ist, dass du die Wahl hast«, sagt Casey zu mir.

Ungewollt muss ich lachen, seine Hand liegt in meiner.

»Das sehe ich. Danke.«

Es ist das erste Mal, dass mich jemand zum Abschlussball einlädt. Und es ist Casey.

»Tut mir leid, dass es so lange gedauert hat«, entschuldigt er sich verlegen. »Zuerst brauchte ich mal eine Idee, dann schien es dir am Tag beim Essen in der Schulkantine nicht gut zu gehen, also habe ich meinen Antrag um eine Woche verschoben, und nun ...«

Ich drehe mich zu ihm und küsse ihn, um ihn zum Schweigen zu bringen. Seine Hände ruhen auf meinem Rücken. Er seufzt.

»Ist das also ein Ja?«

»Nach reiflicher Überlegung lautet die Antwort Jax2. Obwohl ich natürlich enttäuscht bin, dass ich keine Donuts bekomme ... Aber gut.«

Casey seufzt dramatisch.

»Ich fürchte, du hast nicht so viel Glück wie Chhavi.«

»Ich denke auch.«

Er bringt mich mit einem Kuss zum Schweigen, dann mit tausend weiteren. Ich sage es ihm nicht, weil ich nicht weiß, wie, aber ich glaube, ich bin auch wahnsinnig verliebt.

32

Lara

Es ist schon einige Tage her, dass ich am Luftring trainiert habe.

Ich habe Angst.

Allmählich frage ich mich, wie ich das all die Jahre durchgestanden habe. Ich verhalte mich genauso leichtsinnig wie all jene, die im Vergnügungspark ausschließlich Attraktionen mit hohem Nervenkitzel besuchen: Warum den Tod so töricht herausfordern? Es gibt so viele Möglichkeiten, sich mit einem Luftring umzubringen. Das wusste ich natürlich längst, aber ich habe der Angst trotzdem die Stirn geboten. Heute ist mir das fast nicht mehr möglich.

Ich mache es, aber nur mit Matte oder Sicherheitsnetz. Die Performance zur Jahresabschlussfeier, die eine Woche vor dem Abschlussball stattfindet, rückt immer näher, und ich weiß, dass an diesem Abend unter mir nur Leere sein wird.

Aber ich versuche, nicht daran zu denken. Ich werde es schaffen.

Der D-Day, wie Casey immer sagt.

Zu viele Leute fragen nach neuen TikTok-Videos. Das letzte ist schon zehn Tage alt. Casey und ich haben im Central Park an einem roten Vertikaltuch performt, das an einer großen Ulme befestigt war. Wir wären fast aus dem Park geworfen worden, aber das war die Sache wert. Unsere Version von *Rewrite the Stars* hatte seine Wirkung.

Irgendwo auf diesem Planeten ist Queen Zendaya hoffentlich stolz auf mich.

Als ich heute Morgen aufstehe, schneit es. Aufgeregt werfe ich einen Blick nach draußen. Ich habe nur drei Stunden geschlafen, bin aber gut gelaunt. Bereit, die Welt zu erobern. Während ich frühstücke, wiederhole ich, noch im Schlafanzug, meine Lernkarten vom Vorabend, als Amelia gähnend nach unten kommt.

»Morgen, kleiner Strohkopf.«

Ich winke ihr kurz zu, ohne aufzusehen, da ich konzentriert bei der Sache bin. Meine Augenlider sind schwer und mein Gehirn fleht um eine Pause, aber ich mache weiter.

Amelia beginnt ihre Zeitungslektüre mit den Cartoons, während sie geräuschvoll ihre Frühstückscerealien kaut. Zehn Minuten später erscheint Mom, bereits angezogen und geschminkt.

»Wo willst du denn so früh am Morgen hin?«, erkundigt sich meine Schwester. »Es ist Samstag.«

»In die Highschool.«

Bei ihren Worten hebe ich die Nase von meinen Lernkarten. Neugierig schaue ich sie an. Amelia und ich fragen sie gleichzeitig warum. Mom wirft mir einen eisigen Blick zu, der mich vor Kälte erschauern lässt.

Oh nein. Es ist meinetwegen. Natürlich ist es meinetwegen.

»Dein Literaturlehrer will mich sprechen. Gibt es etwas, was du mir sagen möchtest, bevor ich losfahre?«, fragt sie und schlüpft in ihre Pumps.

Ich muss mich fast übergeben. Amelia sieht mich schweigend an. Konnte sich dieser verdammte Lehrer nicht raushalten? Ihr wird klar werden, dass ich bezüglich meiner Noten gelogen habe. Sie wird erfahren, dass meine Leistungen schlechter werden, ich nicht an die Columbia gehen will und was weiß ich noch alles!

Ich sollte schnellstmöglich alles zugeben. Aber ich bin dazu nicht in der Lage. Also lächle ich und sage: »Nein, ich wüsste nicht, was. Ich war in letzter Zeit nur ein bisschen erschöpft, weil ich bis spät in die Nacht gelernt habe ...«

Sie verdreht die Augen und beklagt sich, dass »das Lehrpersonal heutzutage wegen jeder Kleinigkeit beunruhigt ist«. Sie sagt, anschließend müsse sie noch zur Kosmetikerin, gibt uns einen Kuss und schlägt die Tür hinter sich zu.

»Und was willst du machen, wenn sie nach Hause kommt und weiß, dass du sie auf ganzer Linie belogen hast?«

Verunsichert bedenke ich meine Schwester mit einem vernichtenden Blick. Ich kann es ohnehin nicht mehr ändern. Welche Möglichkeiten habe ich? Ich sitze sowieso in der Falle. Mom wird sich wie immer auf Dads Seite schlagen. Sogar geschieden sind sie sich viel einiger als andere Leute, die ich kenne.

»Lara ... Ich hoffe, du weißt das schon, aber wenn du reden möchtest, ich bin für dich da. Egal, um was es sich handelt. Ich werde dir immer zuhören und dich niemals verurteilen. Ich würde dir sogar helfen, eine Leiche zu vergraben«, scherzt sie. »Ich werde deine Bree Van de Kamp sein.«

Sie erwartet, dass ich mit ihr lache, aber ihr Scherz lässt mich nur erstarren. Ich nicke, um ihr zu sagen, dass ich verstanden habe.

»Jedenfalls«, fügt sie hinzu, während sie ihre Schüssel wegräumt, »ist meine Schwester ziemlich cool. Mindestens so cool wie Zendaya.«

Ich gucke sie mit großen Augen an.

»Hast du wirklich gedacht, ich würde es nicht mitbekommen?« Sie lacht. »Mindestens sieben Leute haben mir dieses Video von dir in der Subway geschickt und mich gefragt, ob ich das bin. Ich habe nur darauf gewartet, dass du mir von dir aus davon erzählst …«

»Tut mir leid.«

Sie verzieht das Gesicht, als sie mir sagt, das sei schon in Ordnung.

»Es freut mich zu sehen, dass Casey dir guttut.«

Mit diesen Worten geht sie zurück in ihr Zimmer und lässt mich allein mit meinen Lernkarten. Ich nehme mein Handy und schicke Casey eine Textnachricht, um ihn zu fragen, was er gerade macht.

Ich bin noch im Bett und lese das Ende von *Eine Geschichte aus zwei Städten;* genial!

Aber das kann ich auch auf später verschieben. Warum fragst du?

Willst du vielleicht zu mir kommen? Meine Eltern und Chris sind übers Wochenende bei meinem Onkel. Wir könnten uns in meinem Zimmer einen Film anschauen.

Oder nicht in meinem Zimmer! Im Wohnzimmer geht es auch. Dort ist es einfach nur nicht so bequem.

Casey, entspann dich.

Yes, Ma'am.

Ich denke kurz nach, bevor ich resigniert seufze. Wenn meine Mutter wütend zurückkommt und mich im Zimmer eines Jungen findet, bin ich in großen Schwierigkeiten. Aber das Urteil steht ja ohnehin schon fest.

Ich kann nicht. Mr Boulet hat meine Mutter zu sich bestellt, um mit ihr über meine Noten zu sprechen. Sie wird bald zurück sein.

Oh … Scheiße. Wie geht's dir damit?

Keine Ahnung.

Viel Glück 🖤

Er schickt mir TikTok-Videos von ASMR *Home Coffee*, und das genügt, um mir ein Lächeln ins Gesicht zu zaubern.

Ich gehe rauf in mein Zimmer und beschließe, mich wieder ins Bett zu legen. Wenn Mom nach Hause kommt und mich schlafen sieht, wird sie mich bestimmt nicht wecken. Das gibt ihr die Gelegenheit, ihre Wut zu besänftigen.

Zumindest hoffe ich das.

Ich bin nass. Wasser? Benommen öffne ich wieder die Augen und wische mir den Mund ab. Ah nein, es ist nur Speichel. Alles gut.

Es ist fast dunkel, was mich überrascht. Ich schaue kurz auf meinen Wecker, der siebzehn Uhr anzeigt. Wow. Ich habe den ganzen Tag geschlafen. Ich glaube, ich hatte es wirklich nötig. Mit einem leisen Knurren strecke ich mich und ziehe Hausschuhe an, bevor ich leise hinuntergehe. Meinem Todesurteil entgegen.

Ich hoffe, sie ist nicht allzu enttäuscht.

Am Fuß der Treppe bleibe ich stehen, als ich Amelias Stimme laut flüstern höre.

»… Problem, Mom. Ich kenne sie. Du musst in aller Ruhe mit ihr darüber reden, sonst macht sie dicht.«

Sie sprechen über mich. Setzt sich Amelia für mich ein? Ich hocke mich leise hin und lasse sie weitermachen. Im Gegensatz zu mir schafft sie es immer, Mom zu beruhigen.

»Amelia, ich bin an einem Punkt angekommen, wo es mir egal ist. Soll sie doch dichtmachen. Sie wird schon darüber hinwegkommen.«

»Du verstehst nicht, was ich dir sagen will«, seufzt meine Schwester zögerlich. »Ich glaube … ich glaube, sie hat eine Depression.«

…

…

…

Wie bitte?

Beinahe hätte ich verärgert aufgelacht. Ich, depressiv? Sicher nicht. Ich habe keine Zeit, um depressiv zu sein. Dafür habe ich viel zu viel zu tun. Ich dachte, Amelia wollte mir helfen, aber sie tut das genaue Gegenteil!

Mom reagiert wie ich und lacht, ein Zeichen dafür, dass sie die Sorge meiner Schwester nicht ernst nimmt.

»Das bezweifle ich. Sie ist einfach nur sehr gestresst, und dieses Hobby, das ich schon längst hätte unterbinden sollen, ist der Grund dafür. Sie muss sich wieder auf das konzentrieren, was wichtig ist, und das bedeutet natürlich auch: keine Jungs mehr!«

»Wenn du das machst, wird es noch schlimmer … Ich fürchte, sie steuert auf ein Burn-out zu. Der Luftring ist das Einzige, was ihr hilft, den Kopf über Wasser zu halten.«

Ich nicke, auch wenn sie mich nicht sehen können. Ich habe zu viel Angst davor, wohin dieses Gespräch führen wird.

»Das sind nur pubertäre Krisen«, antwortet Mom über Geschirrklappern hinweg. »Sie ist schließlich kein Kind mehr. Sie ist inzwischen über das Alter hinaus, in dem man Zirkus spielt.

Nächstes Jahr gilt sie schon als erwachsen. Um einen Reifen herumzuhampeln ist kein Job.«

Ich ersticke fast, kann nicht mehr atmen. Die Angst erfasst meine Luftröhre, wird größer und größer. Mein Herz rast und pocht noch stärker in meiner Brust. Ich habe Angst, dass es Nana weckt. Ich versuche, es zu beruhigen, indem ich eine Hand auf meine Brust lege, aber ohne Erfolg.

»Es ist viel mehr als das«, murmelt Amelia. »Ich glaube, sie hat echte Probleme, und das schon seit Jahren ...«

»Was für Probleme? Ich wünschte, ich hätte ihre Sorgen«, höhnt Mom. »Sie ist siebzehn, lebt mitten in Manhattan, geht auf eine private Highschool, ist Klassenbeste ...«

Tränen steigen mir in die Augen. Wenn sie wüsste! Das soll reichen, um glücklich zu sein? Bin ich wirklich so undankbar, wie sie behauptet? Soll ich einfach den Mund halten und lächeln, weil andere mehr leiden als ich?

Was würde meine Mutter sagen, wenn sie wüsste, dass ihre Tochter vermutlich eine Psychopathin ist?

»Hast du das wirklich nicht bemerkt?«, fragt Amelia, deren Tonfall nun etwas schärfer klingt als zuvor. »Sie kann nicht Auto fahren, ohne eine Panikattacke zu bekommen. Sie weigert sich, die Subway zu nehmen. Das Fliegen macht ihr Angst. Sie verhält sich seltsam. Manchmal wache ich um vier Uhr morgens auf, gehe auf die Toilette, und ich sehe noch Licht unter ihrer Zimmertür. Sie murmelt Worte vor sich hin, ohne zu wissen, warum, sie zählt ihre Schritte bis zur Küche. Und sie isst auch nicht mehr viel. Aber ich denke, das gefällt dir.«

»Bitte?«

Ich kann keinen Ton von mir geben. Ich habe Angst. Wie konnte Amelia all das bemerken, obwohl sie nie hier ist? Ist sie wirklich die einzige Person in diesem Haus, die sich um mich sorgt?

»Erinnerst du dich noch daran, wie sie sich vor ein paar Jahren weigerte, sich impfen zu lassen?«

»Sie hat Angst vor Nadeln, wie viele Menschen. Kein Grund, eine große Sache daraus zu machen.«

»Nein. Bei ihr war es anders. Wie auch immer, seit Tante Berthas Tod wurde sie seltsam. Ich glaube, die Sache hat sie ganz schön mitgenommen.«

»Nun ja, ihr Tod hat uns alle erschüttert. Bertha war immerhin meine Schwester, okay?«, erwidert meine Mutter verletzt.

»Also hast du das Monopol auf die Trauer und das Leid?«, fährt Amelia fort. »Mom, Lara und ich waren damals erst zehn Jahre alt. Ich habe den Eindruck, dass Lara seitdem Angst vor dem Tod hat. Und wenn sie eine Phobie entwickelt hat? Ich habe dazu im Internet recherchiert. Unter starkem Stress können sich die Symptome verschlimmern.«

Ich zittere am ganzen Körper. Eine Phobie? Eine Phobie vor dem Tod? *Wenn es nur das wäre*, denke ich, während ich mir die Tränen abwische. Amelia versucht mich zu verteidigen, aber sie weiß nicht einmal, wovor. Jemand sollte ihr sagen, dass ich selbst meine einzige Feindin bin.

»Du solltest nicht alles glauben, was du im Internet liest, Amelia. Deine Schwester ist nur ein kleines bisschen anders, das ist alles. Besonders. Meine Schwester war auch so. Das vergeht mit dem Alter …«

»Besonders.« Ich kann mir nicht helfen, das einzige Wort, das ich höre, ist »verrückt«. Ich bin verrückt, so wie Tante Bertha.

»Sie sollte trotzdem ärztliche Hilfe bekommen. Professionelle Unterstützung. Von einer Person, die weiß, was zu tun ist.«

Oh mein Gott. Amelia denkt auch, dass ich verrückt bin. Verrückt, verrückt, verrückt. Ich kann nicht mehr. Ich weiß nicht, was mich mehr schmerzt: dass meine Mutter mich nicht genug liebt, um sich Sorgen um mich zu machen, oder dass meine Schwester mich für eine Verrückte hält. Sie hat recht.

»Ich weiß, dass manche Menschen Erinnerungen an die Zeit vor ihrer Geburt haben. Denkst du, dass … vielleicht … du weißt schon. Vielleicht erinnert sie sich vage.«

Großes Schweigen. Ich warte, mein Herz schlägt zum Zerspringen, doch es kommt nichts. Einen Moment lang glaube ich, dass die beiden mich entdeckt haben, aber Mom ergreift schließlich das Wort.

»Worauf willst du hinaus?«

»Als wir in deinem Bauch waren …«

Ich kann mich nicht mehr zurückhalten, stehe auf und stürme, am ganzen Körper zitternd, die Treppenstufen hinunter. Die beiden fahren herum, wie auf frischer Tat ertappt. Ich fühle mich betrogen. Hintergangen. Warum hat Amelia nicht mit mir darüber gesprochen, statt hinter meinem Rücken mit unserer Mutter zu reden?

»Oh, du bist wach …«

Sie beendet ihren Satz nicht, als sie sieht, dass mir die Tränen über die Wangen laufen. Meine Schwester wird leichenblass. Nun füllen sich ihre Augen mit Tränen, und sie greift nach meiner Hand.

»Lara, es ist nicht so …«

»Wovon sprichst du?«

Keine von ihnen gibt mir eine Antwort. Meine Mutter scheint verlegen, aber vor allem verärgert zu sein. Sie hatte nicht vorgehabt, ihren Abend so zu verbringen.

»Du kommst gerade recht, junge Dame. Wie lange wolltest du mich noch anlügen?«, zischt sie und schnappt sich das Blatt mit meinen Noten, das auf der Kücheninsel liegt. »Was ist das, Lara? Hältst du mich für bescheuert?«

Ich bringe kein Wort heraus. Mein Gehirn ist immer noch mit dem beschäftigt, was Amelia gerade gesagt hat. Wenn selbst sie meint, ich sei verrückt, wer würde dann etwas anderes glauben? Ich bin entlarvt. Bald wird es jeder wissen. Sogar Casey.

»Meine Schwester war auch so«, hat Mom gesagt. Und wie Tante Bertha starb, wissen wir: Sie erhängte sich. Ich bekomme keine Luft mehr, gerate in Panik. Wenn ich ihr so ähnlich bin, dann sind die Chancen, so zu enden wie sie, noch größer, als ich dachte.

Siehst du! Habe ich's dir nicht gesagt? Zum Glück hast du ja mich. Bist du jetzt beruhigt?

Was soll ich machen? Was ist, wenn ich sterbe? Ich muss alle Fenster verbarrikadieren, alle Seile und Messer verstecken, bevor ich mich entschließe, etwas Dummes zu tun – wie Bertha. Ich habe nicht den Wunsch, mich umzubringen, aber man weiß ja nie, oder?

Keine Sorge, ich bin ja da. Ich werde dich nie verlassen. Übrigens, hast du nachgesehen, ob die Herdplatten aus sind?

Ängstlich laufe ich zum Herd. Ich überprüfe jede Platte zweimal, um ganz sicherzugehen, was mir verwunderte Blicke einbringt. Mom fragt, ob ich ihr zuhöre, ich nicke unkonzentriert.

»Ich denke, ich bin eine ziemlich coole Mutter. Ich habe dich niemals kontrolliert, sondern dir vertraut, und so dankst du es mir? Lara, wir hatten eine Abmachung! Aber damit ist jetzt Schluss: kein Zirkus mehr, kein Casey mehr und nach zwanzig Uhr gehst du mir nirgendwo mehr hin. Du kommst jeden Tag direkt von der Schule nach Hause. Wir lernen zusammen und anschließend gehst du früh schlafen.«

Ich fange an zu keuchen, weil mir die Luft wegbleibt. Amelia kommt auf mich zu und fragt, ob alles okay ist, aber ich schiebe sie sanft beiseite. Warum zum Teufel fällt mir das Atmen so schwer?

Du hast dir irgendetwas eingefangen. Ich hatte dich gewarnt! Was ist, wenn du krank wirst? Oh nein … und wenn es eine Atemwegserkrankung ist?

»Ach, und kein Handy mehr«, fügt Mom mit strengem Blick hinzu. »Ich habe die Videos gesehen, die du mit diesem Jungen gemacht hast. Betrunken noch dazu. Bist du wirklich meine Tochter?«

Bist du wirklich meine Tochter?

Bist du wirklich meine Tochter?

Bist du wirklich meine Tochter?

Ich weiß nicht, wer ich bin, Mom.

Ich schluchze und kratze mich an den Unterarmen, um die Krankheit loszuwerden, die auf meiner Haut krabbelt.

»Das ist nicht fair. Ich habe nichts Schlimmes getan. Ich habe nur versucht, alles so gut wie möglich zu machen …«

»Verstehst du denn nicht?«, ruft sie wütend. »Alles, was du ins Internet stellst, bleibt im Internet!«

»Na und?«, rufe ich meinerseits genervt zurück. »Es ist schließlich kein Onlyfans-Account, soweit ich weiß! Es geht um Sport!«

»Du bist echt so naiv. Hast du überhaupt die Kommentare gelesen? Die Leute machen sich über meine Tochter lustig! Genau das habe ich doch immer versucht zu vermeiden. Warum, glaubst du, dränge ich dich zum Abnehmen? Um dich zu ärgern? Nein! Sondern weil ich weiß, wie gemein die Leute sind, weil ich weiß, was sie sich gegenseitig zuflüstern oder für alle sichtbar kommentieren. Du erniedrigst dich selbst, indem du das tust!«

Mein Herz tut mir weh. Viel zu sehr. Ich habe Angst, dass es blutet und dass das Blut die anderen Organe überschwemmt.

Enttäuscht weine ich. Was sie nicht versteht, ist, dass die Leute immer über mich lachen werden, egal, was passiert. Die einzige Person, die ich auf meiner Seite haben wollte, ist sie. Solange mich meine Mutter schön findet, ist mir alles andere egal.

Aber sie hat sich schon vor langer Zeit für eine Seite entschieden, und das ist nicht meine.

»Ich habe das Aufnahmegespräch für die Columbia vermasselt«, gestehe ich, plötzlich genervt, mit einem Schluchzer.

Schockiert reißt sie die Augen auf.

»Und weißt du, warum? Euretwegen! Du und Dad, ihr habt mir immer gesagt, dass die Noten das Wichtigste sind. Ich habe mich entsprechend verhalten. Aber beim Aufnahmegespräch hat man mir gesagt, das sei nicht genug. Überraschung! ›Sie haben Ihre Gesundheit und Ihr soziales Leben umsonst geopfert, intelligente Leute sind aus der Mode, wir wollen jetzt coole Studierende.‹ Super, Leute, danke für die Info, die hätte ich nur gerne fünf Jahre früher bekommen!«

Ich kann nicht mehr atmen, keuche beim Sprechen und kann doch nicht aufhören. Wie an dem Abend bei meinem Dad habe ich das Gefühl, dass alles aus dem Ruder läuft. Dunkle Gedanken überrollen mich, während der Zorn mein Herz schwarz färbt.

Du hast nicht oft genug gezählt!, beschwert sich Nana. *Mach schnell.*

»… drei, fünf, sieben, neun«, zähle ich unter Tränen mit lauter Stimme, bevor ich weiterschreie: »Da bin ich nun also dank eurer verdammten Erwartungen gelandet! Dad und du, ihr wisst nicht mal über ein Viertel von dem Bescheid, was ich gerade alles durchmache, okay? Eins, drei, fünf, sechs, Scheiße, nein, drei, fünf, sieben, neun … Ihr seid nicht diejenigen, die wegen der ganzen Lernerei nur drei Stunden pro Nacht schlafen, ihr seid nicht diejenigen, denen die Haare büschelweise unter der Dusche ausfallen, ihr seid nicht diejenigen, die in der Schule als ›fett‹ beschimpft werden ...«

»Lara, ich bitte dich, hol tief Luft ...«

»Nein!«, brülle ich mit tränenverschleiertem Blick. »Ihr müsst mir jetzt endlich die Wahrheit sagen. Ich habe die Nase voll. Immer verheimlicht ihr mir irgendetwas. Woran genau soll ich mich nicht mehr erinnern können?«

Ich wende mich an Amelia, die einzige Person in diesem Raum, die mir gegenüber ehrlich sein wird. Sie schluckt, Tränen laufen ihr übers Gesicht, während sie Hilfe suchend zu Mom blickt.

Letztere seufzt und meint zögernd: »Es gibt etwas, das ich dir nicht gesagt habe, eben weil du so zartbesaitet bist. Es ist nichts Schlimmes.«

Vor Angst wie versteinert warte ich geduldig. Schließlich fallen die verhängnisvollen Worte und füllen den Raum wie ein Todesurteil.

»Ich erwartete Drillinge, keine Zwillinge. Ein Baby starb während der Schwangerschaft. Nun weißt du es. Zufrieden?«

GEFAHR!

»Zufrieden?« Drillinge? Was? Wie vor den Kopf geschlagen sehe ich zu Amelia. Sie beißt sich auf die Lippe und bestätigt Moms Worte. Ich hätte also zwei Schwestern haben sollen? Zwei Amelias?

GEFAHR!

Wir waren zu dritt. Drei, nicht zwei. Und doch hat eine von uns nicht überlebt. Aber ich. Ich habe überlebt. Wie? Warum?

GEFAHR!

Oh mein Gott. Ich bin das gewesen. Ich war diejenige, die sie getötet hat. Oder etwa nicht? Ich habe ihren Platz eingenommen!

»Oh nein, nein, nein, nein, nein, nein …«

Ich wiederhole das Wort ununterbrochen und drehe mich dabei im Kreis, ohne zu wissen, was ich tun soll. Amelia versucht mich zu packen, aber ich weiche schreiend zurück. Ich will nicht, dass sie mich anfasst. Ich schreie es ihr ins Gesicht, zumindest glaube ich das, denn sie sieht mich entsetzt an.

Gut so. Hab Angst vor mir. Halte dich von mir fern.

Eigentlich war ich schon immer eine Mörderin.

Meine Mutter ruft, ich solle mich beruhigen, aber es ist zu spät. Ein Wirbelsturm ungebetener Gedanken erfasst mich, und es ist vorbei. Ich sehe den Schürhaken vor dem Kamin. Die Messer auf dem Tisch. Die Streichhölzer neben den Kerzen. Die Schere. Alles. Ich balle die Faust, um zu verhindern, dass ich danach greife.

Du kannst dich nicht mehr beherrschen. Ich spüre es. Schließ dich ein, schnell.

Laut schreiend renne ich die Treppe hinauf. In Panik folgen sie mir, und ich schließe mich im Badezimmer ein. Amelia klopft an die Tür und fleht mich an, keine Dummheiten zu machen. Sie weiß, wozu ich fähig bin. Sie hat mich durchschaut. Sie wird es allen erzählen, und sie werden mich wegbringen und ins Gefängnis stecken.

In Panik weine ich und betrachte mich im Spiegel. Ich ähnele nichts und niemandem. Das Monster in mir hat sich nun zu seiner vollen Größe aufgerichtet und schlägt mit seinem Schwanz gegen meine Schädeldecke. Die Hände an die Schläfen gepresst schreie ich, dass es verschwinden soll.

Ich bemerke den Haartrockner, den Amelia liegen gelassen hat, und bekomme es mit der Angst zu tun. *Ein Haartrockner ist gefährlich. Was ist, wenn deine Haare sich darin verfangen?* Das ist vollkommen irrational, und das ist mir auch klar, aber ich habe trotzdem Angst.

Ich bin nicht in der Lage zu begreifen, was dann passiert. Ich weiß nur, dass ich für einen Moment in den Spiegel schaue und im nächsten die Haarschneidemaschine in der Hand halte.

Ich schreie mein Spiegelbild an, während ich mir mit dem Gerät über den Schädel fahre. Ich habe jetzt einen kahl rasierten Streifen in der Mitte meines Kopfes. Erst in diesem Moment wird mir klar, dass auch ein Haarschneider gefährlich ist. Zu spät, Amelia und Mom brechen das Schloss auf und stürmen außer sich vor Angst herein.

»Lara! Was machst du …«

Die Augen meiner Mutter weiten sich, als sie sieht, was ich gerade getan habe. Sie brüllt einmal, dann ein zweites Mal. Sie bezeichnet mich als »geisteskrank«, schreit, dass ich »eingesperrt gehöre«. Und zum ersten Mal in meinem Leben stimme ich ihr zu.

»Was zum Teufel ist in dich gefahren?!«

Amelia steht schweigend hinter ihr, die Hand noch immer schockiert auf den Mund gepresst.

Mom wirft mir schreiend weiter irgendwelche Dinge an den Kopf, aber ich höre sie gar nicht. Still zähle ich in Zweierschritten und klopfe dazu jedes vierte Mal mit dem Finger auf meinen Oberschenkel. Das beruhigt mich. Dadurch fühle ich mich besser.

Ich weiß, dass mein Leben sich gerade in nichts auflöst.

Aber heute Nacht, nur heute Nacht, werde ich gut schlafen.

Ganz beruhigt, denn kein Haartrockner der Welt kann mich mehr töten.

33

Lara

Ich war zwölf Jahre alt, als ich das erste Mal davon träumte, meine Zwillingsschwester zu erstechen.

Vier Monate später war meine Mutter an der Reihe. Sie habe ich vor einen Zug gestoßen.

Mein Vater entkam mir auch nicht. In meinem Albtraum habe ich ihn mit dem Auto überfahren. Da war ich sechzehn.

Doch meistens bin ich selbst die Person, die ich im Schlaf töte. Wenn ich wach werde, übergebe ich mich, weine mir die Augen aus … und bedauere, dass ich geboren wurde.

Doch am schlimmsten ist es, wenn mich solche Gedanken im Wachzustand überkommen.

Wie gestern Abend. In so einem Fall verliere ich völlig die Kontrolle. So einen Zusammenbruch hatte ich noch nie. Von einem Moment auf den anderen rastete ich komplett aus. Als es dann vorbei war … war es vorbei. Ich fühlte mich einfach nur schrecklich. Solche Krisen überkommen mich phasenweise, obwohl es noch nie so schlimm war wie in den letzten Monaten.

Zwei Stunden später saß ich auf dem Küchenhocker, während meine Mutter mein Werk mit der Haarschneidemaschine vollendete und mich unterdessen weiter anbrüllte. Ich war überrascht, dass sie danach noch Stimme hatte.

Sie fragte mich, was ich mir dabei gedacht hatte. Sie warf mir vor, völlig die Kontrolle verloren zu haben. Eine pubertäre Krise zu durchleben.

Amelia blieb still im Hintergrund und beobachtete mich. Ich musste fast weinen, als ich die Angst in ihren Augen sah. Im Gegensatz zu meiner Mutter sah sie die Bestie in meinem Blick. Da war ich mir fast sicher. Und jetzt fürchtete sie sich vor mir.

Zumindest wird sie sich von mir fernhalten. Auch wenn es das Letzte ist, was ich will.

»Du hast ab sofort Hausarrest. Ich kann nicht glauben, dass du das getan hast … Deine schönen Haare! Das werde ich deinem Vater erzählen, da kannst du sicher sein.«

Deine schönen Haare. Das ist das Einzige, was meine Mutter von den Ereignissen in Erinnerung behalten hat.

Ich streiche mit der Hand über meinen kahlen Kopf, und der Flaum unter meinen Fingern ist ganz weich. Seltsam, ich finde das Gefühl beruhigend. Ich betrachte mich im Spiegel und finde mich schön. Frei. Stark.

Erst um vier Uhr morgens kann ich endlich einschlafen. Bis dahin wälze ich mich in meinem Bett hin und her und denke über das nach, was ich erfahren habe. Meine Mutter war also mit Drillingen schwanger. Drei Bailey-Mädchen. Warum hat es die dritte nicht geschafft? Ist es meine Schuld? Das Leben ist ungerecht.

Schließlich schlafe ich zum Klang meines Schluchzens ein und bete im Stillen zu Gott, dass er mir meine Taten vergibt, auch wenn ich bezweifle, dass er zuhört.

Am nächsten Morgen wache ich vom Geräusch der knarrenden Dielen auf. Mit einem Auge sehe ich durch die Ritze unter meiner Zimmertür einen Schatten. Die Klinke bewegt sich. Ich schließe die Augen, als sich die Tür langsam öffnet. Ich weiß sofort, dass es nur Amelia sein kann.

Meine Mutter hätte ihre Freude daran gehabt, mich mit großem Tamtam aus dem Bett zu holen.

»Wir fahren zu Cousin Matthias' Geburtstagsfeier«, sagt Amelia leise. »Mom dachte, es sei besser, wenn du hierbleibst … um dich auszuruhen.«

Mit anderen Worten: um sie nicht vor der ganzen Verwandtschaft zu demütigen. Haargenau verstanden. Ich nicke, ohne die Augen zu öffnen. Sie zögert, dann fragt sie, ob ich will, dass sie dableibt. Ich schüttele wortlos den Kopf. Nach etwa dreißig Sekunden schließt sich die Tür wieder.

Ich warte, bis ich den Motorenlärm des Autos auf der Straße höre, dann stehe ich auf. Ich putze mir die Zähne und nutze die Gelegenheit, um mich im Spiegel zu betrachten. Plötzlich kommt mir ein schrecklicher Gedanke.

Auweia.

Casey! Und wenn er es schrecklich findet? Und wenn ihn mein Anblick anekelt und er mich wegen der abrasierten Haare verlässt? Okay, ich habe mehr Vertrauen in ihn. Aber trotzdem.

Du bist schon fett … und jetzt auch noch kahl!, kommentiert eine boshafte Stimme in mir. Ich bringe sie mit einem Zungenschnalzen zum Schweigen und greife nach dem Handy.

Ich habe Mist gebaut.

Er antwortet in weniger als einer Minute. Ein Zeichen dafür, dass er bereits aufgestanden ist.

??

Du wirst mich nicht mehr lieben 😕

Wenn du mich betrogen hast, dann hoffe ich, dass es wenigstens mit Tom Holland war. Ich würde niemand anderen akzeptieren.

Ich meine es ernst.

Oh. OK. Welche Art Fehler meinst du? Auf einer Skala von »Steve Harvey kürt die Falsche zur Miss Universe« bis »Mark Ruffalo spoilert im Interview den *Avengers*-Film *Infinity War*«, wo stehen wir da?

Ich seufze und lächle gleichzeitig. Der Kerl ist witzig. Er wird weniger lachen, wenn er mich morgen in der Schule sieht …

Wir sind bei einer guten Britney Spears.

Komm zu mir nach Hause. Ich muss dich sehen.

Ich gerate in Panik. Ich bin kurz davor, ihm zu sagen, dass ich Hausarrest habe, doch dann ändere ich meine Meinung. Amelia und Mom sind gerade erst losgefahren … Die Geburtstagsfeier wird ein Weilchen dauern. Ich kann den ganzen Tag bei Casey verbringen, bevor unsere Eltern wieder nach Hause kommen.

Wie auch immer, ich habe nichts mehr zu verlieren.

34

Casey

Ach du lieber Himmel!

Lara ist da, in einem kleinen gelb karierten Kleidchen, darunter ein weißes T-Shirt. Sie trägt ihre üblichen Kniestrümpfe sowie schwarze Mokassins, ein Lidstrich verleiht ihren Augen etwas Katzenhaftes.

Sie ist dieselbe wie vor zwei Tagen.

Mit dem Unterschied, dass ihr schönes kastanienbraunes Haar verschwunden ist. Ich kann nicht anders, als sie überrascht anzustarren. Ich hatte alles Mögliche erwartet, nur nicht das, obwohl ihre Anspielung auf Britney eigentlich eine Vorwarnung war.

Nachdem ich sie eine Weile schweigend und mit offenem Mund angestarrt habe, breche ich in Gelächter aus.

»Du bist vollkommen verrückt«, flüstere ich ungläubig. »Aber sehr, sehr sexy.«

Und das meine ich ernst. Ein rasierter Kopf steht nicht jedem. Aber Lara ist absolut hinreißend, mindestens so attraktiv wie Lily-Rose, wenn nicht sogar noch mehr – und Lily-Rose könnte Miss Universe werden. Das will also was heißen!

»Genau das hat meine Mutter auch gesagt«, knurrt sie. »Natürlich ohne den Zusatz ›unglaublich sexy‹. Das wäre ja auch irgendwie seltsam.«

»Ich liebe dich. Das weißt du, oder?«

Ich schließe sie in meine Arme und sogleich schmiegt sie sich an mich. Ich drücke sie fest an meinen Körper, lege mein Kinn auf ihren Kopf. Der Flaum ihrer rasierten Haare kitzelt mich, und ich muss unwillkürlich lächeln.

»Dachtest du wirklich, ich würde dich wegen so einer Sache nicht mehr lieben?«

Sie zuckt mit den Achseln und schlingt ihre Arme um meine Taille. Das sollte sie doch inzwischen besser wissen.

Ich streichle ihr beruhigend über den Rücken.

»Wenn man es recht bedenkt, ist es eigentlich eine gute Sache. Jetzt kannst du deinen Kindern später mal erzählen, dass du dir schon einmal in deinem Leben den Kopf rasiert hast. Das machen doch nur coole Leute!«

»Oder Depressive.«

Bei dieser Antwort vergeht mir das Lächeln. Ich weiß, sie sagt das aus Spaß, aber mir blutet das Herz. Die Wahrheit ist, als ich sie sah, wollte ich sie eigentlich als Erstes fragen, ob alles in Ordnung ist. Niemand rasiert sich einfach mal eben den Schädel, ohne vorher darüber nachzudenken. Oder zumindest nicht Menschen wie Lara, die Unerwartetes, Veränderungen und all diese Dinge hassen.

Es muss etwas vorgefallen sein.

Dieses Mal werde ich nicht so tun, als sei nichts passiert. Ich wollte ihr die Freiheit lassen, mich zu belügen, denn ich respektiere die Geheimnisse und die Privatsphäre jeder Person. Aber Lara ist unglücklich, das sehe ich. Ich wäre ein schlechter Freund, wenn ich nichts tun würde.

Also trete ich einen Schritt zurück, nehme ihr Gesicht in meine Hände und drücke ihr einen feuchten Kuss auf ihre gespitzten Lippen.

»Ist alles okay?«, frage ich zärtlich.

Zunächst zeigt sie keinerlei Reaktion, doch dann kommen ihr die Tränen. Mein Herz zerbricht in tausend Stücke. Ich versuche sie aufzusammeln, bis Lara anfängt, an meiner Brust zu schluchzen.

»Ich bin hier, ich bin hier ...«

Ich lasse sie herein und bin froh, dass ich allein zu Hause bin. Zehn Minuten später liegen wir still auf meinem Bett. Sie hat aufgehört zu weinen. Ich starre an die Decke und streichle ihren Kopf, der auf meiner Brust ruht.

Sie erzählt mir, dass sie mit ihrer Mutter wegen ihrer Noten gestritten hat – unter anderem. Sie weint heftiger, als sie von dem Geheimnis spricht, das ihre Eltern und Amelia ihr verheimlicht haben. Vom Tod einer dritten Schwester. Mit so etwas habe ich nicht gerechnet. Kein Wunder, dass sie in Panik geraten ist. Mir wäre es nicht anders ergangen.

»Das Einzige, was mir in diesem Moment Erleichterung verschaffen konnte, war diese Aktion. Ich muss wirklich verrückt sein«, seufzt sie an mein T-Shirt gepresst.

»Es heißt doch, man kann kein Genie sein, wenn man nicht ein bisschen verrückt ist.«

Sie kichert und hebt ihren Kopf zu mir. Ein Schauer durchzuckt mich bei ihrem Anblick, doch ich widerstehe dem Drang, sie auf ihre vollen Lippen zu küssen und ihren pfirsichfarbenen Lipgloss zu kosten.

»Ich habe Angst ...«, flüstert sie.

»Angst wovor?«

»Vor mir selbst.«

Ich runzle die Stirn und lege meine Hände auf ihre weichen Wangen. Irgendetwas in mir zerbricht. Was geht in ihrem Kopf vor, dass sie so viel Angst vor sich selbst haben muss? Soll ich mich einmischen? Und was kann ich für sie tun, außer sie zu unterstützen?

»Sag es niemandem, okay?«

Ich schenke ihr ein beruhigendes Lächeln, um ihr zu zeigen, dass ich da bin und alles gut werden wird; das verspreche ich. Innerlich kann ich Amelia nur zustimmen. Lara geht es nicht gut, auch wenn es niemand wahrhaben will. Ihre Eltern spielen ihren Zustand herunter, und ich habe sie einfach nur in Ruhe gelassen. Ich hätte nachhaken sollen, auch wenn das bedeutet hätte, dass sie mich zum Teufel schickt. Doch ich war ein Feigling und habe den leichten Weg gewählt.

»Du bist nicht allein. Vergiss das nicht, okay? Was sich auch darin abspielt«, sage ich und klopfe mit meinem Finger zart auf ihren Kopf, »du kannst es uns sagen.«

Sie schüttelt den Kopf, aber ich nicke zustimmend.

»Ich möchte einfach nur vergessen. Einen Tag lang, nur heute. Bitte.«

»Einverstanden. Dann sollten wir aufhören, darüber zu reden. Nur heute.«

Sie lächelt mich dankbar an und stützt sich auf ihre Ellenbogen, um meinen Oberkörper oberhalb des T-Shirts zu küssen.

»Bring mich auf andere Gedanken.«

Es dauert ein paar Sekunden, bis ich verstehe, worum sie mich bittet. Ist das eine gute Idee? Es ist keine zehn Minuten her, da hat sie noch geweint … Ich bin offensichtlich zu langsam für sie, denn sie setzt sich rittlings auf mich und überrumpelt mich damit.

Mein ganzer Körper spannt sich an, als ihre Hände unter mein T-Shirt gleiten und meine Rippen streicheln. Unter lautem Stöhnen erzittere ich, mein Blick ist auf ihren Mund gerichtet.

Dieser wunderschöne Mund, der sich dicht an meinen Lippen öffnet und mir zuflüstert: »Ich liebe dich, Casey Thomas.«

Dann küsst sie mich hingebungsvoll. Mein Herz trommelt wie verrückt gegen meine Brust. Sie liebt mich. Lara Bailey ist in mich verliebt. Womit habe ich das verdient? Ich versuche die Information zu verdauen, bin wie betäubt, aber ihre Zunge in meinem Mund verhindert jeden klaren Gedanken.

Wie oft habe ich schon von diesem Moment geträumt und jetzt ist es so weit! Mein Körper steht in Flammen, also lege ich meine Hände auf ihre Hüften, um sie näher zu mir zu ziehen. Meine Finger klammern sich in ihre Haut, und bald ist kein Platz mehr zwischen unseren Körpern.

Ich stöhne vor Lust und spüre ihren Herzschlag zwischen meinen Beinen.

»Verdammt, du bist so sexy«, flüstere ich.

Das scheint ihr mehr Selbstvertrauen zu geben, denn sie zieht mir das T-Shirt über den Kopf. Die Luft leckt an meiner nackten Haut und lässt mich frösteln. Lara beugt sich vor und küsst meinen Hals, spielt mit ihren Zähnen und ihrer Zunge. Sie geht tiefer und tiefer, bis ihr zärtlicher Mund meine Brust erreicht hat.

In meinem ganzen Leben war ich noch nie so erregt. Sie muss es spüren, denn sie wird rot und kichert an meiner Schulter. Daraufhin muss ich lachen und küsse sie.

»Ich habe keine Ahnung, was ich da gerade tue«, gibt sie zu.

»Glaub mir, du machst das großartig.«

Bald landet ihr Kleid auf dem Boden meines Zimmers. Ihr T-Shirt nimmt denselben Weg, aber nicht, ohne sich in ihren Ohrringen zu verfangen.

Ich nehme mir die Zeit, sie zu betrachten, und bin überwältigt von ihrer Schönheit. Ihr Körper ist wohlgerundet und ihre Haut pfirsichzart. Sie zu berühren ist völlig anders als alles, was ich bisher kannte. Bei Dean gab es feste Ecken und Kanten,

Kraft und Wildheit; ein bisschen so, als ob mir die Luft ausginge, als wenn ich in Eile wäre.

Ich habe es geliebt, natürlich.

Aber mit Lara ist es eine andere Erfahrung. Ich möchte mir Zeit lassen. Ich möchte stundenlang ihren Körper streicheln und ihn mit meinen Lippen verewigen. Endlich kann ich wieder atmen.

»Bist du dir sicher?«, frage ich sie, nachdem sie ihren BH ausgezogen hat und ihre Hände um meinen Hals schlingt.

Ich möchte nicht, dass sie sich gedrängt fühlt. Wir sind ja noch nicht so lange zusammen, und sie hat gerade etwas sehr Trauriges erfahren. Und wenn sie es später bereut?

»Das bin ich. Hast du …?«

»Oh. Ja, warte.«

Ich löse mich für ein paar Sekunden aus ihrer Umarmung, um ein Kondom aus meiner Schreibtischschublade zu holen. Sie lächelt mich an, als ich zurückkomme, und wirkt etwas nervös.

»Es ist mein erstes Mal«, gesteht sie mit geröteten Wangen.

Belustigt streiche ich mit meinem Daumen über ihr Gesicht. Sie ist einfach nur hinreißend.

»Für mich auch«, sage ich und verziehe das Gesicht.

Sie wirkt überrascht, also füge ich unbeholfen hinzu: »Mit einem Mädchen, wollte ich sagen.«

»Ah. Ja.«

Bis jetzt war ich nur mit Dean zusammen. Ich sollte nicht so nervös sein. Ich weiß schon, was Sex ist. Und trotzdem möchte ich alles richtig machen. Lara ist nicht Dean, und sie wird es niemals sein.

Unser erstes Mal ist nicht perfekt, aber ich liebe es. Weil es zu uns passt. Unsere Körper lernen sich kennen, erst zaghaft, dann immer leidenschaftlicher. Mein Herz droht mehrmals zu explodieren. Als es sich endlich wieder beruhigt hat, bedecke ich Laras Brüste mit unzähligen Küssen.

Ich bete, dass sich zwischen uns nie etwas ändern wird, während ich gelobe, unsere gemeinsame Zukunft zu schützen. Auch wenn es bedeutet, dass sie mich hassen wird.

Tut mir leid, Lara. Ich hasse mich trotzdem, als ich an diesem Abend zu meinem Handy greife und mein Versprechen breche.

Hallo, Amelia, ich bin's, Casey.
Können wir mal telefonieren? Es geht um deine Schwester …
und es ist ziemlich dringend.

35

Casey

Die Performance für die Jahresabschlussfeier findet in zehn Tagen statt.

Ich kann's kaum glauben. Das letzte Halbjahr ist so schnell vergangen ... Manchmal habe ich den Eindruck, es wäre erst gestern gewesen, als Lara mich an meinem Spind erwartete, um mir ihren Deal vorzuschlagen.

Wir müssen jetzt mit unserer Nummer fertig werden. Lily-Rose und Sylviane arbeiten an unseren Kostümen – darauf haben sie bestanden –, und ich vertraue ihnen in dieser Hinsicht voll und ganz. Wir kennen unsere Choreografie in- und auswendig. Und doch ... irgendetwas stimmt nicht.

Mit Lara. Noch nie waren wir uns so nahe, obwohl sie – die Schule ausgenommen – Hausarrest hat. Trotzdem habe ich irgendwie den Eindruck, dass sie sich von mir entfernt. Nicht körperlich, sondern mental. Manchmal, wenn ich mit ihr spreche, sehe ich ihren Augen an, dass sie nicht wirklich präsent ist.

Ich würde zu gerne wissen, wohin ihre Gedanken in solchen Situationen schweifen. Aber das ist ihr Geheimnis, von dem sie weiß Gott nichts preisgibt.

Seitdem ihre Mutter ihr das Training am Luftring verboten hat, steht sie mit ihren Eltern auf Kriegsfuß. Auch Mrs Zhang konnte nichts ausrichten. Lara hat ihre Mutter angefleht, ihr wenigstens den Auftritt bei der Jahresabschlussfeier zu erlauben, und ihr gesagt, wie wichtig das für ihre Aufnahme an der Columbia ist. Sie hat sogar versprochen, danach mit dem Zirkusclub aufzuhören; ihre Mutter war einverstanden, ohne die Halbwahrheiten ihrer Tochter zu bemerken. Denn wenn sie bei Circadio angenommen wird, braucht Lara den Club nächstes Jahr ohnehin nicht mehr. Was die Columbia betrifft, so wissen wir alle, dass es zu spät ist.

Diese Performance ist ihre einzige Chance, ihr begehrtes Ziel zu erreichen.

Das weiß ich ganz genau, und darum hasse ich mich auch, als ich an jenem Tag die Tür des *Sweet Chick* öffne.

»Hier!«, ruft mir Amelia zu, die ich sofort an ihren blauen Haaren erkenne.

Mit einem verkniffenen Lächeln gehe ich zu ihr. Ich sehe, dass sie schon für uns beide bestellt hat: Belgische Waffeln mit Beeren und Ahornsirup.

»Danke, dass du gekommen bist«, sage ich leicht verlegen.

Ich war noch nie mit Amelia allein. Eine seltsame Erfahrung. Ich fühle mich schuldig, so als würde ich Lara hintergehen. Und in gewisser Hinsicht tue ich das ja auch. Aber ich versuche mich zu beruhigen, schließlich mache ich das ja für sie. Weil ich sie liebe.

»Das ist normal, ich bin auch etwas unruhig.«

Ich habe keinen Hunger, zwinge mich aber etwas zu essen. Ich weiß nicht, wo ich anfangen soll … Also schildere ich ihr Laras seltsames Verhalten in den letzten Wochen. Ihre Phobien, die Schlaflosigkeit, den Stress, ihre schulische Verschlechterung, und vor Kurzem die Weigerung zu performen.

Ich versuche, die richtigen Worte zu finden, als ich hinzufüge: »Ich weiß, dass sie sehr unter Druck steht. Wegen eurer

Eltern ... Aber auch wegen sich selbst. Und manchmal habe ich Angst, dass sie zu weit geht.«

Amelia hält abwesend den Blick auf ihren Teller gesenkt. Doch ich weiß, dass sie mir zuhört. Sie beißt sich auf die Lippe, ihre Hände zittern, und schließlich sieht sie mir in die Augen.

»Ehrlich gesagt, ich glaube, dass sie schon zu weit gegangen ist. Sie ... sie macht mir Angst.«

Beunruhigt verkrampfe ich mich. Naiv, wie ich bin, hatte ich gehofft, sie würde mir sagen, dass ich mir zu viel Sorgen mache, dass alle im letzten Schuljahr gestresst sind.

Das wäre ja auch zu einfach gewesen.

»Hat sie dir erzählt, was neulich Abend passiert ist?«

Ich nicke.

Aber Amelia schildert mir trotzdem die Geschehnisse aus ihrer Sicht. Lara hat mir nüchtern die Fakten berichtet, Amelia hingegen ist angsterfüllt.

»Ich habe sie noch nie so erlebt«, flüstert sie und erschaudert bei der Erinnerung. »Ich dachte ... Puh. Das ist vielleicht Quatsch, aber kurz habe ich geglaubt, sie würde aus dem Fenster springen oder ähnlichen Unsinn machen. Die Tatsache, dass sie sich im Badezimmer eingeschlossen und nach dem erstbesten Gegenstand – einer Haarschneidemaschine – gegriffen hat, das war, als wollte sie um jeden Preis etwas zum Schweigen bringen.«

Eine Stimme in ihrem Kopf.

Das Einzige, was mir in diesem Moment Erleichterung verschaffen konnte, hat Lara zu mir gesagt. Verdammt.

»Glaubst du, dass es eine Art Burn-out ist? Was sagen eure Eltern dazu?«

Amelia seufzt und schüttelt verärgert den Kopf.

»Unsere Eltern sagen gar nichts. Sie denken, es wäre eine ›pubertäre Krise‹. Lara war immer rebellisch. Sie hat eine schwierige Beziehung zu unseren Eltern, eben weil sie dazu neigt, ihnen stets zu widersprechen und lautstark ihre Meinung zu sagen – wenn sie nicht gar schreit. Aber das … das ist etwas anderes. Vielleicht hat sie eine Depression?«

Bei dem Wort bekomme ich Gänsehaut. Ich runzele die Stirn und führe vorsichtig an: »Es ist gefährlich, eine Diagnose zu stellen, wenn man nichts weiß.«

»Ja. Stimmt, vielleicht habe ich auch unrecht. Ich will nur verstehen. Alles, was ich weiß ist, dass sie so nicht weitermachen kann. Als ich heute Morgen beobachtet habe, wie sie sich für die Schule fertig macht, hat es mir das Herz zerrissen. Es ist, als hätte sie ihre gute Laune und ihr Selbstvertrauen ganz und gar verloren. Sie hat keine Freude mehr am Essen oder daran, sich zurechtzumachen.«

Ich nicke, denn das ist mir auch aufgefallen. Ich erinnere mich daran, wie meine Hände heute Nachmittag ihren nackten Körper berührten. Sie ist schmaler geworden.

»Sie hat auch abgenommen«, flüstere ich traurig.

Wir schweigen nachdenklich. Amelia erklärt mir schließlich, dass sie leider nichts tun kann. Ihre Mutter behauptet, sie würde übertreiben, und weigert sich, über ärztliche Unterstützung für Lara nachzudenken. Ihr Vater ist noch immer mit seinem durch den Streit »verletztes Ego« beschäftigt und sorgt sich um nichts anderes.

»Warum beruft ihr keinen Familienrat ein?« Meine Frage lässt sie aufhorchen. »Meine Eltern tun das einmal im Monat. Für meinen Bruder und mich ist das die Gelegenheit, alles zu sagen, was nicht okay ist, ohne irgendwelche Strafen befürchten zu müssen.«

»Wie meinst du das?«

»Ich denke, Lara und eure Mutter brauchen eine offene Diskussion, ohne sich dabei anzuschreien. Dir käme die Rolle der

Mediatorin zu. Lara darf sich nicht in die Enge getrieben fühlen, sie darf vor allem nicht glauben, dass es sich um ein Komplott gegen sie handelt, sonst schaltet sie auf stur. Deine Mutter muss auch verstehen, dass sich ihre Tochter unter Druck gesetzt fühlt. Vielleicht würde das Lara helfen, die Dinge ruhiger anzugehen … Wer weiß?«

Amelia nickt nachdenklich. Ich finde die Idee insgesamt gut, auch wenn ich mir auf der Stelle alles Mögliche vorstellen kann, das ein solches Szenario zum Scheitern bringt. Ich weiß auch, dass die Dinge wahrscheinlich schlimmer sind, und dass Lara unter etwas anderem leidet. Aber es wäre immerhin ein Anfang.

»Vielleicht wäre es besser, wenn du auch dabei bist?«

Aus meinen Gedanken gerissen zucke ich zusammen.

»Meine Mutter kann dich im Moment zwar nicht leiden, das stimmt, aber das darfst du nicht persönlich nehmen. Sagen wir, du lenkst Lara zwar ab, aber auf dich hört sie. Mehr noch, sie liebt dich.«

Sie liebt mich. Das hat Lara mir auch gesagt, bevor wir miteinander geschlafen haben. Ich glaube ihr, aber wie sehr liebt sie mich? Ich kenne sie gut genug, um mir ihre Reaktion vorzustellen, wenn ich bei einem solchen Gespräch auftauchen würde. Ich schlucke und schüttele den Kopf.

»Tut mir leid, aber besser nicht. Ich gehöre nicht zur Familie, und ich habe zu viel Angst, dass sie eine Verschwörung vermuten würde.«

Amelia nickt, sie respektiert meinen Standpunkt. Aber ich verspreche ihr, sie zu unterstützen, sollte Lara je mit mir darüber sprechen.

36

Lara

Nur noch zehn Tage. Jahrelange Vorbereitung für diesen einen Moment. Die drei Minuten in der Arena. Ich darf es nicht vermasseln. Alles muss perfekt sein.

Casey und ich kennen unsere Nummer auswendig. Die Kostüme, die Sylviane und Lily-Rose uns genäht haben, sind einfach traumhaft. Letztere hat mir für den Auftritt eine Langhaarperücke geliehen; ich habe mich für eine blaue entschieden – sozusagen eine Hommage an meine Schwester.

Und wenn du scheiterst? Zum x-ten Mal an diesem Tag versuche ich, Nana zum Schweigen zu bringen. Sosehr ich mich auch dagegen wehre, ich bin von früh bis spät von diesem Gedanken beherrscht. Und abends hindert er mich am Einschlafen.

Die Columbia will mich nicht. Alles was mir jetzt bleibt, ist Circadio. Wenn die mich auch fallen lassen, habe ich nichts mehr.

Aber ist das all die Risiken wert, die du eingehst? Ich schließe die Augen und atme zehnmal tief durch, um meine negativen Gedanken zu vertreiben. Jedes zweite Mal knacke ich dazu mit den Fingergelenken, zweimal mit jedem. Dann mit der Wirbelsäule. Das beruhigt mich ein wenig, auch wenn ich etwas anderes vorgezogen hätte.

Schon seit einer guten Stunde habe ich mich oben in den Sportraum zurückgezogen, um zu üben. Wegen meines Hausarrests kann ich nicht mehr mit Casey trainieren. Das heißt, manchmal finden wir zwischen zwei Kursen etwas Zeit in der Sporthalle.

Schon seit über einem Monat bin ich nicht mehr ohne Sicherheitsvorkehrungen in den Luftring gestiegen. Jedes Mal, wenn Casey die Matten oder das Netz entfernen will, hindere ich ihn daran. Ich versuche, nicht an die Angst zu denken, die wie eine Schlange bis zu meinem Hals hinaufkriecht, aber sie ist stärker als ich.

Ich hoffe nur, dass ich am D-Day genügend Mut haben werde.

Ich habe keine andere Wahl.

»Bist du noch immer hier?«

Ich wende mich zu Amelia um, die an der offenen Tür lehnt. Sie lächelt mir verkrampft zu. Seit jenem Abend ist nichts mehr wie vorher. Ich habe den Eindruck, dass sie mir aus dem Weg geht. Ich sehe sehr wohl, dass sie Angst vor mir hat, und das bricht mir das Herz, aber ich tue nichts, um die Lage zu ändern.

Dazu finde ich mich selbst zu gefährlich. Wie eine ungesicherte Granate, die jeden Moment explodieren kann. Und ich will nicht, dass sie in meiner Nähe ist, wenn es passiert.

»Bist du's nicht langsam leid?«, fragt sie in pseudo-scherzhaftem Ton. »Du solltest dich etwas ausruhen. Deine Technik ist ja ohnehin perfekt.«

Ich will ihr sagen, dass ich es mehr als leid bin, dass mein ganzer Körper schmerzt, der Rücken und der Nacken derart verspannt sind, dass ich mich nicht mehr auf die Seite legen kann. Meine Knie sind von blauen Flecken übersät, ich habe innerhalb von zwei Wochen fünf Kilo abgenommen, und wenn mir das auch eigentlich gefallen sollte, finde ich mich doch immer weniger schön. Ich esse nicht mehr, ich mache nur noch kurze Nickerchen, und wegen meiner obsessiven Gedanken, die mich von morgens bis abends quälen, kann ich nicht mehr lernen.

Stattdessen bedenke ich sie mit einem müden Lächeln.

»Man muss schon etwas investieren, wenn man die Beste sein will.«

Sie antwortet nicht, sieht mir bei meinen Dehnübungen zu und erklärt schließlich: »Mom will, dass wir runterkommen. Familienrat.«

Ich gebe ein kleines, höhnisches Lachen von mir. Seit wann ist meine Mutter so besorgt, dass sie einen Familienrat einberuft? Alles nur Geschwafel!

Ich brummele zwar, gehorche aber trotzdem. Ich muss ein liebes Kind sein, seit sie mir erlaubt hat, bei der Jahresabschlussfeier zu performen. Dafür musste ich, wie immer, lügen, aber das wird sie erst hinterher erfahren.

»Setzt euch«, sagt meine Mutter ohne jede Vorrede. Ich wische mir den Schweiß mit einem Handtuch ab, lege es dann aufs Sofa und setze mich darauf. Amelia lässt sich neben mir nieder und ringt die Hände. Schuldbewusst weicht sie meinem Blick aus.

Unsere Mutter nimmt uns gegenüber Platz, schlägt die Beine übereinander und seufzt, ehe sie anfängt.

»Gut, ich habe euch gerufen, damit wir *in aller Ruhe* diskutieren«, sagt sie und wirft mir bei den Worten »in aller Ruhe« einen Blick zu. »Wir wollen jetzt, eine nach der anderen, sagen, was wir auf dem Herzen haben.«

Ich knurre: »Ah, wir haben also den ganzen Abend verplant?«

Das bringt mir einen wütenden Rippenstoß von meiner Schwester ein. Mom, die nichts gehört hat, verspricht uns, dass diese Aussprache keine negativen Folgen für uns haben wird. Kurz gesagt, es ist *der* Moment, um alles loszuwerden, was man im Alltag nicht zu sagen wagt. Das scheint mir wirklich keine gute Idee, aber ich schweige.

»Ich mache den Anfang«, erklärt sie und positioniert sich mir gegenüber. »Lara, dein Verhalten überfordert mich. Du warst immer … schwierig … aber nie ungehorsam. Du hast mich in den letzten Monaten sehr enttäuscht, darum habe ich wütend oder auch abweisend reagiert. Aber deine Schwester hat mir vor Kurzem zu verstehen gegeben, dass ich mehr auf deine Gefühle achten sollte, und das will ich tun.«

Ihre Worte verletzen mich mehr, als sie sollten. Wie soll ich das mit der Enttäuschung verstehen? Heißt das, dass meine Mutter mich nicht mehr liebt? Dass sie mich weniger liebt? Mit eisiger Miene verberge ich meine zitternden Hände.

Amelia räuspert sich und versucht, einzugreifen.

»Wenn ich dich richtig verstanden habe, wünschst du dir, dass Lara uns mehr Vertrauen schenkt, nicht wahr? Dass sie mit uns über ihre Gefühle spricht …«

Ah, okay. Ein eisiges Lächeln gleitet über mein Gesicht, weil ich endlich begreife, worum es geht. Kam mir auch schon komisch vor, dass meine Mutter eine solche Idee hat. Klar, sie ist ja auch nicht auf ihrem Mist gewachsen. Amelia steckt hinter dieser Scharade.

Es handelt sich um ein Komplott und nichts anderes.

»Amelia denkt, dass es meine Schuld und die eures Vaters ist«, fährt meine Mutter fort, ohne zu bemerken, dass Amelia neben mir erstarrt. »Dass wir dich zu sehr angetrieben haben und du jetzt unter diesem Druck leidest. Ich möchte, dass du weißt, wie sehr ich es bedaure, wenn es so ist.«

Überrascht blinzele ich. Mein Herz macht vor Verwunderung einen Satz. Sie … bedauert es? Tränen steigen mir in die Augen. Erleichtert will ich ihr danken, aber sie spricht weiter und zerstört damit alles.

»Es tut mir leid, dass du es falsch verstanden hast. Ich möchte natürlich, dass du dein Bestes gibst, aber nicht um jeden Preis. Du musst dich nicht so sehr anstrengen, das ist Unsinn.«

Ich habe es falsch verstanden.

Ich hätte mich nicht so sehr anstrengen müssen.

Ich bin dumm. Dumm, dumm, dumm, Lara!

Ich bekomme keine Luft mehr und lächele gequält. Ich traue meinen Ohren nicht. Diesmal rinnen Tränen über meine Wangen, die ich wütend abwische. Ich will nicht vor ihr weinen, nicht schon wieder, nicht deswegen.

»Wirklich? Danke, Mom, es beruhigt mich echt zu wissen, dass ich sieben Jahre lang alles nur *falsch verstanden* habe. Ich habe es also falsch verstanden, dass Dad schon als ich sechs war, allen erklärt hat, für mich käme nur die Columbia infrage und sonst gar nichts? Ich habe es also falsch verstanden, als du mir gesagt hast, ich müsse so sein wie all die schlanken Mädchen, sogar wie meine eigene Schwester? Ich habe es also falsch verstanden, dass Amelia immer das letzte Stück Kuchen bekam, im Auto vorn sitzen und eine Stunde länger fernsehen durfte als ich, weil ich mich ›auf andere Dinge konzentrieren‹ sollte?«

Meine Schwester legt die Hand auf meinen Arm und versucht, mich zu beruhigen, doch allein die Geste macht mich unglücklich. Ich habe nie dieses Gefühl der Ungerechtigkeit benennen wollen, weil ich Angst hatte, sie könnte es mir übel nehmen. Ich will das Beste für meine Schwester. Es ist ja nicht ihre Schuld. Aber ich bin sauer auf meine Eltern, die mich unbewusst fast dazu getrieben haben, Groll gegen sie zu hegen.

»Wie bitte?«, empört sich meine Mutter ernsthaft verletzt. »Was willst du damit andeuten? Dass wir deine Schwester mehr lieben als dich? Aber nie im Leben!«

Ich schüttele den Kopf, verärgert, weil sie meinen Hilferuf nicht versteht.

»Ich will gar nichts andeuten, ich prangere an. Mom, du liebst nicht, was aus mir geworden ist? Aber du hast es aus mir gemacht. Hier sitzt das Monster, das du zusammen mit Dad erschaffen hast! Und jetzt gefällt es euch nicht mehr? Also wegwerfen? Ist nicht mehr eure Verantwortung?«

Diesmal hat meine Mutter keine aufgebrachte Antwort auf Lager. Sie presst die Hand auf ihr Herz und sieht mich mit geöffnetem Mund verblüfft an. Sie blickt zu mir, als habe sie eine Unbekannte vor sich. So als hätte ich auf sie geschossen.

»Bitte schreit nicht«, fleht mich Amelia an und drückt panisch meinen Arm. »Wir wollten in aller Ruhe miteinander sprechen. Lara, wir machen uns Sorgen um dich, das ist alles.«

»Ihr vergeudet eure Zeit. Es ist alles in Ordnung.«

Sie sieht mich herausfordernd an und will nicht klein beigeben.

»Das stimmt nicht. Willst du wissen, woher ich das weiß? Weil ich deine Zwillingsschwester bin«, erklärt sie mit tränenerstickter Stimme. »Was du spürst, spüre auch ich, bitte rede mit mir …«

Bei diesen Worten breche ich fast zusammen. Ich würde ihr gerne alles sagen, und das werde ich vermutlich auch tun, aber nicht vor meinem Auftritt. Denn dann werden sie mich zwingen, aufzuhören. Schlimmer noch: Sie werden mich einsperren lassen.

Ich werde später mit ihr darüber sprechen, wenn ich sicher bin, notfalls fliehen zu können.

»Ich brauche eure Hilfe nicht. Ihr vertraut mir nicht, aber das ist nicht schlimm. Andere glauben an mich. Casey glaubt an mich.«

Nach diesen Worten erhebe ich mich und verschwinde. Ich gehe in mein Zimmer und schlage die Tür hinter mir zu. Ich bin außer mir. Wie oft muss ich noch mit meiner Familie über dieses Thema diskutieren?

Ich brauche Casey. Ich muss seine Stimme hören. Ich greife zum Handy und rufe ihn an, ohne weiter nachzudenken. Nach dem dritten Klingeln hebt er ab.

»Hey, alles in Ordnung?«

»Meine Familie hat mich schon wieder in eine Falle gelockt.«

Schweigen. Ich frage ihn, ob er noch da ist.

Er räuspert sich und antwortet leise: »Ja, ja. Warum sagst du das?«

Entnervt erzähle ich ihm alles. Er hört mir zu, ohne mich zu unterbrechen, bis ich ihn frage, was er davon hält.

Ich höre ihn seufzen, dann antwortet er behutsam: »Ich gebe dir recht, deine Mutter stellt sich blöd an … Aber ich glaube, dass sie nur versucht, dich zu verstehen. Und es ist offensichtlich, dass sich deine Schwester Sorgen um dich macht.«

Er verteidigt sie. Glaubt er auch, dass ich verrückt bin? Dass ich Hilfe brauche? Mit bebender Stimme frage ich ihn, wie er das meint.

»Ich sage nur, dass du auf sie hören solltest. Ich glaube … Ich glaube, du solltest es etwas gelassener angehen. Dir etwas mehr Ruhe gönnen. Eine Pause machen.«

»Eine Pause machen?«, wiederhole ich fassungslos. »Unsere Performance ist in zehn Tagen. Ich habe keine Zeit, eine Pause zu machen. Casey, was ist los mit dir?«

Ich kann es einfach nicht glauben. Es ist, als würde er sich mit ihnen verbünden. Er scheint nicht verwundert. Steckt er unter einer Decke mit meiner Mutter?

»Ich habe einfach nur gemerkt, dass du gestresst bist, das ist alles. Ich mache mir Sorgen um dich. Du bist leidenschaftlich bei der Sache, und genau das gefällt mir unter anderem so gut an dir, aber … manchmal gehst du zu weit. Ich glaube, du hast dich selbst verloren, und das macht mir Angst.«

Ich weiß nicht, was ich antworten soll. Ich bin verletzt und überrascht. Die ganze Zeit habe ich geglaubt, er und ich wären gegen unsere Familien, gegen die ganze Welt verbündet. Ich dachte, wenn meine Eltern schon nicht an mich glauben, hätte ich wenigstens Casey. Ich dachte, er würde mich verstehen, aber ich habe mich geirrt.

Wir haben nicht dasselbe Leben. Wir haben nicht dieselben Eltern. Es nervt mich und macht mich zugleich eifersüchtig, dass ich das zu spät begreife.

Ohne mich mäßigen zu können, poltere ich los: »Weißt du, was dein Problem ist? Dass du es nie ernst genommen hast.«

So, jetzt ist es ausgesprochen. Und ich kann nicht mehr zurück.

»Wie bitte?«

»Du hast dich von Anfang an über mich lustig gemacht, weil es für mich bei unserem Deal um Leben und Tod ging, und du hast mir nicht geglaubt. Du hast es immer für ein Spiel gehalten. Ich hätte dich nicht da mitreinziehen dürfen.«

»Moment mal, Lara«, ruft er eilig. »Ich verstehe es, ich verstehe alles, es ist nicht … Hey, lass mir Zeit, mich zu erklären, okay? Komm raus, ich muss dich sehen.«

»Tut mir leid, aber ich glaube, es ist besser, wenn ich allein weitermache.«

Ein sprachloser Seufzer am anderen Ende. Ich bin froh, dass niemand die Tränen sieht, die mir übers Gesicht laufen. Ich überlege nicht einmal. Ich rede einfach blindlings drauflos.

»Allein?«, wiederholt er ungläubig. »Sprichst du von unserer Performance … oder von uns?«

Von der Performance natürlich!, möchte ich brüllen. Ehe er es erwähnte, habe ich nicht einmal an eine Trennung gedacht. Die Tränen ersticken meine Stimme, sodass ich nicht antworten kann. Offenbar hält er mein Schweigen für ein schlechtes Zeichen, denn er gerät in Panik.

»Lara, bitte tu das nicht … Ich liebe dich.«

»Ich will ja gar nicht Schluss machen«, schniefe ich mühsam.

»Aber letztlich möchte ich lieber allein performen. Es war von Anfang an keine gute Idee. Ich entbinde dich von deinem Versprechen.«

»Ich muss nicht …«

»Du hast mich verraten, Casey«, stoße ich zornig hervor.

»Du hättest unter vier Augen mit mir reden können, aber du hast es hinter meinem Rücken getan. Du vertraust mir nicht. Es ist, als würdet ihr euch alle wünschen, dass ich scheitere.«

»Das stimmt doch gar nicht«, empört er sich genervt am anderen Ende. »Mein größter Wunsch ist es, dass du Erfolg hast. Aber nicht um den Preis deiner mentalen Gesundheit. Du kannst mich so sehr verabscheuen, wie du willst, das ist mir egal! Ich werde weiter alles tun, damit es dir besser geht.«

Wir möchten natürlich, dass du dein Bestes gibst, aber nicht um jeden Preis.

Ich gebe ein leises Lachen von mir. *Das hättest du früher sagen sollen*, denke ich. Es ist zu einfach, mir – jetzt, wo es zu spät ist – die Schuld zu geben.

»Das wird nicht nötig sein.«

Mit diesen Worten beende ich das Gespräch. Dann breche ich in Tränen aus.

Sie können mich nicht aufhalten. Sie glauben, dass ich schwach bin, aber sie irren sich. Ich werde es ihnen beweisen.

Ich werde ihnen zeigen, welches Monster sie erschaffen haben.

37

Casey

Seit einer Woche hat Lara kein Wort mit mir gesprochen. Ich weiß nicht mehr, was ich tun soll. Ich wollte ihr helfen – was ordentlich nach hinten losgegangen ist. Dabei wusste ich eigentlich, dass sie dieses Einmischen meinerseits missbilligen würde. Aber ich habe nicht damit gerechnet, dass sie den Kontakt abbrechen, mich zurückweisen und solo performen würde.

In der Schule habe ich eine gute Viertelstunde vor ihrem Spind gewartet, um mit ihr darüber zu sprechen, aber sie wollte nichts hören.

»Ich habe keine Zeit.«

»Lara, warte.« Ich versuche sie zurückzuhalten und ergreife ihre Hand.

Einige neugierige Blicke heften sich auf uns. Mit zitternden Knien ignoriere ich sie. Der kalte Schimmer in ihren Augen gibt mir zu verstehen, dass es kein Scherz ist. Sie nimmt es mir wirklich übel.

Ich will mich entschuldigen und ihr versprechen, dass ich es nie wieder tun werde, aber dann bemerke ich die noch tieferen, fast schwarzen Augenringe auf ihrem Porzellanteint und die zerbissenen Lippen, und plötzlich sprudeln die Worte aus meinem Mund, ohne dass ich es verhindern könnte.

»Nein, es tut mir nicht leid.«

Mein Geständnis scheint sie zu überraschen. Aber ich fahre mit fester Stimme fort: »Es tut mir nicht leid, dass ich versucht habe, dir zu helfen. Ich habe es getan, weil ich dich liebe und weil es dir ganz offensichtlich schlecht geht. Du bist so verbohrt, dass du es nicht zugeben willst, aber ich möchte, dass du begreifst, dass es kein Zeichen von Schwäche ist, unsere Hilfe anzunehmen.«

Mit feuchten Augen reißt sie sich los. Ich verstehe, dass meine Worte sie zwar berühren, dass sie aber noch nicht bereit ist, nachzugeben.

»Casey, du glaubst mich zu kennen und zu wissen, was los ist, aber du irrst dich … Vertrau mir«, flüstert sie mir zu. »Du willst hier und jetzt nicht bei mir sein.«

Oh doch, das ist genau das, was ich will, verdammt noch mal. Es gibt niemand anderen, bei dem ich sein möchte.

Ich lasse sie wortlos gehen. Seither Funkstille. Selbst Chhavi sagt, sie habe seit einer ganzen Weile nicht länger als ein paar Minuten mit ihr gesprochen. Ich habe Amelia eindringlich gebeten, mich über ihren Zustand auf dem Laufenden zu halten und mich unbedingt zu informieren, wenn irgendetwas vorfällt.

Die Tage vergehen. Sie fehlt mir schrecklich. Ich lasse ihr Zeit und schicke ihr witzige TikTok-Videos, die ich gefunden habe.

Jetzt ist Donnerstagabend, morgen findet die Performance für die Jahresabschlussfeier statt. Von Ängsten gequält helfe ich im Varieté. Ich bin so abwesend, dass ich ständig Fehler mache. Schließlich befiehlt mir Sylviane aufzuhören und mich zu ihr zu setzen, während sie sich auf ihren Auftritt vorbereitet.

»Los, raus mit der Sprache.«

»Alles ist okay …«

»Erspar mir deine Lügen, Kleiner«, knurrt sie mit ernster Miene. »Ich kenne dich so gut, als hätte ich dich geboren – aber sag das bloß nicht deiner Mutter.«

Ich lächele traurig. Sie fragt, warum Lara nicht vorbeikommt, um Hallo zu sagen. Dabei bin ich sicher, dass sie die Antwort kennt.

»Ich weiß, dass sie nicht Schluss gemacht hat, also ist es zwangsläufig etwas anderes.«

»Wie kannst du das wissen?«

»Niemand macht Schluss mit Casey Thomas.«

Ich verdrehe die Augen.

»Das hast du Dean offensichtlich nicht gesagt.«

»Lara ist nicht Dean«, erwidert sie. »Sie ist verrückt nach dir. Darum weiß ich auch, dass sie nicht Schluss gemacht hat. Täusche ich mich etwa?«

Ich seufze verlegen und schüttele den Kopf. Dann gestehe ich ihr die ganze Wahrheit, ohne etwas auszulassen. Meine Angst, Laras seltsames Verhalten, ihre Eltern ... und ihre Entscheidung, ohne mich zu performen.

»Ach, mein Kleiner«, sagt sie, als ich fertig bin, und ergreift meine Hand. »Sag mal, bist du es nicht leid?«

Ich frage sie, was sie damit meint. Sie schenkt mir ein betrübtes Lächeln und streicht mir mit einer mütterlichen Geste übers Haar.

»Dich immer um alle zu kümmern, außer um dich selbst. Das ist nicht deine Rolle ... Ich liebe deine Eltern wirklich, das weißt du. Wir sind eine große Familie, und ich kann ihnen gar nicht dankbar genug sein, dass sie mir eine Chance gegeben haben. Aber sie wissen selbst, dass sie dir eine schlechte Rolle zugewiesen haben.«

»Das verstehe ich nicht.«

»Schon von Kind an hast du dir in den Kopf gesetzt, die

Welt retten zu wollen. Zuerst deine Eltern und das Varieté, dann Chris, als er krank war … und jetzt Lara.«

Unbehaglich runzele ich die Stirn. Ich halte mich nicht für einen Retter.

»Weil ich sie liebe«, rechtfertige ich mich, da ich mich in die Enge gedrängt fühle. »Das ist normal. Ich will mein Bestes tun, um sie zu schützen …«

»Aber das ist nicht deine Aufgabe«, unterbricht sie mich bestimmt. »Du bist noch nicht erwachsen, Casey, du bist noch ein halbes Kind, ob du willst oder nicht. Kümmere dich um dich selbst, das ist schon genug.«

Ich weiß, dass sie recht hat, aber es zu hören, ärgert mich. Ich fühle mich ohnmächtig. Wie könnte ich Lara fallen lassen, wo sie mir doch so wichtig ist? Ich bin nicht derart egoistisch.

Sylviane scheint meine Gedanken zu erraten, denn sie fügt hinzu: »Ich sage ja nicht, dass du sie im Stich lassen sollst, ganz im Gegenteil. Nur … du hast ja schon dein Möglichstes getan. Sie ist offensichtlich noch nicht bereit.«

»Wann dann? Und wenn es dann zu spät ist …?«

»Du kannst dich nicht abmühen, jemanden zu retten, der nicht gerettet werden will. Glaub mir, ich habe das auch schon versucht. Das ist nicht gut ausgegangen … Lara hat Eltern, Erwachsene, die besser wissen, was zu tun ist, als wir.«

Das bezweifele ich. Ich habe eher den Eindruck, dass sie einfach alles leugnen. Sie sind so sehr mit ihren eigenen Problemen beschäftigt, dass sie nicht sehen, wie ihre Tochter leidet.

»Alles, was du tun kannst, ist, für sie da zu sein«, fährt Sylviane fort. »Lass sie nicht im Stich. Reich ihr die Hand, bis sie sie irgendwann ergreift. Lass sie wissen, dass sie nicht allein ist.«

Ich nicke resigniert. Im Grunde ist mir ja klar, dass Sylviane recht hat. Ich kann nur nicht loslassen … Aber ich nehme an, es bleibt mir nichts anderes übrig.

Ich werde sie ermutigen und ihrer Performance – ohne mich – beiwohnen. Ich werde lächeln, damit sie begreift, dass sie nicht allein ist. Ich warte, bis sie mir vertraut.

An diesem Abend sehe ich, dass in ihrem Zimmer Licht brennt. Mit dem Handy in der Hand trete ich an mein Fenster. Die milde Abendluft liebkost meine nackten Arme. Der Vollmond steht hoch am Himmel. Ich schreibe ihr meine Nachricht und hoffe, dass sie sich zeigt.

Alles Gute für morgen. Mach dir keinen Stress. Du bist die Schönste, die Begabteste, du bist der hellste Stern, den ich je auf einer Bühne gesehen habe. Du wirst alle beeindrucken. Ich werde im Publikum sein, um dich zu unterstützen. Es tut mir leid, dass ich nicht neben dir im Luftring sein kann … Aber ich weiß, dass du allein strahlender bist.
Mach dir nicht zu viele Gedanken, okay? Lass los.
Ich liebe dich so sehr.

38

Lara

Ich lese seine Nachricht schon zum zehnten Mal. Mühsam halte ich die Tränen zurück. Lily-Rose ist an ihrem freien Tag hergekommen, um mich zu schminken, also jetzt bloß keine Tränen!

Heute Morgen quälte ich mich aus dem Bett, nachdem ich die ganze Nacht über an die Zimmerdecke gestarrt und mich im Bett gewälzt habe. Die blauen Flecken an meinen Knien sind noch nicht verblasst. Ich schäme mich, dass alle sie sehen werden.

Als ich mich fertig mache, finde ich mein Glücksbringer-Armband nicht mehr. Nach vierzig Minuten intensiver Suche gebe ich auf. Meine Mutter, die seit unserem letzten Streit nicht mehr mit mir spricht, lässt die Bemerkung fallen, dass ich viel abgenommen habe.

Als ich sie frage, ob sie nun zufrieden ist, runzelt sie die Stirn und weicht meinem Blick aus.

»Du siehst krank aus.«

Ich weine auf dem gesamten Weg zum Zirkus. Unterwegs halte ich an, um Donuts zu kaufen, die ich in der Umkleide in mich hineinstopfe. Mehrmals muss ich mich fast übergeben, aber ich würge sie herunter. Ich will nicht krank aussehen. Ich bin nicht krank. Alles ist in Ordnung.

Bist du sicher? Vielleicht hat Mom recht. Und wenn du doch krank bist?

Unmöglich, es geht mir gut. Ich bin nur müde …

Geh lieber kein Risiko ein. Wie würde es aussehen, wenn du während deiner Performance an einem Herzinfarkt stirbst?

Warum sollte ich an einem Herzinfarkt sterben? Ich bin jung und gesund. So ein Blödsinn.

Nimm trotzdem etwas. Man weiß ja nie. Willst du wirklich das Risiko eingehen? Was? Echt?

Nein. Darum krame ich in meiner Tasche und schlucke mit etwas Wasser vier Tylenol-Tabletten. Ich weiß, dass sie mich nicht gesund machen, was auch immer ich habe, aber ich hoffe, dass ich so zumindest während des Auftritts Ruhe finde.

Während ich mich im Spiegel betrachte, herrscht um mich herum geschäftiges Treiben. Mein Make-up ist fertig. Ich lächele angesichts meiner mit blauen Pailletten umrandeten Augen und der weißen Sterne, die auf meinen Wangen kosmische Tränen bilden. Lily-Rose trägt konzentriert blauen Lippenstift auf meine herzförmigen Lippen auf.

»Bist du nicht sauer auf mich?«, frage ich leise und klimpere mit meinen falschen Wimpern.

Sie sieht mich erstaunt an, lacht dann und fragt mich, warum ich so etwas sage. Unbehaglich ringe ich die Hände. Ich fange an, unter meiner Perücke zu schwitzen. Ich fühle mich seltsam und habe Bauchschmerzen.

»Wegen Casey …«

»Casey? Er hat nichts gesagt. Ist etwas vorgefallen? Wo ist er überhaupt?«

Verstehe.

»Ich performe allein«, sage ich nur, was sie aufhorchen lässt. »Nichts Schlimmes.«

Casey hat also nichts erzählt. Ich frage mich, warum.

Schließlich habe ich mich ihm gegenüber gemein verhalten. Ich mache mir entsetzliche Vorwürfe, aber gleichzeitig bereue ich nichts. Zuerst war ich verletzt, weil er sich hinter meinem Rücken mit Amelia und meiner Mutter abgesprochen hat.

Doch als ich begriffen habe, dass mein Zorn unangebracht war, hat sich ein neues, viel stärkeres Gefühl breitgemacht: Angst. Die Angst, zu explodieren und ihn mitzureißen. Allein weiterzumachen war die einzige Lösung. Wenn es sein muss, gestehe ich ihm hinterher alles, ich muss nur diesen verdammten, unglückseligen Auftritt hinter mich bringen.

Es ist die Chance meines Lebens. Genau dafür habe ich so hart gearbeitet.

»Fertig!«

Ich bin bereit. Es will mir nicht gelingen, noch einmal ein Lächeln zu zeigen, als ich mich im Spiegel betrachte. Mein Handy vibriert. Amelia teilt mir mit, dass Dad und Mom da sind und schon auf ihren Plätzen sitzen.

Casey ist auch da. Er hat Blumen mitgebracht.

Sie sind alle gekommen. Um mich zu sehen. Oh weh, ich darf es nicht vermasseln. In diesem Moment erscheint Mrs Zhang und lächelt angesichts meines Kostüms.

»Mein Gott, Lara, du siehst großartig aus! Das erinnert mich an meine Jugend.«

Etwas verlegen bedanke ich mich. Lily-Rose zwinkert mir verschwörerisch zu. Sylviane und sie haben mein Trikot ausgesucht. Es ist schwarz und ganz mit türkis schillernden Metallplättchen besetzt. Über meine nackten Schenkel hängen wie bei einem Charleston-Kleid Perlenstränge, die bei jeder Bewegung mitschwingen. Der hohe Kragen setzt sich in langen Ärmeln fort, die transparent sind, wie meine schwarzen

Tüllhandschuhe. Noch nie habe ich etwas getragen, das so schön und sexy ist.

»Konntest du trainieren, wie du es wolltest?«

Ich nicke brav, auch wenn es gelogen ist. Ja, ich habe trainiert. Aber mit Netz und Sicherheitsleine.

Ich habe es ja schon gemacht, alles wird gut gehen. Ich kann es. Auch ohne Amelia oder Casey, und auch ohne mein Glücksbringer-Armband.

»Kate und Simon sind da«, erklärt sie und fügt hinzu: »Die Scouts von Circadio. Dein Vorteil ist, dass du viel Erfahrung hast. Ich habe ihnen ausführlich von dir erzählt. Du hast das Stipendium quasi in der Tasche, Lara.«

Mein Herz schlägt schneller. Sie sind da. Und sie haben von mir gehört. In diesem Stadium ist quasi alles gelaufen. Ich muss mir keine Sorgen machen. Ich muss nur dasselbe tun wie immer. Lily-Rose und Mrs Zhang gehen, um ihre Plätze im Zirkuszelt einzunehmen. Also muss ich allein in den Kulissen warten.

Ich bin erst im zweiten Teil der Vorstellung dran.

Ich sitze auf meinem Stuhl und warte, die anderen ignoriere ich. Sie lachen, als wäre der Zirkus nur eine Zerstreuung. Und das ist es für sie mit Sicherheit auch. Für sie hängt die Zukunft nicht allein von dieser einen Performance ab, wie bei mir.

Ich muss viermal neuen Lippenstift auflegen, weil ich ständig auf meinen Lippen herumkaue. Ich lese noch einmal Caseys Nachricht.

Mach dir nicht zu viele Gedanken, okay? Lass los.

Das sagt sich so leicht. Ich weiß nicht, wie ich das anstellen soll. Ich habe Lust, mich zu übergeben. Mir ist heiß, viel zu heiß. Und ich habe Bauchschmerzen. Die Donuts rebellieren aggressiv in meinem Magen. In Panik knurre ich innerlich. Das ist nicht der richtige Moment.

»Achtung!«, ruft jemand.

Ich drehe mich genau in dem Moment um, als ein riesiger Spot neben mir auf den Boden fällt und dabei fast meine Haare streift. Ich stoße einen entsetzten Schrei aus und springe zurück. Jemand fragt mich, ob alles okay ist. Mein Atem geht hechelnd, ich schüttele immer wieder den Kopf und starre auf die Tatwaffe.

GEFAHR! GEFAHR! GEFAHR!

Hektisch sehe ich mich um. Vorher ist es mir nicht aufgefallen, aber in dieser Zirkuskuppel gibt es Unmengen an Bedrohungen jeglicher Art. Beinah wäre ich wegen eines schlecht verankerten Spots gestorben. Was kommt noch?

GEFAHR! GEFAHR! GEFAHR!

Ich flüchte mich in eine Ecke und hocke mich, den Kopf zwischen den Knien, hin. Ich darf nicht heute sterben, nicht jetzt. Ich murmele leise etwas vor mich hin – ich weiß nicht was – und kratze mit den Fingernägeln am Boden, es geht mir nicht sehr gut.

Lauf längs und quer durch den Raum. Wenn du nicht in einer schnurgeraden Linie gehst, passiert dir während der Performance etwas Schreckliches!

Ich tue es. Natürlich tue ich es. Es ist völlig sinnbefreit, und mir ist klar, dass es mich nicht vor einem Unfall bewahren wird, aber ich bin unfähig, Nana zu ignorieren.

»Hey, du. In fünf Minuten bist du dran!«

Ich hebe die Augen, mir ist schwindelig. Ein gestresst aussehender Typ bedeutet mir, dass er mit mir spricht. Gleich bin ich dran. Ich stehe mühsam auf und fühle mich seltsam geschwächt. Er fasst mich beim Arm und führt mich zum Eingang des Hauptzelts.

Die Hand an die Schläfe gepresst, flüstere ich: »Es geht mir nicht sehr gut.«

Ich möchte mich übergeben. Ich bekomme keine Luft mehr. Meine Beine sind so schwach, dass ich schwanke.

»Das ist nur Lampenfieber«, sagt der Mann, ohne mich anzusehen. »Wenn du nicht kannst, nehmen wir gleich die Nächste.«

Ich gerate in Panik und versichere ihm, dass alles gut ist, dass ich natürlich kann, dass Lara Bailey sich nicht einschüchtern lässt. Kaum habe ich die Worte ausgesprochen, erbreche ich meinen gesamten Mageninhalt auf den Rasen. Fast so, als würde ich sterben.

Ich hab's dir doch gesagt! Du bist bestimmt krank. Oh mein Gott, glaubst du, es ist tödlich? Krebs? Wie lange bleibt dir noch zu leben?

»Oh je … geht es?«, fragt mich jemand.

Nana, sei still, sei still, sei still, nicht heute.

»Entschuldigung, das musste raus«, erkläre ich und wische mir den Mund ab. »Ich bin so weit.«

Ich atme tief durch und schiebe die Zweifel und Unsicherheiten, die mir auf der Seele lasten, beiseite.

Ich sehe, wie die Techniker im Halbdunkel das Material in die Manege bringen, das für meine Nummer nötig ist.

»Jetzt nimm schnell deinen Platz ein«, drängt mich einer von ihnen.

Ich setze mich mit unsicherem Schritt und noch immer von Übelkeit geplagt in Bewegung. Ich habe nicht alles erbrochen. Ich erschaudere, als mein Blick auf den Luftring fällt. Die Höhe wird sich nach meinem Gutdünken verändern. Und darunter ist nichts, nur der harte, kalte Boden.

Mein Traum, der schon vier Jahre zurückliegt, kommt mir wieder in den Sinn.

Ich sehe, wie ich vor Publikum in meinen Luftring steige, dann eine falsche Bewegung mache, abstürze und mir am Boden den Schädel aufschlage.

Du kannst nicht sagen, ich hätte dich nicht gewarnt …

Als ich in die Mitte der Sandmanege trete, bin ich gestresst wie nie zuvor. Die Gedanken überschlagen sich in meinem Kopf. Zwei unterschiedliche Stimmen streiten so laut miteinander, dass es mir nicht mehr gelingt, die echte von Nanas zu unterscheiden. Es wird still, und langsam richtet sich ein gedämpftes Licht auf mich.

Fast hätte ich wegen der Gedanken, die mich so heftig bedrängen, den Einsatz der Musik verpasst. Ich beginne eine Sekunde zu spät, was mich innerlich eine Grimasse ziehen lässt. Ich bin mir der auf mich gerichteten Blicke bewusst, beachte aber meinerseits das Publikum nicht.

Der Schweiß läuft mir über den Rücken. Meine Beine sind schwer, viel zu schwer. Die Arme schmerzen. Ich habe Angst, nicht genügend Kraft zu haben, um den Aufstieg in den Luftring zu schaffen.

Die ersten dreißig Sekunden bleibe ich am Boden und vollführe zur Melodie der Geigen langsame und sinnliche Bewegungen. Als sich der Rhythmus beschleunigt, ergreife ich den Luftring und schwinge mich hinauf. Ich setze mich, ein Bein angewinkelt, die Arme ausgestreckt in den Ring, während dieser höher und höher gezogen wird.

Ein heftiger Schwindel überkommt mich, den ich mit aller Macht unterdrücke. In fünf Meter Höhe angekommen, ist die Musik an der Stelle, an der José Feliciano Roxanes Namen ausruft, und der Luftring blitzartig hinabsinkt. Ich müsste daran gewöhnt sein, aber es geht so schnell, dass mich das Grauen lähmt und zum Zittern bringt.

Du wirst abstürzen, du wirst abstürzen, du wirst abstürzen!

Als sich das Seil einen Meter über dem Boden anspannt, wäre ich fast vom Ring gefallen. Das Publikum ist ebenso schockiert darüber wie ich und hält den Atem an. Trotz meiner zitternden Hände und der aufsteigenden Tränen fange ich mich wieder. Der erste Fehler, noch bevor ich angefangen habe! Jeder Profi konnte sehen, dass ich das Gleichgewicht verloren habe.

Beinahe wären wir gestorben!

Ich setze meine Nummer fort, als wäre nichts gewesen, und steige im intensiven Rhythmus der Musik auf und ab. Ich tanze einen Tango mit mir selbst und bin schon nach wenigen Minuten außer Atem. Mir ist schwindelig, und ich schließe die Augen, um nicht auf den Boden sehen zu müssen.

Keine gute Idee, das ist noch schlimmer. Pessimistische, düstere Gedanken bedrängen mich, und ich kann weder atmen noch nachdenken. Ich möchte mich nur in einer Ecke zusammenrollen und von dieser tödlichen Frustration befreien.

»Oh mein Gott …«

Endlich wird mir bewusst, dass ich ohne jede Absicherung fünf Meter über dem Boden schwebe, und plötzlich bin ich davon überzeugt, dass ich sterben werde. Ich klammere mich an meinen Luftring, als wäre er das Leben, und spüre eine Panikattacke in mir aufsteigen.

»Hilfe«, flüstere ich, ohne die Stimme erheben zu können. »Ich … ich werde …«

Ich ersticke. Ich zittere. Ich bin in Panik. Alles dreht sich.

Mach dir nicht zu viel Gedanken, okay? Lass los.

Lass … los.

Sie haben recht. Ich brauche Hilfe. Ich bin krank. In meinem Kopf stimmt etwas nicht. Man darf mich nicht allein lassen. Das Monster ist stärker als ich, Nana nimmt zu viel Platz ein, sie wird mich verschlingen, ich spüre es, ich weiß es.

Mom, ich habe Angst. Ich will mich nicht mehr so fühlen.

Caseys Worte hallen mit aller Macht in meinem Kopf wider. Ich will nicht mehr kämpfen. Dazu habe ich keine Energie mehr. Ich bin müde. Ich will nur noch schlafen. Eine Pause machen.

Also schließe ich die Augen … und lasse zum ersten Mal in meinem Leben einfach los.

39

Casey

Eine Göttin.

Ich sitze in einem der vorderen Ränge auf meiner Stuhlkante und schaue sie voller Stolz an. Sie tut es! Sie tut es wirklich.

Ihr wohlgeformter, glitzernder Körper wickelt sich um den Luftring wie eine Seeschlange. Sie sieht überwältigend aus. Perfekt. Und sie ist meine Freundin, verdammt noch mal.

Ich höre ein Schniefen an meiner Seite, sodass ich mich zu Laras Mutter umdrehe. Fasziniert und mit großen Augen starrt sie hinauf zu ihrer Tochter, Tränen laufen ihr über die Wangen.

»Sie war immer so schön, nicht wahr?«, flüstert sie.

Ich bin mir nicht sicher, ob sie mit mir redet, aber ich nicke trotzdem.

»Das habe ich vorher nie bemerkt«, sagt sie, ohne den Blick von ihrer Tochter abzuwenden.

Ein glückliches Lächeln huscht über meine Lippen. Vielleicht habe ich mir zu Unrecht Sorgen gemacht. Ab jetzt wird alles gut. Nach einem solchen Auftritt wird Lara sicher an ihrer Traumschule angenommen werden.

Ich wende meine Aufmerksamkeit wieder dem Geschehen zu, und in eben dieser Sekunde passiert es. Ich sehe genau in dem Moment hin, wo ihr Körper den Luftring loslässt. Ich will etwas schreien, mein Herz ist wie versteinert vor Angst, aber es kommt nichts heraus. Ich habe sowieso keine Zeit mehr.

Ihre Hände rutschen ab und sie stürzt hinab.

Alle um mich herum schreien, während ich ihren Körper mit flatterndem blauen Haar durch die Luft schweben sehe. Im Film fallen die Leute immer in Zeitlupe. Man kann sich langsam auf das Kommende vorbereiten. Man weiß, dass der Sturz unvermeidlich ist.

Im wahren Leben dauert es nur eine halbe Sekunde. Eben noch stand sie in ihrem Luftring und im nächsten Augenblick schlägt sie dumpf auf dem sandigen Boden auf.

Ohnmächtig.

Andere neben mir schreien, ich spüre, wie mich jemand schubst, aber ich rühre mich nicht vom Fleck, bin wie erstarrt. Die Szene wirkt unwirklich. Laras Mutter läuft in die Manege, dicht gefolgt von Amelia. Ich möchte dasselbe tun, stehe aber unter Schock. Meine Füße kleben am Boden.

Entsetzen macht sich breit. Die Musik hört endlich auf und in der Stille hört man einige Schreie und Schluchzer. Ich habe Angst hinzugehen, zu viel Angst vor dem, was mich erwartet.

Das ist nicht möglich. Das ist nicht möglich. Das ist ein schlechter Traum. So etwas passiert im wahren Leben nicht. Nein. Nein. Nein.

Die Leute stehen auf, um besser sehen zu können, was vor sich geht, aber ich bleibe, wo ich bin. Meine Hände zittern. Kurzatmig und mit schmerzendem Herzen beobachte ich Lara aus der Ferne.

Erst als das Notarztteam erscheint, um Erste Hilfe zu leisten, verstehe ich.

Dies ist kein Traum. Das ist die Realität.

Und es ist alles meine Schuld.

40

Lara

Mein Kopf und meine Beine schmerzen. Meine Lider sind blei-
schwer, sodass ich sie kaum öffnen kann. Auf der Seite liegend,
übergebe ich mich noch, bevor ich die Augen aufschlage – es
musste raus.

Ich verstehe nicht recht, was los ist. Um mich herum aufgeregte Stimmen. Jemand weint und streicht mir übers Haar.
Meine Lider zittern, ehe sie sich langsam öffnen.

»Oh, meine Kleine, es tut mir so leid …«

Meine Mom schluchzt neben mir und will mich umarmen,
doch jemand hindert sie daran.

»Wir dürfen sie nicht bewegen. Wir müssen warten, bis das
Notarztteam eintrifft.«

Was? Lichter blenden mich, wahrscheinlich sind es die
Spots der Manege. Ich versuche, mich daran zu gewöhnen, als
plötzlich der Schmerz einsetzt. Der richtige Schmerz.

Oh verdammt, mein rechter Arm zieht und brennt so stark,
dass ich befürchte, erneut das Bewusstsein zu verlieren. Denn
ich nehme an, das ist vorher auch schon passiert, nicht wahr?

Ich bin abgestürzt wie in meinen Träumen.

Aber ich bin nicht tot. *Noch nicht.*

»Mom«, murmele ich.

»Lara!«

»Sie ist wieder bei Bewusstsein.«

»Meine Kleine, wie geht es dir? Sag Mom, wo es wehtut.«

Verblüfft sehe ich sie an und verstehe nicht gleich. So hat meine Mutter seit langer Zeit nicht mehr mit mir gesprochen. Angesichts ihrer Sorge füllen sich meine Augen mit Tränen.

»An den Armen. An den Beinen. Am Kopf. Überall.«

»Der Krankenwagen kommt gleich, ja? Mach dir keine Sorgen, alles wird gut.«

Ich will nicken, bringe aber nur ein schmerzvolles Stöhnen zustande. Wie lange war ich ohnmächtig? Sind die Leute alle gegangen? Wo ist Amelia? Wo ist Casey? Nein, wo sind die Scouts von Circadio? Ich muss ihnen erklären, dass sie mir noch eine Chance für eine weitere Performance geben müssen. Heute war einfach kein guter Tag, das müssen sie doch verstehen!

»Lara«, fragt mich ein Unbekannter und ergreift meine Hand. »Kannst du mir sagen, wie alt du bist?«

»Siebzehn«, flüstere ich vor Schmerzen wie gelähmt.

»Sehr gut. Kannst du dich erinnern, wo wir sind?«

Ich nicke und sage etwas, das ihn zufriedenzustellen scheint.

»Sehr gut. Wie viele Finger siehst du?«

»Vier.«

»Okay, gut. Hast du heute etwas gegessen? Hast du etwas anderes genommen?«

Ich verstehe nicht, worauf er hinauswill. Ich antworte, ich hätte morgens gefrühstückt und dann, vor Beginn der Show, Schmerztabletten genommen. Er fragt mich wie viele.

»Vier.«

Er presst die Lippen zusammen, und meine Mom schluchzt entsetzt auf. Ich erwarte, dass sie mich gleich anschreien wird, aber sie weint nur.

»Oh mein Gott, was ist passiert, Lara?«, fragt sie mich.
»Ich ... ich hatte solche Angst. Bitte, tu das nie wieder. Ich bitte dich um Verzeihung, ja? Es ist alles meine Schuld. Ich liebe dich so sehr.«

Plötzlich entdecke ich die anderen Anwesenden. Hinter Mom sehe ich Amelia, die lautlos weint. Ihr hübsches kleines Gesicht ist von Angst und Sorge verzerrt. Dad steht hinter ihr und hat tröstend die Hände auf ihre Schultern gelegt. Er wirkt ruhig und gefasst, aber hinter dieser Maske erahne ich seine Unruhe und die Schuldgefühle.

Wenn ich sie so verängstigt dastehen sehe – und das meinetwegen –, fällt meine ganze Abwehr in sich zusammen. Plötzlich beginne ich zu weinen wie ein kleines Kind – wegen der Schmerzen, aber auch wegen der Probleme, die ich ihnen bereite.

Kläglich entschuldige ich mich immer wieder.

»Es tut mir leid. Ich brauche Hilfe. Es tut mir leid.«

Das wiederhole ich, bis endlich der Krankenwagen kommt und mich den beruhigenden Armen meiner Mutter entreißt.

Ich hasse Kliniken – den Geruch, die Stimmung, die Krankheit und die Angst, nie wieder herauszukommen.

Mom begleitet mich in die Notaufnahme. Ein junger Assistenzarzt kümmert sich um mich und stellt mir Fragen zu den Ereignissen, er will auch wissen, was ich vor der Show zu mir genommen habe. Ich sage ihm, ich wäre fünf Meter über dem Boden ohnmächtig geworden.

»Du hattest *großes* Glück, dass der Kopf nichts abbekommen hat«, sagt er freundlich. »So gesehen könnte man sagen, du hast es ›gut getroffen‹.«

»Gut getroffen?«, wiederhole ich ungläubig. »Mir tut alles weh, und ich kann mich kaum bewegen.«

Er lächelt erneut, hebt den Kopf von seinen Papieren und fordert mich mit einem Zeichen dazu auf, mir die Röntgenbilder meines rechten Arms und Beins anzusehen.

»Der Unterarm ist gebrochen. Siehst du das? Es handelt sich um die Speiche. Der Knochen ist durch ein Gelenk mit dem Ellbogen verbunden, um die Beugung des Unterarms zu ermöglichen, und mit dem Handgelenk, um die Hand bewegen zu können«, erklärt er und macht die Bewegung vor. »Der ist nun bei dir gebrochen. Das passiert oft bei jungen Menschen, wenn sie sich, zum Beispiel bei einem Fall, abstützen wollen. Du bekommst für vier Wochen einen Gips, und dann für zwei weitere Wochen eine leichtere Version.«

Mom streichelt beruhigend meinen Rücken. Ich frage, was mit meinem Bein los ist.

Der Arzt zeigt ein neues Röntgenbild und fragt: »Das wurde vorhin doch gerichtet, oder?«

Ich nicke. Das hat übrigens sauwehgetan.

»Du hast dir bei deinem Sturz das Schienbein gebrochen, das ist der Hauptknochen des Unterschenkels, darum mussten wir schnell handeln. Wir stellen das Bein durch einen Gips vom Fuß bis zum Oberschenkel ruhig. Je nach der Natur des Bruchs kann das vierzig Tage bis drei Monate dauern. So lange darfst du das Bein nicht belasten, okay? Wir müssen es ohnehin regelmäßig kontrollieren, damit sich nichts verschiebt.«

Drei Monate? Unmöglich. In der Hoffnung, dass sie etwas sagt, drehe ich mich zu meiner Mutter um, aber sie bedankt sich nur bei dem Arzt.

»Aber … aber das geht nicht!«

Die beiden sehen mich fragend an.

»Ich soll eigentlich im August in einer Zirkusschule aufgenommen werden«, erkläre ich ihm und ignoriere dabei den verblüfften Blick meiner Mutter. »Da kann ich nicht eingewickelt sein wie eine Mumie.«

Die Entdeckung meiner geheimen Pläne scheint Mom zu schockieren, aber vermutlich will sie das nicht gleich mit mir ausdiskutieren, denn sie schweigt. Der Arzt runzelt die Stirn und scheint nicht zu verstehen, ob das ein Scherz sein soll.

Als er begreift, dass ich es ernst meine, erwidert er ungerührt: »Ich fürchte, du hast keine Wahl. Mit einem Bein in diesem Zustand kannst du nicht die Akrobatin spielen. Du solltest dich lieber glücklich schätzen, dass du noch lebst. Das hätte viel schlimmer ausgehen können.«

Ich glaube ihm zwar, begreife aber nicht wirklich, was er mir da sagt.

»Lara«, tröstet mich Mom und ergreift meine Hand. »Ich weiß, wie wichtig dir das ist. Okay, ich hab's verstanden. Aber … jetzt musst du dich zuerst einmal erholen und wieder gesund werden.«

Mich erholen? Das kann ich, wenn ich tot bin! Ich will widersprechen, aber der Arzt unterbricht mich erneut: »Was das Erbrechen, die Bauchschmerzen und die Ohnmacht betrifft, so ist das in erster Linie auf eine Überdosis an Tylenol zurückzuführen. Man darf *nie* vier Tabletten auf einmal schlucken. Wie gut, dass wir schnell eingegriffen haben, sonst hätte man dich wohl mit einer Überdosis leblos aufgefunden.«

»Oh mein Gott …«, stammelt meine Mutter und schlägt die Hand vor den Mund. »Danke, Herr Doktor.«

»Wir haben auch gewisse Mangelerscheinungen, vor allem einen Eisenmangel festgestellt, sowie zahlreiche Hämatome. Als Sportlerin solltest du besser auf deine Gesundheit achten.«

Als ich noch nach irgendeiner Entschuldigung suche, tritt eine blonde Frau mit strahlendem Lächeln ein und unterbricht unser Gespräch.

»Miss Lara Bailey? Guten Tag, ich bin Doktor Whitman.«
Meine Mutter begrüßt sie, aber ich stehe noch zu sehr unter Schock und reagiere nicht. Was soll ich jetzt tun? Plötzlich unterbricht mich eine Stimme: *Wer sagt dir denn, dass du überhaupt bei Circadio angenommen wirst? Du hast deine Performance total versaut.*

Stimmt! Ich bin im wahrsten Sinne des Wortes durchgefallen. Ich habe mehrere Gleichgewichtsfehler gemacht. Und der Gipfel – ich bin mitten in der Performance ohnmächtig geworden. Die wollen mich bestimmt nicht. Genauso wenig wie die Columbia. Ich bin ... allein. Gescheitert. Ohne Zukunft.

Ich könnte an eine andere Uni gehen, aber an keine so gute. Meine Mutter lässt mich bestimmt nicht mit dem Zirkus weitermachen. Und könnte ich überhaupt irgendwann wieder am Luftring trainieren? Habe ich selbstmörderische Tendenzen, verdammt noch mal?

Ich fange an zu weinen. Meine Mutter fragt, ob ich Schmerzen habe.

»Ich habe meine Performance versaut«, schluchze ich. »Ich muss wieder in die Manege. Ich muss ihnen zeigen, dass ich es viel besser kann! Ich habe so hart gearbeitet, Mom ...«

Meine Mutter sagt mir, das sei jetzt nicht wichtig, wir würden später sehen, wie es weitergeht, aber jetzt müsse ich mich beruhigen. Der Arzt von vorhin schiebt seinen Rollwagen beiseite. Darauf sehe ich ein paar Spritzen. Panisch erschaudere ich, wende den Blick ab und rücke näher zu meiner Mutter.

GEFAHR! GEFAHR! GEFAHR!

Keine Spritze, keine Spritze, keine Spritze. Als ich den Blick hebe, begegne ich dem von Doktor Whitman. Ich spüre, wie ich rot werde, doch sie bedenkt mich nur mit einem warmen Lächeln.

»Du hast nichts zu befürchten, Lara.«

Hat sie mich entlarvt? In ihren Augen sehe ich, dass sie alles verstanden hat.

»Darf ich deine Mutter für ein paar Minuten entführen? Ich möchte mich kurz mit ihr unterhalten.«

Nein, nein, nein. Sie wird Mom alles sagen. Sie wird mich verraten. Ich mache meiner Mutter ein Zeichen, dass sie nicht gehen soll, aber sie drückt mir einen Kuss auf die Stirn.

»Ich bin gleich zurück, okay?«, sagt sie, bevor sie verschwindet.

Sie lassen mich fast eine halbe Stunde allein. Währenddessen kommt anderes Arztpersonal, das meinen Arm und mein Bein eingipst. Ich denke an Casey. Ich frage mich, wo er ist. Ich hoffe, er macht sich nicht zu viele Sorgen. Ich hoffe, er hat keine Angst gehabt. Und ich hoffe, dass er mich noch liebt.

Als sie zurückkommen, fühle ich mich extrem müde. Doktor Whitman zeigt zwar noch ihr herzliches Lächeln, meine Mutter hingegen ist leichenblass. Ich gerate in Panik.

»Lara«, fängt Doktor Whitman an und setzt sich neben mich. »Ich sehe, dass du beunruhigt bist. Aber alles ist in Ordnung, ganz bestimmt.«

»Was ist los?«

»Ich bin Psychotherapeutin, und ich möchte, dass wir beide uns miteinander unterhalten, damit ich besser verstehe, was passiert ist. Bist du dazu bereit?«

Ich schüttele den Kopf, aber meine Mutter, die neben der Ärztin steht, sieht mich flehentlich an und meint: »Das verpflichtet dich zu nichts, okay? Unterhalte dich in aller Ruhe, ich gehe inzwischen zu deinem Vater und deiner Schwester. Sie machen sich Sorgen.«

Dann schenkt sie mir ein Lächeln und geht. Doktor Whitman zieht die Vorhänge um mein Bett herum zu und nimmt auf einem Hocker Platz. Mein Arm und mein Bein schmerzen wahnsinnig, aber ich beiße die Zähne zusammen.

»Das ist kein Verhör«, beruhigt sie mich. »Einfach nur ein Gespräch zwischen uns beiden. Du brauchst keine Angst zu haben, ich bin auf deiner Seite. Wenn du nicht antworten willst, musst du nicht, okay?«

Ihre Worte und ihr Ton beruhigen mich. Also nicke ich. Und ich erzähle ihr alles.

Man hat mich nicht eingesperrt. Zumindest bis jetzt nicht.

Ich habe alles gesagt, wirklich alles. Das erste Geständnis war schwierig, aber dann kamen die Worte von ganz allein, ebenso wie meine Tränen. Es war, als würde ich mich selbst verurteilen. Es hat mir das Herz gebrochen, aber es hat mich auch erleichtert. Zum ersten Mal in meinem Leben hat es mir gutgetan, darüber zu sprechen. Meine Last zu teilen.

Doktor Whitman wirkt nicht abgeschreckt, sondern nickt bei meiner Erzählung immer wieder und stellt mir von Zeit zu Zeit Fragen, um besser zu verstehen.

»Wovor hast du Angst?«

»In welchen Situationen tritt das auf?«

»Was tust du, wenn es zu viel Raum in deinem Kopf einnimmt?«

»Seit wann geht das schon so?«

»Wann hat es angefangen?«

Sie stellt mir auch Fragen über meine Kindheit, und schließlich erzähle ich ihr von meiner Tante Bertha. Nach zwei Stunden lächelt mich Doktor Whitman an und bedankt sich dafür, dass ich alles beantwortet habe.

»Ich weiß, wie schwer das ist«, sagt sie und reicht mir ein Taschentuch. »Ich habe viele junge Leute wie dich getroffen. Du bist nicht die Einzige mit solchen Problemen, Lara. Und im Gegensatz zu deinen Vorstellungen bist du kein schlechter Mensch.«

»Wie können Sie so etwas sagen, nach allem, was ich Ihnen erzählt habe?«

»All deine dunklen Gedanken, die dich daran hindern, ein normales Leben zu führen, sind psychologisch erklärbar. Du bist anders als die anderen, das ist alles. Wenn du dich dazu imstande fühlst, möchte ich, dass wir mit deinen Eltern darüber reden«, fügt sie hinzu.

Plötzlich schlägt mein Herz schneller. Angst und erdrückende Schuldgefühle nehmen mir den Atem. Ich bin nicht sicher, ob ich vor meinen Eltern dazu stehen kann. Und wenn sie mich dann weniger lieben? Und wenn sie mich für eine Massenmörderin halten?

Schlimmer noch: Wenn sie Angst vor mir haben?

»Ich bin nicht sicher, ob ich das aushalte«, flüstere ich und senke den Blick.

»Ich habe mit deiner Mutter gesprochen … Sie macht sich große Sorgen. Sie liebt dich. Sie war neun Monate lang mit dir schwanger und hat dich siebzehn Jahre lang beim Erwachsenwerden begleitet. Sie will dir nur helfen.«

Ich zögere noch.

»Und wenn sie es nicht versteht? Und wenn sie mich nicht mehr sehen will?«

»Dann finden wir gemeinsam eine Lösung. Aber ich fürchte, wir haben keine andere Wahl, als mit ihr darüber zu sprechen.«

Weil ich minderjährig bin. Schließlich stimme ich zu, dass sie mich in einen leeren Raum im ersten Stock des Krankenhauses bringt. Sie schiebt meinen Rollstuhl. Offenbar muss ich mich in den nächsten Wochen immer so fortbewegen.

Dort angekommen erwarten uns meine Eltern und Amelia. Mit roten verweinten Augen stürzt meine Schwester als Erste zu mir, scheint aber Angst zu haben, mir wehzutun, weshalb sie mich nicht umarmt.

»Es tut mir so leid, Lara«, sagt sie weinend.

Ich halte meine Tränen zurück und finde irgendwie die Kraft, ihr ein beruhigendes Lächeln zu schenken.

»Es geht mir gut. Ich fühle mich hier drin wie Professor Xavier. Wir wissen ja alle, dass ich in Sachen Intelligenz unübertroffen bin.«

Sie verdreht lachend die Augen, wischt die Tränen ab und überlässt meinem Vater ihren Platz. Der streichelt mit zitternden Fingern meine Wange und gibt mir einen Kuss auf die Stirn.

»Das war die schlimmste Angst meines Lebens, weißt du das?«

Ich entschuldige mich leise. Die Ärztin bittet alle, Platz zu nehmen. Ich weiß nicht, was ich sagen soll. Ich habe Angst. Ich weiche ihren Blicken aus, und warte, dass Doktor Whitman das Wort ergreift.

Sie sieht mich an und beginnt dann: »Lara möchte Ihnen etwas Wichtiges sagen, aber sie fürchtet, es könnte das Bild, das Sie von ihr haben, beeinträchtigen.«

Meine Mutter schweigt mit ernstem Gesichtsausdruck, und ich erahne – ich weiß nicht warum –, dass sie es schon verstanden hat.

»Das wird nicht passieren, wir werden es schon aushalten, stimmt's?«

Die anderen nicken. Also fährt die Ärztin, den Blick in meinen versenkt, fort: »Lara, weißt du, was eine Zwangsstörung ist?«

Ich runzele die Stirn und schüttele den Kopf. Als ich klein war, sagten zwar alle, ich hätte »meine Ticks«, aber ich dachte, das wären nur blöde, sich wiederholende Manien, wie mit den Augen zu zwinkern oder im Stillen zu zählen.

»Eine Zwangsstörung ist eine psychische Störung, die in

sich zwanghaft wiederholenden Gedanken besteht. Sagt dir das etwas?«

Ich nicke verängstigt. Es gibt also einen Namen dafür?

»Es gibt verschiedene Arten von Zwangsstörungen«, fährt sie fort. »Nach allem, was du mir erzählt hast, leidest du offensichtlich unter einer Impulsphobie oder unter aggressiven Zwangsgedanken.«

Ich zittere so sehr, dass ich meine Hände schließlich unter den Schenkeln verberge. Ich wage es nicht, meine Eltern anzusehen. Mein Dad versteht es offenbar nicht. Er fragt, was das bedeutet.

»Nach dem, was Ihre Tochter mir erzählt hat, leidet sie unter aggressiven Zwangsvorstellungen«, erklärt Doktor Whitman. »Sie lebt in der ständigen Furcht, zur Tat zu schreiten, die Kontrolle über sich zu verlieren oder, ohne es zu bemerken, etwas zu tun, was sie nicht will. Das heißt, sie muss diese Gedanken permanent bekämpfen.«

»Aber welche Art von Gedanken?«

Schweigen. Den Blick auf meine Fingernägel gerichtet, sitze ich starr wie eine Statue da. Die Ärztin fragt mich, ob sie es sagen darf. Ich bin von Entsetzen erfüllt, nicke jedoch kaum merklich.

»Die Angst davor, jemanden zu töten oder jemandem in ihrer Umgebung Gewalt anzutun. Oder sich selbst umzubringen. Manche Personen, die ich behandle, leiden auch unter sexuellen oder pädophilen Obsessionen, aber das ist bei Lara meiner Meinung nach nicht der Fall.«

So, nun ist es raus! Ich wage nicht, den Blick zu heben, habe Angst vor ihrer Reaktion. Amelia, die neben mir sitzt, ergreift meine Hand, und ich drücke ihre ganz fest. Beinahe breche ich in Tränen aus. Ich höre, wie mein Vater etwas in seinen Bart brummelt, aber ich bin zu weit entfernt, um es zu verstehen.

»Ist das … normal?«

»Es ist eine Art psychische Erkrankung, eine sehr starke Angst. Das kann man behandeln. Sie müssen wissen, dass Lara nichts gegen diese Gedanken tun kann, es ist auf keinen Fall ihre Schuld. Betroffene schämen sich oft enorm für diese Obsessionen, und das macht die Sache so leidvoll für sie. Selbst wenn sie wissen, dass diese Gedanken irrational sind, werden sie dennoch weiter von ihnen bedrängt, ohne etwas dagegen tun zu können.«

»Aber … könnte sie zur Tat schreiten?«, fragt mein Dad.

Mein Herz blutet. Ich weiß, dass es eine legitime Frage ist, aber sie tut mir trotzdem weh.

Er hat Angst vor uns.

»Nein«, beruhigt ihn Doktor Whitman. »Die Betroffenen tun alles, um genau das zu verhindern. Dazu schaffen sie sich das, was man als Rituale bezeichnet, das heißt eine Vermeidungsstrategie: Aus Angst, jemanden zu töten, fahren sie nicht Auto, steigen in kein Flugzeug und nehmen, aus Furcht, dass sie zustechen könnten, kein Messer in die Hand, wenn jemand in ihrer Nähe ist. Manche Rituale sind logisch und nachvollziehbar, andere würde man eher als ›magisch‹ bezeichnen – wie etwa Gebete aufzusagen, um keinen Unfall zu haben, oder bis zehn zu zählen, um nicht krank zu werden.«

Ich nehme es meinem Vater nicht übel, dass er so denkt. Selbst wenn es mich in meinem Innersten beruhigt zu wissen, dass ich keine Massenmörderin bin. Ich bin nur krank. Ich werde behandelt, und dann geht es mir besser.

»Ist es …«, beginnt meine Mutter und sucht nach Worten. »Ist es unsere Schuld?«

Ungewollt rinnen Tränen über meine Wangen.

»Nein, es ist nicht Ihre Schuld. Wie bei allen Phobien gibt es nicht nur einen Grund dafür. Aber oft kann ein Trauma im Kindesalter Auslöser dieser irrationalen Ängste sein. Lara hat mir von dem Suizid ihrer Tante und Ihrer Komplikations-Schwangerschaft erzählt … Das könnte ein Erklärungsansatz sein. Das ist natürlich nur eine Möglichkeit, die in einer Therapie untersucht werden muss. Manchmal ist die Ursache auch erblich bedingt.«

Mom nickt und bestätigt, dass mich der Tod ihrer Schwester sehr getroffen hat.

»Im Klassenzimmer drehte sie sich um, um die Schulbank ihres Sitznachbarn zu berühren. Und sie wiederholte ständig bestimmte Worte, ohne zu wissen, warum. Sie versteckte zu Hause auch sämtliche Streichholzschachteln, was mich ganz nervös machte. Aber das waren nur Kleinigkeiten … über die wir uns fast lustig gemacht haben. Mein Gott, ich habe als Mutter versagt.«

»Sie konnten es ja nicht wissen. Solche Störungen können sich verstärken, wenn die betroffene Person großem Stress ausgesetzt ist oder auch zunehmender persönlicher oder beruflicher Verantwortung. Ich denke, darum hat sich Lara in den letzten Monaten so verhalten.«

Schweigen. Ich fühle mich völlig leer. Es ist, als wäre ich nicht anwesend. Ich entferne mich ganz und gar von dem Geschehen, so als wäre ich eine außenstehende Beobachterin. Amelia fragt, wie man das behandelt.

»Zwangsstörungen werden vor allem psychologisch und verhaltenstherapeutisch behandelt. Zusätzlich kann man, wenn es sich als nötig erweist, Medikamente verschreiben. Zum Beispiel Antidepressiva – selbst, wenn keine Depression vorliegt.«

»Ich will nicht zum Zombie werden.«

»Das ist auch nicht der Sinn der Sache. Solche Medikamente werden verabreicht, um nach und nach das Level der mentalen Obsession und damit auch die Angstzustände zu ver-

ringern. Medikamente zu nehmen ist keine Schande, Lara …
Aber wenn du es nicht möchtest, verzichten wir darauf. Das
entscheidest du selbst.«

Ich nicke dankbar. Niemand sagt etwas. Ich vermute, dass
wir alle unter Schock stehen – ich am allermeisten. Schließlich
wage ich es, meine Eltern anzusehen, die mich beide schuldbewusst und besorgt betrachten. Ich weiß nicht, warum, aber ich
habe das Bedürfnis, sie zu beruhigen.

Ich bedenke sie mit einem belustigten Lächeln und sage:
»Sehen wir es mal von der positiven Seite, zumindest bin ich
nicht kokainsüchtig!«

41

Casey

»Kommt Lara nicht heute aus dem Krankenhaus?«, erkundigt sich Chris, der auf dem Sofa chillt.

Ich nicke stumm. Seit jenem Tag habe ich Lara nicht mehr gesehen. Ich wollte sie im Krankenhaus besuchen, aber Amelia riet mir, zu warten. Lara müsse sich ausruhen. Ohnehin würde sie nicht lange dort bleiben.

Ich habe versucht, sie anzurufen, nachdem ich mich etwas beruhigt hatte, aber wahrscheinlich hat sie ihr Handy in der Klinik nicht behalten dürfen. Die letzten zwei Tage stand ich unter Schock. Ich kann immer noch nicht glauben, was passiert ist.

Oder besser gesagt, es fällt mir immer noch schwer zu glauben, dass sie einen solchen Sturz überlebt hat. Ich habe Albträume deswegen. Ich sehe, wie sie vor meinen Augen wie eine Stoffpuppe abstürzt, ohne dass ich irgendetwas tun kann.

»Wie geht es ihr?«, fragt meine Mom, die ins Wohnzimmer kommt.

»Laut ihrer Schwester hat sie einen gebrochenen Arm und ein gebrochenes Bein. Und ein leichtes Schädeltrauma, aber nichts Ernstes.«

»Guter Gott«, murmelt sie erschrocken. »Sie hat Glück gehabt.«

»Ja, das kann man wohl sagen.«

Ich glaube, sie hat wirklich enormes Glück gehabt. Doch ich kenne Lara in- und auswendig. Ich bin sicher, sie sieht die Ereignisse nicht in diesem Licht. Ich wage es nicht, Amelia zu fragen, aber ich gehe jede Wette ein, dass Lara ein schlechtes Gewissen hat, weil sie die Show ruiniert hat.

Sylviane und Lily-Rose löchern mich schon die ganze Zeit wegen Neuigkeiten von ihr, aber ich muss warten, genau wie alle anderen auch. Amelia hat mir erzählt, dass sie heute gegen vier Uhr nach Hause kommt. Mir ist ganz flau im Magen. Ich habe richtig Angst, sie so zu sehen, und weiß nicht, was ich zu ihr sagen soll.

»Sieh mal, das sind sie doch, oder?«

Mein Herzschlag setzt aus, und ich gehe zögerlich zum Fenster. Ja, das ist das Auto der Baileys, das in der Einfahrt hält. Ich bin überrascht, dass Lara bereit war, ins Auto einzusteigen. Chris drängt mich, runterzugehen und sie alle zu begrüßen.

Ich habe Mühe, meine Schuhe anzuziehen, dann renne ich in Lichtgeschwindigkeit die Treppe hinunter.

»Oh, hi«, sagt Amelia, als sie mich aus dem Haus kommen sieht.

Ich schenke ihr ein kleines Lächeln. Lara sehe ich nicht sofort. Ihre Mutter holt aus dem Kofferraum einen Rollstuhl, bei dessen Anblick sich mir der Magen umdreht, und öffnet die Beifahrertür.

Laras Augen begegnen meinen, und plötzlich ist mir nach Weinen zumute. Ich gehe hinüber, um ihr aus dem Auto zu helfen, und reiche ihr die Hand. Wortlos ergreift sie sie, weicht aber meinem Blick aus.

»Danke«, flüstert sie.

Ich erschaudere bei ihrer Berührung, ein Beweis dafür, dass ich sie mehr vermisst habe, als ich sollte. Ihr rechter Arm und ihr rechtes Bein sind eingegipst; einfach nur die Hölle! Ich helfe ihr in den Rollstuhl, während ihre Mutter den Kofferraum ausräumt. Ich weiß nicht, was ich sagen soll. Ich stehe da wie bestellt und nicht abgeholt.

»Willst du nicht auf einen Kaffee oder Tee reinkommen?«, fragt Amelia.

»Oh nein, ich will nicht stören.«

»Wir lassen euch ein paar Minuten allein«, sagt sie und nimmt ihre Mutter beim Arm, die mich misstrauisch ansieht.

Wahrscheinlich macht sie mich für alles verantwortlich. Das kann ich verstehen. Mit ihrer Tochter war alles in Ordnung, bevor sie anfing, sich mit mir zu treffen. Ich gebe mir auch die Schuld. Selbst wenn ich im Grunde meines Herzens die Wahrheit kenne. Ich kann nichts dafür.

Ich hatte Amelia gefragt, was Lara eigentlich genau hat, aber sie meinte, es sei nicht ihre Aufgabe, mir das zu sagen. Lara schaut mich immer noch nicht an. Also gehe ich vor ihr in die Hocke und zwinge sie so, mir in die Augen zu sehen.

Ich lächle schüchtern, dann flüstere ich: »Hallo, haben Sie meine Freundin gesehen? Ich muss unbedingt mit ihr reden.«

Sie zögert, doch ich gebe nicht auf.

»Sie ist nervig, nicht sehr groß, aber vor allem wunder-, wunderschön. Viel intelligenter als ich, obwohl ich das ihr gegenüber niemals zugeben würde. Ich habe schließlich einen Ruf zu verlieren.«

Ein belustigtes Grinsen huscht nun über ihre Lippen. Ich ergreife ihre Hände, die auf den Oberschenkeln liegen. Sie drückt sie schweigend, während sie mich betroffen ansieht. Mein Gott, was habe ich sie vermisst! Gott sei Dank geht es ihr gut.

»Es tut mir leid …«

»Es tut mir leid«, sage ich zur gleichen Zeit wie sie und runzle die Stirn. »Für was entschuldigst du dich? Ich bin derjenige, der nicht für dich da war. Ich hätte darauf bestehen sollen, auch wenn du mich dafür gehasst hättest. Ich hätte dich kidnappen und einsperren sollen, bis du mir zuhörst.«

Sie schüttelt entschieden den Kopf.

»Das hätte nicht funktioniert, Casey. Es … Es tut mir leid, dass du dir Sorgen um mich gemacht hast. Ich war eine Last. Du hast dich verantwortlich gefühlt, was nicht hätte passieren dürfen. Ich möchte, dass du weißt, dass du nichts damit zu tun hast. Es hat sich herausgestellt, dass ich seit meiner Kindheit so bin … Dieses Jahr wurde es durch den Stress nur schlimmer.«

Ich schlucke und akzeptiere ihre Entschuldigung. Obwohl sie nicht nötig wäre. Ich akzeptiere alles. Ist das nicht Liebe? Man sorgt sich um den anderen, man will ihn retten und man fühlt sich schuldig, wenn es einem nicht gelingt.

Ich spüre, dass sie mir etwas sagen will, also warte ich. Es scheint ihr schwerzufallen. Ich nutze die Gelegenheit, um ihre Finger mit meinem Daumen in einer sanften, beruhigenden Bewegung zu streicheln.

»Ich … ich habe Probleme. Da drin«, sagt sie und tippt sich an ihren Kopf.

Ich warte und habe Angst, mehr zu hören. Lara senkt den Blick und fährt beschämt fort: »Die Psychologin sagt, ich habe eine Zwangsstörung. Eine ›Impulsphobie‹, wie sie es nennt. Ich habe diese ständigen Gedanken, die mich glauben lassen, dass ich mir etwas antun werde … oder anderen.«

Ich versuche, eine neutrale Miene aufzusetzen, aber innerlich breche ich fast zusammen. Ich weiß nichts über Zwangsstörungen. Aber jetzt wird mir alles klar. Die Angst, in ein Auto zu steigen, in die Subway oder in ihren Luftring …

Ich sehe sie an, dieses wunderbare und unglaublich starke Mädchen, das jahrelang diese dunklen Gedanken ertragen hat. Allein. Wie sehr muss sie gelitten haben.

»Mache ich dir Angst?«, fragt sie ganz leise, bevor sie ein kaltes Lachen ausstößt. »Du musst denken, ich sei verrückt. Igitt.«

Ohne nachzudenken, beuge ich mich über sie und küsse sie, um sie zum Schweigen zu bringen. Wenn sie wüsste, wie verrückt ich nach ihr bin! Sie weicht mir nicht aus. Ich schließe die Augen, als unsere Münder sich berühren, und zucke zusammen, als sich ihre Finger auf meine warme Wange legen. Ich bedecke ihr ganzes Gesicht mit zarten, feuchten Küssen, was sie zum Lachen bringt.

»Eklig.«

»Lara, das einzig Verrückte an dir ist die Angewohnheit, die Milch vor dem Müsli in die Schüssel zu geben. Da habe ich mich ernsthaft gefragt, ob sich diese Beziehung lohnt.«

Sie wirft mir einen vernichtenden Blick zu, aber ich lächle sie an, bevor ich wieder ernst werde.

»Du bist nicht verrückt, und ich habe weiß Gott keine Angst vor dir. Ich verstehe zwar immer noch nicht alles, aber ich werde es versuchen.«

Tränen sammeln sich in ihren Augenwinkeln und tropfen auf unsere ineinander verschlungenen Hände.

»Deine Freundin ist eine Loserin. Ich habe alles vermasselt. Circadio wird mich nicht annehmen und die Columbia auch nicht. Ich habe all die Jahre so hart auf diesen Moment hingearbeitet, und das ist, was ich daraus gemacht habe. Mit meinen Noten kann ich immer noch an eine andere Uni, aber das ist nicht dasselbe ...«

»Lara Bailey gibt sich nur mit dem Besten zufrieden. Verstanden? Geh nicht aus Frust auf irgendeine Uni. Noch ist nichts verloren. Dein Traum ist Circadio? Also, dann versuch es nächstes Jahr einfach wieder.«

»Was ist, wenn ich nicht mehr in den Luftring steigen kann wegen all der Dinge, die in meinem Kopf vor sich gehen? Was, wenn diese verdammte Krankheit mich davon abhält, meinen Traumjob zu machen? Ich weiß nicht, ob ich jemals darüber hinwegkommen würde …«

»Du bist stärker als die Krankheit«, sage ich. »Du bestimmst dein Schicksal, nicht sie. Sie ist ein Teil von dir, und du darfst sie nicht verleugnen, aber du bist *nicht* deine Krankheit.«

Sie nickt und schnieft, trocknet sich die Tränen mit unseren ineinander verschränkten Händen. Ich sage ihr, dass ich an sie glaube, dass sie es schaffen kann, dass sie dazu geboren ist und noch viele Gelegenheiten haben wird, es zu beweisen.

Lara ist wie eine Sternschnuppe. Man kann sie nicht einfangen, man kann sie nicht erreichen, und dennoch schickt man seine Wünsche zu ihr hinauf, wenn man das Glück hat, sie zu sehen. Sie ist magisch. Kosmisch. Unvergesslich.

Es ist nur eine Frage der Zeit, bis alle Welt es merkt.

42

Lara

Noch nie bin ich so umsorgt worden wie seit meiner Rückkehr aus dem Krankenhaus. Meine Mutter und meine Schwester lassen mich nicht eine Sekunde allein. Ich denke, sie meinen es nur gut, und in gewisser Weise macht es mich ja auch glücklich, aber gelegentlich wünsche ich mir, mal durchatmen zu können.

Wahrscheinlich machen sie sich Sorgen, was ich wohl tun könnte, wenn ich allein mit meinen Gedanken bin. Aber ich nehme Medikamente. Es geht mir gut. Vermutlich ist es nur eine Frage der Zeit, bis die Anfälle wiederkommen. Nana war in letzter Zeit sehr still, aber ich weiß, dass es nur vorübergehend ist.

Ich gehe nicht mehr aus dem Haus. Die Einzigen, die uns besuchen dürfen, sind mein Dad und Casey. Wir hatten einen langen und ausführlichen Familienrat zu viert. Wir haben uns endlich ausgesprochen. Ich musste weinen, Mom und Amelia auch, aber unser Gespräch fühlte sich richtig gut an.

Ich konnte ihnen nicht wirklich erklären, was in meinem Kopf vor sich geht. Aber ich habe viel geredet. Meine Eltern haben verstanden, dass der Druck, den ich verspürte, nicht normal war. Amelia hat verstanden, dass ich mich durch ihre Abwendung, auch wenn sie legitim war, im Stich gelassen fühlte. Meiner Mutter warf ich ihr Verhalten wegen meines Gewichts vor.

Das schien sie zu verwirren, obwohl es ihr leidtat.

»Aber ich habe es doch nur zu deinem Besten getan … Weil ich weiß, wie schwer es ist, wenn man nicht der Norm entspricht. Ich will doch nur, dass du dich schön fühlst.«

»Aber ich fühle mich schön, Mom«, bekräftigte ich. »Genau das ist das Problem. Ich mag mich, so wie ich bin. Ich liebe meine Kurven. Es sind deine Überlegungen, die diese Zweifel in mir ausgelöst haben. Du hältst mich wohl für hässlich, nur weil ich dick bin …«

»Aber das stimmt doch gar nicht!«, empörte sie sich. »Du bist wunderschön!«

»Du sagst ständig, ich solle meine Kurven verstecken und nicht in solchen Outfits auftreten …«

»Weil ich weiß, wie gemein Kinder, aber auch Erwachsene sein können. Ich würde sterben, wenn sich andere deswegen über meine Kleine lustig machen! Ich wollte nur nicht, dass du in eine solche Situation gerätst … Das Leben ist ohnehin schon schwer genug. Ich möchte nur, dass du so wenige Sorgen wie möglich hast.«

In diesem Moment wurde es mir klar. Ich habe endlich begriffen, warum sie das alles gemacht hat. Ihre Absichten waren gut, auch wenn sie im Unrecht war; auch wenn ihr Verhalten alles nur noch schlimmer gemacht hat. Aber in meinem Herzen konnte ich ihr verzeihen. Weil ich endlich die Worte hörte, die für mich am wichtigsten waren: »Meine Tochter, ich liebe dich und du bist in meinen Augen die Schönste.«

Der Unfall ist jetzt eine Woche her. Ich fühle mich irgendwie komisch, aber es geht mir gut. Schlafen ist eine Tortur. Ich habe ständig Schmerzen. Chhavi schickt mir dauernd Textnachrichten. Ich denke, sie ist in Sorge.

Casey kommt jeden Morgen vorbei und bringt mir einen

Iced Americano direkt von Starbucks. Manchmal isst er bei uns zu Mittag. Außerdem telefonieren wir jeden Abend; er sagt, Lily-Rose und Sylviane würden jeden Tag nach mir fragen.

Er wurde – wie zu erwarten – in Yale angenommen. Er hat sich nicht getraut, es mir gleich zu sagen, doch ich habe ihm ganz herzlich gratuliert. Ich bin stolz auf ihn, aber vor allem glücklich.

Auch meine Schwester hat es an die Uni geschafft. Sie weiß immer noch nicht genau, was sie später mal machen will, aber das scheint sie nicht weiter zu stressen. Sie möchte vor allem in der Nähe von Rachel bleiben.

»Ich glaube, sie ist die Richtige«, hat sie mir neulich nachts unter der Bettdecke zugeflüstert.

Ich lachte unabsichtlich, was mir einen leichten Schlag gegen die Schulter bescherte. Ich musste sie daran erinnern, dass ich verletzt bin.

»Warum machst du dich darüber lustig?«

»Wir sind siebzehn. In diesem Alter findet man eher selten die Richtige. Aber ich wünsche es dir von ganzem Herzen! Ich mag sie sehr.«

Sie schmollte, auch wenn ich weiß, dass es ihr egal ist, was ich denke. Darum beneide ich sie.

»Glaubst du nicht dasselbe von Casey?«, erkundigte sie sich erstaunt.

Mit dieser Frage hatte ich nicht gerechnet. Eingeschüchtert dachte ich darüber nach.

»Na ja, warum sollte man denn mit jemandem gehen, wenn man schon weiß, dass man nicht mit ihm zusammenbleiben will? Das ist doch albern.«

»Um Spaß zu haben, vermute ich mal. Man muss ja nicht dauernd so ernsthaft drauf sein …«

»Das ist wahr. Manchen Menschen gelingt das«, räumte sie ein. »Mir nicht. Dir übrigens auch nicht.«

Sie hatte recht. Ich bin nicht der Typ dafür. Ich habe nur Angst, mich zu fest zu binden und dann enttäuscht zu werden. Casey und ich, wir haben noch nicht über unsere Zukunft gesprochen. Er wird nach Yale gehen, und ich gehe … nirgendwohin.

Alle um mich herum sind sich ihrer Gefühle so sicher. Amelia und Rachel, Matthew und Ambrose. Wenn ich tatsächlich mal länger darüber nachdenke, kann ich mir nicht vorstellen, irgendwo ohne Casey zu leben.

Wir wissen alle nicht, was morgen ist, aber warum soll ich mich um die Zukunft sorgen? Ich möchte in der Gegenwart leben und aufhören, alles zu planen, denn ich habe gelernt, dass die besten Dinge immer völlig unerwartet passieren.

Als ich heute Abend von meiner ersten Sitzung mit Dr. Whitman zurückkomme, sehe ich einen Kleiderbügel an der Küchentür hängen. Es ist das Kleid, das ich mir für den Abschlussball ausgesucht hatte. Er findet heute Abend statt.

Das hatte ich komplett vergessen.

»Wie schade«, seufzt meine Mom, als sie es sieht. »Du hättest so schön darin ausgesehen …«

Bestimmt. Ich war so aufgeregt bei dem Gedanken, mit Casey tanzen zu gehen. Mich zu amüsieren. Dieses Jahr hinter mir zu lassen, ein für alle Mal.

»Willst du es nicht mal anprobieren«, fragt mich Mom flehentlich. »Nur für mich. Damit ich sehe, wie hübsch du darin aussiehst.«

»Mom, ich habe zwei Gipsverbände. Ich werde nicht hübsch darin aussehen.«

»Aber ja! Komm schon, na los.«

Murrend lasse ich sie gewähren. Wir gehen hinauf ins Badezimmer, wo sich Amelia zu uns gesellt. Ich finde es zwar albern, aber die beiden ziehen mich an. Und sie schminken mich auch, aber ich darf dabei nicht in den Spiegel schauen.

Wir haben viel Spaß zusammen. Amelia braucht drei Anläufe, bis sie es schafft, mir die falschen Wimpern anzukleben, was uns zum Lachen bringt. Und meine Mutter besprüht meinen rasierten Kopf mit einem Glitzer-Haarlack, an dem ich fast ersticke.

Als sie fertig sind, tritt Amelia zurück und sieht mich voller Bewunderung an.

»Wow«, flüstert sie. »Warte einen Moment. Wir sind Zwillinge, das heißt, wenn ich wollte, könnte ich auch so aussehen?«

Ich verdrehe die Augen. Meine Mutter schenkt mir ein strahlendes Lächeln, sagt aber nichts.

»Eben, du solltest dich langsam für den Ball fertig machen. Lass Rachel bloß nicht warten, sonst kriegst du Ärger mit mir.«

»Ja, Chefin.«

Sie zieht ihr Wickelkleid aus roter Seide an, dann helfe ich meiner Mutter, sie zu schminken und zu frisieren. Zum Schluss schlüpft sie in ein Paar hochhackige Schuhe und meine Mom seufzt, als sie uns beide nebeneinander stehen sieht.

»Ihr zwei seid mein größter Erfolg.«

Sie lässt uns keine Zeit für eine Antwort, sondern umarmt uns. Zaghaft genieße ich ihre wohlige Wärme. Anschließend fordert sie uns auf, mit geschlossenen Augen vor den Spiegel zu treten. Mit einem breiten Lächeln nimmt mich Amelia bei der Hand. Sie sieht hinreißend aus mit ihrem blauen Haar und den Smokey Eyes.

»Eins … zwei … drei …!«

Wir öffnen unsere Augen gleichzeitig. Bei meinem Anblick erschrecke ich fast. Gerührt betrachte ich mich von Kopf bis

Fuß. Die Gipsverbände verderben etwas den Gesamteindruck, aber ich sehe toll aus. Seit ich aus dem Krankenhaus zurück bin, habe ich wieder zugenommen. Vor allem, weil meine Mutter jetzt darauf achtet, dass ich mich ordentlich ernähre.

Meine Augen gleiten fasziniert über mein Vintage-Kleid. Seine Farbe ist eine schimmernde Mischung aus Weiß und einem Elfenbeinfarbton. Der tiefe V-Ausschnitt ist mit transparentem Tüll unterlegt. Das Bustier ist aus weißen und silbernen Perlen sowie Blumenapplikationen gefertigt. Der untere Teil des Kleides ist gänzlich aus Tüll.

Ich sehe aus wie eine echte Prinzessin. Mein Gesicht ist im Nude-Look geschminkt, wie ich es mir gewünscht habe, mit einem pfirsichfarbenen Blush und einem feinen Eyelinerstrich unter jedem Augenlid.

»Du siehst aus wie eine Puppe«, schwärmt Amelia.

Lächelnd danke ich ihr. Schade, dass uns niemand sonst sehen kann … Vielleicht sollte ich einfach ein Selfie davon an Casey schicken?

»Lasst uns Erinnerungsfotos machen!«, schlägt meine Mutter vor. »Amelia, wo ist der Fotoapparat?«

»Ich glaube, in der Abstellkammer.«

»Komm, hilf mir«, sagt Mom zu meiner Schwester, bevor sie sich an mich wendet. »Warte in deinem Zimmer auf uns. Schaffst du es allein dorthin?«

Ich nicke. Sie verschwinden die Treppe hinunter, während ich auf einem Bein zu meinem Zimmer hüpfe. Ich bin überrascht, dass es im Dunkeln liegt, als ich die Tür öffne. Ich bin sicher, dass ich heute Morgen die Fensterläden geöffnet habe …

Plötzlich wird es hell im Zimmer. Ich erschrecke, als auf einmal ein Sternenhimmel an meiner Decke erstrahlt. Fast falle ich vor Schreck in Ohnmacht, als ich Caseys Gestalt neben meinem Bett erkenne.

»Casey?«

Ich bemerke die vielen Windlichter, die Sterne an meine Wände werfen, und einen Projektor. Neugierig drehe ich den Kopf nach rechts. Ein Konzertmitschnitt von Queen wird auf die weiße Wand projiziert. Mit offenem Mund bestaune ich Freddy Mercury dabei, wie er *Radio Ga Ga* auf dem Live-Aid-Konzert von 1985 singt. Mein Zimmer ist nicht wiederzuerkennen.

»Was ist das alles?«

Erst jetzt bemerke ich Caseys Outfit: ein schöner dunkler Anzug. Er hat sich sogar sein normalerweise unordentliches Haar gekämmt. Er kommt näher und sein Blick gleitet sehnsüchtig über meine Silhouette. Meine Wangen fangen an zu glühen, noch bevor er seinen Arm um meine Taille legt.

»Du kannst nicht zum Abschlussball gehen, also bringe ich den Ball zu dir.«

Ich kann mir ein Lachen nicht verkneifen. Das ist so was von kitschig! Der Typ ist unbeschreiblich. Wir geben echt ein tolles Paar ab.

»Unter uns gesagt«, fügt er im vertraulichen Ton hinzu, »denke ich, dass wir den besseren DJ haben.«

Ich werfe einen belustigten Blick zu Queen hinüber.

»Das sehe ich auch so.«

Jetzt verstehe ich, warum Mom und Amelia darauf bestanden haben, dass ich mich fertig mache. Ein echt hinterlistiger Plan. Casey hat den ganzen Nachmittag mit den Vorbereitungen zugebracht. Der Sternenhimmel, der Projektor, die Neonlichter … Ich sehe sogar etwas zu essen auf meinem Schreibtisch: Chips, Süßigkeiten und Limonade. Besser geht's nicht.

»Ich habe etwas für dich.«

Ich sehe, wie er ein Blumengesteck aus seiner Anzugtasche

holt. Es ist eine weiße Seidenrose wie die in seinem Knopfloch. Er schlingt es um mein linkes Handgelenk.

»Und, bereit, dich zu amüsieren?«

Als Queen den Refrain von *We Will Rock You* anstimmt, reicht er mir seine Hand. Ich ergreife sie und lächle, an seine Brust geschmiegt.

»Ich warne dich, mit dem Gipsverband kann ich kaum tanzen.«

»Wie schade«, sagt er sarkastisch und mit einem gefährlichen Funkeln in den Augen. »Ich werde dich also den ganzen Abend in meinen Armen halten müssen …«

Seine Hände umschlingen meine Taille. Ich lasse ihn gewähren, als er sich zu mir hinabbeugt und seine Lippen auf meine presst. Heute Abend, nur heute Abend, ist alles perfekt in der besten aller Welten.

43

Lara

Es ist das erste Mal, dass ich wieder zur Highschool gehe. Begleitet von Amelia, Casey und Chhavi sitze ich – in Talar und Kappe – in meinem Rollstuhl.

Ich lächle meinen Eltern zu, die im Publikum sitzen. Die Vergabe der Abschlusszeugnisse ... der Tag, von dem ich so lange geträumt habe. Sie verläuft zwar nicht wie geplant, aber es ist trotzdem super.

Die Leute sehen mich an und tuscheln; ich weiß, dass die Gerüchte über meinen Unfall sich wie ein Lauffeuer verbreitet haben. Aber das ist mir egal. Ich konzentriere mich ganz auf die Namen, die vorgelesen werden.

»Amelia«, verkündet die Direktorin und lächelt meiner Schwester zu, die neben mir steht. »Und Lara Bailey.«

Wir haben darum gebeten, zusammen aufgerufen zu werden, damit sie mir helfen kann. Als Amelia ihren Arm um mich legt, erheben sich unsere Eltern applaudierend und pfeifend. Ich höre Casey, der, die Hände trichterförmig um den Mund gelegt, ebenfalls laut ruft.

»Glückwunsch für euch beide«, sagt die Schulleiterin und schüttelt uns die Hand.

Ich nehme mein Zeugnis entgegen und bedanke mich, dann schenke ich meinen Eltern ein strahlendes Lächeln. Der

Moment des Ruhms dauert nur wenige Sekunden an, doch als ich die Bühne verlassen habe, breche ich in Tränen aus. Es ist geschafft. Alles ist vorbei. Ein Kapitel meines Lebens geht zu Ende, ein neues beginnt. Ich bin mit meiner Schwester gekommen und gehe mit ihr – und so vielen anderen Dingen.

Als Caseys Name aufgerufen wird, pfeife ich laut. Auf der Bühne bedankt er sich schüchtern bei der Direktorin und zwinkert mir zu. Nachdem alle ihr Zeugnis erhalten haben, wird er erneut auf die Bühne geholt und als Jahrgangsbester ausgezeichnet.

Früher hätte ich vor Eifersucht mit den Zähnen geknirscht, aber heute applaudiere ich mehr als alle anderen. Seine Rede ist perfekt – schön und inspirierend.

»Das stand dir zu«, flüstert er mir ins Ohr, als er wieder neben mir Platz nimmt.

Ich schüttele den Kopf und ergreife seinen Arm.

»Stimmt nicht. Du weißt, dass ich eine schlechte Verliererin bin … aber hier muss ich meine Unterlegenheit eingestehen.«

Er gibt mir einen flüchtigen Kuss. An seinem zufriedenen Lächeln erkenne ich, dass er innerlich jubelt, weil er unseren kleinen Wettstreit gewonnen hat.

»Gut, wenn du es so lieb sagst … dann nehme ich an.«

»Pff, Betrüger!«

Nachdem wir unsere Kappen in die Luft geworfen haben, gehen wir wieder zu unseren Eltern. Sie treffen sich zum ersten Mal und sind anfänglich etwas zurückhaltend. Caseys Mutter fragt mich, wie es mir geht, und sein Vater bekräftigt, dass ich allen im Varieté fehle.

Ich erstarre ebenso wie Casey an meiner Seite. Oh verdammt, nein. Meine Mutter runzelt verständnislos die Stirn und fragt: »Im Varieté?«

Ich bin tot. Ich schließe die Augen, bereit, die Strafpredigt zu hören, die ich verdient habe. Es folgt Schweigen, dann wendet sich meine Mutter mit finsterer Miene an mich.

»Ich sage heute nichts, aber du solltest dir für morgen deine besten Entschuldigungen parat legen, junge Dame!«

Ich nicke heftig. Caseys Eltern bedenken ihren Sohn mit vernichtenden Blicken, ein Beweis dafür, dass ich nicht als Einzige meine Lügen zu rechtfertigen haben werde.

Meine Mutter ist wütend, als sie erfährt, dass ich einige Abende im Varieté verbracht habe. Amelia hingegen löchert mich mit Fragen nach Einzelheiten dieses magischen und sinnlichen Orts.

Als ich ihr davon erzähle, begreife ich, wie sehr es mir fehlt. Darum bitte ich Casey, ihn heute begleiten zu dürfen. Wir gehen zu Fuß – besser gesagt ich im Rollstuhl – und genießen das schöne Wetter und die blühenden Bäume.

Hinter dem Samtvorhang ist Dorian der Erste, den ich sehe. Bei meinem Anblick reißt er die Augen auf und fragt, wie es mir geht.

»Danke, sehr gut. Das Varieté hat mir gefehlt.«

»Natürlich hat es dir gefehlt«, erklärt er und verschränkt die Arme. »Nur die Sterblichen können ohne all dies hier leben.«

Ich lache und lasse mich von Casey in die Kulissen bringen. Auf der Wendeltreppe trägt er mich fast, aber ich komme auch mit einem Bein ganz gut klar. Es sind weniger Menschen da als gewöhnlich, was daran liegen mag, dass es noch früh am Nachmittag ist.

Ich habe kaum einen Meter zurückgelegt, da läuft Sylviane, die mich im Spiegel entdeckt hat, auf uns zu.

»*Deus mio*«, haucht sie beim Anblick meiner Gipsverbände und verzieht das Gesicht. »Ich würde dich gerne in die Arme nehmen, aber ich habe Angst, noch mehr kaputt zu machen … Selbst wenn ich mich frage, was in diesem Stadium noch heile an dir ist.«

Ich lächele und sage, dass es mir gut geht. Sie lässt mich auf ihrem Stuhl Platz nehmen und ruft Lily-Rose und Roberta, die sich für ihren Auftritt fertig machen. Lily-Rose erblasst bei meinem Anblick.

»Wir haben uns solche Sorgen gemacht … Es tut mir so leid, Lara. Ich habe ja gesehen, dass du an jenem Tag nicht in bester Form warst, ich hätte etwas sagen sollen.«

Ich beruhige sie.

»Es ist nicht deine Schuld.«

»Auch wenn es nicht zählt … Du warst unglaublich toll auf der Bühne. Es hat mir den Atem verschlagen.«

Casey nickt zustimmend. Ich bedanke mich verlegen. Wir unterhalten uns lange. Eine nach der anderen verschwinden sie zu ihren Auftritten. Die Zeit vergeht. Sie bringen uns Kekse, die ich hungrig esse. Casey lässt meine Hand nicht eine Sekunde los.

»Und jetzt …«, fängt Lily-Rose zögernd an. »Keine Nachricht von Circadio?«

Ich verziehe den Mund und schüttele den Kopf. Sylviane flucht leise. Und zum Leidwesen meiner Eltern habe ich nur Zusagen von mittelmäßigen Universitäten bekommen.

»Aufgeschoben ist nicht aufgehoben. Nächstes Jahr schaffst du es! Übrigens solltest du weiter Videos auf TikTok stellen«, rät sie mir. »Wenn du dir bis zum nächsten Jahr schon einen Namen gemacht hast, kann das nur hilfreich sein.«

»Ja, das ist amüsant«, stimmt Roberta zu. »Und du hast hier ja alles, was du brauchst. Ab jetzt bist du im *Amnesia* zu Hause.«

Meinen TikTok-Account hatte ich völlig vergessen. Es

könnte tatsächlich eine gute Idee sein, weiterhin Videos zu posten – wenn ich wieder gesund bin. Casey bestätigt, dass mir die Türen des *Amnesia* immer offenstehen, auch wenn er in Yale ist, zwei Autostunden von hier – das macht mich noch immer traurig.

»Ich danke euch allen«, sage ich gerührt. »Ich glaube ... ich glaube, ich könnte es.«

»Natürlich kannst du es. Was willst du inzwischen machen? Zur Uni gehen?«

Ich schüttele den Kopf und sage, dass ich nicht so recht weiß, was ich tun soll. Ich bin etwas verloren. Ich will nicht aus Trotz an irgendeine Uni gehen, und ich würde mir gerne Zeit nehmen, um mich ein wenig um mich selbst zu kümmern, um mich wiederzufinden, und weiter am Luftring zu üben, während ich nebenbei arbeite. Ein Sabbatical wäre jetzt genau das Richtige.

»Ich könnte mir einen Halbtagsjob suchen. Und wohnen kann ich ja ohnehin vorerst bei meiner Mutter ...«

»Ich habe eine Idee«, unterbricht mich Lily-Rose und wirft Sylviane einen flüchtigen Blick zu.

Diese scheint denselben Gedanken zu haben, denn sie beugt sich aufgeregt zu mir.

»Warum arbeitest du nicht einfach hier?«

Ich bin überrascht. Ich öffne den Mund, um zu antworten, dass es unmöglich ist, weil ich noch minderjährig bin – auch wenn ich nicht an der Bar bediene.

»Das sind doch nur Kleinigkeiten, wir arrangieren uns mit Caseys Eltern«, erwidert Roberta lässig. »Fragen kostet ja nichts.«

Und wenn es möglich wäre? Das ist der perfekte Plan. Ich würde liebend gerne im Varieté arbeiten. Ich hätte Menschen um mich herum, die ich kenne und liebe.

Verwirrt wende ich mich zu Casey um. Er scheint ebenso überrascht wie ich. Ein Beweis dafür, dass er nicht daran gedacht hat.

»Wir können meine Mutter fragen, ob du in den Kulissen arbeiten kannst«, sagt er aufgeregt. »Die Örtlichkeiten kennst du ja schon, und du wärest in der Welt des Varieté!«

Als ich sie gerade daran erinnern will, dass so etwas doch wohl illegal ist, legt Lily-Rose mit ernsthafter Miene eine Hand auf mein Knie. Ich sehe sie an, und die Gedanken überschlagen sich in meinem Kopf.

»Lara, hör zu: Du arbeitest halbtags hier, um etwas Geld zu verdienen und um das Thema Burlesque besser kennenzulernen, und ich biete dir an, dir zu helfen, deine Aufnahme bei Circadio vorzubereiten.«

»Was …?«, stammele ich.

»Es gibt in dieser Kunst noch so vieles, was du nicht weißt. Natürlich bin ich nur eine kleine Akrobatin in einem unabhängigen Varieté, aber ich kann dich dabei unterstützen, nicht nur deine Technik zu verbessern, sondern auch deinen eigenen Stil zu entwickeln.«

Ich kann es nicht glauben. Das ist genau das, wovon ich immer geträumt habe. Mein Herz schlägt schneller. Ich weiß nicht einmal, was ich antworten soll. Ich habe Angst, dass es nur ein Traum ist.

»Aber … aber … ich weiß nicht.«

»Wie, du weißt nicht?«, fragt Casey verblüfft. »Sag einfach Ja!«

Lily-Rose streckt mir lächelnd die Hand entgegen.

»Bist du bereit, der Welt zu beweisen, aus welchem Holz du geschnitzt bist?«

Ich schnappe nach Luft und sehe ihr kurz in die Augen. Die Zukunft ist unvorhersehbar, und das macht mir wirklich

Angst. Aber zum ersten Mal in meinem Leben sage ich Hals
über Kopf zu.

Mit einem entschlossenen Lächeln schlage ich ein.

»Ich bin bereit.«

Epilog

Ein Jahr später

Ich war immer glücklich, eine New Yorkerin zu sein ... bis vor zwei Tagen – als ich in Paris ankam. So etwas habe ich noch nie gesehen. Die alten Sehenswürdigkeiten, die Museen, die kleinen Bilderbuch-Straßen und die Antiquariate mit ihren Bücherständen an der Seine: pures Glück!

Amelia und ich fühlen uns wie nach einer Reise in einer Zeitkapsel. Wir sprechen nicht sehr gut Französisch, aber die meisten Menschen bemühen sich, wenn sie bemerken, dass wir Amerikanerinnen sind. Jedes Mal, wenn ich Casey auf dem Campus in Yale besuchte, hatte er mir ein paar überlebenswichtige Ausdrücke und Redewendungen beigebracht ...

Aber unsere Sprachübungen endeten immer unter der Bettdecke. Das erklärt wohl alles.

»*Un croissant, s'il vous plaît*«, verlangt Amelia mit ihrem melodischen Akzent in der Bäckerei.

»*Deux!* Zwei, bitte!«

Wir sind wirklich die Einzigen, die diese Dinger um acht Uhr abends essen. Ich bin schon überrascht, dass das Geschäft überhaupt noch aufhat.

»Für Croissants gibt es einfach keine feste Uhrzeit.«

Unser Airbnb ist nicht sehr luxuriös, sondern eher sehr klein. Hier nennen sie es »Dienstmädchenzimmer«, aber ich bin im siebten Himmel. Es ist das erste Mal, dass ich so weit gereist bin, und noch dazu in Begleitung meiner Schwester.

»Was steht für heute Abend auf dem Programm?«, will Amelia wissen, als sie in das Gebäck beißt.

Ich überprüfe das GPS-Signal auf meinem Handy. Wir sind seit drei Tagen hier und damit beschäftigt, alle touristischen Sehenswürdigkeiten zu besichtigen, und in der Oper waren wir auch schon. Gestern Abend wollten wir in eine Tanzbar in der Nähe der Place de la République, aber wir waren so erledigt, weil wir den ganzen Tag herumgelaufen sind, dass wir früh nach Hause gingen. Wie zwei Grannys.

Für heute ist eine Tour durch das Pigalle-Viertel angesagt. Laut Lily-Rose ist es ein absolutes Muss für Leute wie uns.

»Was ist *Pigalle*?«, fragt mich meine Schwester.

»Anscheinend ein Vergnügungsviertel. Es gibt dort Kabaretts, Varietés, Bars und … frivole Geschäfte?«, lese ich auf meinem Handy.

Amelia bekommt ganz große Augen und bricht dann in Gelächter aus.

»Oh, das wird ein Spaß!«

Wir gehen also die berühmte Straße von der Place d'Anvers bis zur Place de Clichy zwischen all den anderen Feiernden entlang. Ich bin überrascht, eine ganz neue Seite von Paris zu entdecken: Fernab der Museen und kleinen Buchhandlungen gibt es eine mit roten Neonreklamen beleuchtete Straße, die zu Ausschweifungen einlädt. Angesichts der Namen einiger Geschäfte, die selbst auf Französisch sehr vielsagend sind, steigt mir die Hitze in die Wangen. Amelia scheint sich gut zu amüsieren, sie lacht ständig.

»Hier in Frankreich hat man echt keine Hemmungen. Das gefällt mir.«

Schließlich gelangen wir zu dem Ort, von dessen Besuch ich immer geträumt habe: dem *Moulin Rouge*. Und tatsächlich sieht man eine rote Mühle, die sich über großen Plakaten erhebt. Man könnte meinen, es handele sich um ein Kino oder ein Theater.

Ich hatte etwas Extravaganteres, etwas Größeres erwartet, aber ich denke, das liegt wohl daran, dass ich den Times Square gewohnt bin.

»Lass dich nicht vom äußeren Eindruck abschrecken«, hatte mich Lily-Rose vorgewarnt. »Innen ist es absolut magisch. Wer weiß … vielleicht wirst du dort ja eines Tages auf der Bühne stehen.«

Ich lächle, als ich an das vergangene Jahr zurückdenke. Es war nicht einfach, und doch habe ich nur gute Erinnerungen daran. Ich habe im Varieté gearbeitet, wie Sylviane es mir vorgeschlagen hatte – unter der Leitung von Caseys Mutter. Meine Mom war am Anfang nicht so begeistert von der Idee, vor allem, weil ich noch minderjährig bin, aber in dieser Hinsicht gab es keine Probleme. Sie hat sich sogar damit abgefunden, dass das Leben, das sie sich für mich vorgestellt hatte, nur ein Hirngespinst war, nichts weiter.

Ich habe gern im *Amnesia* gearbeitet, das langsam aus den roten Zahlen kommt. Die beste Erfahrung meines Lebens. Dass ich noch dazu Lily-Rose als Lehrerin hatte, war ein echter Glücksfall. Die Chance meines Lebens.

Ich habe viel von ihr gelernt. Nicht nur, was die Technik angeht, sondern auch über mich selbst. Über meinen Stil. Über meine Weiblichkeit. Über meinen Körper und über mein Selbstvertrauen.

Casey hat die Veränderung sicherlich bemerkt, und ich muss sagen, er hat sich nicht beschwert. Da er in Yale viel lernen muss, hat er nur wenig Zeit für mich, aber jede freie Sekunde verbringt er mit mir.

Zu unserem ersten Jahrestag überraschte er mich in New York. Zu Ehren meiner bevorstehenden Reise hatte er einen

Tisch in einem französischen Restaurant reserviert. Die Nacht haben wir in einem luxuriösen Hotel mit Innenpool und Jacuzzi verbracht.

Ich war noch nie so glücklich.

Natürlich bin ich noch immer in Therapie. Das hilft mir, meine zwanghaften Gedanken zu kanalisieren, auch wenn ich noch oft ins Schleudern gerate. Die Zwangsstörung ist meine persönliche Hölle. Meine größte Nemesis. Casey sagt mir immer wieder, ich solle nicht weiter dagegen ankämpfen, sondern damit leben. So weit bin ich noch nicht. Dazu ist alles noch zu frisch.

Die gute Nachricht ist, dass sich mein Körper wunderbar erholt hat. Ich war bestens vorbereitet, als ich bei Circadio performen durfte. Ich trat erneut zu *El Tango de Roxanne* auf – eine Hommage an Casey. Es war auch eine Möglichkeit, die Erinnerung an diesen misslungenen Auftritt vor einem Jahr wettzumachen.

Ich denke, ich habe mich fabelhaft geschlagen, vor allem für jemanden, der glaubte, nie wieder im Luftring auftreten zu können. Auf ihre Antwort warte ich jetzt schon seit zwei Wochen. Je mehr Zeit vergeht, desto mehr schwindet die Hoffnung.

»Intéressées?«

Amelia und ich drehen uns überrascht zu der hellen Stimme hinter mir um. Eine Frau lehnt an einem Laternenpfahl, ihre schokoladenfarbenen Augen sind auf uns gerichtet. Sie ist ganz in Schwarz gekleidet, von der Bluse über die Jacke bis hin zu der hochgeschnittenen Hose. Ihr braunes Haar trägt sie mit einem gewellten Pony.

In der einen Hand hält sie eine schon fast aufgerauchte Zigarette, die andere steckt in ihrer Hosentasche. Sie ist absolut umwerfend … und sehr einschüchternd.

»Sorry, wir sprechen kein Französisch.«

»Ich auch nicht, nicht wirklich«, antwortet sie mit leichtem Akzent. Sie nimmt einen letzten Zug und drückt die Zigarette dann mit dem Absatz auf dem Boden aus. Ihr Eyeliner droht völlig unter ihrem Haar zu verschwinden. Sie hat etwas Katzenhaftes.

»Ich kann euch reinbringen, wenn ihr wollt. Ich muss dort jemanden treffen.«

Das klingt in meinen Ohren sehr verdächtig. Als ich gerade höflich ablehnen will, kommt mir Amelia zuvor.

»Mit Vergnügen! Ich heiße Amelia, und das ist meine Schwester Lara. Sie arbeitet in einem Varieté in New York. Sie träumt schon von klein auf davon, eines Tages auf einer Bühne wie dieser zu stehen.«

Ich werfe ihr einen finsteren Blick zu, der ihr sagen soll: Was fällt dir ein, meine Lebensgeschichte herumzuerzählen?

Die Frau neigt ihren Kopf zur Seite, mustert mich schweigend und lächelt dann.

»Wirklich? Da wünsche ich dir viel Glück.«

»Äh, danke, aber ich denke, wir werden …«

»Ich heiße Rose«, sagt die Unbekannte und nähert sich. »Wenn ihr doch noch rein wollt, sagt, dass ihr Freundinnen von Levi Iwanowitsch seid. Und sie werden euch reinlassen. Oh, und trinkt unbedingt eine Flasche Champagner auf seine Rechnung … Er wird es ohnehin nicht merken.«

Ich sage nichts, denn ich bin einfach fasziniert von ihrer unglaublichen Ausstrahlung. Sie lächelt, als ob sie ahnt, was ich denke, und zwinkert mir verschwörerisch zu.

»Viel Glück, Lara.«

Mit diesen Worten geht sie. Ich beobachte, wie sie die Straße überquert, als gehöre ihr die Stadt. Sie verschmilzt mit der Dunkelheit der Nacht und verschwindet.

»Okay … das war echt dubios«, meint Amelia.

»Beim nächsten Mal überlegst du erst, bevor du Unbekannte anquatschst!«

»Einen Versuch ist es wert, oder? Es kostet ja nichts.«

Ich traue mich nicht zuzugeben, dass ich das Gleiche gedacht habe. Entweder war die Frau verwirrt, oder sie könnte uns wirklich ins *Moulin Rouge* bringen. In jedem Fall haben wir nichts zu verlieren. Warum sollten wir diese Gelegenheit auf einen unvergesslichen Abend sausen lassen?

»Komm schon«, sage ich und hake mich bei meiner Schwester unter.

»Echt cool! Wenn Rachel davon erfährt, wird sie vor Neid erblassen.«

Wir gehen zum Eingang, ohne wirklich zu verstehen, wo man sich anstellen soll. Eine Menge Leute sind da, aber die meisten machen nur Fotos und gehen wieder. Wir warten eine Weile. Plötzlich klingelt mein Handy. Es ist eine unbekannte Nummer, also gehe ich nicht ran.

»Wer ist es?«

Ich zucke mit den Achseln. Nach mehrmaligem Klingeln zeigt mir das Handy eine Voicemail an. Wegen des Lärms auf den Pariser Straßen ist sie nur schwer zu verstehen.

»Hallo, hier ist das Sekretariat von Circadio«, höre ich, und schreie überrascht auf.

Amelia versteht sofort, worum es geht, und hört mit. Mein Herz schlägt wie wild. Meine Schwester nimmt ganz aufgeregt meine zitternden Hände in ihre.

»Ich rufe Sie wegen des Ergebnisses Ihrer Aufnahmeperformance vor zwei Wochen an. Sie sind hiermit offiziell angenommen. Bitte rufen Sie uns zurück, um …«

Den Rest kann ich nicht hören, weil Amelia mir ins Ohr brüllt. Ich bin so geschockt, dass ich mich nicht vom Fleck rühren kann, während sie mich umarmt und wild herumhüpft.

Ich bin dabei. Ich bin angenommen. Oh verdammt, ich habe es geschafft!

Ich fange auf der Stelle an zu weinen. Ich kann es kaum glauben. Die Leute sehen uns merkwürdig an, aber das ist mir egal. Ich umarme meine Schwester, die noch etwas benommen ist.

»Ich habe es geschafft!«

»Natürlich hast du das! Lara ... das ist erst der Anfang«, sagt sie mit einem stolzen Lächeln, während sie mir die Tränen abtupft. »Ich freue mich so für dich.«

All die Jahre voller Arbeit, Mühen, Tränen und Angst, all diese Zweifel und Unsicherheiten, aber auch diese Momente des Glücks; nach all dem habe ich es endlich geschafft. Ich habe das Gefühl, endlich aufatmen zu können. Ich werde das tun, was ich liebe. Ich bin gut genug, um meiner Berufung nachzugehen. Und das Abenteuer hat gerade erst begonnen.

»*Bonjour.*«

Erst jetzt werde ich auf den Mann aufmerksam, der vor mir am Eingang zum *Moulin Rouge* steht. Er fragt mich, was wir wollen. Die Euphorie und das Adrenalin strömen noch immer durch meine Adern.

Ein einziger Blick in Amelias Richtung macht mir klar, dass sie mich herausfordert. Ich denke nicht lange darüber nach.

Von nun an werde ich nicht mehr zögern. Ich beabsichtige, jede Gelegenheit beim Schopf zu packen.

Ich schenke ihm also mein schönstes Lächeln und sage selbstbewusst:

»Wir sind Freundinnen von Levi Iwanowitsch.«

Sechs kleine Worte, und der Mann tritt feierlich zur Seite ... und öffnet uns die Türen zum magischsten Ort von Paris.

Danksagung

Ich habe mir schon immer gerne Geschichten ausgedacht, sogar schon, als ich noch nicht richtig schreiben konnte. Trotzdem fällt es mir noch immer schwer zu begreifen, dass ich mir meinen Lebensunterhalt damit verdiene, aus dem Nichts etwas zu erschaffen, und dennoch: Hier sind wir nun.

Das fünfte Buch ist erschienen.

Und dann auch noch eine Young-Adult-Geschichte! Ein Traum ist wahr geworden. Dank euch.

Lara beschäftigt mein Gehirn schon seit langer Zeit, und ich bin überglücklich, dass sie sich nun laut und deutlich äußert. In ihrem Alter hätte ich gern ein Buch wie dieses gelesen, deshalb habe ich es geschrieben. Denn es ist nie zu spät, und es könnte anderen Mini-Morganes helfen, die auf der Suche nach Antworten sind.

Natürlich schreibt man einen Roman niemals allein. Er ist das Ergebnis einer gemeinschaftlichen Anstrengung. Ich möchte mich daher bei mehreren Menschen bedanken und mich schon im Voraus dafür entschuldigen, wenn ich jemanden vergessen haben sollte (fünfundzwanzig Jahre, das hohe Alter, ihr wisst schon …).

Dieses Buch ist meiner Mutter gewidmet, die trotz aller Schwierigkeiten stets das Wohlergehen ihrer Kinder über alles andere gestellt hat. Danke, dass du eine so tolle Mutter warst, die mir immer gesagt hat, wie schön ich bin, vor allem, wenn ich es selbst nicht geglaubt habe. Danke für all die Liebe, die ich bekommen habe und die es mir ermöglicht, heute ein glücklicher Mensch zu sein. Ich werde immer versuchen, es dir hundertfach zurückzugeben.

Dieses Buch ist auch meinem Vater gewidmet, denn ich war lange Jahre seine einzige Prinzessin. Danke, dass du mich hast tun lassen, was mir das Liebste ist, ohne an mir zu zweifeln. Danke, dass du mich nie wie ein Kind behandelt hast und mir weiterhin vertraust, egal wie ich mich entscheide.

Mein Dank an Johan, der wie immer meine Zweifel und Unsicherheiten während des Schreibprozesses ertragen musste, und dem es jedes Mal wieder gelingt, mich zu beruhigen und mir in Erinnerung zu rufen, dass ich es schaffen kann. Danke dafür, dass du mich so gut kennst, mich verstehst und an mich glaubst.

Mein Dank an Marie Alhinho, meine Schreibfreundin, die immer für mich da ist, wenn es um Brainstorming oder darum geht, sich für neue Projekte zu begeistern. Danke, dass du mein kleiner Sonnenschein bist, und natürlich gilt mein Dank auch deiner Bereitschaft, Laras Geschichte als Allererste zu lesen. Deine Kommentare waren mir eine große Hilfe.

Mein Dank an Mariame, die mich beim Schreiben dieses Buches unterstützt hat, aber vor allem danke für dein sehr aussagekräftiges Feedback zum Text. Das hat dem Buch sehr gutgetan. Wie du siehst, habe ich den Auftritt des kleinen Eichhörnchens nicht gestrichen – ich hoffe, es stört dich nicht allzu sehr.

Vielen Dank an das Team von Hugo, das mir gestattete, an diesem Projekt zu arbeiten. Mein besonderer Dank gilt Dorothy, die von Anfang an an Lara und ihre Geschichte geglaubt hat. Und an mich. Danke, dass Sie eine so wundervolle und engagierte Herausgeberin sind. Ich freue mich sehr, Teil des New-Way-Teams zu sein.

Vielen Dank an all meine Freund:innen, die mich jeden Tag zum Lächeln bringen, an meine Familie, die mich bei jedem Erscheinungstermin und darüber hinaus unterstützt.

Und natürlich danke ich euch, weil ihr diesen Roman lest. Ich erschaffe zwar meine Figuren, ihr aber haucht ihnen Leben ein.

Danke, dass ihr sie liebt, hasst und mit der ganzen Welt teilt. 2020 und 2021 sind keine leichten Jahre, aber zu wissen, dass ihr auf meine Bücher wartet und mich unterstützt, hilft mir, noch härter zu arbeiten.

Und schließlich ist dieses Buch für alle Laras und Caseys dieser Welt. Für die Künstler:innen. Für die Rebell:innen. Für die Leidenschaftlichen. Für die Gerechtigkeitsfanatiker:innen. Für all die, die in keine Schublade passen. Für die Fans von *Moulin Rouge* und von Richard Gere. Für die Nerds, die ihr Leben dem Studieren widmen. An sie alle: Ich liebe euch. Lebt euer Leben aus vollem Herzen und bedauert nichts.

»Du könntest mein Herz in tausend kleine Stücke zerbrechen. Ich würde sie immer wieder aufheben und in deine Hände legen.«

Morgane Moncomble
BACK TO US
Aus dem
Französischen von
Ulrike Werner-Richter
496 Seiten
ISBN 978-3-7363-1447-4

Als Kinder haben sich Aaron und Fleur geschworen, einander ewig zu lieben – bis ihnen das Leben einen Strich durch die Rechnung machte und sie trennte. Nun, sechzehn Jahre später, stehen sie sich erneut gegenüber – und Fleur erkennt den Jungen, der ihr ihren ersten Kuss gab, nicht wieder. Aaron ist kühl und abweisend, in seinem Leben zählt nur sein Job. Für Fleur, die jegliches Vertrauen in sich selbst und ihre Fähigkeiten als Autorin verloren hat, fühlt es sich an, als hätten sie die Rollen getauscht. Und doch stürmen die Gefühle von damals augenblicklich wieder auf sie ein. Nur dass Aaron sich an keines der Versprechen, die sie sich einst gegeben haben, zu erinnern scheint ...

LYX

Was, wenn unsere Liebe mein Untergang ist?

Morgane Moncomble
BAD AT LOVE
Aus dem
Französischen von
Ulrike Werner-Richter
464 Seiten
ISBN 978-3-7363-1299-9

Als Azalées Mutter stirbt, bleibt ihr nichts anderes übrig: Sie muss nach vier Jahren zum ersten Mal in ihre Heimatstadt zurückkehren. Augenblicklich holen sie dort die schrecklichen Erinnerungen an ihre Vergangenheit ein. Doch nicht nur das: Azalée lernt auch ihren neuen Nachbarn Eden kennen. Er ist sexy und geheimnisvoll, und auch wenn sie sich geschworen hat, niemals Gefühle für einen Mann zu entwickeln, berührt er sie auf eine Weise, die ihre Welt mit jedem Tag ein bisschen mehr ins Wanken bringt …

»Wirkungsvoll, überwältigend, tiefgreifend und mutig.« LECTURES DE JENN

LYX

Wenn aus besten Freunden plötzlich mehr wird ...

Morgane Moncomble
NEVER TOO CLOSE
Aus dem
Französischen von
Ulrike Werner-Richter
464 Seiten
ISBN 978-3-7363-1122-0

Seit sie gemeinsam in einem Aufzug eingeschlossen waren, sind Loan und Violette beste Freunde. Das zwischen ihnen ist vollkommen platonisch – zumindest bis jetzt. Denn als Violette beschließt, dass sie nicht länger Jungfrau sein will, ist es Loan, den sie bittet, ihr auszuhelfen. Schließlich vertraut sie niemandem so sehr wie ihrem besten Freund. Loan ist von der Idee zunächst alles andere als begeistert, doch schließlich willigt er ein. Es ist ja nur dieses eine Mal ... oder?

»Ich bin total verliebt – in die Atmosphäre, den Humor, die Figuren.« LA FÉE LISEUSE ET LES LIVRE

LYX

Triggerwarnung

Dieses Buch enthält Elemente,
die potenziell triggern können.

Diese sind:
*Bodyshaming und Fatshaming, Queerfeindlichkeit,
Schilderungen von Zwangsstörungen und Angststörungen
(speziell Impulsphobie und Panikattacken), (selbst-)zerstörerische
Gedanken, Erwähnung und Nachdenken von/über Suizid,
Ableismus, Krebserkrankung, Fehlgeburt*